상서고문소증 4

尙書古文疏證

ShangshuGuwenShuzheng

옮긴이

이은호 李殷鎬, Lee Eun-ho
성균관대학교 유학대학 유학과 입학, 동대학원 졸업(철학박사)
중국산동사범대학 외적(外籍) 교수
현 성균관대학교 유교철학·문화콘텐츠연구소 책임연구원

상서고문소증 4

초판인쇄 2023년 6월 17일 **초판발행** 2023년 6월 27일
지은이 염약거 **옮긴이** 이은호 **펴낸이** 박성모 **펴낸곳** 소명출판 **출판등록** 제1998-000017호
주소 서울시 서초구 사임당로14길 15 서광빌딩 2층
전화 02-585-7840 **팩스** 02-585-7848
전자우편 somyungbooks@daum.net **홈페이지** www.somyong.co.kr

값 39,000원 ⓒ 이은호, 2023
ISBN 979-11-5905-800-4 94820
ISBN 979-11-5905-796-0 (세트)

이 저서는 2019년 대한민국 교육부와 한국연구재단의 지원을 받아 수행된 연구임(NRF-2019S1A5A7069446)

한국연구재단
학술명저번역총서

상서고문소증 4

尙書古文疏證

ShangshuGuwenShuzheng

염약거 지음
이은호 옮김

세창출판

일러두기

1. 이 책에서는 서명과 편명을 구별하지 않고 《 》로 통일했다.

자학字學을 기반으로 문자를 교정하는 과정에서 《상서》 문자 훈해訓解의 문제까지 과학적으로 접근한 청대의 학자 단옥재段玉裁, 1735~1815는 《고문상서찬이古文尚書撰異 · 자서》에서 《상서》가 만난 '일곱 가지 재앙[七厄]'을 다음과 같이 정리하였다.

> 경經은 오직 《상서》가 가장 존귀한데, 《상서》는 또한 재앙을 만난 것이 가장 심하였다. 진秦의 분서焚書가 첫째이고, 한漢 박사博士의 고문 억압이 둘째이고, 마융 · 정현이 고문일편古文逸篇을 주석하지 않은 것이 셋째이고, 위진魏晋의 위 고문이 넷째이고, 당唐의 《정의》에 마융 · 정현의 주해를 채용하지 않고 위僞 《공전孔傳》을 채용한 것이 다섯째이고, 천보天寶의 개자改字가 여섯째이고, 송宋 개보開寶의 《석문釋文》 개작改作이 일곱째이다. 이 일곱 가지로 인해 고문古文은 거의 사라지게 되었다.

단옥재가 정리한 일곱 가지 재앙은 이른바 "고문" 《상서》의 운명에 심각한 영향을 끼친 역사적 재난들로서 역사적으로 《상서》의 원시 문구가 사라진 과정과 금고문의 논쟁의 필연성을 이해하는 실마리가 되기에 충분하다. 애석하게도 단옥재가 확신했었던 "진짜" 고문古文은 영원히 찾을 수 없는 과거의 유물이 되었지만, 지난 2천 년 동안 "진짜"를 대신한 "가짜" 고문은 "진짜"의 위상을 누렸다. 그런데 "가짜"가 "진짜"의 자리를 대신할 수 있었던 표면적인 이유는 경문의 소실과 복구이지만, 실질적으로는 역사적 혹은 시대적 요구가 있었다는 점을 지적하지 않을 수 없다. 초순焦循, 1763~1820이 《상서보소尙書補疏 · 서序》에서의 제시한 예리한 분석은 정치철학과 학문의 방향에 대한 거대한 담론을 제공한다.

> (《예기》의) 《명당위明堂位》는 주공周公을 천자로 삼고 있는데, 한유漢儒들은 이것을 이용해 《대고大誥》를 위조하여 마침내 왕망王莽의 화를 불러왔으며, 정현은 이를 바로잡지 못하고 다시 《상서주》에 사용해서 주공을 왕으로 칭하였다. 그 이후, 조조曹操 · 사마염司馬炎의 무리 및 진陳 · 수隋 · 당唐 · 송宋을 거치는 동안 왕망의 고사를 따르지 않은 자가 없었다. 그러나 《전傳》(위공전僞孔傳을 가리킨다)이 특히 탁월한 점은, 주공이 스스로 칭왕稱王하지 않고 성왕成王의 명命을 칭하여 대신 고誥한 것으로 한 것이니 이것이 정현의 주해보다 훨씬 뛰어난 점으로 《전》의 7번째 장점이다. 이 《전》을 지은 사람(들)은 당시에 조조曹操 · 사마염司馬炎의 역적 행위를 목도하고 또 그들을 옹호하여 두예가 《춘추》를 해석한 것이나 속석束皙 등이 《죽서竹書》를 위조하여 순舜이 요堯를 가두고 계啓가 익益을 죽이며 태갑太甲이 이윤伊尹을 죽이는 것과 같은, 상하가 도치되고 군신이 자리를 바꾸어 사설邪說이 경문經文을 어지럽히게 되는 것을 목격하였다. 따라서 《전》을 지어 의리를 지키려고 했었던 사람(들)은 《익직益稷》의 개정을 꺼리지 않았고 《이훈伊訓》 · 《태갑太甲》 등의 제 편을 새로 만들어 암암리에 《죽서》와 맞서도록 하였으며, 또 《공씨전》에 의탁하여 정현의 주해를 축출함으로써 군신상하의 의리를 밝히고 해악을 막는 그 이상의 담론을 펼쳤다. 《전》을 지은 사람(들)은 당시의 시기猜忌를 받았기 때문에 스스로 그 성명을 숨긴 것이다.

결과적으로 한대漢代의 종식은 고대 선진문화와의 결별을 의미했다. 뒤를 이은 남북조, 수·당의 시대는 새로운 시대의 요구에 걸맞는 그 시대의 경학이 필요했었던 것일 뿐이다. 그 자리에 《공전孔傳》이 한 축을 담당했고, 송명대 심학心學 태동의 주요 기반이 되었던 것이다.

동진東晉 매색梅賾이 헌상한 공안국孔安國의 《전傳》이 부록된 《상서》는 그 자체적 모순과 허점 등으로 송대 이래 많은 학자들의 관심을 받았다. 그러나 학관에 배열된 지존至尊의 《상서》를 "위조된 것"으로 주장하는 것은 결코 쉬운 일이 아니었다. 송대宋代에 이르러 학술적으로 자유로운 풍조가 형성되면서 자연스럽게 수많은 학자들이 신설新說을 제시하며 《상서尚書》 의변疑辨에 필요한 여건을 준비해 가게 된다.

우선 정이程頤, 1033~1107는 《금등金縢》편의 문장을 곧이곧대로 믿을 수 없다고 하였다. 《금등》은 금문今文이지만 예로부터 많은 의심을 받아왔고, 정이程頤 이후에도 많은 학자들이 그 논의에 동참하였다. 소식蘇軾, 1037~1101은 《강고康誥》의 앞부분이 사실은 《낙고洛誥》의 앞부분일 것으로 믿었다. 이런 단편적인 의심들이 이루어지던 가운데 가장 먼저 위고문僞古文 《상서》에 대한 의변疑辨을 제기한 사람은 바로 오역吳棫, 1100?~1154, 字 才老이었다. 그가 지은 《서비전書裨傳》 12권은 전하지 않지만, 후대 학자들의 인용을 통해서 그의 의변疑辨을 확인할 수 있다.

탕왕湯王과 무왕武王은 모두 무력武力으로 천명天命을 받았으나 탕왕의 말은 너그러운 반면 무왕의 말은 급박하며, 탕왕이 걸桀의 죄를 열거한 것은 공손하고 무왕이 주紂의 죄를 열거한 것은 오만하니, 학자가 의혹이 없을 수 없다. 아마도 이 《태서泰誓》는 늦게 출현한 것으로 당시의 본문本文은 아닌 듯하다.《書集傳·泰誓》題下注

주희朱熹, 1130~1200는 《어류語類》에서 "재로才老가 고증에 지대한 공헌을 하였지만, 의리義理상으로는 자세하지 않다", "재로는 《재재梓材》가 《낙고》의 한 부분이라고 했는데, 매우 옳은 지적이다"라고 하며 오역이 《상서》의 고증에 큰 공헌을 했음을 인정하였다.

송대 위고문 의변에 가장 큰 영향을 끼친 인물은 바로 주희 자신이기도 했다. 그는 《어류》 권71~80권, 권125 등에서 《상서》에 대한 의변논의를 펼쳤다.

나는 일찍이 공안국의 《서》가 가서假書라고 의심하였다. (…중략…) 하물며 공안국의 《서書》는 동진東晋 시대에서야 출현하게 되는데, 그 이전에 유자들은 모두 그 책을 보지 못했으므로 더욱 의심스럽다.《朱子語類》 권78

공벽孔壁에서 나온 《상서》 가운데 《대우모大禹謨》·《오자지가五子之歌》·《윤정胤征》·《태서泰誓》·《무성武成》·《경명冏命》·《미자지명微子之命》·《채중지명蔡仲之命》·《군아君牙》 등의 편들은 모두 평이하고, 복생伏生이 전한 것은 읽기 어려우니, 어떻게 복생은 어려운 부분만 기억하고 쉬운 부분은 기억하지 못했는지 도무지 이해할 수 없다.《朱子語類》 권78

주희는 현전하는 고문상서와 금문상서의 문체가 확연히 차이가 나는 점 등과 한대漢代 이후 유전과정이 의심스러운 점 등을 이유로 고문상서에 대해 의심을 하였다. 또한 《서서書序》에 대해서도 "《서서書序》를 믿을 수 없다. 복생 때에 없었고, 그 문장이 매우 조잡하므로 전한前漢사람의 문자가 아니라 후한後漢 말엽 사람의 것과 비슷하다"《朱子語類》 권78, "《상서尙書》의 《소서小序》는 누구의 저작인지 알 수 없고, 《대서大序》 또한 공안국의 저작이 아니다. 아마도 《공총자孔叢子》를 쓴 사람일 것으로 생각되는데, 문자가 평이하다. 서한西漢의 문자는 난해하다"《朱子語類》 권78라는 논평을 내놓았다. 주희는 《공전》 및 《서서書序》에 대해 용단있게 의변을 진행했지만, 다른 한편으로 위고문僞古文을 수호해야 한다는 의지를 분명히 하였다.

> 《서書》 가운데 의심되는 제편諸篇을 모두 신뢰하지 않는다면 육경六經이 무너질지도 모른다.《朱子語類》 권79

주희의 이 한마디는 리학理學체계에서 의변논의에 제동역할을 수행하게 된다. 주희가 "서경書經"의 권위를 지켜야만 하는 가장 큰 이유는 역시 리학理學을 탄생시킨 근원이라고 할 수 있는 "인심은 위험하고 도심은 미미하니 오직 정밀하게 살피고 한결같이 지켜 진실로 그 중中 잡아야 한다人心惟危, 道心惟微, 惟精惟一, 允執厥中"는 명제가 《대우모》에 들어있었기 때문이었다. 《대우모》는 고문에 속했기 때문에, 만약 고문전체를 의심하기 시작하면, 《대우모》의 문구가 의심받게 되는 것을 당연하고, 리학의 기반

마저 흔들릴 수 있다는 것을 주희는 고려하지 않을 수 없었을 것이다.

주희 이후 조여담趙汝談, ?~1237, 왕백王柏, 1197~1274, 號 魯齋, 왕응린王應麟, 1223~1296 등을 거쳐 왕백王柏의 제자인 김이상金履祥, 1232~1303이 의변을 이었다. 김이상은 주희의 말을 인용하여 "안국安國의 서序는 절대 서한의 문장으로 볼 수 없으며, 나는 동한사람이 만든 것으로 의심한다. 문체로 알 수 있을 뿐만 아니라 이른바 금석사죽金石絲竹의 음音을 들었다는 것은 확실히 후한後漢 사람의 말임에 의심의 여지가 없다"《經義考》 권76라고 하였다.

송대 이후 원명元明시대는 오로지 《채전蔡傳》 일변도의 학풍이 이어지긴 하지만, 그 와중에서도 의변의 논의가 심도 있게 진행되었다. 가장 주목할 만한 인물은 원元의 오징吳澄, 1249~1333, 號 草廬이다. 오징은 《서찬언書纂言》 4권을 편찬하면서 금문 28편만을 해석하고, 위작으로 의심되는 고문은 책의 뒤쪽에 부록하는 편제를 시도하였다.

> 복생의 《서》는 이미 매색梅賾이 더한 것과 뒤섞였지만 누구나 다시 분별해낼 수 있다. 일찍이 그것을 읽어보니 복생의 《서》는 비록 완전히 통하기는 어렵지만, 그 사의辭義의 고오古奧함을 감안하면 그것이 상고上古의 《서》임에 의심의 여지가 없었다. 매색이 더한 25편은 체제體製가 한 사람의 손에서 나온 것 같고, 채집하여 보충하고 삭제한 것이 비록 한 글자라도 근본이 없는 것이 없으며, 평탄하고 나약하여 선한先漢 이전의 글로 절대 분류될 수 없다. 대저 천년의 고서古書가 가장 늦게 출현하였는데 자획字劃에 조금도 탈오脫誤가 없고 문세文勢도 서로 맞지 않으니 크게 의심할 바가 아니겠는가? (…중략…) 대저 오역과 주자가 의심한 바가 이와 같은데, 내가 어찌 그 의문을 질정할 수 있겠는

가마는 이 고문 25편이 고古《서書》임을 절대 신뢰할 수 없으니, 시비지심是非之心을 어찌 어둡게 할 수 있겠는가? 따라서 이제 이 25편을 따로 나누어 복생의 《서》에 부록으로 붙이고, 각 편의 머리에 있는 《소서小序》는 다시 하나로 합쳐 뒤에 위치시키면서 공씨孔氏의 《서序》를 함께 붙였으니 의심이 되는 바가 있기 때문이었다. 나 개인의 말이 아니라 선유先儒에게서 들은 것일 뿐이다.吳澄, 《書纂言·目錄》

오징은 비록 선유先儒로부터 들은 것이라는 겸사를 사용했지만, 이전의 오역과 주희의 의변에 비해서 확실히 과감하였고, 금문과 고문을 구분하는 편제는 오징으로부터 시작되었다고 평할 수 있다.

명대에 들어서 의변의 최대 성과는 매작梅鷟, 1483?~1553의 《상서고이尚書考異》와 《독서보讀書譜》에서 확인할 수 있다.

심하도다! 유자들이 괴이함을 좋아함이여, 그 시대를 논하지 않고, 그 인물을 돌아보지 않은 채 오로지 괴이함만을 따랐도다. 복생이 경經 28편과 서序 1편 등 총 29편을 전하여 제로齊魯지역에 교수함에 해와 달이 하늘에 운행하는 것을 사람들이 우러러보는 것과 같았으니, 바로 성경聖經의 정통이다. 공벽孔壁에 숨겨졌던 《고문상서》의 경우는, 고조高祖가 노魯를 지나면서 공자에게 제사지낼 때 고문을 언급하지 않았고, 혜제惠帝가 협서령挾書令을 해제할 때 고문을 언급하지 않았으며, 문제文帝가 《상서》를 읽을 수 있는 사람을 구할 때에도 고문을 언급하지 않았으며, 경제景帝 때에도 단 한 사람이라도 공씨가 고문을 소유하고 있다는 것을 말하지 않았다. 효무제孝武帝 때에 이르러 7·80년이 지나는 동안 성손聖孫 공안국孔安國이 오로지 고문을 연구하였는데, 금문으로 그것을 읽어 그의 학가學家를 일으켰다. 동진東晋에 이르러 고사高士 황보밀皇甫謐이라는 자가 있어 공안국의 《서書》를 보고 폐기하였는데도 사람들은 아까워하지 않았고, 오히려 《서書》 25편과 《대서大序》 및 《전傳》을 만들어 안국고문安國古文이라 사칭하여 외제外弟 양류梁柳에게 전하고, 양류梁柳는 장조臧曹에게 전하고, 장조臧曹는 매이梅頤, 梅賾에게 전하였는데, 매이梅頤가 마침내 헌상하여 시행되었다. 사람들은 진眞 안국安國 《서書》로 믿었는데 이전의 제유諸儒들 즉 왕숙王肅 · 두예杜預 등 진초晋初의 사람들, 정충鄭沖 · 하안何晏 · 위소韋昭 등 삼국三國의 사람들, 정현鄭玄 · 조기趙岐 · 마융馬融 · 반고班固 등 후한後漢의 사람들, 유향劉向 · 유흠劉歆 · 장패張覇 등 전한前漢의 사람들이 모두 보지 못한 것들이었다. '일서逸書'라고 말하지 않았고 '현재 망실되었다[今亡]'라고 하였다. 《사기》 · 《한서》에 기록된 것은 절대 25편의 영향을 받은 것이 없으며, 거기에 언급된 정충鄭沖 · 소유蘇愉 등은 모두 사실을 왜곡한 것일 뿐이다. (…중략…) 수隋 · 당唐이래 천여 년 동안 오징의 《서찬언書纂言》을 제외하고 일찍이 단 한사람의 성경聖經의 충신의사忠臣義士가 없었으니, 어찌 가슴 아픈 일이 아니겠는가! 《經義考》 권88 《尙書考翼(異)》

손성연孫星衍, 1753~1818이 쓴 《상서고이尙書考異 · 서序》에서도 매작梅鷟의 의변 성과가 청대의 염약거閻若璩 등이 의변疑辨을 완성하는데 결정적인 역할을 한 점을 높이 평가하였다. 왜냐하면 매작梅鷟은 이전의 의변이 단순히 금고문의 문자난이文字難易의 구분에 머무는 데 그치지 않고 고문의 특정 구절이 선진先秦의 어떤 문헌에서 따 온 것인지에 관한 구체적인 증거를 수집하는 방법을 시도했기 때문이었다.

오역, 주희, 오징, 매작으로 이어지는 의변의 큰 줄기는 염약거閻若璩, 1636~1704의 《상서고문소증尙書古文疏證》으로 완성되게 된다. 《상서고문소증》은 "제1. 전후前後 《한서》에 기록된 고문편수가 지금과 다름을 논함第一.言兩漢書載古文篇數與今異"을 시작으로 한 가지 문제에 대해 한 가지 의론을 하여 모두 128편을 입론하였는데, 중간에 28~30, 33~48, 108~110, 122~129 등 총 30조條가 빠져 있다. 염약거는 매작의 선행연구에서 개창한 증거 수집방법을 운용하여, 문헌적 증거와 역사적 증거 두 방면으로 공씨본의 위작을 고정考定하였다. 제1에서 제80권1~권5까지는 문헌적 증거이고, 제81에서 제96권6까지는 역사적 증거이며, 제97에서 제112권7까지는 위고문 내용의 모순을 폭로하였고, 제113에서 끝권8까지는 오역 · 주희 · 왕충운王充耘 · 매작 · 학경郝敬 · 정원鄭瑗 · 요제항姚際恒 · 마숙馬驌 등의 의변설을 인용한 것이다. 《사고전서총목제요》에서는 《사기》 · 《한서》에 공안국이 고문 《상서》를 헌상한 설說만 있고 전傳을 만들라는 명을 받은 사실은 없으니, 이는 위본僞本이 근거가 없는 확실한 증거이기도 하지만, 위본僞本을 변호하는 중요한 관건이 되기도 한다는 점을 지적하면서, 염약거가 이 부분에 대해서는 언급하지 않은 점은 조금 아쉬운 점이라고 지적하였다. 또한 기타의 조목 뒤에 종종 군더더기 말을 덧붙여 내용을 방대하게 한 점 및 《잠구차기潛邱劄記》를 부록으로 붙여둔 점은 결과적으로 핵심을 벗어난 지엽적이라는 점을 비판하였다. 그러나 결론적으로 반복적으로 천고千古의 대의大疑를 제거하고 떨어낸 공헌은 고증학의 시초가 된다는 점을 기렸다. 정리하자면 《고문상서소증》은 고문 《상서》를 과학적으로 논증하여 진한秦漢 이래 천년을 이어져 온 《상서》 금고문今古文 논쟁을 종결하고 고문의 위작을 증명한 고증학 최고의 명저名著인 것이다.

저자인 염약거閻若璩, 1636~1704의 자는 백시百詩, 호는 잠구潛丘이다. 고적故籍은 산서山西 태원太原, 현 중국 산서성(山西省) 태원시(太原市)이며, 강소江蘇 회안부淮安府 산양현山陽縣, 현 강소성(江蘇省) 회안시(淮安市)에서 출생하여 활동하였다.

순치順治 8년1651, 15세의 염약거는 산양현山陽縣 학생원學生員이 되어 경사經史 연구에 매진하며 군서群書를 탐독하였다. 20세부터 《상서고문소증》 편찬을 시작하였다. 강희康熙 원년1662 27세에 고적故籍인 태원太原으로 돌아와 과거에 응시하였지만 낙제하였다. 강희 11년1672 태원으로 돌아와 4번째 과거에 낙제한 후 고염무顧炎武, 1613~1682와 교유하며 고적답사를 함께 하였고, 또한 고염무의 《일지록日知錄》 수 조목을 질정하기도 하였다. 강희 17년1678 박학홍유과博學鴻儒科에 추천받아 응시하였지만 낙방한 후 경사京師에 머물며 여러 학자들과 교유하였다. 이 해 서건학徐乾學, 1631~1694의 《대청일통지大淸一統志》 수찬사업에 참여하였고, 동시에 만사동萬斯同, 1638~1702 · 고조우顧祖禹, 1631~1692 · 호위胡渭, 1633~1714 등 학자들과 함께 역사를 비교하고 여러 책을 참고하여 《자치통감후편資治通鑒後編》 184권을 완성하는데 일조하였다. 청장년시절을 경사에서 활동하며, 틈틈이 《상서고문소증》을 편찬하였다. 강희 33년1694 그의 나이 59세가 되어서야 비로소 회안부淮安府 산양현山陽縣으로 귀향했다. 강희 38년1699과 42년1703, 강희제康熙帝가 강소江蘇와 절강浙江을 방문했을 때 두 번이나 찬송시를 올렸지만 알현하지 못했다. 그 후 염약거의 명성을 익히 알았던 황제의 넷째 아들 윤진태자胤禛太子, 훗날의 雍正帝의 초청으로 69세의 염약거는 노구와 숙환에도 불구하고 강희 43년1704 1월에 경사로 달려갔다. 얼마 지나지 않아 염약거의 건강이 악화되어 그해 6월 8일 경사에서 사망했다. 주요저작은《상서고문소증尙書古文疏證》,《사서석지四書釋地》,《잠구차기潛邱劄記》 등이 있다.

처음 염약거의《상서고문소증》8권이 세상에 나왔을 때, 성경聖經을 모욕했다는 이유로 여러 비난에서 자유로울 수 없었다. 뿐만 아니라 하마터면 그 불멸의 연구성과는 그대로 역사에 묻히고 다음 세대를 기약할 뻔했었다. 염약거 생존 당시,《상서고문소증》은 단지 초본抄本만 유전流傳되었고 판각간행되지는 못했다. 염약거가 세상을 떠난 40년 후에야 비로소 그의 손자 염학림閻學林에 의해 회안淮安에서 판각간행되었으니, 이것이 바로 건륭乾隆 10년1745 평음平陰 주씨朱氏 권서당본眷西堂本이다. 건륭 37년1772《사고전서四庫全書》가 수찬修撰되면서 이 판본이 수록되었고, 원각原刻은 수몰 폐기되었다. 그 후 가경嘉慶 원년1796 오인기吳人驥의 천진각본天津刻本, 동치同治 6년1867 전당錢塘 왕씨汪氏 진기당振綺堂 중수본重修本, 왕선겸王先謙, 1842~1917의《청경해속편淸經解續編》본이 만들어졌다. 각본刻本 이외에도 초본抄本 2종이 세상에 전해지고 있다. 하나는 항세준杭世駿 발문跋文의 청초본淸抄本 5권으로 현재 중국국가도서관中國國家圖書館에 소장되어 있고, 다른 하나는 청淸 심동沈彤 초본抄本 5권으로 현재 호남성도서관湖南省圖書館에 소장되어 있다. 권서당본이 염약거의 손자가 간각刊刻한 것이고, 나머지 판본은 모두 권서당본을 기본으로 만든 것이다.

《상서》는 고대 성왕聖王과 현신賢臣의 언행을 기록한 유가의 경전이자 역사서로서, 공자가 《시》와 함께 필수 교재로 선택한 교과서였다. 유가의 탄생과 한대漢代 학관學官이 세워진 이래로 최고의 경전의 하나로 군림하면서 지존의 위상을 가진 《상서》를 "위조된 것"으로 주장하고 나서는 것은 결코 쉬운 일이 아니다. 더욱이 천여 년 동안 지속된 공안국전 《상서》의 자체적 모순과 허점의 노출 그리고 그것에 대한 합리적 "의심"은 공자이래 한 사람이라는 주자에게도 쉽지 않은 사안이었다. 염약거는 주자의 의변疑辨을 자기 학설의 보호막으로 삼아 자신의 학문을 반대하는 사람들에게 성법聖法과 경도經道를 위배하였다는 말을 하지 못하도록 하는 한편, 선대先代 학자들이 주창한 방법론과 결과물을 운용하여 역사적인 의변작업을 완성한 저작을 편찬하게 되었다. 그것이 바로 고증학 불멸의 명작 《상서고문소증》이다. 비로소 경전의 지위에 있던 고문 《상서》는 위작僞作으로 판명되었고, 위고문은 아무런 저항 없이 전복되고 말았다. 이는 경학 학술사상 최고의 과학적 성과로 평가된다.

2023년 초여름

이산서재而山書齋에서 역자 쓰다

• 그렇지만 반복해서 정리하고 손질함으로써 천고千古의 큰 의문점들을 제거했으니, 고증학에서는 아마도 이 책보다 나은 것이 없을 것이다.

— 기균紀昀 등《사고전서총목제요四庫全書總目提要》

• 학문의 최대 장애물은 맹목적인 신앙보다 더 심한 것이 없다. (…중략…) 그러므로 염백시의《상서고문소증》을 최근 삼백 년 학술해방의 제1등 공신으로 인정하지 않을 수 없다.

— 양계초梁啟超《중국근삼백년학술사中國近三百年學術史》

《상서고문소증》 출판에 즈음하여 초역을 꼼꼼히 읽어보고 오탈자를 교정해준 성균관대학교 하한솔 학우와 정읍(井邑) 선송당(善松堂) 이중호(李中浩) 학형에게 깊은 감사의 말씀을 전합니다.

상서고문소증 4_ 차례

尙書古文疏證 전체 차례

권8

제113. 의고문疑古文은 오역吳棫으로부터 시작되었음을 논함

원문

《書》古文出魏晉間, 距東晉建武元年凡五十三四年始上獻于朝, 立學官. 建武元年下到宋南渡初八百一十一年, 有吳棫字才老者出, 始以此書爲疑, 眞可謂天啓其衷矣! 抑朱子《大學·序》所謂"天運循環, 無往不復"者也! 其言曰: "伏生傳於旣耄之時, 而安國爲隸古又特定其所可知者. 而一篇之中, 一簡之內, 其不可知者蓋不無矣. 乃欲以是盡求作書之本意與夫本末先後之義, 其亦可謂難矣. 而安國所增多之《書》, 今書目具在, 皆文從字順, 非若伏生之《書》詰曲聱牙, 至有不可讀者. 夫四代之《書》作者不一, 乃至二人之手而遂定爲二體乎? 其亦難言矣." 後又二百一十七年, 休寧朱升應浙江行省試, 對策曰: "今文, 古文篇有分合, 詞有難易. 觀其文理之相接, 則可見其始合而今分矣. 觀其體制之迥殊, 則可疑其彼何獨難, 而此何獨易矣. 若是者, 自朱子, 吳才老固已獻疑, 而世之大儒亦已有明辨而釐正之者矣." 世之大儒, 指臨川吳文正言. 其《敘錄》盛行於世, 玆不復著.

번역

《서書》 고문古文은 위진魏晉 연간에 출현하였고, 동진東晉 건무建武 원년317

까지 53년이 지나서 비로소 조정에 헌상되어 학관에 세워졌다. 건무建武 원년 이후, 송宋 남도南渡 초기까지 811년이 지나서 오역吳棫, 1100?~1154, 자(字) 재로(才老)이 출현하여 처음으로 이 고문 《서書》를 의심하였으니, 진실로 하늘이 그 마음속의 것을 열어 준 것天啓其衷이라 할 만하다! 아니면, 주자朱子 《대학 · 서序》에서 이른바 "천운은 순환하여, 가서 돌아오지 않음이 없다天運循環, 無往不復"는 것이다!

오역은 다음과 같이 말했다. "복생伏生은 이미 늙어 혼몽할 때에 《서》를 전하였고, 안국安國이 그것을 예고隸古[1]한 것 또한 알 수 있는 것들에 특정하였다. 한 편篇, 한 간簡 안에 안국이 알 수 없는 것들이 없을 수 없었다. 이에 《서》를 지은 본의와 선후본말의 의의를 다 구하고자 한 것도 어려웠다. 그러나 안국이 증가시킨 《서》는 지금 그 서목書目이 갖추어져 있는데, 모두 문맥이 따르고 글자가 순하여文從字順, 복생의 《서》의 굴곡지고 난삽하여屈曲聱牙 읽을 수 없는 지경에 이르게 된 것과는 같지 않다. 대저 4대代의 《서》 작자가 한 명이 아니고, 두 사람의 손을 거치게 되었으므로 마침내 두 가지 문체로 정해진 것인가? 그 또한 말하기 어렵다伏生傳於既耄之時, 而安國爲隸古又特定其所可知者. 而一篇之中, 一簡之內, 其不可知者蓋不無矣. 乃欲以是盡求作書之本意與夫本末先後之義, 其亦可謂難矣. 而安國所增多之《書》, 今書目具在, 皆文從字順, 非若伏生之《書》屈曲聱牙, 至有不可讀者. 夫四代之《書》作者不一, 乃至二人之手而遂定爲二體乎? 其亦難言矣."

다시 217년 이후, 휴녕休寧, 지금의 안휘성(安徽省) 황산시(黃山市) 관할의 주승朱升, 1299~1370[2]이 절강浙江 행성시行省試에 응하여 대책對策에서 다음과 같이 말했

---

1 예고(隸古) : 전국시대 이전의 고(古) 전문(篆文)을 당시 통행자인 예서(隸書)로 교정하여 다시 기록한 것을 말한다.

다. "금문과 고문의 편篇에는 나뉨과 합침이 있고, 단어에 난이難易가 있다. 그 문리가 서로 접한 것을 보면, 처음은 합했다가 지금은 나뉘어진 것을 볼 수 있다. 그 체제體制의 매우 현격함을 보면, 금문은 어찌 유독 어렵고, 고문은 어찌 유독 쉬운지를 의심하게 된다. 이와 같은 것들은 주자朱子와 오재로吳才老가 이미 의심한 것이고, 당세當世의 대유大儒 가운데서도 이미 밝게 분별하여 바로잡은 자가 있다."

당세의 대유大儒는 임천臨川의 문정공文正公 오징吳澄, 1249~1333, 호 초려(草廬)을 가리킨다. 그의 《서록敍錄》은 당세에 성행盛行하므로 여기에 다시 저록하지 않는다.

원문

按：吳才老有《書裨傳》十三卷, 首卷擧要曰《總說》, 曰《書序》, 曰《君辨》, 曰《臣辨》, 曰《考異》, 曰《詁訓》, 曰《差牙》, 曰《孔傳》, 凡八篇. 意《差牙》, 《孔傳》篇內必另有疑古文處, 不止如上所載者. 其不傳也, 惜哉! 聞歸熙甫有疑古文藁藏于家, 余三至其家購訪之, 卒不出.

번역 안按

오재로吳才老의 《서비전書裨傳》 13권은 수권首卷의 요지를 거론한 《총설總說》, 《서서書序》, 《군변君辨》, 《신변臣辨》, 《고이考異》, 《고훈詁訓》, 《차아差牙》,

---

2 주승(朱升) : 자 윤승(允升). 안휘(安徽) 휴녕(休寧)(지금의 황산시(黃山市) 휴녕현(休寧縣) 진하향(陳霞鄉) 회계촌(回溪村)) 출신이다. 원말명초의 문학가이며, 명(明) 개국(開國)공신이다. 저서에는 《주풍림집(朱楓林集)》이 있다.

《공전孔傳》 등 총 8편이 있었다. 아마도 《차아差牙》, 《공전孔傳》 편 안에는 반드시 별도의 고문을 의심한 부분이 있었을 것이며, 앞에서 기록한 내용에만 그치지 않았을 것이다. 그 책이 전해지지 않음이 애석하다! 듣자니, 귀유광歸有光, 자 희보(熙甫)의 집안에 의고문疑古文의 원고가 소장되어 있다고 하여, 나는 세 번이나 그 집안에 찾아가 구매하고자 하였으나 끝내 얻지 못하였다.

원문

又按：《書裨傳》雖不傳, 而蔡《傳》《泰誓》篇目下引吳氏曰："湯,武皆以兵受命, 然湯之辭裕, 武王之辭迫; 湯之數桀也恭, 武之數紂也傲, 學者不能無憾. 疑其《書》之晩出, 或非盡當時之本文也." 此吳氏疑即才老.

번역 **우안又按**

《서비전書裨傳》은 비록 전하지 않지만 《채전》은 《태서》 편목篇目 아래에 오씨吳氏의 설을 인용하였다. "탕湯 · 무왕武王은 모두 무력武力으로 천명天命을 받았는데, 탕의 말은 부드러우나 무왕의 말은 급박하며, 탕이 걸桀의 죄를 열거한 것은 공손하나 무왕이 주紂의 죄를 열거한 것은 오만하니, 배우는 자가 유감이 없을 수 없다. 아마도 그 《서》가 늦게 나와서 혹 모두가 당시의 본문은 아닐 것이다湯, 武皆以兵受命, 然湯之辭裕, 武王之辭迫; 湯之數桀也恭, 武之數紂也傲, 學者不能無憾. 疑其《書》之晩出, 或非盡當時之本文也." 이 오씨吳氏는 아마도 오역吳棫, 자 재로(才老)일 것이다.

원문

又按：《草廬全集》有《題伏生授書圖》詩，云："先漢今文古，後晉古文今．若論伏氏功，遺像當鑄金．" 復自跋云："嗚呼！天未泯絶帝王之制，故憖遺此老以至此時也．女子亦有功焉．《書》二十八，後析爲三十三，奇崫難讀．或謂女子口授時濟南,潁川語異，錯以己意屬讀而失其眞．嗚呼！奇崫，古書體也，錯何尤？晉隋間古文二十五篇出，從順如今人語，非若伏生《書》奇崫矣．識者議其功罪於錯，爲何如哉？嗚呼！是固未易爲淺見寡聞道也，安得起吳才老,朱仲晦于九原？" 案："析爲三十三"指晉隋間《書》言，非眞孔《書》也．

번역 우안又按

《초려전집草廬全集》의 《제복생수서도題伏生授書圖》 시詩는 다음과 같다. "선대 한漢의 금문今文은 옛 것이고, 후대 진晉의 고문古文은 지금의 것이네. 만약 복생의 공로를 논한다면, 마땅히 금으로 상像을 주조해서 남겨야 할 것이네先漢今文古, 後晉古文今. 若論伏氏功, 遺像當鑄金."

다시 스스로 발문跋文을 지어 다음과 같이 말했다. "아! 하늘이 아직 제왕의 제도를 끊어 없애지 않았으므로 억지로 이 노인에게 남겨 지금에까지 이르게 되었다. 여자女子[3]게도 공功이 있다. 《서》 28편은 이후 나뉘어 33

3 한대(漢代) 《서》의 전승과정에 등장하는 여자는 두 명이다. 장수절(張守節)의 《사기정의》 및 안사고의 《한서주》는 모두 《조조전(晁錯傳)》의 주(注)에서 위항(衛恒)의 《조정고문상서(詔定古文尙書) 서(序)》를 인용하고 있다. "복생은 딸에게 자신의 말을 조조(晁錯)에게 전하라고 시켰는데, 이미 늙어서 말을 정확하게 할 수 없었고 딸 또한 그의 말을 잘 알아듣지 못했다. 게다가 제(齊)와 영천(潁川)의 언어까지 달라서 조조(晁錯)가 알아듣지 못한 부분이 열에 두셋이었으니, 뜻을 대략 추측하여 읽을 뿐이었다." 또한 왕충(王充)의 《논형 · 정설(正說)》편에는 다음과 같이 기록하였다. 효선제(孝宣帝, BC 74~BC 49 재위)의 때에 이르러, 하내(河內)에 사는 어떤 여자가 노옥(老屋)을 헐다가 일실된

편이 되었는데, 기이하고 굴곡져 읽기 어려웠다. 어떤 이는 여자가 입으로 전할 당시에 제남濟南과 영천潁川의 말이 달랐으므로, 뒤섞어錯 자기 임의대로 읽어 그 진면목을 잃게 되었다고 하였다. 아! 기이하고 굴곡진 것인 옛 서체書體인데, 뒤섞은 것이 무슨 잘못이겠는가? 진수晉隋 연간에 고문 25편이 출현하였는데 문장이 순리롭게 따름이 지금 사람의 말과 같았고, 복생《서》의 기이하고 굴곡진 것과 같지 않았다. 식자識者들이 여자의 공을 논하면서 뒤섞음에 죄를 주는 것은 어째서인가? 아! 이는 진실로 천박한 지식을 가진 자가 쉽게 말할 수 있는 것이 아니니, 어찌 오재로吳才老, 吳棫와 주중회朱仲晦, 朱熹가 무덤에서 놀라 일어나지 않겠는가?"

살펴보건대, "나뉘어 33편이 되었다析爲三十三"는 것은 진수晉隋 연간에 출현한《서》를 가리켜 말한 것이지, 진眞공안국《서》가 아니다.

원문

又按：趙氏《松雪齋集》有《書今古文集註序》, 分今文,古文爲之集註, 曰："嗟夫!《書》之爲《書》, 二帝三王之道於是乎在, 不幸而至於亡. 於不幸之中, 幸而有存者, 忍使僞亂其眞耶? 又幸而覺其僞, 忍無述焉以明之, 使天下後世常受其欺耶?" 此最盛心. 計當時識議與之合者, 吳草廬一人. 所以草廬《贈別子昂》詩："識君維揚驛, 玉色天人表. 伏梅千載事, 疑讞一夕了." 快哉! 此一夕談也. 降而其門人楊載爲《行狀》僅云："公治《尙書》, 爲之注, 多所發明." 廷臣爲諡議："公尤邃於《書》, 作傳注以發其微." 即後十五年, 何貞立來刻

《역》·《예》·《상서》 각 1편씩을 얻어 바쳤다. 선제가 박사에 명하여 살펴보도록 하였고, 이후《역》·《예》·《상서》가 각각 1편씩 늘어나게 되니《상서》 29편이 비로소 정립되었다.

集，亦僅稱："某嘗見公所著《書古今文集註》，皆其盛年手自繕寫，人未知之." 幷無一語及其絶識以爲古文之可疑. 則古文之在當日，人爲壓服久矣. 嗚呼! 聚聾而鼓之，百無當也. 然聾極而聰，亦有候存焉. 君子詎忍盡絶一世人於門外哉? 故每不能已于言.

번역 우안又按

조맹부趙孟頫, 1254~1322, 자 자앙(子昂) 《송설재집松雪齋集》에 《서금고문집주書今古文集註 · 서序》가 있는데, 금문과 고문을 나누어 집주集註하였다고 하면서 다음과 같이 말했다. "아! 《서》가 《서》인 것은 이제삼왕二帝三王의 도道가 여기에 있기 때문인데, 불행하게도 망실됨에 이르렀다. 불행한 가운데서도 다행스럽게 남겨진 것이 있었으니, 차마 거짓된 것으로 하여금 진실된 것을 어지럽히게 할 수 있겠는가? 또한 다행스럽게도 그 거짓된 것을 깨달았으니, 차마 그것을 서술하여 밝히지 않고 천하의 후세들로 하여금 항상 그 속임을 당하게 할 수 있겠는가?嗟夫!《書》之爲《書》, 二帝三王之道於是乎在, 不幸而至於亡. 於不幸之中, 幸而有存者, 忍使僞亂其眞耶? 又幸而覺其僞, 忍無述焉以明之, 使天下後世常受其欺耶?" 이것이 최상의 성심盛心이다. 당시에 지식과 논의가 이와 합치되는 사람을 헤아려보면, 오징吳澄, 호 초려(草廬) 한 사람뿐이다. 따라서 초려草廬의 《증별자앙贈別子昂》 시에서 "유양역維揚驛에서 그대를 알았는데, 옥같은 얼굴빛 천인天人의 표상이네. 복생과 매색의 천 년된 사안을, 하루 저녁에 의심하여 평의를 논하였네識君維揚驛, 玉色天人表. 伏梅千載事, 疑讞一夕了"라고 하였으니, 통쾌하도다! 이 하루 저녁의 담화여. 이후 조맹부의 문인 양재楊載, 1271~1323[4]가 《행장》을 지어 "공公, 趙孟頫은 《상서》를 전공하여 주해를 지었는데, 발명發明한 바가 많았다"고 조금만 언급하였고, 정신廷臣, 조정의 신하이 시의諡議를 논하면서 "공公은 더욱 《서》를 깊이 파고들어 전주傳注를 지어 그 은미한 뜻을 발명하였다"고 하였다. 바로 15년 후, 장사長沙의 하정립何貞立이 문집을 판각하면서도 "내가 일찍이 공이 저술한 《서고금문집주書古今文集註》를 보았는데, 모두 공의 성년盛年에 손수 편제하여 기록한 것으로 다른 사람들은 알지 못한 것들이다"라고만 칭하였다. 모두 조맹부가 고문을 의심했음을 알 만한 것에 대한 한마디의 언급이 없다. 그렇다면, 당시의 고문古文이 사람들을 억압하고 복종시킨 것이 오래 되었던 것이다. 아! 귀머거리를 모아놓고 북을 쳐봤자 아무 소용이 없다. 그러나 귀먹음이 끝나고 귀밝게 되면, 또한 기다렸다가 보존될 수 있다. 군자가 어찌 차마 한 세대의 사람들을 문밖에서 다 끊어버릴 수 있겠는가? 그러므로 매번 말을 그만둘 수 없는 것이다.

원문

又按：天下事由根柢而之枝節也易，由枝節而返根柢也難．竊以考據之學亦爾．予之辨僞古文，喫緊在孔壁原有眞古文爲《舜典》，《汩作》，《九共》等二十四篇，非張霸僞撰．孔安國以下，馬,鄭以上，傳習盡在於是．《大禹謨》，《五子之歌》等二十五篇，則晩出魏晉間，假託安國之名者．此根柢也．得此根柢在手，然後以攻二十五篇，其文理之疎脫，依傍之分明，節節皆迎刃而解矣．不

4 양재(楊載) : 자 중홍(仲弘). 어려서 부친을 여의고, 항주(杭州)로 이주하여 군서(群書)를 두루 섭렵하였고, 조맹부(趙孟頫)를 추숭하였다. 저서에는 《양중홍시(楊仲弘詩)》 8권이 있었는데, 산실되었다.

然, 僅以子,史諸書仰攻聖經, 人豈有信之哉? 嘗寄與黃太沖讀一過, 歎曰 : "原來當兩漢時, 安國之《尚書》雖不立學官[平帝時暫立], 未嘗不私自流通. 逮永嘉之亂而亡. 梅賾上僞《書》, 冒以安國之名, 則是梅賾始僞. 顧後人并以疑漢之安國, 其可乎? 可以解史傳連環之結矣."

번역 우안又按

천하天下의 일은 근저根柢, 뿌리에서부터 지절枝節, 가지와 마디로 가는 것은 쉽지만, 지절로부터 근저로 거슬러 오는 것은 어렵다. 가만히 생각해보건대, 사실을 근거로 실증하는 고거학考據學 또한 그러하다. 내가 위고문僞古文을 변론하는 것은, 긴요함이 공벽孔壁에 원래 《순전舜典》, 《골작汩作》, 《구공九共》 등 24편의 진고문眞古文이 있었고, 그것이 장패張霸의 위찬僞撰이 아니라는 것에 있다. 공안국孔安國 이후, 마융과 정강성 이전에는 전습傳習됨이 다 거기에 있었다. 《대우모》, 《오자지가》 등 25편은 위진魏晉 연간에 늦게 나온 것으로 공안국의 이름에 가탁한 것들이다. 이것이 근저根柢이다. 이 근저를 손에 넣은 이후에 25편을 공격하면, 그 문리의 엉성함과 빠짐이 있음疎脫을 대조하여 밝게 분별할 수 있고, 마디마디를 모두 칼날로 분해할 수 있다. 그렇지 않다면, 겨우 자류子類, 사류史類의 제서諸書로 성경聖經을 공격해야만 하니, 사람들이 어찌 신뢰할 수 있겠는가?

일찍이 황종희黃宗羲, 자 태충(太沖)에게 부쳐 한번 읽게 하였는데, 탄식하며 말하였다. "원래 양한兩漢의 시대에 당하여, 안국安國의 《상서》는 비록 학관學官에 세워지지 않았으나[평제 때 잠시 세워졌었다], 일찍이 사사로이 유통되지 않음이 없었다. 영가永嘉의 난에 이르러 없어졌다. 매색梅賾이

위僞《서》를 헌상하면서 안국安國의 이름을 덧씌웠는데, 이는 매색이 처음 위찬한 것이다. 후대 사람들이 이것으로 한漢의 공안국孔安國을 의심해서 되겠는가? 사전史傳의 연결되어 있는 매듭을 풀어야 할 것이다."

제114. 주자가 고문에 대해 타협한 설을 논함

원문

朱子於古文嘗竊疑之, 至安國《傳》則直斥其僞, 不知經與傳固同出一手也. 其於古文, 似猶爲調停之說, 曰:“《書》有二體, 有極分曉者, 有極難曉者.” 又曰:“《尙書》諸《命》皆分曉, 蓋如今制誥, 是朝廷做底文字; 諸《誥》皆難曉, 蓋是時與民下說話, 後來追錄而成之.” 愚請得而詰之曰:《尙書》諸《命》皆易曉, 因已然, 所爲易曉者, 則《說命》,《微子之命》,《蔡仲之命》,《畢命》,《冏命》皆古文也, 故易曉. 至才涉於今文, 如《顧命》,《文侯之命》便復難曉. 《尙書》諸《誥》皆難曉, 固已, 然所謂難曉者則《盤庚》,《大誥》,《康誥》,《酒誥》,《召誥》,《洛誥》皆今文也, 故難曉. 至才涉於古文, 如《仲虺之誥》,《湯誥》便又易曉, 此何以解焉? 豈《誥》出於成湯之初者易曉, 而出於盤庚以後及周初者難曉邪? 豈《命》出於武丁,成湯之際者易曉, 而出於平王之東者難曉邪? 不特此也.《顧命》出於成王崩,《康王之誥》出於康王立, 相距才十日, 以同爲伏生所記, 遂同爲難曉, 尙得謂《命》易曉耶? 不特此也.《周官》, 誥也, 出於成王;《君陳》, 命也, 亦出於成王, 相距雖未知其遠近, 以同爲安國所獻, 遂同爲易曉, 尙得謂《誥》難曉耶? 論至此, 雖百喙亦難解矣.

번역

주자는 고문古文에 대해 일찍이 의심하였고 안국安國 《전》에 대해서는 그 위찬을 곧바로 지적하여 배척하였으나, 경經과 전傳이 진실로 한 사람의 손에서 나온 것임을 알지 못했다. 고문古文에 대해서는 타협적인調停 설을 주장했던 것 같은데, 말하길 "《서》에는 두 가지 문체가 있으니, 매우 이해하기 쉬운 것이 있고, 매우 이해하기 어려운 것이 있다《書》有二體, 有極分曉者, 有極難曉者"고 하였고, 또한 "《상서》의 모든 《명命》편은 모두 이해하기 쉬운데, 마치 지금의 황제의 조령詔令과 같이 조정에서 사용하는 문자와 같고, 모든 《고誥》편은 모두 이해하기 어려운데, 당시에 백성들에게 말한 것을 후대에 추록追錄하여 완성한 것이다《尙書》諸《命》皆分曉, 蓋如今制誥, 是朝廷做底文字; 諸《誥》皆難曉, 蓋是時與民下說話, 後來追錄而成之"고 하였다.

나는 다음과 같이 힐문하고자 한다. 《상서》의 모든 《명命》편은 모두 이해하기 쉽다고 하는 것은 본래 그러하니, 이해하기 쉬운 까닭은 《열명》, 《미자지명》, 《채중지명》, 《필명》, 《경명》 등이 모두 고문이기 때문에 이해하기 쉬운 것이다. 단지 금문今文에만 이르게 되면, 가령 《고명》, 《문후지명》은 바로 이해하기 어렵다. 《상서》의 모든 《고誥》편은 모두 이해하기 어려운 것은 본래 그러하지만, 이른바 이해하기 어려운 편이라고 하는 《반경》, 《대고》, 《강고》, 《주고》, 《소고》, 《낙고》가 모두 금문이기 때문에 이해하기 어려운 것이다. 단지 고문에만 이르게 되면, 가령 《중훼지고》, 《탕고》는 또한 이해하기 쉬우니, 이것을 어떻게 이해해야 하는가? 어찌 성탕成湯의 초기에 출현한 《고誥》는 이해하기가 쉽고, 반경盤庚 이후 주초周初에 출현한 것은 이해하기 어려운 것인가? 어찌 성탕成湯과 무정武丁 사이에 출현한 《명命》은 이해하기가 쉽고, 평왕平王이 동천東遷한 때에 출현한 것은 이해하기 어려운 것인가? 이것뿐만이 아니다. 《고명》은 성왕成王이 붕어할 때 나왔고 《강왕지고》는 강왕康王이 옹립될 때 나와, 그 서로의 차이가 겨우 10일이다. 이들은 모두 복생이 기억한 것이라고 여겨지며, 마침내 모두 이해하기 어려운데, 어떻게 《명命》이 이해하기 쉽다고 할 수 있겠는가? 이것뿐만이 아니다. 《주관》은 고체誥體이며 성왕 때 나왔고, 《군진》은 명체命體인데 또한 성왕 때 나왔는데, 비록 어떤 편이 먼저이고 나중인지는 알 수 없으나, 모두 공안국이 바친 것으로 여겨지고, 마침내 모두 이해하기 쉬운데, 어떻게 《고誥》가 이해하기 어렵다고 할 수 있겠는가? 논의가 여기에 이르게 되면, 비록 백 명의 사람이 떠들더라도 이해하기 어려울 것이다.

원문

按：武進周叟曰勺公，于年曰百歲矣，嘗告余曰：周公《書》純是蠻語，召公《書》便近人. 余曰：叟得毋指《旅獒》一篇爲召公奭所作乎? 周曰：然. 余曰：此自是古文，故爾易曉. 若召公語出于《召誥》者仍復難曉，周公語幸未爲古人所亂，故俱難曉. 若當時有一二出于古文者，亦復了了如《旅獒》矣. 總之，古文假作于魏晉間，今文則眞三代，故其辭之難易不同如此. 今說者不唯文之有古,今，而唯體之有命,誥，與人之有周,召，亦所謂舛矣.

번역 안按

무진武進, 江蘇 常州의 주周영감叟은 작공勺公이라 불리는데, 올해 나이 백 세로서 일찍이 나에게 다음과 같이 알려왔다. 주공周公의 《서書》는 순수한 만어蠻語[5]이고, 소공召公의 《서書》는 곧 근대사람의 말이다. 나는 대답하였

5 은(殷)을 중심으로 서쪽 변방인 기주(岐周) 지역의 언어라는 뜻이다.

다. 영감님叟께서는《여오》1편을 가리켜 소공召公 석奭이 지은 것으로 말한 것이 아닙니까? 주周영감은 그렇다고 하였다. 나는 다음과 같이 말하였다. 그것은 그 편이 고문이기 때문에 이해하기 쉬운 것입니다.《소고》에 나오는 소공의 말과 같은 것은 매우 이해하기 어렵고, 주공의 말은 다행스럽게도 아직 옛 사람의 어지럽힘을 당하지 않았기 때문에 이해하기 어려움을 갖추고 있는 것입니다. 당시에 고문에서 나온 한두 편과 같은 것 또한《여오》와 같이 명백합니다. 종합해보면, 고문은 위진魏晉 연간에 위작된 것이고, 금문은 진짜 삼대三代의 것이기 때문에 그 문장의 난이難易가 같지 않음이 이와 같은 것입니다. 오늘날 말하는 자들이 오직 문장에 고금古今이 있는 것이 아니라, 문체에 명命과 고誥의 차이가 있고 말하는 사람의 주공, 소공의 차이가 있다고 하는데, 이 또한 어그러진 말입니다.

원문

又按：余戊午應薦至京師, 崑山顧炎武寧人時在富平, 有自富平來傳其新論者云："'王出在應門之內, 太保率西方諸侯, 畢公率東方諸侯', 案《左傳》隱元年'天子七月而葬, 同軌畢至', 此應在葬後. 則蘇氏'成王崩未葬, 君臣皆冕服'說誤." 因病余"相距才十日"之說. 余謂：此證誠好, 但"王麻冕黼裳","卿士,邦君麻冕蟻裳", 敘在"越七日癸酉"下, 距王崩乙丑僅九日耳, 豈葬後乎? 且"諸侯出廟門俟", 俟見新君, 下即敘"王出在應門之內", 孔《傳》所謂"王出畢門, 立應門內"是也, 正一時事. 末敘"王釋冕, 反, 喪服", 此"冕"字直應前"王麻冕"之"冕", 非另起一"冕"字, 細玩自見. 或曰：奈西方,東方諸侯何? 余曰：蔡《傳》解《堯典》"僉曰""僉"字, "四岳與其所領諸侯之在朝者", 又解"芮,彤,畢,衛,毛皆國名, 入爲天子公卿"者, 即如上文"齊侯呂伋", 非東方諸侯乎? 則康王報誥"庶邦侯,甸,男,衛"固有人在也. 或者唯而退. 附此, 以便他日質諸寧人云.

번역 우안又按

내가 무오년戊午年, 1678, 42세에 천거薦擧를 받아 경사京師에 있을 때, 곤산崑山, 江蘇의 고염무顧炎武, 자 영인(寧人)는 당시에 부평富平에 있었는데, 부평富平으로부터 그의 새로운 논의를 전하는 자가 있었다.

"'강왕康王이 나가서 응문應門의 안에 있자, 태보太保는 서방西方의 제후를 거느리고, 필공畢公은 동방東方의 제후를 거느렸다王出在應門之內, 太保率西方諸侯, 畢公率東方諸侯'[6]에 대해서. 살펴보건대, 《좌전》 은공 원년의 '천자는 7개월 만에 장사 지내니 동궤同軌, 이민족이 아닌 화하(華夏)의 제후국(諸侯國)가 모두 온다天子七月而葬, 同軌畢至'"고 하였으니, 이는 응당 장사 지낸 이후의 일이다. 그렇다면 소식蘇軾의 '성왕成王이 붕어하고 아직 장사 지내지 않았는데, 군주와 신하가 모두 면복冕服을 입었다成王崩未葬, 君臣皆冕服'는 설은 틀렸다." 이는 나의 "《고명》과 《강왕지고》가 나온 시기가 겨우 10일이다相距才十日"는 설을 병통으로 여긴 것에 기인한 것이다.

나는 대답하였다. 이 증명은 진실로 좋으나, 다만 "강왕康王이 마면麻冕과 보상黼裳을 입다王麻冕黼裳", "경사卿士와 방군邦君은 마면麻冕과 의상蟻裳을 입다卿士, 邦君麻冕蟻裳"는 "(丁卯日로부터) 7일이 지난 계유일越七日癸酉" 아래에

6 《고명》(《강왕지고》) 王出在應門之內. 太保率西方諸侯, 入應門左. 畢公率東方諸侯, 入應門右. 皆布乘黃朱. 賓稱奉圭兼幣曰, 一二臣衛, 敢執壤奠. 皆再拜稽首. 王義嗣德, 答拜.

서술되어 있는데, 성왕이 붕어한 을축일乙丑日로부터는 겨우 9일이 지났을 뿐이니, 어찌 장사를 지낸 이후이겠는가? 또 "제후가 묘문廟門을 나와 기다렸다諸侯出廟門俟"는 군주를 기다려 뵙는 것이므로, 바로 아래에 "강왕康王이 나가서 응문應門의 안에 있다王出在應門之內"를 서술한 것이니, 《공전》의 이른바 "왕王이 필문畢門을 나와, 응문應門의 안에 서 있는 것이다王出畢門, 立應門內"가 이것이며, 바로 같은 때의 일이다. 맨 마지막에 "왕이 면복冕服을 벗고 다시 상복喪服을 입었다王釋冕, 反, 喪服"고 한 것의 이 "면冕"자는 바로 앞에 나온 "왕이 마면麻冕을 입다王麻冕"의 "면冕"과 대응하는 것이며, 별개의 다른 "면冕"자가 아닌 것이 자세히 음미해보면 저절로 드러난다.

어떤 이가 물었다. 서방西方과 동방東方의 제후는 어떠한가?

나는 대답하였다. 《채전》의 《요전》 "첨왈僉曰"의 "첨僉"자 주해에 "사악과 그가 거느린 제후로서 조정에 있는 자들四岳與其所領諸侯之在朝者"이라고 하였고, 또한 "예芮 · 동彤 · 필畢 · 위衛 · 모毛는 모두 나라 이름이며 들어와서 천자의 공경公卿이 되었다芮, 彤, 畢, 衛, 毛皆國名, 入爲天子公卿"[7]라고 주해하였으니, 곧 앞 문장의 "제후齊侯인 여급呂伋, 齊侯呂伋"과 같은 사람[8]이 동방東方의 제후가 아니겠는가? 그렇다면 강왕康王이 보고報誥하며 "여러 나라의 후侯 · 전甸 · 남男 · 위衛들이庶邦侯, 甸, 男, 衛"라고 한 것은 진실로 그 사람이 있었던 것이다. 어떤 이는 수긍하고 물러났다.

여기에 부록하여 다른 날 고염무顧炎武, 자 영인(寧人)에게 질정하고자 한다.

---

7 《고명》 乃同召太保奭 · 芮伯 · 彤伯 · 畢公 · 衛侯 · 毛公 · 師氏 · 虎臣 · 百尹 · 御事. 아래 《채전》에 보인다.

8 《고명》 太保命仲桓 · 南宮毛, 俾爰齊侯呂伋, 以二干戈, 虎賁百人, 逆子釗於南門之外, 延入翼室, 恤宅宗.

원문

又按：蔡《傳》引鄭氏曰："《周禮》五門：一曰皐門, 二曰雉門, 三曰庫門, 四曰應門, 五曰路門. 路門即畢門." 予案鄭氏乃鄭司農衆, 非康成. 康成《明堂位》註："天子五門, 皐,庫,雉,應,路." 又《周禮》註引經傳以證庫門向外, 雉門向內, 以破先鄭說. 蔡氏猶復引之, 何與? 且云"外朝在路門外, 則應門之內蓋內朝所在", 尤誤之誤. 路門外,應門內正一地, 豈有內朝外朝共集一地無分別之理? 蓋天子三朝, 外朝一,內朝二. 外朝在皐門內庫門外, 內朝則一在路寢門外爲治朝, 一在路寢門內爲燕朝.《禮記集說》方氏曰亦小誤, 並辨正于此.

번역 우안又按

《채전》은 정씨鄭氏의 설을 인용하였다. "《주례》의 다섯 개의 문은, 첫 번째는 고문皐門, 두 번째는 치문雉門, 세 번째는 고문庫門, 네 번째는 응문應門, 다섯 번째는 노문路門이다. 노문路門이 바로 필문畢門이다.《周禮》五門：一曰皐門, 二曰雉門, 三曰庫門, 四曰應門, 五曰路門. 路門即畢門."[9] 내가 살펴보니, 정씨鄭氏는 바로 정사농鄭司農, 鄭衆이지 정강성鄭康成이 아니다. 정강성의 《명당위明堂位》 주註는 "천자天子의 오문五門은 고皐, 고庫, 치雉, 응應, 노路天子五門, 皐, 庫, 雉, 應, 路"라고 하였고, 또한《주례》 주註에서 경전經傳을 인용하여 고문庫門이 바깥으로 향하고, 치문雉門은 안으로 향함을 증명하여, 선정先鄭, 鄭司農의 설을 격파하였다. 채침이 오히려 다시 정사농의 설을 인용한 것은 어째서인가?

9 《고명》(《강왕지고》) 王出在應門之內. 太保率西方諸侯, 入應門左. 畢公率東方諸侯, 入應門右. 皆布乘黃朱. 賓稱奉圭兼幣曰, 一二臣衛, 敢執壤奠. 皆再拜稽首. 王義嗣德, 答拜. 아래《채전》에 보인다.

또한 "외조外朝는 노문路門 밖에 있으니, 응문應門 안은 내조內朝가 있는 곳이다外朝在路門外, 則應門之內蓋內朝所在"라고 말한 것은 오류 가운데 더 심한 오류이다. 노문路門 바깥과 응문應門 안쪽은 동일한 곳인데, 어찌 내조內朝와 외조外朝가 동일하게 한곳에 모여 있으면서 나누어 구별하는 이치가 없었겠는가? 대체로 천자天子의 삼조三朝는 하나의 외조外朝와 두 개의 내조內朝이다. 외조外朝는 고문皐門의 안과 고문庫門의 바깥에 있고, 내조內朝의 경우, 하나는 노침문路寢門 바깥의 치조治朝이고 다른 하나는 노침문路寢門 안의 연조燕朝이다. 《예기집설禮記集說》 방씨方氏의 설[10]도 조금 오류가 있으니, 아울러 여기에서 변론하여 바로잡는다.

원문

又按："外朝在路門外"一語, 亦蔡誤本鄭司農註, 後鄭不從者. 或問予：此誤亦有所自來, 子知之乎? 予曰：彼蓋以《文王世子》外朝指路寢門外爲據, 而不知天子之制, 遠在庫門之外者也.《文王世子》內朝指朝於路寢之庭, 是亦一內朝已, 但外朝乃對路寢庭, 姑稱爲外, 非眞外朝, 眞外朝在庫門內,雉門外. 諸侯三門, 每門各有一朝, 亦仍是外朝一,內朝二. 其在雉門內路門外則君所日視之朝,《玉藻》謂之內朝. 康成曰："此正朝也." 三《禮》互有異同, 而《禮記》一書尤自相抵捂, 要在學者融會而善決擇之, 則幾矣.

---

10 《예기·옥조·집설(集說)》 方氏慤曰 內朝亦曰燕朝, 以其別於外朝, 故曰內, 以其別於治朝, 故曰燕. 視止於內朝者, 常朝也, 故以日言之.

번역 **우안又按**

"외조外朝는 노문路門 바깥에 있다外朝在路門外"라는 말 또한 채침이 정사농鄭司農의 주註를 잘못 근본삼은 것으로,[11] 후정後鄭, 鄭康成은 이 설을 따르지 않았다.

어떤 이가 나에게 물었다. 이 오류 또한 유래한 바가 있는데, 그대는 그것을 아는가?

나는 대답하였다. 그것은 《예기 · 문왕세자文王世子》에서 외조外朝를 노침문路寢門 바깥에 있는 것으로 여긴 것을 근거로 한 것으로 천자의 제도에는 멀리 고문庫門의 바깥에 있는 것을 모른 것이다. 《문왕세자》의 내조內朝는 노침路寢의 뜰庭에 있는 조정을 가리키는 것[12]으로 이 또한 하나의 내조內朝일 뿐인데, 다만 외조外朝는 노침路寢의 뜰에 있는 것과 대조하여 잠시 바깥이라고 칭하는 것이지 진짜 외조外朝는 아니며, 진짜 외조外朝는 고문庫門의 안內, 치문雉門의 바깥에 있다. 제후諸侯 삼문三門은 매每 문마다 각각

---

11 《주례 · 추관사구(秋官司寇)》 朝士 ; 掌建邦外朝之法, 左九棘, 孤卿大夫位焉, 群士在其後. 右九棘, 公侯伯子男位焉, 群吏在其後. 面三槐, 三公位焉, 州長衆庶在其後. 左嘉石, 平罷民焉. 右肺石, 達窮民焉. 《주(注)》 樹棘以爲位者, 取其赤心而外刺, 象以赤心三刺也. 槐之言懷也, 懷來人於此, 欲與之謀. 群吏, 謂府史也. 州長, 鄉遂之官. 鄭司農云 : "王有五門, 外曰皋門, 二曰雉門, 三曰庫門, 四曰應門, 五曰路門. 路門一曰畢門. 外朝在路門外, 內朝在路門內. 左九棘, 右九棘, 故《易》曰'係用徽纆, 寘于叢棘'. 玄謂《明堂位》說魯公宮曰"庫門, 天子皋門. 雉門, 天子應門."言魯用天子之禮, 所名曰庫門者, 如天子皋門. 所名曰雉門者, 如天子應門. 此名制二兼四, 則魯無皋門, 應門矣. 《檀弓》曰 : "魯莊公之喪, 旣葬, 而絰不入庫門."言其除喪而反, 由外來, 是庫門在雉門外必矣. 如是, 王五門, 雉門爲中門, 雉門設兩觀, 與今之宮門同. 閽人幾出入者, 窮民蓋不得入也. 《郊特牲》譏繹於庫門內, 言遠, 當於廟門, 廟在庫門之內, 見於此矣. 《小宗伯職》曰 : "建國之神位, 右社稷, 左宗廟."然則外朝在庫門之外, 皋門之內與? 今司徒府有天子以下大會殿, 亦古之外朝哉. 周天子諸侯皆有三朝, 外朝一, 內朝二. 內朝之在路門內者, 或謂之燕朝.

12 《예기 · 문왕세자》 其朝于公, 內朝則東面北上, 臣有貴者以齒. 《정현주》 內朝, 路寢庭.

하나의 조朝가 있으니, 또한 하나의 외조外朝와 두 개의 내조內朝이다. 그것이 치문雉門 안, 노문路門 바깥에 있는 것은 군주가 매일 조회보는 조朝이니, 《옥조玉藻》에서 말한 내조內朝이다.[13] 정강성은 "이것이 정조正朝이다此正朝也"라고 하였다. 삼《예禮》가 서로 이동異同이 있는데, 《예기》 하나의 서적에 특히 서로 상충되는 곳이 있으니, 배우는 자들은 융회하여 잘 선택해야만 거의 맞을 것이다.

원문

又按:《周禮》言外朝者三, 皆指皐門內庫門外, 斷獄弊訟於斯, 詢國危,國遷,立君於斯, 非謂別有一朝爲三詢之朝也者. 自康成偶誤註《小司寇》外朝爲在雉門外,《三禮義宗》因之,《通典》復因之, 下到今, 遂有四朝之說. 果爾, 諸侯止有三門, 門各容一朝, 一般有國危等事, 將何門置此一朝以詢之乎? 殊不足據.《玉海》王伯厚亟駁之, 有以也.

번역 **우안又按**

《주례》에서 외조外朝를 말한 것은 세 가지인데, 모두 고문皐門의 안內과 고문庫門의 바깥을 가리킨다. 그곳에서 옥사獄事를 결단하고 송사訟事를 판결하며, 그곳에서 나라의 위태로운 일과 국도國都를 옮기는 일과 임금을 세우는 일 등을 자문三詢하니, 별개의 삼순三詢하는 조정을 둠을 말한 것이

13 《예기 · 옥조》 諸侯玄端以祭, 裨冕以朝, 皮弁以聽朔於大廟, 朝服以日視朝於內朝. 朝, 辨色始入. 君日出而視之, 退適路寢, 聽政, 使人視大夫, 大夫退, 然後適小寢寢, 釋服. 又朝服以食, 特牲三俎祭肺, 夕深衣, 祭牢肉, 朔月少牢, 五俎四簋, 子卯稷食菜羹, 夫人與君同庖.

아니다. 정강성이 우연하게 《주례 · 소사구小司寇》의 외조外朝를 치문雉門 바깥에 있는 것으로 잘못 주해한 것으로부터 《삼례의종三禮義宗》[14]에서 그대로 따르고, 《통전通典》에서 다시 따르면서 이후에 지금까지 이르게 되었고, 마침내 4조朝의 설이 있게 되었다. 과연 그렇다면, 제후諸侯는 단지 3문門만 있고, 문門마다 각각 하나의 조정만 용납하는데, 일반적으로 나라가 위태로워지는 일이 생기면 장차 어떤 문에 하나의 조정을 설치하여 자문하는 것인가? 근거로 들기에 매우 부족하다. 《옥해玉海》에서 왕응린王應麟, 자 백후(伯厚)이 누차 반박한 것도 이런 이유 때문이었다.

원문

又按：蔡《傳》引蘇氏曰："三年之喪既成服，釋之而即吉，無時而可者." 嚴哉，斯論！雖程,朱何以加諸？而不知案之於禮，亦未盡然也. 何則？"喪三年不祭矣，若既殯後，天地社稷之祭，猶越紼而行事"，蓋不敢以卑廢尊.《漢志》引古文《伊訓》，以爲太甲當喪越茀行事，是其證也. 郊之日，"喪者不哭，不敢凶服." 蓋不獨王被大裘龍袞，戴冕璪，抑且合畿內臣庶，雖有私喪之服，盡釋之而即吉以聽命乎上，其嚴於事天如此. 推之於地與社若稷，一歲之間蓋不啻疊舉矣，服亦屢屢釋矣，先王豈爲其薄哉？蘇氏曰："太保使太史奉冊授王于次，諸侯入哭于路寢而見王於次，王喪服受教戒諫，哭踴,答拜. 聖人復起，不易斯言." 予按：朱子謂"易世傳授，國之大事，當嚴其禮，故漢唐君臣亦

14 《삼례의종(三禮義宗)》 47권 : 남조(南朝) 양(梁)의 관원이자 학자인 최영은(崔靈恩)(생몰년미상)의 저작이다. 그 외의 저작에는《毛詩集注》22권,《周禮集注》40권,《좌씨경전의(左氏經傳義)》22권,《좌씨조례(左氏條例)》10권,《공양곡량문구의(公羊穀梁文句義)》10권 등이 있다.

皆吉服.” 黃直卿謂太子即位禮有四. 一, 始死正嗣子之位,《顧命》“逆子釗於南門之外, 延入翼室”是也; 一, 既殯正繼體之位, “王麻冕黼裳入即位”是也. 然則王麻冕黼裳入即位, 乃儲君初即天子位之禮. 身爲天地社稷之主, 上承祖宗世繫之重, 蓋國大事莫逾於此. 縱遭親喪, 猶向所謂卑者爾, 其可不如事天地社稷者, 而一暫釋其服邪? 蘇氏一則曰諸侯哭, 再則曰王哭. 案曾子問 : “君薨, 世子生如之何?” 孔子曰 : “卿, 大夫, 士從攝主北面於西階南, 太祝裨冕執束帛升自西階, 盡等, 不升堂, 命毋哭.”《註》曰 : “將有事, 宜淸靜也.” 夫世子甫生, 繼體有人, 尙且止其哭以致祝辭, 況眞即繼體位, 而又追述先王冊命以告之, 而必以哭從事邪? 甚矣, 蘇氏之陋也! 蘇氏謂《書》失禮不可以不辨, 予則謂蘇氏失言不可以不辨.

번역 **우안又按**

《채전》은 소식蘇軾의 “3년상에 이미 성복成服한 뒤에 상복을 벗고 길복吉服에 나아감은 어느 때든 옳은 때가 없다三年之喪既成服, 釋之而即吉, 無時而可者”를 인용하였는데, 이 논의는 엄격해야 할 것이다! 비록 정자程子와 주자朱子라고 하더라도 무엇으로 논의를 더하겠는가? 예禮를 살핀 바가 있는지는 모르겠으니 또한 미진하다. 왜 그런가? “상喪 중에는 3년 동안 (종묘에) 제사를 드리지 않는데, 만약 이미 대렴한 이후에는 천지天地와 사직社稷에 제사를 지내되, 상엿줄을 넘어가서越紼 제사를 지낸다喪三年不祭矣, 若既殯後, 天地社稷之祭, 猶越紼而行事”[15]라 하였으니, 감히 존귀함을 낮추거나 폐하지 않는

15 《예기 · 왕제(王制)》喪三年不祭, 惟天地社稷, 爲越紼而行事.

것이다. 《한서·율력지律曆志》 하下에 고문 《이훈》를 인용하면서, 태갑太甲이 상喪을 당하여 상엿줄을 넘어 상제에게 제사를 올렸다고 한 것[16]이 그 증거이다. 교제郊祭일에 "상을 당한 자는 곡하지 않고 감히 흉복을 입지 않는다喪者不哭, 不敢凶服".[17] 오직 왕만이 대구용곤大裘龍袞을 입고 면조冕璪를 쓰는 것뿐만 아니라, 기내畿內의 신서臣庶들도 함께하였는데, 비록 개인적으로 상복喪服을 입었더라도 모두 상복을 벗고 길복을 입고서 하늘에 명을 기다렸으니, 하늘을 섬김에 있어서 그 엄격함이 이와 같았다. 그것을 땅에 미루어보면 사직社稷과 같은 것으로, 1년 사이에 중첩하여 거론하지 않은 것일 뿐이니, 복服 또한 자주 벗는 것을 선왕이 어찌 야박하게 했겠는가?

소식蘇軾이 말하였다. "태보太保가 태사太史에게 책冊을 받들게 함에, 여막喪次에서 왕에게 올리거든 제후들이 노침路寢에 들어가 곡哭하고 왕을 여막에서 뵈며, 왕은 상복으로 가르침과 경계와 간언을 받고는 곡哭하고 용踊하고 답배하여야 하니, 성인聖人이 다시 일어나더라도 이 말을 바꾸지 않을 것이다太保使太史奉冊授王于次, 諸侯入哭于路寢而見王於次, 王喪服受教戒諫, 哭踴, 答拜. 聖人復起, 不易斯言."

내가 살펴보건대, 주자는 "세대世代를 바꾸어가며 물려줌은 나라의 대사이니 마땅히 그 예禮를 엄격하게 해야 하므로, 따라서 한당漢唐의 군신君

16 《한서·율력지(律曆志)》 하(下) 《伊訓》篇曰: "惟太甲元年十有二月乙丑朔, 伊尹祀于先王, 誕資有牧方明. 言雖有成湯, 太丁, 外丙之服, 以冬至越茀祀先王于方明以配上帝, 是朔旦冬至之歲也. 後九十五歲, 商十二月甲申朔旦冬至, 亡餘分, 是爲孟統. 自伐桀至武王伐紂, 六百二十九歲, 故傳曰殷"載祀六百".

17 《예기·교특생(郊特牲)》 祭之日, 王皮弁以聽祭報, 示民嚴上也. 喪者不哭, 不敢凶服, 氾埽反道, 鄉爲田燭.

臣들도 모두 길복吉服을 입고서 세대를 바꾸어 나라를 주고 받았다易世傳授, 國之大事, 當嚴其禮, 故漢唐君臣亦皆吉服"[18]고 하였다. 황간黃榦, 1152~1221, 자 직경(直卿)[19]은 태자太子 즉위례卽位禮에 4가지의 구분이 있다고 하였다. 하나는 선왕이 막 죽으면 왕위를 계승할 아들의 위치를 바르게 하는 것始死正嗣子之位이니, 《고명》의 "태자 소釗를 남문 밖에서 맞아들여 익실翼室로 인도해 들이는 것逆子釗於南門之外, 延入翼室"이다. 다른 하나는 이미 대렴殯을 마치면 계승자의 위치를 바르게 하는 것旣殯正繼體之位이니, (《고명》의) "왕이 마면麻冕과 보상黼裳을 입고 들어가 즉위하는 것王麻冕黼裳入卽位"이다. 그렇다면 왕이 마면麻冕과 보상黼裳을 입고 들어가 즉위하는 것은 곧 군주가 처음 천자의 지위로 나아가는 예에 버금가는 것이다. 몸은 천지天地와 사직社稷의 주인이 되고, 위로는 조종祖宗 세계世繫의 막중함을 계승하니 나라의 대사大事에 이를 넘어서는 것은 없다. 설령 친상親喪을 만났더라도 앞에서 말한 낮은 일일 뿐이며, 그것이 천지와 사직을 섬기는 것과 같을 수 없으니 잠시 상복을 벗지 않겠는가?

소식蘇軾은 먼저 제후가 곡하고, 다시 왕이 곡한다고 하였다.

살펴보건대, 《예기 · 증자문曾子問》에 증자曾子가 물었다. "군주가 돌아가시고 (아직 장례 지내지 않았는데) 세자가 태어나면 어떻게 합니까?君薨, 世子生如之何? 공자가 대답하였다. "경卿, 대부大夫, 사士가 섭주攝主를 따라 서쪽 계

18 《주자전서》 권34 《상서2(尙書二) · 고명강왕지고(顧命康王之誥)》 및 《회암집》 권60 《답반자선(答潘子善)》에 보인다. "漢唐新主卽位, 皆行冊禮, 君臣亦皆吉服, 追述先帝之命, 以告嗣君. 蓋易世傳授, 國之大事, 當嚴其禮, 而王侯以國爲家, 雖先君之喪, 猶以爲己私服也."

19 황간(黃榦) : 자 직경(直卿). 호 면재(勉齋). 송 광종(光宗)~영종(寧宗) 때의 학자이다. 주희(朱熹)의 문인이자 사위이다. 지안경부(知安慶府) 등을 지냈으며 양담계(陽潭溪)에서 담계정사(潭溪精舍)를 세워 교육에 힘썼다.

단의 남쪽에서 북향하고 서면, 대축大祝이 비의裨衣를 입고 면관冕冠을 쓰고 속백束帛을 잡고서 서쪽 계단으로부터 올라가되, 다 올라가더라도 당堂에는 오르지 않고, 곡哭하지 말라고 명한다卿, 大夫, 士從攝主北面於西階南, 太祝裨冕執束帛升自西階, 盡等, 不升堂, 命毋哭." 정강성《주註》에 "장차 일이 있음에 마땅히 청결해야 하는 것이다將有事, 宜淸靜也"고 하였다. 대저 세자世子가 막 태어남에 옥체를 계승할 사람이 있는데도 오히려 곡을 멈추게 하고 축사祝辭를 드리는데, 하물며 진짜 옥체와 왕위를 계승함에 있어서도 다시 선왕의 책명을 추술하여 고하니, 반드시 곡을 함으로써 일을 따르겠는가? 심하도다, 소식蘇軾의 좁은 식견이여! 소식은《서》의 실례失禮를 분별하지 않을 수 없다고 하였는데, 나는 소식의 실언失言을 분별하지 않을 수 없다고 말하겠다.

원문

又按：冠禮於五禮屬嘉, 蘇氏曰："冠, 吉禮也", 亦誤.

번역 **우안又按**

관례冠禮는 오례五禮 가운데 가례嘉禮에 속하는데, 소식蘇軾이 "관례는 길례이다冠, 吉禮也"[20]라고 한 것도 틀렸다.

원문

又按：蘇氏之誤只緣載于蔡《傳》, 鮮加駁正於是. 近日汪氏琬復廣爲之說,

20 《서전(書傳)》 권17 "齊衰之服, 則以喪服而冠. 冠, 吉禮也. 猶可以喪服行之, 受顧命見諸侯獨不可以喪服乎?"

中有少少足辯者. 一條曰 : "古之奔喪, 見星行舍. 竊謂成王旣崩, 康王雖相距數千里外, 猶當蒲伏以赴, 安有咫尺宮門而不入就號哭辟踊之位, 顧必俟干戈虎賁以逆之乎? 乃孔安國曲爲之說曰由喪次而出, 出而復逆, 以殊異之. 於經無明文也." 予案孔氏書《傳》: "臣子皆侍左右, 將正太子之尊, 故出於路寢門外, 使桓,毛二臣各執干戈, 於齊侯呂伋索虎賁百人, 更新逆門外, 所以殊之." "逆"字上增"更新"二字, 甚妙. 蓋從《金縢》"惟朕小子其新逆"得來. 新逆者, 重新逆周公以歸, 非如蔡氏"新"解作"親". 試問, 成王何曾親至周公所居之東? 不然, 竟誑語耶? 親死, 子在側, 此理之可信,事之必然而無疑者. 今迎門外, 則推出原不在門外. 補"臣子皆侍左右"一段, 正傳經者苦心彌縫處, 安得謂經無明文, 而臆爲說哉? 至曰 : "成王旣殯, 康王方在苫凷中, 詎可嚌而飮福? 嚌者, 小祥之禮也." 不知經文明指太保, 非王. 又曰 : "天子未除喪稱'予小子', 雖衰周猶然. 今儼然自稱'予一人', 非禮." 王答曰"眇眇予末小子", 將白文亦未之讀耶?

번역 우안又按

소식蘇軾의 오류는 단지 《채전》에 기재된 것에 인연한 것인데, 거기에 대하여 공박하여 바로잡는 경우가 드물다. 근래의 왕완汪琬, 1624~1691[21]이 다시 두루 소식을 위하여 설을 지었는데, 그 가운데 조금 변론할 만 것이 있다. 한 조목은 다음과 같다. "옛날의 분상奔喪, 타국(他國)에서 상(喪)을 당하여 돌아가는 것은 새벽에 별을 보고 길을 나서 저녁에 별을 보고 멈추었다.見星行舍

21 왕완(汪琬) : 자 초문(苕文). 호 순암(鈍庵). 청(淸) 초기의 관리이자 학자이다. 저서에는 《요봉시문초(堯峰詩文鈔)》, 《둔옹전후유고(鈍翁前後類稿) - 속고(續稿)》 등이 있다.

가만히 생각해보건대, 성왕成王이 이미 붕어함에 강왕康王이 비록 수천리 바깥에 떨어져 있었더라도 마땅히 기어가서라고 부고해야 했는데, 어찌 지척의 궁문 안에 있으면서도 호곡號哭하고 벽용辟踊의 자리에 나아가지 않고, 반드시 간과干戈와 호분虎賁으로 맞이하기[22]를 기다렸겠는가? 그러므로 공안국孔安國이 곡진하게 그것을 위하여 말하기를 상차喪次로부터 나가고, 나가서 다시 맞이한 것은 매우 특이하게 여겼기 때문이라고 하였다. 경經에 명백한 문장이 없다."

내가 살펴보건대, 공씨서孔氏書《전》은 "신자臣子가 모두 좌우에서 모시다가, 장차 태자의 존위尊位를 바로잡으려 했으므로 노침문路寢門 바깥으로 나가게 하고, 항桓, 모毛 두 신하에게 각각 간과干戈를 잡게 하고, 제후齊侯 여급呂伋에게 호분虎賁 100인을 찾게 하여, 다시 새로 문 밖에서 맞이하도록 한 것은, 매우 특이하게 여긴 것이다臣子皆侍左右, 將正太子之尊, 故出於路寢門外, 使桓, 毛二臣各執干戈, 於齊侯呂伋索虎賁百人, 更新逆門外, 所以殊之"라고 하였다. "맞이하다逆" 앞에 "다시 새로更新" 두 글자를 덧붙인 것이 매우 오묘하다. 그것은《금등》의 "나 소자小子가 새로 주공周公을 맞이하다惟朕小子其新逆"에서 온 것이다. "새로 맞이하다新逆"는 것은 거듭 새롭게 주공을 맞이하여 돌아오게 하는 것이지, 채침의 "신新, 새로"을 "친親, 친히"으로 주해한 것과 같지 않다. 한번 물어보건대, 성왕成王이 어찌 일찍이 주공이 거했던 동쪽에 친히 이른 적이 있었던가? 그렇지 않다면, 끝내 헛말을 한 것인가? 어버이가 죽었을 때, 자식이 곁을 지키는 이치의 신뢰성과 사안의 필연성은 의심할

22 《고명》太保命仲桓・南宮毛, 俾爰齊侯呂伋, 以二干戈, 虎賁百人, 逆子釗於南門之外, 延入翼室, 恤宅宗.

것이 없다. 지금 문밖에서 맞이한다는 것은 원래 문밖에 있지 않았다는 사실에서 미루어 나온 것이다. "신자가 모두 좌우에서 모시다臣子皆侍左右" 라는 단락을 보충한 것이 바로 경문을 전주傳注한 자가 고심하여 미봉한 곳이니, 어찌 경經에 명백한 문장이 없어서 억지로 설을 만든 것이겠는가? 왕완汪琬은 "성왕成王을 이미 대렴殯하였을 때, 강왕康王이 점괴苫凷 가운데 있었는데, 어찌 제嚌, 이로 맛보다하여 음복飮福할 수 있었겠는가? 제嚌는 소상小祥의 예禮이다"라고 함에 이르렀으니, 경문이 명백하게 태보太保를 가리키고, 왕을 가리킨 것이 아님을 모른 것이다. 또 말하길 "천자天子가 상복을 아직 벗지 않았을 때는 '여소자予小子'라고 칭하였고, 비록 쇠衰한 주周나라 때도 그러했다. 지금 엄연히 '여일인予一人'이라고 자칭한 것은 예禮가 아니다"고 하였다. 경문經文에 왕王이 답하기를 "미약한 나 말소자眇眇予末小子"라고 하였으니, 명백하게 드러난 문장도 읽지를 못한 것인가?

원문

又按：孔《傳》"使桓, 毛二臣各執干戈"敍於"齊侯呂伋"文上, 亦誤. 案《漢名臣奏》近臣侍側尚不得著鉤帶入房, 安有成王甫崩, 康王未受冊命以前, 而即有執干戈如桓, 毛二臣于畢門內者? 蓋《周禮》虎賁氏掌虎士八百人, 虎士執有戈盾, 桓, 毛承太保命, 於齊侯呂伋之所取二干戈, 各執其一, 又取虎賁之士百人迎太子釗於南門之外, 齊侯原未嘗偕入. 蔡氏不識"爰"字義, 謂"命桓, 毛二臣使齊侯呂伋以二干戈, 虎賁百人"云云, 將齊侯爲左右各二手之人, 以各持一干戈耶? 唐孔氏笑馬遷敍微子啓"肉袒面縛, 左牽羊, 右把茅", 夫"面縛", 縛手於後, 又安得左牽羊右把茅? 是別有二手矣. 今合以蔡《傳》, 正可發一大噱也.

번역 우안又按

《공전》에서 "항桓, 모毛 두 신하에게 각각 간과干戈를 잡게 하다使桓, 毛二臣各執干戈"를 "제후齊侯 여급呂伋, 齊侯呂伋" 문장 앞에 서술한 것도 오류이다. 살펴보건대, 《한명신주漢名臣奏》에 근신近臣으로 측근에서 모셨더라도 오히려 구대鉤帶를 차고 방에 들어갈 수 없었는데, 어찌 성왕이 막 붕어하고 강왕이 아직 책명을 받기 이전에 곧바로 항桓, 모毛 두 신하가 간과干戈를 잡고 필문畢門 안에 있을 수 있었겠는가? 《주례》에 호분씨虎賁氏는 호사虎士 8백인을 담당하고,[23] 호사虎士가 잡는 것에 과순戈盾이 있으며,[24] 항桓, 모毛는 태보太保의 명命을 받아서 여후齊侯 여급呂伋이 취한 2천 개의 과戈에서 각 하나를 취하였고, 또한 호분虎賁의 사士 100인을 취하여 태자太子 소釗를 남문南門의 밖에서 맞이하였고, 제후齊侯은 원래 함께 들어오지 않았다. 채침은 "원爰"자의 의미를 알지 못하고, "환桓 · 모毛 두 신하에게 명해서 제후齊侯 여급呂伋으로 하여금 간과干戈 둘과 호분虎賁 백 명으로 (태자를 맞이하게 하다)命桓, 毛二臣使齊侯呂伋以二干戈, 虎賁百人"라고 하였으니, 제후齊侯를 좌우左右에 각각 두 손을 가진 사람을 만들어, 각각 간과를 잡게 했다는 것인가? 당唐 공영달은 사마천이 《송미자세가》에서 서술한 미자계微子啓가 "윗옷을 벗어 살을 드러내고 면박面縛, 손을 뒤로하여 항복을 표함을 하고, 왼손에는 양을 끌고 오른손에는 띠를 한 움큼 쥐었다肉袒面縛, 左牽羊, 右把茅"라는 말을 비웃었는데,[25] 대저 "면박面縛"은 손을 뒤로 묶는 것인데, 또 어찌 왼손으로

---

23 《주례 · 하관사마》 虎賁氏 : 下大夫二人, 中士十有二人 ; 府二人, 史八人, 胥八十人, 虎士八百人.

24 《주례 · 하관사마》 司戈盾 : 掌戈盾之物而頒之. 祭祀, 授旅賁殳, 故士戈盾 ; 授舞者兵亦如之. 軍旅, 會同, 授貳車戈盾, 建乘車之戈盾, 授旅賁及虎士戈盾. 及舍, 設藩盾, 行則斂之.

양을 끌고 오른손으로 띠를 한 움큼 쥘 수 있겠는가? 이는 별개의 두 손이 있는 것이다. 지금 《채전》과 합해보면, 큰 웃음을 터트릴 수 있다.

원문

又按：宋林之奇 《尚書全解 · 序》云："有伏生之 《書》, 有孔壁續出之《書》. 續出《書》文易曉, 而伏生《書》則多艱深聱牙, 不可易通, 蓋伏生齊人也. 公羊子亦然, 所傳《春秋》如'昉於此乎','登來之也', 何休《註》皆云'齊人語'. 以是知齊人語多難曉者. 伏生編此《書》, 往往雜齊人語於其中, 故有難曉者." 此亂道也. 伏生語縱難曉, 何至以己之方言錯雜入經文?《公羊傳》"昉於此乎","登來之也"乃自作傳文爾, 非關《春秋》. 猶鄭康成北海人, 其注三禮多齊言, 亦未嘗亂經. 此本置勿辨, 然世亦有惑於其說焉.

번역 우안又按

송宋 임지기林之奇 《상서전해尚書全解 · 서序》에 다음과 같이 말했다. "복생伏生의 《서》가 있고, 공벽孔壁에서 속출續出한 《서》가 있다. 속출續出 《서》의 문장은 쉽게 이해할 수 있지만, 복생 《서》는 대부분 어렵고 매우 납삽하여 쉽게 이해할 수 없는 것은 복생이 제齊지역의 사람齊人이기 때문이다. 공양자公羊子도 그러하니, 그가 전한 《춘추》의 '여기에서 비롯된 것인가昉於此乎',[26] '얻다登來之也'[27]와 같은 것은 하휴何休 《주》에 모두 '제인齊人의 말

25 《미자지명 · 소서(小序) · 소(疏)》에 보인다. 《史記, 宋世家》云："武王克殷, 微子啓乃持其祭器造於軍門, 肉袒面縛, 左牽羊, 右把茅, 膝行而前以告. 武王乃釋微子, 復其位如故."是言微子克殷始歸周也. 馬遷之書, 辭多錯謬, "面縛"縛手於後, 故口銜其璧, 又安得"左牽羊, 右把茅"也?要言歸周之事是其實耳.

이다齊人語'고 하였다. 이것으로 제인齊人의 말이 대부분 이해하기 어렵다는 것을 알 수 있다. 복생伏生이 이 《서》를 편차하면서, 종종 제인齊人의 말을 그 안에 섞었기 때문에 이해하기 어려운 것이 있는 것이다."

이것은 도를 어지럽히는 말이다. 복생의 말이 설령 이해하기 어렵다고 하더라도 어찌 자신의 방언을 경문 안에 섞어 넣었겠는가? 《공양전》의 "여기에서 비롯된 것인가昉於此乎", "얻다登來之也" 등은 자신이 쓴 전문傳文일 뿐이고, 《춘추》와 관련된 것이 아니다. 정강성鄭康成과 같은 이는 북해北海, 산동성(山東省) 창락(昌樂) 동남지역사람으로 그 주해한 삼례三禮에도 제齊지역 말이 많지만, 일찍이 경문을 어지럽히지 않았다. 이는 본래 변론할 것이 못되나, 세상에 또한 그 설에 의혹은 품는 자가 있다.

원문

又按：朱子云："《漢書》有秀才做底文字, 有婦人做底文字, 亦有載當時獄辭者. 秀才文章便易曉, 當時獄辭多碎句難讀. 《尚書》便有如此底." 此論却頗合余謂《尚書》中如《堯典》, 《皐陶謨》可稱秀才文章, 但不可以之擬《微子之命》, 《蔡仲之命》, 《冏命》諸篇. 何者? 諸篇古文, 故古文自易曉. 如殷三《盤》, 周八《誥》, 則與獄辭相類, 蓋俱今文. 試問二十五篇有一似此否? 此亦今古文斷案處. 《草廬集》有《題伏生授書圖》詩"先漢今文古, 後晉古文今." 近代蘇桓謂陳際泰"時文古, 古文時", 亦猶是爾.

26 《공양전 · 은공2년》"始滅昉於此乎" 何休《注》"昉, 適也. 齊人語."
27 《공양전 · 은공5년》"公曷爲遠而觀魚? 登來之也. 何休《注》"登, 讀言得. 得來之者, 齊人語也. 齊人名求得爲得來. 作登來者, 其言大而急, 由口授也.

번역 우안又按

주자가 말했다. "《한서》에는 수재秀才가 쓴 문장이 있고, 부인婦人이 쓴 문장이 있으며, 또한 당시의 옥사獄辭를 기록한 것도 있다. 수재의 문장은 이해하기 쉽지만, 당시의 옥사獄辭는 대부분 구절이 쪼개져 읽기 어렵다. 《상서》에 이와 같은 것이 있다《漢書》有秀才做底文字, 有婦人做底文字, 亦有載當時獄辭者. 秀才文章便易曉, 當時獄辭多碎句難讀. 《尙書》便有如此底."[28] 이 논의는 내가 말한 《상서》가운데 《요전》과 《고요모》는 수재의 문장이라 할 수 있지만, 《미자지명》, 《채중지명》, 《경명》 제편諸篇과는 비길 수 없다라는 것과 제법 합치한다. 어째서인가? 《미자지명》 등 제편諸篇은 고문古文이며, 따라서 고문은 저절로 쉽게 이해된다. 은殷 《반경》 3편과 주周 팔고八誥편[29]과 같은 편은 옥사獄辭와 비슷하며, 모두 금문今文이다. 묻건대, 고문 25편 가운데 한 편이라도 이와 비슷한 것이 있는가? 이것 또한 금고문今古文을 판단하여 구별할 수 있는 부분斷案處이다. 《초려집草廬集》에 《제복생수서도題伏生授書圖》 시 "선대 한漢 금문今文은 옛 것이고, 후대 진晉 고문古文은 지금의 것이네先漢今文古, 後晉古文今"가 있다. 근대 소항蘇桓이 진제태陳際泰, 1567~1641[30]에게 "당대의 문장은 옛 것이고, 옛 문장은 당대의 것이다時文古, 古文時"라고 말한 것도 이와 유사할 것이다.

---

28 《주자어류》 권134 "《漢書》有秀才做底文章, 有婦人做底文字, 亦有載當時獄辭者. 秀才文章便易曉, 當時文字多碎句難讀. 《尙書》便有如此底, 《周官》只如今文字, 太齊整了."

29 팔고(八誥) : 주(周) 초기에 만들어져 《서》 문체의 원형으로 평가되는 《대고》, 《강고》, 《주고》, 《재재》, 《소고》, 《낙고》, 《다사》, 《다방》의 8개의 편명을 가리킨다.

30 진제태(陳際泰) : 자 대사(大士). 호 방성(方城). 명말(明末) 고문가(古文家). 저서에는 《역경설의(易經說意)》(《독역정의(讀易正義)》) 7권, 《주역익간첩해(周易翼簡捷解)》 16권, 《군경보역설(群經輔易說)》 1권, 《오경독(五經讀)》 5권, 《사서독(四書讀)》 10권, 《태을산방집(太乙山房集)》 15권, 《이오집(已吾集)》 14권 등이 있다.

원문

又按：朱錫鬯告余："雲南楊士雲字從龍, 大理府太和縣人, 正德丁丑進士, 改庶吉士, 授工科給事中, 轉戶科左給事中. 著《弘山集》, 有《讀尙書》詩云'二十八篇今, 自漢伏生授; 二十五篇古, 至晉梅賾奏. 二十八宿外, 二十五宿又. 仲尼不可作, 誰復百篇舊?' 與吳草廬《題伏生授書圖》詩云'先漢今文古, 後晉古文今, 若論伏氏功, 遺像當鑄金', 皆微其辭, 不似君輩顯然攻." 余笑曰："詩指辭多婉約, 而文則直言. 試觀草廬《尙書敘錄》畫然爲二, 不使相混淆, 識且出朱子右, 豈復如其作絶句時乎?" 錫鬯爲默然. 蓋近撰《經義考》雖漸爲愚見所轉移, 終不透耳.

번역 **우안又按**

주이준朱彝尊, 1629~1709, 자 석창(錫鬯)이 나에게 알려왔다. "운남雲南의 양사운楊士雲, 1477~1554은 자字가 종룡從龍이며 대리부大理府 태화현太和縣 출신으로, 정덕正德 정축과丁丑科, 1517 진사進士에 급제하고, 서길사庶吉士를 거쳐, 공과工科급사중給事中에 제수되었고, 호과戶科좌급사중左給事中이 되었다. 《홍산집弘山集》을 지었는데, 《독상서讀尙書》라는 시에서 '28편 금문은 한漢 복생伏生에서 전해졌고, 25편 고문은 진晉에 이르러 매색梅賾이 아뢰었네. 28수宿 외에 또 25수宿가 있네. 중니仲尼는 지을 수 없었는데, 누가 옛 백편百篇을 복원하였는가? 二十八篇今, 自漢伏生授; 二十五篇古, 至晉梅賾奏. 二十八宿外, 二十五宿又. 仲尼不可作, 誰復百篇舊?'라고 한 것과 오징吳澄, 1249~1333, 호 초려(草廬)의 《제복생수서도題伏生授書圖》 시의 '선대 한漢의 금문今文은 옛것이고, 후대 진晉의 고문古文은 지금의 것이네. 만약 복생의 공로를 논한다면, 마땅히 금으로 상像을 주조해서 남겨야 할 것이네先漢今文古, 後晉古文今, 若論伏氏功, 遺像當鑄金'는 모두 그 말이 은미하므로 군배君輩들이 대놓고 공격하지는 못할 것 같다."

나는 웃으며 말하였다. "시詩에서 가리키는 말들이 대부분 완곡하고 공손하나 문장은 직언直言하였다. 초려草廬의 《상서서록尙書敍錄》를 보게되면, 확연히 (금문과 고문을) 둘로 나누어 서로 섞이지 않게 하였고, 식견 또한 주자보다 나은데, 어찌 다시 절구를 지은 때와 같겠는가?" 석창錫鬯은 묵묵히 말이 없었다. 근래 《경의고經義考》를 편찬하면서 비록 나의 견해로 점점 옮겨왔지만, 끝내 완전 투영해내지는 못했다.

원문

又按 :《周禮》幕人職《註》"爲賓客飾也", 賈公彥《疏》"王喪而有賓客者, 謂若《顧命》成王崩, 諸侯來朝而遇國喪, 故《康王之誥》云'畢公率東方諸侯, 召公率西方諸侯'"云云, 此最好典證.

번역 **우안又按**

《주례 · 천관총재》 막인幕人의 직책[31] 《주註》에 "빈객賓客을 위하여 장식하는 것이다爲賓客飾也"고 하였고, 가공언 《소》에 "왕의 상喪에 빈객賓客이 있는 것이니, 《고명》의 성왕이 붕어하자 제후諸侯들이 내조來朝하고 국상國喪을 맞이한 것이니, 따라서 《강왕지고》에서 '필공畢公은 동방의 제후를 거느리고, 소공召公은 서방의 제후를 거느렸다畢公率東方諸侯, 召公率西方諸侯'라

31 《주례 · 천관총재》 幕人, 掌帷, 幕, 幄, 帟, 綬之事.

고 말하였다"고 한 것이 가장 좋은 전거典據이다.

원문

又按：姚際恒立方亦以經與《傳》同出一手, 僞則俱僞, 笑世人但知辨僞《傳》而不知辨僞經, 未免觸處成礙耳. 似暗指朱子言. 余問："何謂也?" 立方曰："如辨《伊訓 · 傳》'太甲繼湯而立'之非矣, 則於僞經'王徂桐宮居憂'不能通. 蓋未有太甲服仲壬之喪, 而處祖墓旁者. 辨《泰誓上 · 傳》'武王承襲父年'之非矣, 則於僞經'大勳未集', '九年大統未集'不能通. 蓋未有文王不受命改元而得稱九年者. 蔡沈徒爲曲解, 不足據. 故莫若俱僞之, 俱僞之, 斬却葛藤矣."

번역 우안又按

요제항姚際恒, 자 입방(立方) 역시 경經과 《전傳》이 한 사람의 손에서 같이 나온 것으로 《전傳》이 위찬이면 경문도 함께 위찬인 것이라고 여기면서, 세상 사람들이 단지 위僞《전》만 변별할 줄만 알고 위경僞經을 변별하지 않는다면 가는 곳마다 장애를 만남을 면치 못하게 될 것이라고 비웃었다. 이 말은 주자《전(傳)》만 분변한 것를 넌지시 지적하여 말한 것 같다.

내가 물었다. "무엇을 말하는 것인가?"

입방立方이 대답하였다. "《이훈 · 소서 · 전傳》 '태갑太甲이 탕湯을 이어 즉위하였다'[32]의 잘못을 분별할 것 같으면, 위경僞經의 '왕太甲이 동궁桐宮에 가서 거상居喪하다王徂桐宮居憂'에서 통할 수 없게 된다. 대체로 태갑太甲이 중

32 《이훈 · 소서》成湯旣沒, 太甲元年, 伊尹作《伊訓》,《肆命》,《徂后》.《공전》太甲, 太丁子, 湯孫也. 太丁未立而卒, 及湯沒而太甲立, 稱元年. 凡三篇, 其二亡.

임仲壬의 상喪에 복상服喪하면서 조묘祖墓 곁에 거처한 적은 없었다. 《태서상 · 소서 · 전傳》의 '무왕이 부왕父王의 재위 연수를 이어받았다'[33]는 잘못을 분별할 것 같으면, 위경僞經의 '대훈大勳을 이루지 못하였다大勳未集',[34] '9년 동안 대통大統을 이루지 못하였다九年大統未集'[35]에서 통할 수 없게 된다. 대체로 문왕文王이 명을 받지 않고 개원하여 9년이라고 칭한 적은 없었다. 채침은 다만 혐의를 피하기 위해 곡해曲解하였으니,[36] 근거로 삼기에 충분치 않다. 그러므로 모두 거짓으로 꾸미는 것만 같은 것이 없으나 모두 거짓으로 꾸미더라도 도리어 갈등이 생기게 된다."

---

33 《태서 · 소서》惟十有一年, 武王伐殷. 一月戊午, 師渡孟津, 作《泰誓》三篇. 《공전》周自虞芮質厥成, 諸侯並附, 以爲受命之年. 至九年而文王卒, 武王三年服畢, 觀兵孟津, 以卜諸侯伐紂之心. 諸侯僉同, 乃退以示弱. 十三年正月二十八日, 更與諸侯期而共伐紂. 渡津乃作.

34 《태서상》.

35 《무성》.

36 《채전》十三年者, 武王卽位之十三年也.

제115. 마소馬驌의 신의信義가 고문을 의심할 정도에 이름을 논함

원문

鄒平馬公驌字宛斯, 當代之學者也. 司李淮郡, 後改任靈璧令. 予以己丑東歸, 過其署中, 秉燭縱談, 因及《尙書》有今文,古文之別, 爲具述先儒緒言, 公不覺首肯. 命隸急取《尙書》以來, 旣至, 一白文, 一蔡《傳》, 置蔡《傳》于予前, 曰："子閱此, 吾當爲子射覆之." 自閱白文, 首指《堯典》,《舜典》曰："此必今文." 至《大禹謨》便眉蹙曰："中多排語, 不類今文體, 恐是古文." 歷數以至卷終, 孰爲今文, 孰爲古文, 無不立驗. 因拊髀嘆息曰："若非先儒絶識, 疑論及此, 我輩安能夢及? 然猶幸有先儒之疑, 而我輩尙能信及, 恐世之不能信及者又比比矣." 復再三慨嘆. 予曰："公著《繹史》, 引及《尙書》處不可不分標出今文,古文." 公曰："然." 公今《繹史》有"今文","古文"之名者, 自予之言始也.

번역

추평鄒平의 마소馬驌, 1621~1673, 자 완사(宛斯)는 당대의 학자이다. 이회군李淮郡, 회안부(淮安府), 지금의 강소(江蘇) 추관推官을 맡았고, 이후 영벽靈璧, 지금의 안휘(安徽)의 지현知縣으로 옮겼다. 내가 기축년己丑年, 1649, 나이 13세에 고향江蘇 淮安府 山陽縣으로 돌아오면서, 그의 관서를 들러 밤을 새워 담소를 나누었는데, 《상서》에 금문今文과 고문古文의 구별이 있다는 언급에 이르러, 선유先儒들이 말한 단초를 모두 서술하였으나 마소공은 수긍하지 못했다. 수하에게 급하게 《상서》를 가져오도록 명하였고, 백문白文, 經文과 《채전》을 각각 1

부씩 가져오자, 내 앞에 《채전》을 펼치고 "그대가 여기에서 뽑아 고르면, 내가 사복射覆[37]하여 (그것이 금문인지 고문인지) 알아 맞추겠네"라고 하였다. 백문에서 뽑았더니, 맨 먼저 《요전》과 《순전》을 가리키며 "이것은 필시 금문今文이다"고 하였다. 《대우모》에 이르러, 눈썹을 찡그리며 "중간에 대부분이 배구排句, 對偶句로 되어 금문체와 닮지 않았으니 아마도 고문일 것이다"고 하였다. 여러 차례를 거쳐 마지막 권에 이르자, 어떤 것이 금문이고 어떤 것이 고문인지 증험되지 않는 것이 없었다. 이로 인하여 무릎을 치며 탄식하기를 "만약 선유들의 뛰어난 식견이 아니었다면 의론疑論이 여기에 이르기까지 우리들은 어찌 꿈에서라도 미칠 수 있었겠는가? 그러나 오히려 선유들의 의심이 있었으므로, 우리들의 신의信義가 여기에 이를 수 있었고, 아마도 세상 사람들의 믿음이 이르지 않는 것 역시 많을 것이다."하며 다시 두세 번 개탄하였다. 나는 말하였다. "공公께서 저술하신 《역사繹史》에 《상서》를 인용하여 언급한 부분은 금문과 고문을 나누어 표시하지 않을 수 없을 것입니다." 공이 말하였다. "그렇다." 지금의 《역사繹史》에 "금문今文", "고문古文"의 표식이 있는 것은 나의 말로부터 비롯된 것이다.

원문

按 : 近代孫鑛《評尙書》, 亦謂《大禹謨》則漸排矣. 錢受之極詆其爲"非聖無法", 爲"侮聖人之言", 彼敢以文字論聖經, 誠哉, 其爲侮聖言也! 然《大禹

---

37 사복(射覆) : 그릇 속에 물건을 숨겨 두고 무엇인지 알아맞히는 유희로, 종종 점을 치는데 이용하기도 하였다.

謨》實是古文, 先儒固嘗疑之. 余亦謂先秦無段落之迹, 西京絶駢偶之語, 況三代以上之文乎? 若以《大禹謨》漸排爲風會使然, 則《皐陶謨》次于《大禹謨》之後, 亦應涉排, 何獨不爾? 則知今文,古文出于兩手決矣. 余嘗思得一法, 今或未能遽廢古文, 當分今文,古文爲二類, 令天下習讀是經者先讀今文二十八篇是何多詰屈聱牙, 次讀古文二十五篇是何盡文從字順. 又二十八篇之文雖同一古, 而中間體制種種各殊. 二十五篇之文雖名爲四代, 作者不一, 而前後體制不甚遠. 則久之聰明才辨之士爭得起而議之, 雖有黨同護前之徒, 亦不能不心折也. 歐陽永叔曰: "夫破人之惑, 若難與爭於篤信之時, 待其有所疑焉, 然後從而攻之可也." 當積習錮蔽之餘而一旦語人以古文爲贋《書》, 非斥之爲妄, 則笑之爲狂. 此難與爭於篤信之時者也. 分今文,古文爲二類, 不至混淆, 庶學者讀之自有所不安, 此待其疑而後攻之者也. 不然, 伏生,梅氏之《書》眞僞錯互, 誰復能辨? 如馬公之具隻眼者, 殆亦未可多得哉!

번역 **안按**

근래 손광孫鑛, 1543~1613[38]의 《평상서評尙書》에서도 《대우모》는 점점 배구排句가 된다고 하였다. 전겸익錢謙益, 1582~1664, 자 수지(受之)은 그 말이 "성인을 비난하고 법을 없애는 것非聖無法"이며, "성인의 말씀을 업신여기는 것侮聖人之言"이라고 하면서, 저들이 감히 문자文字로 성경聖經을 논하는 것은 진실로 성인의 말씀을 업신여기는 것이다!라며 극력 비난하였다. 그러나《대

38 손광(孫鑛) : 자 문융(文融), 호 월봉(月峰). 명(明)의 대신(大臣), 학자(學者). 저서에는 《소흥부지(紹興府志)》 50권, 《평사기(評史記)》 130권, 《평한서(評漢書)》 120권, 《평시경(評詩經)》 4권, 《평서경(評書經)》 6권, 《평예기(評禮記)》 6권 등이 있다.

우모》는 진실로 고문이며, 선유들이 일찍이 《대우모》를 의심하였다.

나 역시 다음과 같이 생각한다. 선진先秦에는 단락段落의 흔적이 없고, 서한西京에 나란히 대우對偶하는 말이 없는데, 하물며 삼대三代 이전의 문장에 있어서랴? 만약 《대우모》가 점점 배구排句가 되는 것은 당시의 분위기 때문에 그런 것이라고 한다면, 《고요모》의 차례는 《대우모》 뒤에 와야하고 또한 배구排句에 응해야 되는데, 어찌 유독 그렇지 않은 것인가? 따라서 금문과 고문이 두 사람의 손에서 나왔다는 사실이 명백해짐을 알 수 있다. 나는 일찍이 한 가지 방법을 생각했으니, 지금 고문을 갑자기 폐기할 수 없다면, 마땅히 금문今文과 고문古文을 두 부류로 나누어, 천하에 그 경문을 습독習讀하는 자들에게 우선 금문 28편을 읽게 하여 얼마나 많이 힐굴오아詰屈聱牙, 문장이 난삽하여 읽기 힘들다한 것인지를 알게 하고, 그 다음으로 고문 25편의 문장을 읽게 하여 얼마나 문장이 순조로운지를 알게 해야 할 것이다. 또한 금문28편의 문장이 비록 옛것으로 동일하지만, 중간의 체제體制는 종종 각각 다르다. 고문25편은 비록 편명은 사대四代로 나뉘고 작자가 한 사람이 아니지만, 전후의 체제體制가 매우 상이하지는 않다. 그렇게 해서 오랫동안 총명하면서 변론을 잘하는 선비가 의론을 일으킨다면, 비록 옛것을 지키고자 하는 무리들이 있다고 하더라도 마음으로 굴복하지 않을 수 없을 것이다.

구양수歐陽脩, 자 영숙(永叔)가 말하였다. "대저 사람들의 의혹을 돌파할 때는, 돈독하게 믿을 당시에는 더불어 논쟁하는 것은 어렵고, 그들이 의심함이 있을 때를 기다린 연후에 순리에 따라 공박해야 함이 옳다夫破人之惑, 若難與爭於篤信之時, 待其有所疑焉, 然後從而攻之可也." 옛것을 굳게 지킴에 익숙할 때,

하루아침에 고문을 위조된《서》라고 하여 배척하는 것은 망령된 것이 되며 비웃는 것은 미치광이가 된다. 이것이 돈독하게 믿을 때에 더불어 논쟁하는 어려움이다. 금문과 고문을 두 부류로 나누어 서로 섞이지 않게 하면, 일반 학자들이 그것을 읽고 저절로 불안한 바를 가지게 되니, 이것이 의심함이 있을 때를 기다린 연후에 공박하는 것이다. 그렇지 않으면, 복생, 매색의《서》는 진위眞僞가 서로 섞이게 될 것이니, 그 때 누가 다시 분별할 수 있겠는가? 마소공馬驌公과 같이 혜안을 가진 자라고 하더라도 할 수 없을 것이다!

원문

又按：歸熙甫有言："所可賴以別其眞僞，唯是文辭格制之不同．後之人雖悉力摹擬，終無以得其萬一之似．" 余因思周公有《大誥》，而王莽以翟義亂，亦作《大誥》．蘇綽以文體之弊又作《大誥》．一載《漢書》，一載《北史》．試取而讀之，不特莽不類於周公，即綽距莽未遠，亦不類．蓋莽在酷擬《尚書》，如嬰兒之學語，可爲鄙笑．綽較少勝於莽，然就其條達比偶處，已不似漢人手筆，況周初乎？其各爲時代所限如此．

번역 우안又按

귀유광歸有光, 자 희보(熙甫)이 말하였다. "그 진위를 구별할 수 있는 것은 오직 문사文辭의 체제體制가 같지 않기 때문이다. 후대 사람들이 비록 온 힘을 다해 베끼더라도 끝내 만분의 일도 비슷하게 할 수 없다." 이로 인해 나는 주공周公의《대고大誥》가 있었고, 왕망王莽이 적의翟義의 난亂으로 인해《대고》를 지었다는 사실을 떠올렸다. 소작蘇綽이 문체文體의 폐단弊端으로 또《대고》를 지었다. 하나는《한서》에 실려 있고, 하나는《북사北史》에 실려 있다. 그 글들을 취하여 읽어보면, 왕망의 글이 주공의 것과 비슷하지 않은 것은 말할 것도 없거니와, 소작은 왕망과 시대적으로 멀지 않음에도 문체가 같지 않다. 대체로 왕망은《상서》를 혹독하도록 모방했지만, 어린아이가 말을 배우는 것과 같아 비웃음을 살만하다. 소작은 비교적 왕망의 것보다는 조금 나으나, 그 조목의 비유와 대구는 이미 한인漢人의 수필手筆과 같을 수 없으니, 하물며 주周나라 초기와 비교해서랴? 그 각각 시대적인 한계가 있음이 이와 같다.

원문

又按 :《蘇綽傳》"爲《大誥》, 奏行, 自是之後, 文筆皆依此體", 故後十年恭帝元年, 周文令太常盧辨作誥諭公卿曰 : "嗚呼! 我羣后曁衆士 : 維文皇帝以襁褓之嗣託於予, 訓之誨之, 庶厥有成. 而予罔能弗變厥心, 庸曁乎廢墜我文皇帝之志? 嗚呼! 茲咎予其焉避? 予實知之, 矧爾衆人之心哉? 惟予之顔, 豈惟今厚? 將恐來世以予爲口實." 文果類綽. 因笑此等文筆, 誰不能爲? 韓昌黎詩 : "周《詩》三百篇, 雅麗理訓誥. 曾經聖人手, 議論安得到?" 議論之不可, 況摹擬之乎? 此殆眞古文《尙書》五十八篇之謂哉?

번역 **우안又按**

《북사 · 소작전蘇綽傳》에 "《대고》를 짓고 시행을 아뢰니, 그 이후의 문필文筆은 모두 이 체제에 의거하였다"고 하였고, 따라서 10년 후 공제恭帝원년元年, 주周문제文帝, 宇文泰가 태상太常 노변盧辨, 盧辯에게 고誥를 지어 공경公卿들에게 다음과 같이 고유告諭하도록 명하였다. "아! 우리 군후羣后 및 중사衆士들아. 문황제文皇帝께서 강보襁褓의 어린 후사를 우리들에게 맡겼으니, 훈도하고 가르쳐 이룸이 있게 해야 할 것이다. 우리들은 어린 후사의 마음을 바꾸지 않을 수 없으니, 어찌 우리 문황제의 유지遺志를 저버릴 수 있겠는가? 아! 이에 우리에게 허물함을 어찌 피할 수 있겠는가? 실로 우리들은 잘 알고 있으니, 하물며 저 중인衆人들의 마음에 있어서랴? 우리들의 얼굴이 어찌 지금 뻔뻔할 수 있겠는가? 장차 후세가 우리를 구실로 삼을까 두렵다嗚呼! 我羣后暨衆士 : 維文皇帝以襁褓之嗣託於予, 訓之誨之, 庶厥有成. 而予罔能弗變厥心, 庸暨乎廢墜我文皇帝之志? 嗚呼! 茲咎予其焉避? 予實知之, 矧爾衆人之心哉? 惟予之顏, 豈惟今厚? 將恐來世以予爲口實."[39] 문장이 과연 소작의 《대고》와 유사하다. 인하여 비웃게 되니, 이와 같은 문필文筆을 누가 지을 수 없겠는가? 한유韓愈, 호 창려(昌黎)의 시詩에 "주周나라 《시詩》 삼백 편, 바르고 아름다운 이치는 훈도하여 고유誥諭해 주네. 일찍이 성인의 손을 거쳤으니, 어찌 의론議論을 할 수 있겠는가?周《詩》三百篇, 雅麗理訓誥. 曾經聖人手, 議論安得到"라고 하였다. 의론을 할 수 없는데, 하물며 모방하여 베낄 수 있겠는가? 이것은 아마도 진고문眞古文 《상서》 58편을 말한 것인가?

원문

又按 : 蘇子由嘗論"《周書》委曲而繁重, 《商書》簡潔而明肅", 以錯雜今古

39 《북사·주제기(周帝紀)》.

文而言, 何則? 委曲, 繁重, 自指今文, 簡潔, 明肅, 必指《仲虺之誥》以下十篇始可. 彼《盤庚》且勿論, 若《高宗肜日》, 非朱子所謂最不可曉乎? 《西伯戡黎》, 非所謂稍稍不可曉乎? 簡或有之, 而得謂之明乎? 子由於此析猶未精. 昌黎述其生平所用心曰 : "周《誥》,殷《盤》, 詰屈聱牙." 純稱今文, 子瞻評《出師二表》云 : "與《伊訓》, 《說命》相表裏." 純況以古文, 尙不錯雜. 然亦未有以今古文之所以別告二公乎? 告亦未有不悟者. 高忠憲嘗言 : "天下萬世之心目, 固有漸推而愈明, 論久而後定. 故勿謂昔人所未定, 而今亦莫能定也." 旨哉, 此言矣!

번역 **우안又按**

소철蘇轍, 1039~1112, 자 자유(子由)이 일찍이 논하였다. "《주서周書》는 굴곡지게 늘어지면서委曲 번잡하고 무겁고繁重, 《상서商書》는 간결簡潔하면서 명확하고 엄숙하다明肅."[40] 이는 금고문今古文을 뒤섞어 말한 것이니, 어째서 그러한가? 굴곡지게 늘어지고委曲, 번잡하고 무거운 것繁重은 저절로 금문今文을 가리키는 것이고, 간결簡潔하고 명확하고 엄숙한 것明肅은 반드시 《중훼지고》 이하 10편[41]을 가리키는 것이어야만 비로소 옳다. 저 《반경》은 물론이고, 《고종융일》과 같은 것은 주자의 이른바 가장 이해할 수 없는 것이 아니겠는가? 《서백감려》는 이른바 점점 이해할 수 없는 것이 아니겠는가?[42] 간결한 것이 간혹 있긴 하지만 명확하다고 할 수가 있겠는가?

---

40 《상론(商論)》 嘗試求之詩書, 詩之寬緩而和柔, 書之委曲而繁重者, 擧皆周也. 而商人之詩, 駿發而嚴厲, 其書, 簡潔而明肅, 以爲商人之風俗, 蓋在乎此矣.

41 《중훼지고》, 《탕고》, 《이훈》, 《태갑상》, 《태갑중》, 《태갑하》, 《함유일덕》, 《열명상》, 《열명중》, 《열명하》.

자유子由는 이런 분석에서는 오히려 정밀하지 못했다. 한유韓愈, 호 창려(昌黎)는 자기 평생 마음 쓴 바를 술회한 "주周나라 《고誥》와 은殷나라 《반경》은 문장이 납삽하여 읽기 힘들다周《誥》, 殷《盤》, 詰屈聱牙"[43]는 순전히 금문을 칭한 것이고, 소식蘇軾, 자 자첨(子瞻)이 《출사이표出師二表》를 평하면서 "《이훈》, 《열명》과 서로 표리가 된다與《伊訓》, 《說命》相表裏"라고 한 것은 순전히 고문임에도 오히려 잡됨이 섞이지 않았기 때문이다. 그렇다고 하더라도 금고문이 구별된다는 것을 두 공에게 고하지 않겠는가? 고한다면 깨닫지 않음이 없을 것이다. 충헌공忠憲公 고반룡1562~1626이 일찍이 말하였다. "천하 만세萬世의 심목心目은 진실로 점점 미루어갈수록 더욱 밝아지고, 논의가 오래된 이후에 정해지는 법이다. 그러므로 옛사람들이 정하지 않았다고 해서 지금 사람들도 정할 수 없다고는 말하지 말라天下萬世之心目, 固有漸推而愈明, 論久而後定. 故勿謂昔人所未定, 而今亦莫能定也." 아름답도다, 그 말씀이여!

원문

又按：有議論漸推而愈明, 歷久而後定者, 余尤親驗之. 胡渭生朏明告予：第一卷載馮氏駁衛宏《序》爲妄, 良是. 竊謂宏《序》亦非盡鑿空者, 伏生有孫, 固應有子, 不至使女傳言. 然錯往受時, 生年過九十, 子先父卒, 人事之常. 藐爾孤孫, 未承家學, 已又老矣, 口不能宣, 及門弟子業成辭歸, 錯奉詔至, 安可空還? 不得已, 令女傳授, 理或有之. 計其女亦非少艾之年, 教錯無嫌也. 唯《大序》有"失其本經"之語, 自非. 生縱老何至家無本經, 縱令失去, 當時弟子

42 《주자어류》 권79 《高宗肜日》是最不可曉者, 《西伯戡黎》是稍稍不可曉者.
43 한유 《진학해(進學解)》.

如張,歐陽罔不涉《尚書》以教, 何難往取其本, 俾還報天子乎? 或曰：必若云, 則生以簡策授錯可矣, 何用其女爲? 朏明曰：漢人讀書頗與今異, 揚子雲言："一鬨之市必立之平, 一卷之書必立之師." 如《春秋》有鄒, 夾二氏, 夾氏口說流行, 未著竹帛, 故曰未有書. 鄒氏著竹帛, 師傳之人中絶, 故曰無師. 蓋經未有無師者.《書》簡策雖存, 而其間句讀音義亦須畧爲指授, 方可承學, 故使其女傳言耳. 若字本今文, 錯所自識, 豈因齊人語異而都不曉耶? 是則妄不足辯者. 予喜曰：家藏有宋名畫《授經圖》, 伏生東向坐, 鼂大夫北面僂而立, 旁有女子儼然儒家風姿, 爲之指點. 嘗病其事不實, 畫爲少減. 今接子高論, 此畫可以長留天地間矣.

번역 우안又按

논의가 점점 미루어갈수록 더욱 밝아지고 오랜 기간을 거친 이후에 정해지는 것을 내가 직접 징험하였다. 호위胡渭, 자 비명(朏明)가 나에게 알려왔다. 제1권에서 풍씨馮氏가 위굉衛宏의《서序》가 망령된 것임을 반박한 것을 기재한 것[44]은 진실로 옳다. 가만히 생각해보건대, 위굉의《서序》또한 완전히 허무맹랑한 것은 아니니, 복생伏生에게 손자가 있었으므로 진실로 아들이 있었다면 딸을 시켜 말씀을 전하게 하지는 않았을 것이다. 그러나 조조鼂錯가 가서 전수받을 당시에 복생의 나이는 90을 넘었고, 아들이 아버지보다 먼저 죽는 것은 인사人事에서 항상 있는 일이다. 보잘 것 없는

44 제14.《맹자》에 인용된 금문은 지금의 고문과 합치하지만, 고문은 지금의 고문과 합치하지 않음을 논함에 보인다. 풍씨는 풍반(馮班)(1602~1671, 자 정원(定遠))으로 상숙(常熟) 전씨(錢氏) 문인이다.

고손孤孫이 가학을 잇지 못했는데 이미 늙어 혼몽하여 입으로 전해 줄 수 없었고, 급문 제자들은 학업을 이루어 사양하고 돌아가버렸지만, 조조晁錯가 칙명을 받들어 전수받으러 와서 어찌 빈손으로 돌아갈 수 있었겠는가? 부득이하게 딸에게 전수하게 한 것이 이치가 있을 수 있다. 헤아려 보건대, 그 딸도 젊고 아름다운 나이가 아니었을 것이니 조조晁錯를 가르친 사실을 의심할 것은 없다. 오직 《대서大序》에 "그 본경을 잃어버렸다失其本經"[45]는 말은 저절로 잘못이 된다. 복생이 설령 늙었더라도 어떻게 집 안에 본경이 없었겠으며, 설령 잃어버렸더라도 당시의 장생張生과 구양생歐陽生과 같은 제자들이 《상서尙書》를 섭렵하여 가르치지 않음이 없었으므로, (조착晁錯이) 가서 그 본경을 취하여 천자에게 돌아가 보고하는데 무슨 어려움이 있었겠는가?

어떤 이가 물었다. 필시 그와 같았다면 복생이 간책簡策으로 조조晁錯에게 전수해주는 것이 옳은데, 어찌 그의 딸에게 시킨 것인가?

비명朏明이 대답하였다. 한대漢代 사람의 독서는 지금과 자못 달랐으니, 양웅揚雄, 자 자운(子雲)이 "하나의 떠들썩한 저자에는 반드시 저울을 세워야 하고, 한 권의 책에도 반드시 사법師法을 세워야 한다一閧之市必立之平, 一卷之書必立之師"고 하였다. 《춘추》와 같은 것은 추鄒, 협夾 두 씨氏가 있었는데, 협씨夾氏는 구설口說이 유행流行하고 죽백竹帛에 기록되지 않았으므로 책이 없다. 추씨鄒氏는 죽백竹帛에 기록했으나 사법師法을 전하는 사람이 중간에 끊겼으므로 사법師法이 없다. 대체로 경經에 사법師法이 없었던 적은 없었다.

---

45 《상서·대서(大序)》 濟南伏生, 年過九十, 失其本經, 口以傳授, 裁二十餘篇, 以其上古之書, 謂之尙書.

《서書》의 간책簡策은 비록 존재했으나, 그 중간의 구두句讀와 음의音義도 소략하여 직접 지도를 받아야만 바야흐로 학문을 계승할 수 있었으므로 그 딸에게 말씀을 전하게 한 것일 뿐이었다. 글자는 본래 금문今文, 당시 통행자이었고, 조조晁錯가 저절로 아는 바였는데, 어찌 제인齊人의 말이 다른 것으로 인하여 도통 이해하지 못했겠는가? 이것이 망령되어 변론하기에 충분치 못한 것이다.

내가 기뻐하며 말하였다. 가장家藏 가운데 송대宋代 명화名畫《수경도授經圖》가 있는데, 복생伏生은 동쪽을 향해 앉아 있고, 조대부鼂大夫, 晁錯가 북쪽을 향해 구부정하게 서 있고, 그 곁에 여자는 엄연히 유가儒家의 풍모로 그에게 가르침을 주고 있었다. 일찍이 그 사안이 실제와 같지 않음을 병통으로 여기고 그림을 과소평가했다. 지금 그대의 고론高論을 접하였으니, 그 그림이 세상에 오랫동안 전해질 수 있을 것이다.

第116. 학경郝敬이 고문의 위작임을 널리 드러냈음을 논함

원문

今文,古文之別, 首獻疑於吳才老, 其說精矣. 繼則朱子反復陳說, 只是一義, 曰 : “伏生倍文暗誦, 乃偏得其所難; 而安國考定於科斗古書錯亂摩滅之餘, 反專得其所易, 則不可曉耳.” 其實伏生非倍文暗誦, 說具第一卷. 近代郝氏敬始大暢厥旨, 底蘊畢露. 《讀書》三十條, 朱子復起, 亦不得不歎如積薪. 余故詳錄其三之二于後 :

번역

금문과 고문의 구별은 오역吳棫, 1100?~1154, 자 재로(才老)으로부터 맨 먼저 의문이 제기되었는데, 그 설이 정밀하였다. 이어서 주자가 반복하여 진술하였는데, 오직 하나의 의미로 말하자면 “복생이 글을 외고 암송하여 얻은 것은 어려운 것에만 치우쳤고, 공안국이 고서古書의 어지럽게 섞이고 닳아서 없어진 나머지 것들을 과두科斗 문자로 고정考正한 것은 도리어 오로지 그 쉬운 것만을 얻었다고 하는 것은 이해할 수 없다伏生倍文暗誦, 乃偏得其所難; 而安國考定於科斗古書錯亂摩滅之餘, 反專得其所易, 則不可曉耳”[46]이다. 사실 복생이 글을 외고 암송한 것이 아니라는 설은 제1권에 기술하였다.[47] 근대의 학경郝敬이 비로소 그 요지를 크게 발양하여 그 바닥에 온축된 것을 다 드러

46 《회암집》 권65.

47 제14. 《맹자》에 인용된 금문은 지금의 고문과 합치하지만, 고문은 지금의 고문과 합치하지 않음을 논함.

내었다. 《독서讀書》 30조條는 주자가 다시 일어나 살아오더라도 탄식해 마지않으며 신진新進이 맨 앞자리에 서 있는 것과 같이 여길 것이다. 따라서 나는 아래에 그 조목의 3분의 2 정도를 상세하게 기록해둔다.

원문

《書》辭淵塞, 《詩》語淸通. 故《虞書》渾樸, 其言詩則曰"聲依永, 律和聲", 《喜起之歌》乃有逸響. 《雅》, 《頌》, 《訓》, 《誥》, 多周公制作. 《雅》, 《頌》明暢, 《訓》, 《誥》結澁. 蓋主于感者使人易曉. 至于訓戒者使人深思. 夫子謂"不學《詩》, 無以言", 故《詩》, 《書》體異也. 春秋戰國以來, 辭尙風韻, 雖敍事之文, 皆有依永和聲之致. 夫子作《易傳》, 《論語》, 春容爾雅, 淸風習習然, 皆詩之爲言也, 然義理含蓄, 混沌未破. 至秦漢以後, 刓觚雕樸, 文不務實, 全尙聲口, 惟有浮響而已. 此古, 今文辭深淺華實之辨也.

번역

《서》의 서사는 심오하고 독실淵塞하며 《시》의 시어는 맑고 깨끗淸通하다. 따라서 《우서虞書》는 박실朴實하고 돈후敦厚하여 시詩를 말함이 곧 "소리는 가락에 맞추어 길게 하고, 음률은 소리를 조화시키는 것이다聲依永, 律和聲"라고 하였으니, 《기희지가喜起之歌》[48]에 빼어난 음향이 남아있다. 《아雅》, 《송頌》, 《훈訓》, 《고誥》는 대부분 주공周公이 지었다. 《아》, 《송》은 밝고 유창明暢하고, 《훈》, 《고》는 끝맺음이 껄끄럽다.結澁 대체로 감화를 위주로

48 《익직》 帝庸作歌曰, 勑天之命, 惟時惟幾. 乃歌曰, '股肱喜哉, 元首起哉, 百工熙哉.'

하는 것은 사람들로 하여금 이해하기 쉽게 한다. 훈계訓戒함에 있어서는 사람들로 하여금 깊이 생각하게 한다. 부자夫子는 "《시》를 배우지 않으면 제대로 말을 할 수가 없다不學《詩》, 無以言"[49]고 하였으므로 《시》, 《서》는 문체가 다르다. 춘추전국시대 이래, 문장은 풍채와 운치를 숭상하였으므로 비록 서사문敍事文이라고 하더라도 모두 가락에 의지하고 소리를 조화롭게 하는 운치가 있었다. 부자夫子가 지은 《역전易傳》과 《논어》는 봄 기운이 완연하고 맑은 바람이 선선하게 불어오는 것과 같이 모두 시詩로서 지은 것이나, 그 속에 의리가 함축된 것이 합쳐져서 깨지지 않는다. 진한秦漢 이후에 이르러, 겉만 화려하게 꾸미면서 문장에 돈실함을 힘쓰지 않고 온전히 구음口音만을 숭상하여 오직 뜬소리만 있을 뿐이다. 이것이 옛 문장과 지금의 문장의 심오하고 천박함深淺, 화려함과 돈실함華實을 분별할 수 있는 부분이다.

원문

《堯典》, 《禹貢》其辭簡奧, 敍事樸直有體. 《皐陶謨》精深淹雅, 自是上皇風味. 古人言語高遠, 質而愈新. 後人極力整齊反傷體, 有意舒散反見拙. 如商彝, 周鼎, 自然蒼潤, 俗工雕鏤亂眞, 識者自能鑑之.

번역

《요전》, 《우공》은 문장이 간단하면서 심오하여, 서사敍事가 박실하고

49 《논어 · 계씨》.

강직하고 일정한 격체格體가 있다. 《고요모》는 정밀하고 심오하며 관대하고 아름다워 저절로 상황上皇의 풍미風味가 있다. 옛사람의 언어言語는 고원高遠하여 질박하지만 더욱 새롭다. 후대 사람이 온 힘을 다해 정제整齊하고자 했지만 도리어 문체를 손상시켰고, 의도적으로 활짝 펼치고자 했지만 도리어 졸렬함을 드러냈을 뿐이다. 상商나라의 이준彝尊과 주周나라의 보정寶鼎은 저절로 고풍의 운기가 흐르지만, 세속의 공인工人이 화려함을 아로새기고 진품을 어지럽힌 것은 식자들이 저절로 알아볼 수 있다.

원문

朱元晦謂《書》不須盡解, 固緣《孟子》"盡信《書》不如無《書》"之意. 然朱所謂易解者, 乃其不必解之僞《書》; 而所謂難解者, 正其刪定之原籍. 然則棄嘉穀而收稂莠也, 可乎?

번역

주희朱熹, 자 원회(元晦)가 《서》를 다 이해할 수 없다고 한 것은 진실로 《맹자·진심하》의 "《서》를 모두 믿는다면 차라리 《서》가 없는 것만 못할 것이다盡信《書》不如無《書》"라는 의미이다. 그러나 주희의 이른바 이해하기 쉬운 것은 바로 굳이 해석할 것도 없는 위僞《서》지만, 이른바 이해하기 어려운 것은 바로 산정刪定된 원적原籍이다. 그렇다면 좋은 곡식은 버려두고 쓸모없는 잡초를 거두는 것이 옳은가?

원문

《堯典》, 《皐陶謨》, 《禹貢》三篇, 文辭最古, 法度森嚴, 有頭尾有血脈, 有分段有照應, 爲千萬世史書冠冕. 後世依倣其體爲《帝紀》, 《世家》, 《列傳》, 枝葉敷榮, 非不可觀, 然一登泰山, 頓覺邱阜爲小.

번역

《요전》, 《고요모》, 《우공》 3편은 문장이 가장 오래되었고, 법도가 삼엄하며, 두서頭緖가 있고 혈맥血脈이 있으며 단락 나뉨이 있고 호응됨이 있어 천만세千萬世 사서史書의 수위首位를 점한다. 후세가 그 문체를 모방한 것이 《제기帝紀》, 《세가世家》, 《열전列傳》이 되었는데, 지엽적으로 화려하게 꽃을 피워 볼 만한 것이 못될 것은 아니지만, 한번 태산에 올라보면 문득 산등성이가 낮았음을 깨닫게 된다.

원문

堯,舜一德, 故二帝倂《典》; 五臣同心, 故皐陶合《謨》[按. 此說非]. 孔《書》離《堯典》爲二, 以補《舜典》, 其識已卑. 別增《禹謨》一篇, 尤瑣碎不成文理. 此何待具眼者乃能辨之?

번역

요堯와 순舜은 같은 덕德을 소유하였으므로, 두 임금의 《전典》을 아울렀고, 오신五臣[50]은 마음을 같이 하였으므로 고요皐陶를 《모謨》에 합하였다. [살펴보건대, 이 설은 틀렸다.] 공안국 《서》는 《요전》을 떼어 둘로 만들고 《순전》으로 보충하였으니, 그 식견이 이미 낮은 것이다. 별개로 《대우모》편을 더한 것은 자질구레해서 문리를 이루지 못한 것이다. 이 어찌 혜안을 가진 자를 기다려야 변별할 수 있는 것이겠는가?

원문

古聖文辭深奧, 精密無痕, 如《書》與《周易》, 自是一種文字. 孔《書》極力摸倣, 而音節匀暢, 俊彩莊嚴, 已落近格. 揚雄作《太玄》, 擬《易》爻象, 腸胃俱嘔, 轉覺後塵愈遠. 此聖凡,天人之隔也.

번역

옛 성인의 문사文辭는 심오하고 정밀하면서 흠이 없으니, 《서》와 《주역》과 같은 것은 그 자체로 일종의 문자이다. 공안국 《서》는 온 힘을 다해 옛 성인의 문장을 모방하였으나 음절音節이 균일하게 펼쳐지고, 화려한 문채가 장엄하여 이미 근대의 격식으로 떨어졌다. 양웅揚雄이 지은 《태현太玄》은 《역》 효상爻象을 본떴는데, 장위腸胃가 함께 노래한 것 같았으나 문득 뒤로 날리는 흙먼지가 더욱 멀어짐을 느끼게 된다. 이것이 성인과 범인의 격차이자, 하늘과 인간의 격차이다.

원문

《盤庚》, 《大誥》, 《康誥》等篇文辭, 如流雲雜霧, 烝涌騰沓, 不可摶埴, 而自

---

50 《논어 · 태백》"舜有臣五人, 而天下治.何晏注 : "孔曰 : '禹, 稷, 契, 皐陶, 伯益.'"

然煙潤. 孔《書》二十五篇丰姿濟楚, 如礱石疑玉, 刻木肖花, 漸染嫵媚之氣. 古言盤鬱, 今言淸淺; 古言幽雅, 今言高華. 一覽而盡者, 今人之辭; 三復而愈遠者, 古人之辭也.

번역

《반경》, 《대고》, 《강고》 등의 편의 문사文辭는 마치 흐르는 구름에 안개가 뒤섞이고 수증기가 가득 들어차 더 메울 수 없으나 자연스럽게 자욱하다. 공안국 《서》 25편은 풍채가 정갈하여 돌을 간 것이 옥과 같고, 나무를 조각한 것이 꽃을 닮은 것과 같이 점점 아리따운 기색으로 물들었다. 옛날의 말은 곡절이 있으면서 심오하지만 지금의 말은 명료하면서 깊지 않고, 옛날의 말은 그윽하면서 아름답지만 지금의 말은 고상하면서 화려하다. 한 번만 보더라도 다 알 수 있는 것은 지금 사람의 문장이고, 세 번을 반복해서 보더라도 더욱 멀게 느껴지는 것은 옛사람의 문장이다.

원문

古人意思渾厚, 義理塡塞胸臆, 欲言不啻口, 乍讀結澁, 愈玩愈精彩. 後世文字瞭曉, 滾滾迫逐而來, 其于修辭立誠之意, 索然盡矣. 故《尙書》以伏生二十八篇爲眞古文.

번역

옛사람의 의사意思는 순박하고 돈후하고, 의리義理가 가슴속에 가득 채워져 말을 하고자 함에 입으로만 하지 않았으니, 잠깐 읽으면 껄끄럽지만 계속 완미하면 할수록 정밀하고 빛이 난다. 후세의 문장은 맑게 우는 것과 같이 절절하게 급박하게 몰아와서, 그 문장을 닦고 성실함을 세우는 의도가 삭막하게 싹 없어진다. 따라서 《상서》에서 복생伏生 28편을 진고문眞古文으로 여긴다.

원문

二十八篇與古人傳神, 其辭簡樸無枝葉, 是古時風氣之醇濃也. 其詰屈不暢快, 是古人胸次之盤鬱也. 其更端層疊, 是古人眞意委婉周至也. 含輝斂彩, 晶光自爾溢發, 氣若斷續, 而悠然條鬯舒散, 不用繩削而變態不可端倪, 此古人生氣也. 至于二十五篇, 淸淺鬆泛, 邊幅整齊, 曉然如揭日月而行康莊, 無復昧爽氤氳氣象. "《詩》曰'衣錦尙絅', 惡其文之著也. 故君子之道, 闇然而日章", 知此者可與論道, 可與論《書》.

번역

28편과 옛사람의 정신세계에 있어, 그 문사文辭가 간단소박하며 지엽적이지 않는 것은 옛 시대 기풍의 진한 풍미豐味이다. 그 문장이 난삽하여 시원하게 펼쳐지지 않는 것은 옛사람의 가슴 속에 굴곡진 심오함이다. 또 다른 한편으로 문장이 중첩된 것은 옛사람의 진의眞意가 간절하고 주밀周密함이다. 광채를 머금은 수정水晶은 저절로 빛나고, 그 기운은 끊어질 듯 이어지며 그윽하게 펼쳐져 천천히 흩어지므로 인공으로 조정하지 않더라도 그 변화를 예측할 수 없는 것은 옛사람의 생기生氣이다. 만출晩出 25편에 있어서는, 명료하면서 깊지 않고 가볍고 편안하며 겉모양을 정갈하게 꾸민 것이 매우 환하여 마치 해와 달이 걸린 큰 거리를 걷는 것과 같지만 새벽에 음양의 기운이 교차하는 기상은 다시 볼 수 없다. "《시》에 이르기를 '비단옷을 입고 홑옷을 덧입는다' 하였으니, 그 문채가 드러남을 싫어해서이다. 그러므로 군자의 도는 어렴풋한 가운데 날로 빛난다詩》曰'衣錦尙絅', 惡其文之著也. 故君子之道, 闇然而日章"[51] 고 하였으니, 이를 아는 자와는 도道를 논할 수 있고, 《서書》를 논할 수 있다.

원문

孔《書》與二十八篇良苦較然, 豈千餘年來無一識者? 以呂易嬴, 久假不歸. 依附聖經, 攻之有投鼠之忌. 如讀《春秋》, 明知五霸爲罪人, 以其依附三王, 久重于發難, 是以其姑息養其蠹賊也. 湯,武不弑君, 天下何時底定? 千古有相知, 湯,武非弑君者.

번역

공안국《서》와 28편은 진실로 고난을 당함이 확연했는데, 어찌 천 년 동안 한 사람이라도 아는 자가 없는 것인가? 여씨呂氏로 영씨嬴氏를 바꾸고도[52] 오랫동안 빌려서 돌려주지 않은 것이다. 성경聖經에 의지해 붙어 있으므로, 그것을 공격함에 물건을 던져 쥐를 잡고자 하나 물건이 깨질

51 《중용장구》 33장.

52 진(秦)나라는 원래 영씨(嬴氏)였는데, 여불위(呂不韋)가 영정(嬴政)(秦始皇)의 부친 장양왕(莊襄王)(子楚)에게 자신의 아들을 임신한 상태의 애첩을 바쳤고, 영정이 태어난 이후에도 여불위는 그 애첩과 관계를 가졌다고 한다. 이로 부터 영정(嬴政)(秦始皇)은 여불위의 자식이라는 속설이 생겼다.

것을 염려投鼠之忌함이 있게 되었다. 가령 《춘추》를 읽음에, 오패五霸가 죄인罪人이 됨을 명백하게 알지만, 그것이 삼왕에 의탁해 붙어 있음이 오래되어 들추어내기가 어렵게 되고, 그로 인해 그 해로운 벌레를 잠시 기르게 된 것과 같다. 탕왕과 무왕이 그 임금을 죽이지 않았다면 천하는 어느 세월에 안정되었겠는가? 탕왕과 무왕이 그 임금을 시해하지 않았다는 것은 천고千古의 사람들이 서로 아는 바이다.

원문

朱元晦謂《大誥》,《多士》等篇辭語艱濇, 如官司行移文字與民間語, 夾雜俗語, 故難解;《蔡仲》,《君牙》等篇如今翰林制誥文字與士大夫語, 故易曉. 案《大誥》,《多士》有何俗語, 而以語俗人? 豈俗人明敏, 反勝學士大夫? 學士大夫難解者, 俗人其能解乎? 凡《訓》,《誥》非對臣民口授, 皆裁成篇章頒布, 必經聖人之手. 雖史官潤色, 亦本聖人口澤, 故其言多淵慤, 而神理溢于辭章之外, 隱合于胸臆肺腑之中, 若出若不出. 離而視之, 深沈蒙晦, 無迹可尋. 會而通之, 生氣浮動, 溫如春, 泠如秋, 穆如淸風, 澤如甘雨. 紬繹其緖, 嚼咀其味, 怳然見其心曲, 親炙其眉宇, 而聆其謦欬. 非聖人之言, 而能若是乎? 至于二十五篇淸淺齊截, 自是三代以下韶秀之姿, 語多浮響, 意不切題. 或先賢記聞[案. 此說非], 或後人假託, 天壤懸隔, 烏可相亂也?

번역

주희朱熹, 자 원회(元晦)가 말하길 《대고》와 《다사》 등 편의 문장은 읽기가 어렵고 껄끄러우니, 마치 관사官司의 행이行移 문자文字, 公文나 민간어와 같아서, 잡다하게 속어俗語와 뒤섞였기 때문에 이해하기 어려운 것이고, 《채중지명》과 《군아》 등의 편은 지금의 한림翰林의 제고制誥 문자文字, 勅令와 사대부士大夫의 말과 같으므로 이해하기가 쉽다고 하였다.

살펴보건대, 《대고》와 《다사》에 어찌 속어가 있겠으며 그런 말로 속인에게 말한 것이겠는가? 어찌 속인의 명민함이 도리어 학사대부學士大夫보다 낫겠는가? 학사대부가 이해하기 어려운 것을 속인이 이해할 수 있겠는가? 모든 《훈訓》과 《고誥》는 신민臣民들에 대해서 구두로 전하는 것이 아니라, 모두 편장을 만들어 반포한 것이니, 반드시 성인聖人의 손을 거친 것들이다. 비록 사관史官이 윤색했더라도 성인의 입에서 나온 것에 근본한 것이므로 그 말씀이 대부분 깊고 정성스러우며, 신묘한 이치가 문장 바깥에 넘치고, 가슴 속과 오장육부 안에서 몰래 합쳐져서 나온 듯하고 나오지 않는 듯하기도 하다. 떨어져서 살펴보면, 깊이 침잠하여 그윽하여 그 흔적을 찾을 수 없다. 회통會通하면, 생기生氣가 떠돎에 따뜻함은 봄과 같고, 서늘함은 가을과 같으며, 상쾌함은 맑은 바람과 같고, 윤택함은 단비와 같다. 그 실마리를 풀어내고 그 맛을 곱씹어보면, 황홀하게 그 마음의 깊은 곳이 드러나고, 그 형용을 직접 배워 그 가르침을 깨닫게 된다. 성인의 말씀이 아니면 이와 같을 수 있겠는가? 25편의 명료하면서 깊지 않고 정제된 문장에 있어서는, 저절로 삼대 이후의 수려한 자태이지만 언어가 대부분 뜬소리와 같고 의미는 절제되지 못하다. 혹은 선현先賢이 들은 것을 기록했다거나[살펴보건대, 이 설을 틀렸다], 혹은 후대사람들이 가탁한 것이라고 하는데, 하늘과 땅만큼 현격하니 어찌 서로 뒤섞을 수 있겠는가?

원문

後人文字, 皆揀選材具, 一字一句疊砌而成. 古人文字, 無邊齊, 無畔岸, 拍天駕海而來.

번역

후대사람들의 문장은 모두 쓸 만한 것들을 가려 뽑아, 한 글자 한 구절이 섬돌을 쌓아 완성한 것과 같다. 옛사람의 문장은 한계가 없고 정해진 범주가 없이 상천上天에 닿고 대해大海를 타고 내린다.

원문

文字出上古, 自然深沈隱約有鬱蒼之氣, 正是未雕之璞. 一落叔季, 膚淺輕揚, 氣運風會, 莫知所以然而然也.《尙書》二十八篇, 當世即欲不如此作不得. 六經皆夫子手訂及夫子自作, 亦是《春秋》以後文字. 如《論語》二十篇春容爾雅, 愚者可知, 猶謂有子之徒記述. 至《春秋》,《周易》十翼, 夫子手筆, 亦是愚者可知. 文章因乎世運, 雖孔子欲爲四代《典》,《謨》之文, 亦不可得已.

번역

문자가 상고시대에 나왔을 때, 자연스럽게 깊이 침잠되고 간약簡約하여 울창한 기운에 있었으니, 바로 아직 새기지 않은 박옥璞玉이었다. 한번 말세에 떨어짐에 천박하고 경박해졌고, 문장의 기운은 유행을 쫓아가게 되었는데, 그렇게 된 까닭을 알지 못하면서 그렇게 되었다.《상서》 28편에 있어서, 지금은 그와 같지 않으려고 해도 그렇게 쓸 수 없다. 육경六經

은 모두 부자夫子가 손수 정정訂正한 것이자 부자가 직접 지은 것이지만, 또한 《춘추》 이후의 문자文字이다. 《논어》 20편의 봄빛처럼 정아正雅한 것과 같은 것은 어리석은 자도 알 수 있으니, 오히려 유자有子의 문도門徒가 기술했다고 말한다. 《춘추》와 《주역》 십익十翼에 있어서는 부자夫子가 손수 집필한 것이지만 이 또한 어리석은 자도 알 수 있다. 문장文章이란 세운世運에 따르는 것이니, 비록 공자가 사대四代의 《전典》, 《모謨》의 문장을 짓고자 하였더라도 할 수 없었을 뿐이다.

원문

後人何幸, 因伏生所授, 得見四代鴻寶二十八篇, 眞足爲萬世國史之宗. 其二十五篇如《伊訓》, 《太甲》之類, 《左》, 《國》諸書駸駸欲方駕矣.

번역

후대사람들은 얼마나 다행인가! 복생이 전해준 것으로 인하여 사대四代의 고귀한 28편을 얻었는데, 진실로 만세萬世 국사國史의 조종祖宗이 되기에 충분하다. (만출晩出) 25편의 《이훈》과 《태갑》과 같은 것은 《좌전》과 《국어》 제서諸書가 차츰차츰 어깨를 나란히 하고자 할 것이다.

원문

子曰: "辭達而已矣", 又曰 "修辭立其誠" 達者, 達其所立也. 辭欲達誠, 誠如何可達? 後世文章以淸利爲達, 正是齒牙喋喋, 不與精神命脈相關. 心自心, 辭自辭, 如近代辭賦, 何有半語眞實? 二十八篇若康, 召等《誥》, 字字肝膽, 潑放簡策上, 後儒反病其詰屈不達, 未知竟是誰達誰不達也!

번역

공자가 말하길 "말은 의미가 통달하게 하면 될 뿐이다辭達而已矣"[53]고 하였고, 또 "문사文辭를 닦아서 자신의 진실함을 정립한다修辭立其誠"[54]고 하였다. 통달하는 것은 자신의 정립한 바에 통달하는 것이다. 문사文辭가 진실함을 통달하고자 하나, 진실함을 어떻게 통달할 수 있겠는가? 후대의 문장은 분명하고 명백함을 통달함으로 삼았으니, 바로 말만 번다하게 많아지고, 정신精神명맥命脈과는 상관하지 않았다. 마음은 저절로 마음이고, 문사文辭는 저절로 문사일 뿐이니, 근대의 사부辭賦와 같은 것은 어찌 절반이라도 진실됨이 있겠는가? 28편의 강숙康叔, 소공召公 등의 《고誥》는 글자 하나하나가 간담肝膽을 보이는 것 같이 진실하여 간책簡策 속에 그 진실함이 솟아오르는데, 후유後儒들은 도리어 그 문장의 난삽하고 통달하지 못함을 병통으로 여겼으니, 끝내 누가 통달하고 누가 통달하지 못한지를 알지 못한 것이다!

원문

諸傳獨《孟子》近古, 七篇中所引《書》如《太甲》,《伊訓》,《湯誓》等語質直而少逸響, 正與二十八篇文字一律, 足徵伏《書》是眞,孔《書》是假. 又如《大學》所引《康誥》"作新民","若保赤子","惟命不于常"等語, 篇內自然渾合. 孔

53 《논어 · 위령공》.
54 《주역 · 문언전(文言傳)》.

《書》取引語塡補, 痕迹宛然.

번역

제전諸傳 가운데 오직 《맹자》가 옛것에 가까우니, 《맹자》 칠편七篇 가운데 인용된 《서書》인 《태갑》, 《이훈》, 《탕서》 등과 같은 언어는 질박하고 평실하면서 분방奔放한 메아리는 적으니, 참으로 28편 문자와 같아서, 복생 《서》가 진짜이고 공안국 《서》가 가짜임을 징험하기에 충분하다. 또한 《대학》에서 인용된 《강고》의 "신민을 진작시키다作新民", "적자赤子를 보호하듯이 하다若保赤子", "천명은 일정하지 않다惟命不于常" 등과 같은 말들은 28편과 자연스럽게 혼합된다. 공안국 《서》에서 인용된 말을 취하여 빈 곳을 채운 것은 그 흔적이 완연하다.

원문

孔《書》《伊訓》, 《太甲》, 《說命》, 《君陳》等篇, 《禮記》《學記》, 《表記》, 《緇衣》多引用其語. 蓋《記》與孔《書》先後同出[案. 此說非], 其所引當世已無全文, 摹倣補綴, 非古之完璧也.

번역

공안국 《서》의 《이훈》, 《태갑》, 《열명》, 《군진》 등의 편을 《예기》의 《학기》, 《표기》, 《치의》에서 많이 인용하였다. 대체로 《예기》와 공안국 《서》는 차례대로 같이 나왔고[살펴보건대, 이 설은 틀렸다], 그 인용한 바는 지금 이미 전문全文이 없어져서, 모방摹倣하여 보충한 것으로 옛날의 완벽한 형태가 아니다.

원문

孔《書》四代文字一律, 必無此理. 《詩》如《商頌》縝栗而淵瑟, 《周頌》清越而馴雅, 二代文質之分也. 《詩》既爾, 《書》亦宜然. 豈得《商書》清淺, 反不如《周書》樸茂也? 若以《伊訓》, 《太甲》與《康誥》, 《大誥》諸篇並列, 先後文質倒置矣.

번역

공안국《서》에는 사대四代의 문자文字가 일률적인데, 필시 그런 이치는 없다. 《시》의《상송商頌》은 세밀하고 견실하면서 심오하고 엄숙하고, 《주송周頌》은 맑고 맑으면서 정아正雅하고 완미한 것과 같은 것은 상주商周 이대二代 문질文質의 나뉨이다. 《시》가 이미 이러하므로, 《서》 또한 마땅히 이와 같아야 한다. 어찌《상서商書》가 명백하고 깊지 않음이 도리어《주서周書》의 질박하고 중후함과 같지 않은 것인가? 만약《이훈》, 《태갑》과《강고》, 《대고》의 제편諸篇을 나란히 배열해 놓는다면, 선후先後의 문질文質이 서로 뒤바뀌게 될 것이다.

원문

孔《書》諸篇辭義皆浮泛, 如《伊訓》不切放桐復亳, 《說命》不切帝賚良弼, 《君陳》, 《畢命》不切尹東郊. 其他皆然. 轉移變換, 皆可通用. 古史典要, 決無此病. 多後人案步倣效, 故其語勢褊側, 如室中演棒, 四礙不得自由. 若眞古文如《大誥》諸篇, 任說得縱橫舒展. 眞贋功苦, 天地懸隔.

번역

공안국《서》 제편諸篇 문장의 의미는 부실하고 천박하니, 가령《이훈》은 (태갑太甲을) 동궁桐宮으로 추방한 후 박읍亳邑으로 복귀시킨 것과 부합하지 않고,《열명》은 상제上帝가 어진 보필자를 내려 준 것과 부합하지 않으며,《군진》과《필명》은 동교東郊를 다스린 것과 부합하지 않는다. 그 나머지도 모두 그러하다. 전이轉移하고 변환變換하면 모두 통용될 수 있다. 고사古史의 준칙에는 결코 이런 병통이 없다. 대부분은 후대사람들이 살펴 모방하였기 때문에 그 어세語勢가 편협한 것이니, 마치 방안에 나무기둥을 세워놓으면 사방이 장애가 되어 자유롭지 못한 것과 같다. 진고문眞古文인《대고》 제편諸篇과 같은 것은 어떤 말이라도 사방으로 펼쳐진다. 진짜와 가짜의 수고로움이 하늘과 땅만큼 현격懸隔하다.

원문

《秦誓》眞秦穆公作, 春秋之文, 漸近明淺, 猶多沈渾之味, 自然處高于《左》,《國》.《費誓》雖列編末, 而簡奧淵深, 自是周初文字.《文侯之命》峻整, 自是周末春秋初年文字. 世運風味, 一一可思. 若夫《伊訓》,《說命》, 風格卑弱, 尙不敢望《秦誓》, 乃得與《典》,《謨》幷列? 眞是千古不平事.

번역

《진서》는 진실로 진秦 목공穆公이 지은 것인데, 춘추春秋시대의 문장은 점점 명확하면서 천근淺近함에 가까워지지만, 오히려 심혼沈渾한 풍미가 많아 자연스럽게 《좌전》과 《국어》보다는 높은 수준을 점한다. 《비서》는 비록 마지막에 편제되었지만, 간약하면서 심오하니 자연스레 주초周初의 문장이다. 《문후지명》은 엄중하고 가지런하니 자연스레 주周 말엽과 춘추 초기의 문장이다. 세상의 변화에 따른 풍미風味를 하나하나 생각해 볼 수 있다. 만약 《이훈》, 《열명》과 같은 편들은 풍격이 비약卑弱하여 오히려 감히 《진서》를 바랄 수도 없는데, 어찌 《전典》, 《모謨》와 나란히 둘 수 있겠는가? 참으로 천고千古의 불평不平스러운 일이다.

원문

或問：牧齋云：“近代經學之繆, 遠若季本, 近則郝敬.” 子向推其知言, 玆何復取乎郝氏之書? 余曰：郝氏之可誅絶在好妄, 其不可磨滅處, 的非庸人. 且讀得古今文字, 分析如燭照物, 如刃劈朽木, 如衡不爽錙銖, 如絲紬繹不盡, 當屬其九經中一絶.

번역

어떤 이가 물었다.

전겸익錢謙益, 1582~1664, 호 목재(牧齋)이 “근대 경학經學의 오류는 멀리는 계본季本, 1485~1563[55]과 같은 이고 가까이는 학경郝敬이다”고 하였는데, 그대는 예전에 전겸익의 식견을 받들었는데, 지금 어찌 다시 학경의 책을 취

55 계본(季本) : 자 명덕(明德). 호 팽산(彭山). 회계(會稽)(지금의 절강(浙江) 소흥(紹興)) 출신이다. 저서에는 《역학사동(易學四同)》, 《시설해이(詩說解頤)》 등이 있다.

한 것인가?

나는 대답하였다.

학경이 토벌한 것은 망령된 것을 좋아하는 것에 있었고, 그의 공로는 없앨 수 없으니 진실로 일반인이 할 수 있는 것이 아니다. 또한 고금古今의 문자文字를 읽고 분석함이 마치 등불로 물건을 비추듯 환했고, 칼날로 썩은 나무를 베어내는 듯 했으며, 저울질하여 아주 미세한 차이도 없게 한 것과 같았는데, 실타래를 풀어냄이 완전하지 못한 것은 구경九經 가운데 하나에만 해당됐기 때문이다.

원문

按：郝氏以二十五篇置于末，另爲卷帙，歷加掊擊，語或過甚，余僅錄其四條：《太甲上》云："此篇語浮泛，所以告戒嗣王者甚徐，何至見放?"《咸有一德》云："篇名《咸有一德》，似是較數，故曰'咸有'，猶各擅一長云爾. 今所言皆純一意，則伊尹不合自矜與湯咸有此一，殆後人依題擬撰，遴揀湊砌，而乏天眞."《周官》"冢宰掌邦治"至"大明黜陟"云："一代典制，當世自有令甲開載，成王訓百官，何用瑣舉? 此後人自述記聞，以實其所爲《周官》者耳."《君陳》"爾有嘉謀嘉猷"云："嘉謀入告可也，必以歸君，此人臣自用之心，非人君所以教臣. 君啻歸美，即不啻歸過，是導之諛也，豈賢王之訓?"

번역 안按

학경은 (만출晩出) 25편을 뒤에 배치하고 별도의 권질卷帙로 만들어 더욱 배격하였고 어조도 간혹 매우 심하였으니 내가 그 4조목을 삼가 채록하는 바이다.

《태갑상》에서 "이 편의 언어는 부실하고 천박하니, 사왕嗣王에게 경계하여 고하는 것이 너무 평온한데 어떻게 추방당함에 이를 수 있었겠는가?"라고 하였다. 《함유일덕》에서 "편을 《함유일덕》이라고 명명한 것은 숫자를 드러낸 것과 같으니, 따라서 '모두 소유하였다咸有'고 한 것은 오히려 각자가 하나의 장점만을 소유하였음을 말한 것일 뿐이다. 지금은 모두 순일純一의 의미로 말하는 것은 이윤伊尹이 탕湯임금과 더불어 이 하나를 소유했음을 스스로 자부한 것[56]과 합치하지 않으니, 아마도 후대사람이 표제에 기대어 멋대로 지어내었으므로, 섬돌을 어렵게 가려뽑아 놓았지만 하늘이 내려준 진짜가 없어지게 되었다"고 하였다. 《주관》 "총재는 나라 다스림을 관장하다冢宰掌邦治"에서 "크게 출척黜陟을 밝힌다大明黜陟"까지 이르기를 "한 세대의 전제典制는 당대에 저절로 정령政令이 서적에 기록될 뿐인데, 성왕이 백관에게 훈계한 것을 어찌 번쇄하게 거론한 것인가? 이는 후대사람이 자신이 들은 것을 서술한 것을 실제라고 여기고 《주관》이라고 삼은 것일 뿐이다"라고 하였다. 《군진》 "너에게 아름다운 묘략과 아름다운 대책이 있거든爾有嘉謀嘉猷"에서 "아름다운 술책이 있다면 들어와 고하는 것은 옳으며 마땅히 임금에게 귀속되는 것이니, 이는 인신人臣 스스로 마음 쓰는 것이며 인군人君이 신하를 가르치는 것이 아니다. 임금이 아름다움에 귀속되는 것을 좋아한다면, 허물에 귀속되는 것은 기뻐하지 않은 것이 된다. 이는 아첨으로 이끄는 것이니 어찌 현왕賢王의 가

56 《함유일덕》 惟尹躬暨湯, 咸有一德, 克享天心, 受天明命, 以有九有之師, 爰革夏正.

르침이겠는가?"라고 하였다.

원문

又按：郝氏譏切古文, 亦幾盡致, 尙未及其好作俳偶涉後代. 予愛李翺《答王載言書》:"古之人能極於工而已, 不知其辭之對與否也. '憂心悄悄, 慍于羣小', 此非對也. '覯閔既多, 受侮不少', 此非不對也." 以此律《大禹謨》, 豈流水讀去而不覺其排比者與? 又每讀《畢命》, 至"旌別淑慝"以下凡三十七句, 句皆四字, 因笑曰:"孔安國隸古定, 竟若唐房融譯《首楞嚴經》, 以四字成文者與!"

번역 **우안又按**

학경이 고문을 조롱한 것 역시 거의 극에 이르렀으나, 여전히 가면을 쓰고 거짓 노릇을 하는 배우들이 후대에 돌아다니기를 좋아하는 것까지는 미치지 못하였다. 나는 이고李翺의 《답왕재언서答王載言書》의 글을 좋아한다. "옛사람들은 정교한 경지에 도달할 수 있었을 뿐이고, 그 문사文辭가 대대待對인지 아닌지는 알지 못하였다. '마음에 걱정하기를 매우 슬퍼게 하였으나, 여러 소인들에게 노여움을 받네憂心悄悄, 慍于羣小', 이 문구는 대대待對가 아니다. '폐해를 당한 것이 이미 많거늘 수모를 받은 것도 적지 않네覯閔既多, 受侮不少',[57] 이 문구는 대대待對하지 않는 것이 아니다." 이것으로 《대우모》를 대조해보면, 어찌 물 흐르듯 읽어 나가면서도 그 문장

57 모두 《패풍(邶風)·백주(柏舟)》의 시이다.

이 정연하게 배열된 것임을 깨닫지 못하는 것인가? 또한 매번 《필명》을 읽을 때마다, "착함과 사특함을 표창하고 구별한다旌別淑慝" 이하 37구句에 이르게 되면, 구절이 모두 4자로 되어있는 것으로 인해 웃으며 "공안국孔安國의 예고정隸古定이 마침내 당唐 방융房融, ?~705[58]이 《수능엄경首楞嚴經》을 번역한 것과 같이 4자로 문장을 이루었다!"고 하였다.

원문

又按：姚際恒立方曰："某之攻僞古文也, 直搜根柢, 而畧於文辭. 然其句字誠有顯然易見者, 篇中不暇枚擧, 特統論於此. 句法, 則如或排對, 或四字, 或四六之類是也. 字法, 則如以'敬'作'欽', '善'作'臧', '治'作'乂'作'亂', '順'作'若', '信'作'允', '用'作'庸', '汝'作'乃', '無'作'罔', '非'作'匪', '是'作'時', '其'作'厥', '不'作'弗', '此'作'茲', '所'作'攸', '故'作'肆'之類是也. 此等字法固多起伏氏《書》, 然取伏《書》讀之, 無論易解難解之句, 皆有天然意度, 渾淪不鑿, 奥義古氣旁礴其中, 而詰曲聱牙之處全不繫此. 梅氏《書》則全藉此以爲詰曲聱牙, 且細咀之中, 枵然無有也. 譬之楚人學吳語, 終不免舌本間強耳. 觀凡於逸《書》'不'皆改作'弗', '無'皆改作'罔', 尤可類推."

번역 **우안又按**

요제항姚際恒, 자 입방(立方)이 말했다. "내가 위고문을 공박한 것은 단지 뿌

58 방융(房融) : 자호(字號)는 알려지지 않으며, 하남(河南) 구씨(緱氏)(지금의 하남성(河南省) 언야시(偃師市)) 출신이다. 당(唐) 재상(宰相)을 지낸 방관(房琯)의 부친이다. 평생 불교를 좋아하여 《능엄경》을 번역하였다.

리를 찾고자 함이었고, 문사文辭에는 소략하였다. 그러나 그 자구字句 가운데는 진실로 확연하게 쉽게 드러나는 것이 있으니, 편중에서 일일이 거론할 것은 없고 다만 여기에서 총괄하여 논의하는 바이다. 구법句法에 있어서는, 간혹 대척排對하거나, 혹은 4자로 되거나, 혹은 사륙변문四六騈文과 같은 류가 있다. 자법字法에 있어서는, '경敬'을 '흠欽'으로, '선善'을 '장臧'으로, '치治'를 '예乂' 혹은 '난亂'으로, '순順'을 '약若'으로, '신信'을 '윤允'으로, '용用'을 '용庸'으로, '여汝'를 '내乃'로, '무無'를 '망罔'으로, '비非'를 '비匪'로, '시是'를 '시時'로, '기其'를 궐'厥'로, '부不'를 '부弗'로, '차此'를 '자玆'로, '소所'를 '유攸'로, '고故'를 '사肆'로 쓴 것과 같은 것이다. 이와 같은 자법字法은 진실로 대부분은 복생의 《서》에서 기인한 것이지만, 복생 《서》를 취하여 읽어보면, 이해하기 쉽거나 이해하기 어려운 구절을 막론하고 모두 자연스러운 의미가 혼연하게 끊이지 않고, 그 가운데 오묘한 의미와 옛 기풍이 두루 뒤섞여 있으나 문장이 난삽하여 이해하기 어려운 곳이 완전히 여기에 걸려 있는 것은 아니다. 매색梅賾의 《서》는 온전히 이를 빙자하여 문장이 난삽하여 이해하기 어려운 것으로 삼았는데, 또한 세세하게 곱씹어 보다보면 덩그러니 아무것도 없다. 비유하자면, 초楚나라 사람이 오吳나라 말을 배움에 끝내 혀뿌리가 뻣뻣해짐을 면치 못한 것과 같을 뿐이다. 일逸《서》에 '부不'가 모두 '부弗'로 고쳐져 있고, '무無'가 모두 '망罔'으로 고쳐져 있는 것을 보면, 더욱 유추해 볼 수 있다."[59]

59 금문 28편에는 오히려 '부(不)'와 '무(無)'가 있음을 말한 것이다.

제117. 정원鄭瑗의 의고문疑古文 2조목을 논함

원문

鄭氏瑗字仲璧, 莆田人, 成化辛丑進士, 官南京禮部郎中. 著《井觀瑣言》, 內疑古文《尙書》者二條, 錄其辭曰 : "古文《書》雖有格言, 而大可疑. 觀商周遺器, 其銘識皆類今文《書》, 無一如古文之易曉者. 《禮記》出於漢儒, 尙有突兀不可解處, 豈有四代古書而篇篇平坦整齊如此? 如《伊訓》全篇平易, 惟《孟子》所引二言獨艱深. 且以商《詩》比之周《詩》, 自是奧古; 而《商書》比之《周書》, 乃反平易, 豈有是理哉? 《泰誓》曰 : '謂己有天命, 謂敬不可行, 謂祭無益, 謂暴無傷.' [此出《墨子》, 見第一卷] 此類皆不似古語, 而其他與今文複出者却艱深, 何也? 賈逵, 馬融, 鄭康成, 服虔, 趙岐, 韋昭, 杜預輩皆博洽之儒, 不應皆不之見也. 又今文原有二十八篇, 何故孔壁都無一篇亡失? 誠不可曉." 又曰 : "《尙書》辭語聱牙, 蓋當時宗廟朝廷著述之體用此一種奧古文字, 其餘記錄答問之辭其文體又自循常. 如左氏內, 外《傳》, 文雖記西周時諫諍之辭, 亦皆不甚艱深. 至載襄王命管仲受饗與命晉文公之辭, 靈王命齊靈公, 景王追命衛襄公,敬王使單平公對衛莊公使者之言, 魯哀公誄孔子辭, 其文便佶屈如《書》體. 《禮記》文亦不艱深, 至載衛孔悝鼎銘便佶屈. 凡古器物諸款識之類, 其體皆如此. 又如左氏記秦穆公語皆明白如常辭, 及觀《書 · 秦誓》文便自奧古. 至漢齊王閎,燕王旦,廣陵王胥諸封策尙用此體, 他文却不然. 如今人作文辭自是一樣, 語錄之類自是一樣, 官府行移又自是一樣, 不容紊雜. 某嘗疑《孟子》'父母使舜完廩'一段是古逸《書》之辭, 其文甚似. 《楚辭》曰'豈不鬱陶而思君兮', 亦是用其語." 案上疑安國《書》何以盡有伏生所有, 此據今行世者言, 然當日眞孔壁《書》何曾無? 蓋壁中縱有朽折散絶處, 安國悉以今文字補綴, 至字句的然異者, 則仍其舊以崇古也. 今文《泰誓》三篇, 壁中本無, 一改從科斗. 兼而存之, 過而立之, 漢儒之學大率如是.

번역

정원鄭瑗의 자字는 중벽仲璧, 복건성福建省 보전莆田 출신이며, 성화成化 신축辛丑, 1481 진사進士에 급제하여 남경南京 예부낭중禮部郎中을 역임하였다. 《정관쇄언井觀瑣言》을 저술하였는데, 그 안에 고문 《상서》를 의심한 2조목이 있어 그 내용을 저록한다.

"고문《서》는 비록 격언格言을 수록하고 있지만 매우 의심할 만하다. 상주商周시대로부터 전해지는 기물器物을 살펴보면, 그 명문銘文이 모두 금문《서》와 유사하고, 이해하기 쉬운 고문과 같은 것은 하나도 없음을 알게 된다. 《예기》는 한유漢儒에게서 나온 것인데도 오히려 매우 특이하게 이해할 수 없는 곳이 있는데 어찌 사대四代의 고서古書이면서 편편마다 평탄하고 가지런함이 이와 같은 것인가? 가령 《이훈》 전편全篇은 평이한데, 오직 《맹자》에 인용된 두 문장[60]은 유독 어려움이 심하다. 또한 상商나라의 《시詩》를 주周나라의 《시詩》와 비교해보면, 자연스럽게 상商나라의 《시詩》는 예스럽지만, 《상서商書》를 《주서周書》와 비교해보면, 도리어 《상서商書》가 평이하니 어찌 이런 이치가 있겠는가? 《태서(중)》에 '자기가 천명天命을 소유했다 하며, 공경을 굳이 행할 것이 없다 하며, 제사祭祀를 무익無

---

60 《맹자·만장상》伊訓曰 天誅造, 攻自牧宮, 朕載自亳. 《맹자·진심하》伊尹曰 予不狎于不順. (현전 《태갑상》에 수용됨.)

益하다 하며, 포악한 행동이 해로울 것이 없다고 한다謂己有天命, 謂敬不可行, 謂祭無益, 謂暴無傷'[이 문장은 《묵자》에 나오는 것이며, 제1권에 보인다]라고 한 것들은 모두 고어古語와 같지 않으나, 그 나머지 금문今文과 겹치는 것들은 도리어 어려움이 심한 것은 어째서인가? 가규賈逵, 마융馬融, 정강성鄭康成, 복건服虔, 조기趙岐, 위소韋昭, 두예杜預 등은 모두 학식이 넓은 유자儒子들로서 그들 모두 고문을 보지 않았을 리 없다. 또 금문은 원래 28편이나 되는데 무슨 연유로 공벽孔壁에서는 한 편의 망실된 것이 없는 것인가? 진실로 알 수 없다."

또 말하였다. "《상서》의 문장과 언어가 난삽하여 읽기 어려운 것은 당시 종묘와 조정에서 서술하는 문체가 그와 같이 일종의 매우 예스러운 문자를 사용했기 때문이고, 그 나머지 문답問答을 기록하는 문체는 또한 일반적인 규칙을 따랐다. 좌구명左丘明如의 내외內外 《전傳》즉 《左傳》과 《國語》과 같은 경우, 문장은 비록 서주西周시대 간쟁諫諍의 말들을 기록하고 있지만, 모두 매우 어렵지 않다. 양왕襄王이 관중管仲에게 향사례饗食禮를 받도록 명령한 것[61]과 양왕襄王이 진晉문공文公에게 명령한 문사文辭,[62] 영왕靈王이 제齊

61 《좌전 · 희공12년》 양왕(襄王) 때, 융인(戎人)이 쳐들와 난리가 일어나자, 제후(齊侯)가 관이오(管夷吾)를 보내 융인(戎人)을 양왕(襄王)과 화평시켰고, 이에 양왕이 관이오에게 사례하였다. 冬, 齊侯使管夷吾平戎于王, 使隰朋平戎于晉. 王以上卿之禮饗管仲, 管仲辭曰 "臣賤有司也, 有天子之二守國高在, 若節春秋, 來承王命, 何以禮焉? 陪臣敢辭." 王曰 "舅氏. 余嘉乃勳, 應乃懿德. 謂督不忘, 往踐乃職, 無逆朕命." 管仲受下卿之禮而還.

62 《국어 · 주어중》 진(晉)문공(文公)이 양왕(襄王)을 복위시킨 공을 믿고 천자의 장례제도인 수도(隧道)를 내려 달라고 요청하자 양왕이 예법에 의거하여 거절하며 내린 교지의 내용을 가리킨다. 初, 惠後欲立王子帶, 故以其黨啟狄人. 狄人遂入, 周王乃出居于鄭, 晉文公納之. 晉文公既定襄王于郟, 王勞之以地, 辭, 請隧焉. 王不許, 曰 : 「昔我先王之有天下也, 規方千里以爲甸服, 以供上帝山川百神之祀, 以備百姓兆民之用, 以待不庭不虞之患. 其餘以均分公侯伯子男, 使各有寧宇, 以順及天地, 無逢其災害, 先王豈有賴焉. 內官不過九御, 外官不過九

영공靈公에게 명령한 것[63]과 경왕景王이 위衛양공襄公을 추명追命한 것,[64] 경왕敬王이 선평공單平公을 시켜 위衛장공莊公의 사자使者에게 대답하게 한 말,[65] 노魯애공哀公이 공자孔子를 애도한 뇌사誄辭[66]의 기록에 있어서는 그 문장이 곧 까다롭고 난삽함이 《서》 문체와 같다. 《예기》 문장 또한 매우 어렵지 않은데, 위衛공리孔悝의 정명鼎銘[67]에 있어서는 곧 까다롭고 난삽하다. 무릇 옛 기물器物에 새겨진 문자款識와 같은 부류는 그 문체가 모두 이와 같다. 또한 좌구명이 기록한 진秦목공穆公의 말은 모두 명백하게 이해할 수 있는 일상적인 말과 같지만,[68] 《주서 · 진서》의 문장을 보게 되면 그 자체로 매

品, 足以供給神祇而已, 豈敢厭縱其耳目心腹以亂百度? 亦唯是死生之服物采章, 以臨長百姓而輕重布之, 王何異之有? 今天降禍災于周室, 余一人僅亦守府, 又不佞以勤叔父, 而班先王之大物以賞私德, 其叔父實應且憎, 以非余一人, 余一人豈敢有愛? 先民有言曰: 《改玉改行.》 叔父若能光裕大德, 更姓改物, 以創制天下, 自顯庸也, 而縮取備物以鎭撫百姓, 余一人其流辟旅于裔土, 何辭之有與? 若由是姬姓也, 尙將列爲公侯, 以復先王之職, 大物其未可改也. 叔父其懋昭明德, 物將自至, 余何敢以私勞變前之大章, 以忝天下, 其若先王與百姓何? 何政令之爲也? 若不然, 叔父有地而隧焉, 余安能知之?」 文公遂不敢請, 受地而還.

63 《좌전 · 양공13년》 王使劉定公賜齊侯命, 曰 "昔伯舅太公, 右我先王, 股肱周室, 師保萬民. 世胙大師, 以表東海, 王室之不壞, 繄伯舅是賴. 今余命女環, 玆率舅氏之典, 纂乃祖考, 無忝乃舊, 敬之哉, 無廢朕命."

64 《좌전 · 소공7년》 衛齊惡告喪于周, 且請命. 王使成簡公如衛弔, 且追命襄公曰 "叔父陟恪, 在我先王之左右, 以佐事上帝, 余敢忘高圉亞圉."

65 《좌전 · 애공16년》 衛侯使鄢武子告于周曰 "蒯聵得罪于君父君母, 逋竄于晉. 晉以王室之故, 不棄兄弟, 寘諸河上. 天誘其衷, 獲嗣守封焉, 使下臣肸敢告執事." 王使單平公對曰 "肸以嘉命來告余一人, 往謂叔父, 余嘉乃成世, 復爾祿次. 敬之哉. 方天之休. 弗敬弗休, 悔其可追."

66 《좌전 · 애공16년》 夏四月己丑, 孔丘卒. 公誄之曰 "旻天不弔, 不憖遺一老, 俾屛余一人以在位, 煢煢余在疚. 嗚呼哀哉尼父! 無自律."

67 《예기 · 제통(祭統)》 故衛孔悝之鼎銘曰: 六月丁亥, 公假于大廟. 公曰: 「叔舅! 乃祖莊叔, 左右成公. 成公乃命莊叔隨難于漢陽, 卽宮于宗周, 奔走無射. 啓右獻公. 獻公乃命成叔, 纂乃祖服. 乃考文叔, 興舊耆欲, 作率慶士, 躬恤衛國, 其勤公家, 夙夜不解, 民咸曰: 《休哉!》」 公曰: 「叔舅! 予女銘: 若纂乃考服.」 悝拜稽首曰: 「對揚以辟之, 勤大命施于烝彝鼎.」 此衛孔悝之鼎銘也.

68 《국어 · 진어(晉語) 사(四)》에 진(秦)목공(穆公)의 말이 보인다. 他日, 秦伯將享公子, 公子使子犯從. 子犯曰: 「吾不如衰之文也, 請使衰從.」 乃使子餘從. 秦伯享公子如享國君之禮, 子

우 예스럽다. 한漢에 이르러, 제왕齊王 유굉劉閎, 연왕燕王 유단劉旦, 광릉왕廣陵王 유서劉胥의 봉책문封策文[69]에 여전히 이런 문체를 사용하였으나, 다른 문장들은 그렇지 않다. 오늘날 사람들이 문사文辭를 짓는 것은 그 자체로 하나의 문체이고, 어록語錄과 같은 것은 그 자체로 하나의 문체이며, 관부官府의 행이行移문서 또한 그 자체로 하나의 문체로서, 그 문체가 어지럽게 서로 뒤섞임을 용납하지 않는 것과 같다. 내가 일찍이 《맹자 · 만장상》의 '(순舜의) 부모가 순에게 곳집을 손질하게 시키다父母使舜完廩' 단락[70]이 고古일逸 《서》의 문장임을 의심했던 것은 그 문체가 매우 비슷하기 때문이다. 《초사 · 구변》에 '어찌 울도鬱陶하게 임금을 생각하지 않겠는가豈不鬱陶而思君兮'라고 한 것도 그런 어법을 사용한 것이다." 살펴보건대, 앞서 "공안국 《서》는 어떻게 복생伏生이 가지고 있었던 것을 모두 가지고 있는가?"에

餘相如賓. 卒事, 秦伯謂其大夫曰 : 「爲禮而不終, 恥也. 中不勝貌, 恥也. 華而不實, 恥也. 不度而施, 恥也. 施而不濟, 恥也. 恥門不閉, 不可以封. 非此, 用師則無所矣. 二三子敬乎!」明日宴, 秦伯賦《采菽》, 子余使公子降拜. 秦伯降辭. 子余曰 : 「君以天子之命服命重耳, 重耳敢有志, 敢不降拜?」成拜卒登, 子余使公子賦《黍苗》. 子余曰 : 「重耳之卬君也, 若黍苗之卬陰雨也. 若君實庇蔭膏澤之, 使能成嘉穀, 薦在宗廟, 君之力也. 君若昭先君榮, 東行濟河, 整師以復強周室, 重耳之望也. 重耳若獲集德而歸載, 使主晉民, 成封國, 其何實不從. 君若恣志以用重耳, 四方諸侯, 其誰不惕惕以從命!」秦伯嘆曰 : 「是子將有焉, 豈專在寡人乎!」秦伯賦《鳩飛》, 公子賦《河水》. 秦伯賦《六月》, 子余使公子降拜. 秦伯降辭. 子余曰 : 「君稱所以佐天子匡王國者以命重耳, 重耳敢有惰心, 敢不從德.」

69 《한서 · 무오자전(武五子傳)》齊懷王閎與燕王旦, 廣陵王胥同日立, 皆賜策, 各以國土風俗申戒焉, 曰 : 「惟元狩六年四月乙巳, 皇帝使御史大夫湯廟立子閎爲齊王, 曰 : 烏呼! 小子閎, 受茲青社. 朕承天序, 惟稽古, 建爾國家, 封于東土, 世爲漢藩輔. 烏呼! 念哉, 共朕之詔. 惟命不于常, 人之好德, 克明顯光 ; 義之不圖, 俾君子怠. 悉爾心, 允執其中, 天祿永終 ; 厥有愆不臧, 乃凶于乃國, 而害于爾躬. 嗚呼! 保國乂民, 可不敬與! 王其戒之!」閎母王夫人有寵, 閎尤愛幸, 立八年, 薨, 無子, 國除.

70 《맹자 · 만장상》萬章曰 : 「父母使舜完廩, 捐階, 瞽瞍焚廩. 使浚井, 出, 從而揜之. 象曰 : 《謨蓋都君咸我績. 牛羊父母, 倉廩父母, 干戈朕, 琴朕, 弤朕, 二嫂使治朕棲.》象往入舜宮, 舜在床琴. 象曰 : 《鬱陶思君爾.》忸怩. 舜曰 : 《惟茲臣庶, 汝其于予治.》不識舜不知象之將殺己與?」

대하여 의심했던 것은, 지금 세상에 유행하는 판본을 근거로 말한 것이다. 그러나 당시에 진眞공벽孔壁《서》가 어떻게 없었겠는가? 대체로 벽중壁中에 설령 간책簡冊이 썩어 흩어진 곳이 있었더라도, 공안국이 다 금문今文, 통행자으로 보충하였고, 자구字句가 확연하게 다른 것에 있어서는 옛 모습을 그대로 따른 것은 옛것을 존숭하였기 때문이다. 금문《태서》 3편은 벽중壁中에 본래 없었는데, 일률적으로 과두문科斗文에 따라 바꾸었다. 두 가지《태서》를 모두 보존하게 되었고,[71] 시간이 지나 학관에 세워지게 되었으니, 한유漢儒의 학문이 대체로 이와 같다.

원문

按：鄭瑗又言："《尙書》之辭有極難曉者，'鳩僝功'，'弔由靈'之類；有極易曉者，'不敢含怒'，'在家不知'之類；有極繁者，'一人冕執劉'，'一人冕執鉞'之類；有極簡者，'如初'，'如西禮'之類；有對語者，'番番良士'，'仡仡勇夫'，'以覲文王之耿光，以揚武王之大烈'之類；有參差不對者，'承保乃文祖受命民，越乃光烈考武王'之類." 論最平. 然則專以易曉排偶病古文，亦未足服作僞者之心矣. 余故特以義理闢之.

71 《태서·정의(正義)》에 "양왕(梁王)이 두 개의《태서》를 함께 보존하면서, '본래 두 개의《태서》가 있었으니, 고문《태서》는 주(紂)를 정벌한 일을 성인이 찬사하여《상서》로 삼았다. 금문《태서》는 (武王이) 관병(觀兵) 당시의 일로서 별도로 기록하여《주서》로 삼았다."(梁王兼而存之，言"本有兩《泰誓》，古文《泰誓》伐紂事，聖人選爲《尙書》. 今文《泰誓》觀兵時事，別錄之以爲《周書》)고 하였다.

번역 안按

정원鄭瑗은 다시 다음과 같이 말하였다. "《상서》의 문장 가운데 매우 이해하기 어려운 것은 '모아서 공적을 나타내다鳩僝功',[72] '선善한 것을 씀에 이르게 하다弔由靈'[73]와 같은 부류이다. 매우 이해하기 쉬운 것은 '감히 노여움을 감추지 않는다不敢含怒',[74] '집에 있으면서 모른다在家不知'[75]와 같은 부류이다. 매우 번잡스러운 것은 '한 사람은 면복冕服을 입고 창을 잡는다一人冕執劉', '한 사람은 면복을 입고 도끼를 잡는다一人冕執鉞'[76]와 같은 부류이다. 매우 간단한 것은 '처음巡狩과 같이 하다如初', '서쪽의 예와 같이 하다如西禮'[77]와 같은 부류이다. 대구로 말한對語 것은 '파파番番하게 늙은 어진 선비番番良士', '흘흘仡仡하게 용맹한 장정仡仡勇夫'[78]과 '문왕의 밝은 빛을 보고 무왕의 큰 공렬을 드날리다以覲文王之耿光, 以揚武王之大烈'[79]와 같은 부류이다. 들쭉날쭉하여 대구가 되지 않는 것은 '그대의 문조文祖께서 명命을 받은 백성과 그대의 광렬고光烈考이신 무왕을 계승하여 보존하게 하다承保乃文

---

72 《요전》 帝曰, 疇咨若予采. 驩兜曰, 都共工方鳩僝功. 帝曰, 吁靜言庸違. 象恭滔天.

73 《반경하》 肆予沖人, 非廢厥謀, 弔由靈. 各非敢違卜, 用宏玆賁.

74 《무일》 厥或告之曰, 小人怨汝詈汝. 則皇自敬德. 厥愆曰, 朕之愆. 允若時. 不啻不敢含怒.

75 《군석》 嗚呼君已曰, 時我. 我亦不敢寧于上帝命, 弗永遠念天威, 越我民罔尤違, 惟人. 在我後嗣子孫, 大弗克恭上下, 遏佚前人光, 在家不知.

76 《고명》 二人雀弁執惠, 立于畢門之內. 四人綦弁, 執戈上刃, 夾兩階戺. 一人冕執劉, 立于東堂. 一人冕執鉞, 立于西堂. 一人冕執戣, 立于東垂. 一人冕執瞿, 立于西垂. 一人冕執銳, 立于側階.

77 《순전》 歲二月, 東巡守, 至于岱宗, 柴, 望秩于山川. 肆覲東后, 協時月, 正日, 同律度量衡, 修五禮·五玉·三帛·二生·一死贄. 如五器, 卒乃復. 五月, 南巡守, 至于南岳. 如岱禮. 八月, 西巡守, 至于西岳. 如初. 十有一月, 朔巡守, 至于北岳. 如西禮. 歸格于藝祖, 用特.

78 《진서》 番番良士, 旅力既愆, 我尚有之. 仡仡勇夫, 射御不違, 我尚不欲. 惟截截善諞言, 俾君子易辭. 我皇多有之.

79 《입정》 其克詰爾戎兵, 以陟禹之跡, 方行天下, 至于海表, 罔有不服. 以覲文王之耿光, 以揚武王之大烈.

祖受命民, 越乃光烈考武王'[80]와 같은 부류이다."

논의가 매우 가지런하다. 그러나 오로지 이해하기 쉽고 배우처럼 흉내 낸 것을 고문의 병통으로 여긴 것은 또한 거짓을 지어낸 자의 마음을 복종시키기에 충분하지 못할 것이다. 따라서 나는 특별히 의리義理로 고문을 물리치는 것이다.

원문

又按:古器物銘另是一種文字, 多古雅. 除《考古》,《博古圖》所收外, 莫高於《漢·郊祀志》《美陽鼎》銘曰:"王命尸臣'官此栒邑, 賜爾旂,鸞,黼黻,琱戈.' 尸臣拜手稽首曰:'敢對揚天子丕顯休命!'" 次則《竇憲傳》南單于遺憲古鼎, 其旁銘曰:"《仲山父鼎》, 其萬年子子孫孫永保用." 一出于幽壤, 一來自絶域, 是二物者得名標史策, 何其幸與! 予獨怪前武帝時鼎出汾脽, 殊大異於衆鼎, 無款識, 似是其巫僞爲, 反得薦見宗廟; 而後鼎以有按據, 乃黜. 與眞孔《書》不傳, 僞孔《書》傳到今何異? 噫!

번역 우안又按

옛 기물器物의 명銘은 별개의 문자로서 매우 고아古雅하다. 《고고考古》, 《박고도博古圖》에 수록된 것을 제외하면, 《한서·교사지郊祀志하下》의 《미양정美陽鼎》보다 오래된 것은 없다. 그 명銘은 다음과 같다. "시신尸臣, 왕이 읍을 주관하는 신하에게 명하였다. '이 순읍栒邑을 다스려야 하니, 너에게 기旂, 난

80 《낙고》 周公拜手稽首曰, 王命予來, 承保乃文祖受命民, 越乃光烈考武王, 弘朕恭.

거鸞車, 보불黼黻, 조과琱戈를 하사한다'. 시신尸臣이 손으로 읍하고 머리를 조아리며 말하였다. '감히 천자의 크게 드러나신 아름다운 명령을 받들겠습니다!'王命尸臣'官此栒邑, 賜爾旂鸞, 黼黻, 琱戈'. 尸臣拜手稽首曰 : '敢對揚天子丕顯休命!'" 그 다음은 《후한서 · 두헌전竇憲傳》의 남선우南單于가 두헌竇憲에게 전한 고정古鼎인데, 그 측면에 새겨진 명銘은 다음과 같다. "《중산보정仲山父鼎》을 만년토록 자자손손 영원히 보존하리라仲山父鼎, 其萬年子子孫孫永保用" 하나는 깊은 땅속에서 출토되었고, 하나는 멀리 떨어진 변방[81]에서 나왔는데, 이 두 기물이 사적史籍에 이름을 남긴 것은 얼마나 다행스러운 일인가! 내가 유독 괴이하게 여기는 것은 그 이전 무제武帝당시에 분음汾陰의 산등성이에서 고정古鼎이 출토된 것이 뭇 정鼎과는 매우 달랐다고 하는데[82] 관지款識가 전해지지 않는다. 아마도 거짓으로 만든 것인데도 도리어 종묘宗廟에 올려졌고, 이후 정鼎에 증좌가 있었으므로 이내 축출된 것이다. 진眞공안국《서》는 전해지지 않고, 위僞공안국《서》가 지금까지 전해지는 것과는 어찌 다른 것인가? 안타깝도다!

원문

又按 : 宋王觀國《學林》云 : "《孔子誄》惟《左氏傳》,《史記》辭並同, 是魯哀公集《詩》辭而成之, 非公自語. 曰'旻天不弔',《節南山》詩也; '不憖遺一

---

81 《미양정(美陽鼎)》은 기읍郲(邑) 동쪽에서 출토되었고,《중산보정(仲山父鼎)》은 막북(漠北, 岭北, 북쪽 사막지역)의 선우(單于)가 준 것이다.

82 《한서 · 교사지(郊祀志)하(下)》 昔寶鼎之出於汾脽也, 河東太守以聞, 詔曰 : "朕巡祭后土, 祈爲百姓蒙豐年, 今穀嗛未報, 鼎焉爲出哉?" 博問耆老, 意舊臧與?誠欲考得事實也. 有司驗脽上非舊臧處, 鼎大八尺一寸, 高三尺六寸, 殊異於衆鼎. 今此鼎細小, 又有款識, 不宜薦見於宗廟.

老, 俾屛余一人以在位', 《十月之交》詩也; '煢煢余在疚', 《閔予小子》詩也."
余謂集《詩》辭爲誄辭, 哀公固在《三百篇》之後, 何不可之有? 若集古人成句并字面以砌成《書》辭如《大禹謨》等篇, 其敗可立見矣, 而卒不悟. 噫!

번역 우안又按

송宋 왕관국王觀國[83]의 《학림學林》에서 다음과 같이 말했다.

"《공자뢰孔子誄》는 《좌씨전》, 《사기》의 문사文辭와 같으며, 노魯 애공哀公이 《시》의 문사文辭를 모아 완성한 것이지 애공 자신이 지은 말이 아니다. '하늘이 나를 불쌍히 여기지 않는구나昊天不弔'는 《소아 · 절남산節南山》의 시어이고,[84] '나라의 원로를 조금 더 세상에 있게 하여 나 한 사람을 도와 임금 자리에 있게 하지 않는구나不慭遺一老, 俾屛余一人以在位'는 《소아 · 시월지교十月之交》의 시어이며,[85] '외롭고 근심스러워 나는 병들었네煢煢余在疚'는 《주송 · 민여소자閔予小子》의 시어이다."[86]

내가 생각하기에 《시》의 문사文辭를 모아 뇌사誄辭를 만든 것이니, 애공哀公은 진실로 《삼백편三百篇》이 편제된 이후에 살았으니, 안 될 것이 어디 있겠는가? 옛사람들의 성구成句와 글자를 모아 《서》의 문사文辭를 섬돌을 쌓듯 만든 《대우모》와 같은 편篇들은 그 패착을 훤히 볼 수 있지만 끝내

83 왕관국(王觀國) : 생졸년미상. 장사(長沙) 출신의 송대(宋代) 관원(官員)이자 학자이다. 송(宋) 고종(高宗) 소흥(紹興) 10년(1140) 전후로 활동하였다. 저서에는 자체(字體), 자음(字音), 자형(字形) 등을 고증한 《학림(學林)》 10권이 있다.

84 《소아 · 절남산》 尹氏大師, 維周之氐. 秉國之均, 四方是維. 天子是毗, 俾民不迷. 不弔昊天, 不宜空我師.

85 《소아 · 시월지교》 皇父孔聖, 作都於向. 擇三有事, 亶侯多藏. 不慭遺一老, 俾守我王. 擇有車馬, 以居徂向.

86 《주송 · 민여소자》 閔予小子, 遭家不造, 嬛嬛在疚.

그것이 가짜임을 깨닫지 못하고 있다. 안타깝도다!

원문

又按：陳第季立, 近代號左袒古文《書》者, 謂："後儒以今文眞,古文僞, 不過謂其文章爾雅, 訓詞坦明耳. 今觀于《左》,《國》,《禮記》及諸書傳引二十五篇者, 多至八九章, 少亦三四章, 皆爾雅坦明, 無有艱深險澀語也. 豈所引者皆僞乎? 夫爲諸書所稱引者旣皆爾雅坦明, 而諸書所未稱引者必欲其艱深險澀, 是一篇而二體也, 豈虞,夏,商,周之本經乎?" 說亦辨而有理. 予請擧《禮記》引《兌命》之文："爵無及惡德, 民立而正事, 純而祭祀, 是爲不敬. 事煩則亂, 事神則難."中二句非艱深險澀之語乎? 豈皆坦明者乎? 只觀作僞者截首一句? 續以"惟其賢"爲一段, 復截末四句, 改作"黷于祭祀, 時謂弗欽"爲一段, 取其類己者, 置其不類己者, 以俾與己文體一類. 然則諸書傳所稱引, 幸都得其坦明者耳, 非《書》盡坦明. 以此難季立, 將何辭以復?

번역 **우안又按**

진제陳第, 1541~1617, 자 계립(季立)는 근대의 고문《서》를 옹호한 자로 불리는데, 그는 다음과 같이 말했다. "후유後儒들은 금문은 진짜이고 고문은 가짜라고 여기는데, 그 문장이 바르고 우아하며 그 훈사訓詞가 평탄하고 분명함을 말한 것에 불과하다. 지금《좌전》,《국어》,《예기》및 제서諸書에서 고문 25편을 인용한 것을 보면, 많게는 8, 9장章 적게는 3, 4장에 이르는데, 모두 바르고 우아하며 평탄하고 분명하며 까다롭거나 난삽한 문장은 없다. 어찌 인용한 문장이 모두 가짜이겠는가? 대저 제서諸書에서 인용된 것은 모두 바르고 우아하며 평탄하고 분명하지만, 제서에서 인용되지 않는 것은 반드시 까다롭고 난삽할 것이라고 여기는 것은 하나의 편에 두 개의 문체가 있는 것이 되니, 어찌 우虞, 하夏, 상商, 주周시대의 본경本經이겠는가?" 이 설 또한 분명하면서 일리는 있다.

내가 《예기 · 치의緇衣》에 인용된 《열명兌命》의 문장을 거론해 보겠다. "작위爵位가 악덕한 자에게 미치지 않으면 백성들이 일어서서 일을 바로잡고, 제사祭祀에 번잡하게 하는 것은 공경하지 않는 것이라고 한다.[87] 일이 번거로우면 혼란하여 신을 섬기기가 어렵다爵無及惡德, 民立而正事, 純而祭祀, 是爲不敬. 事煩則亂, 事神則難." 가운데 두 구절은 까다롭고 난삽한 문장이 아니겠는가? 어찌 모두 평탄하고 분명한 것이겠는가? 단지 작위자作僞者가 첫 구절만 끊은 것을 본 것인가?[88] "(작위爵位가 악덕한 자에게 미치지 않게 하고) 어진 이에게 미치게 하다惟其賢"를 한 단락으로 잇고, 다시 끝 네 구절을 잘라 "제사祭祀에 번잡하게 하는 것은 공경하지 않는 것이다黷于祭祀, 時謂弗欽"로 바꾸어서 한 단락 만든 것은, 자기와 비슷한 것을 취하여 자기와 비슷하지 않는 문장을 대치함으로써 자기 본래 문체와 같은 것을 따르게 한 것이다. 그렇다면 제서諸書에서 인용한 것은 요행스럽게도 모두 평탄하고 분명한 것만을 얻은 것 일뿐이지, 《서》가 모두 평탄하고 분명한 것은 아니다. 이것으로 진제陳第를 비난하면, 장차 무슨 말로 대답할 것인가?

---

87 《열명중》 "黷于祭祀, 時謂弗欽"을 참조하여 번역하였다.

88 현전 《열명중》에 해당되는 문장은 다음과 같다. 官不及私昵, 惟其能. 爵罔及惡德, 惟其賢. 慮善以動, 動惟厥時. 有其善, 喪厥善 ; 矜其能, 喪厥功. 惟事事, 乃其有備, 有備無患. 無啓寵納侮, 無恥過作非. 惟厥攸居, 政事惟醇. 黷予祭祀, 時謂弗欽. 禮煩則亂, 事神則難. 爵無及惡德, 民立而正事, 純而祭祀, 是爲不敬. 事煩則亂, 事神則難.

제118. 왕충운王充耘의 의고문疑古文 3조목을 논함

원문

元王充耘, 號耕野, 吉永人, 著《讀書管見》, 亦疑古文. 但於"允執其中"之"中", 謂一方言字面, 非古聖之傳心法. 蓋以僞《大禹謨》增加"人心","道心", 而幷淺視《論語》, 不可訓. 余僅錄其三條云. 一曰:《堯典》,《舜典》雖紀事不一, 而先後布置皆有次序;《皐陶》,《益稷》雖各自陳說, 而首尾答問一一相照. 獨《禹謨》一篇雜亂無敘, 其間只有益贊堯一段, 安得爲《謨》? 舜讓禹一段當名之以《典》; 禹征苗一段, 當名之以《誓》, 今皆混而爲一, 名之曰《謨》, 殊與餘篇體制不同. 一曰:《蔡仲之命》一段, 絶與《太甲》篇相出入. 言"天輔","民懷", 即是"克敬惟親, 懷于有仁"之說;"爲善同歸于治, 爲惡同歸于亂", 即是"與治同道罔不興, 與亂同事罔不亡"之說;"惟厥終, 終以不困, 不惟厥終, 終以困窮", 即是"自周有終, 相亦罔終"之說. 吾意古文只是出于一手, 掇拾附會, 故自不覺犯重耳. 一曰:《顧命》一篇鋪敘始末, 宛如圖畫. 嘗謂今文《書》如《禹貢》,《洪範》,《顧命》,《費誓》, 條理曲折, 法度森嚴, 若有錯簡缺文, 則全無可理會矣, 而此皆出于伏生所授. 先儒謂伏生《書》不可曉, 晁錯略以意屬讀, 此等豈晁錯自能以意想像而言之者乎? 故知衛宏之《序》, 似預祖後來古文而抑今文, 其言決未可信.

번역

원元 왕충운王充耘, 1304~?의 호號는 경야耕野이고, 강서江西 길영吉永, 지금의 길안시(吉安市) 출신으로 《독서관견讀書管見》을 저술하였는데, 그 역시 고문을 의심하였다. 다만 "진실로 그 중中을 잡아라允執其中"[89]의 "중中"에 대해서는 일종의 방언方言으로서 옛 성인이 심법을 전한 것이 아니라고 하였다. 대체로 이것은 위僞《대우모》에 "인심人心", "도심道心"을 덧붙인 것으로 여기고, 아울러 《논어》를 얕본 것[90]으로, 그렇게 훈석하는 것은 옳지 않다. 나는 《독서관견讀書管見》의 3조목만 채록하겠다.

1. 《요전》과 《순전》은 비록 그 기사紀事가 한결같지 않지만 앞뒤의 배치가 모두 차례가 있고, 《고요모》와 《익직》은 비록 각자가 설說을 진술하였지만 수미首尾와 답문答問의 하나하나가 서로 비추어준다. 유독 《대우모》 한 편은 어지럽게 뒤섞이고 두서가 없으며, 그 가운데에 익益이 요堯임금을 예찬한 단락[91]이 있는데, 어찌 《모謨》라고 할 수 있겠는가? 순舜이 우禹에게 제위를 양보한 단락[92]은 마땅히 《전典》으로 명명해야 하며, 우禹가 삼묘三苗를 정벌하는 단락[93]은 마땅히 《서誓》로 명명해야 하는데, 지금 고문은 모두 뒤섞어 하나로 만들어 《모謨》라고 명명하였으니, 나머지 편들의 체제와는 매우 같지 않다.
2. 《채중지명》의 단락은 전적으로 《태갑》편과 서로 출입出入한다. 《채중지명》의 "황천皇天은 친한 사람이 없지만 덕이 있는 사람을 도와

---

89 《대우모》 人心惟危, 道心惟微. 惟精惟一, 允執厥中.

90 《논어 · 요왈》 堯曰:「咨! 爾舜! 天之曆數在爾躬. 允執其中. 四海困窮, 天祿永終.」

91 《대우모》 益曰:「都, 帝德廣運. 乃聖乃神, 乃武乃文. 皇天眷命, 奄有四海, 爲天下君.」

92 《대우모》 帝曰:「格, 汝禹! 朕宅帝位三十有三載, 耄期倦于勤. 汝惟不怠, 總朕師.」 禹曰:「朕德罔克, 民不依. 皐陶邁種德, 德乃降, 黎民懷之. 帝念哉! 念玆在玆, 釋玆在玆, 名言玆在玆, 允出玆在玆, 惟帝念功.」

93 《대우모》 禹乃會群后, 誓于師曰:「濟濟有衆, 咸聽朕命. 蠢玆有苗, 昏迷不恭, 侮慢自賢, 反道敗德, 君子在野, 小人在位, 民棄不保, 天降之咎, 肆予以爾衆士, 奉辭伐罪. 爾尙一乃心力, 其克有勳.」

주며, 민심民心은 일정함이 없지만 은혜를 베푸는 이를 그리워한다皇天無親, 惟德是輔, 民心無常, 惟惠之懷"는 곧 《태갑하》의 "하늘은 친하게 여기는 사람이 없지만 공경하게 할 수 있는 자를 친하게 여기며, 백성들은 항상 그리워하는 사람이 없지만 인仁함을 소유한 자를 그리워한다惟天無親, 克敬惟親, 民罔常懷, 懷于有仁"는 설이며, 《채중지명》의 "선善을 행함이 같지 않으나 똑같이 다스림으로 돌아가고, 악惡을 행함이 같지 않으나 똑같이 혼란함으로 돌아간다爲善(不同)同歸于治, 爲惡(不同)同歸于亂"는 곧 《태갑하》의 "다스린 자와 더불어 도를 함께 하면 흥하지 않음이 없고, 어지러운 자와 더불어 일을 함께하면 망하지 않음이 없다與治同道罔不興, 與亂同事罔不亡"라는 설이며, 《채중지명》의 "마침終을 생각하여야 끝내 곤궁하지 않을 것이고, 마침을 생각하지 않으면 마침내 곤궁할 것이다惟厥終, 終以不困, 不惟厥終, 終以困窮"는 곧 《태갑상》의 "스스로 충신周하여 마침終이 있자 도와주는 자 역시 마침이 있었다自周有終, 相亦罔終"는 설이다. 내 생각에, 고문古文은 한 사람의 손에서 나왔는데, 이것저것을 주워모아 견강부회하였으므로 중복되는 것을 깨닫지 못한 것일 뿐이다.

3. 《고명》편은 시말始末을 상세하게 서술함이 완연히 그림을 그려놓은 것 같다. 일찍이 말했듯이 《우공》, 《홍범》, 《고명》, 《비서》와 같은 금문 《서》는 조리條理가 굴곡지고 법도法度가 삼엄하여, 만약 착간되거나 문장이 빠진 곳이 있었다면 전혀 이해하지 못했을 것이니, 그것은 모두 복생이 전수받은 것에서 나온 것이기 때문이다. 선유先儒가 말하길 복생 《서》를 이해할 수 없었으므로 조조晁錯가 소략하게

의미로 이어 읽은 것이라고 하였는데, 이 어찌 조조晁錯 자신이 마음대로 상상하여 말할 수 있는 것이겠는가? 따라서 위굉衛宏의 《정고문상서定古文尙書서序》가 후대에 나올 고문古文을 미리 드러내어 금문今文을 억압한 것임을 알 수 있으니, 그 말을 결코 믿을 수 없다.

원문

按 : 王充耘又言 : "'若跣弗視地, 厥足用傷', 與'若藥弗瞑眩, 厥疾弗瘳'之語不倫, 意亦不相對直. 竊意前二句是古《書》, 後二句是傅會." 予笑是止讀過《孟子》, 而未讀過《國語》者, 豈足服作僞之心? 作僞者學儘博.

번역 **안按**

왕충운王充耘은 또 다음과 같이 말하였다.

"《열명상》의 '만약 발이 땅을 살피지 않으면 발이 상할 것이다若跣弗視地, 厥足用傷'는 앞에 있는 '만약 약藥이 독하여 아찔瞑眩하지 않으면 병이 낫지 않는다若藥弗瞑眩, 厥疾弗瘳'는 말과 어울리지 않으니, 아마도 서로 대구로 해서는 안 될 것 같다. 가만히 생각해보건대, 앞 2구는 고古《서》이고, 뒤 2구는 부회傅會한 것이다."

나는 웃었다. 이 논의는 단지 《맹자》[94]만 읽고 《국어》[95]는 읽지 않은

94 《맹자 · 등문공상》 今滕, 絶長補短, 將五十里也, 猶可以爲善國. 《書》曰 : 《若藥不瞑眩, 厥疾不瘳.》」

95 《국어 · 초어상》 武丁于是作書, 曰 : 「以余正四方, 余恐德之不類, 茲故不言.《如是而又使以象夢旁求四方之賢, 得傅說以來, 升以爲公, 而使朝夕規諫, 曰 : 《若金, 用女作礪. 若津水, 用女作舟. 若天旱, 用女作霖雨. 啓乃心, 沃朕心. 若藥不瞑眩, 厥疾不瘳. 若跣不視地, 厥足用傷.》 若武丁之神明也, 其聖之睿廣也, 其智之不疚也, 猶自謂未乂, 故三年默以思道.

것이니, 이런 논의로 어찌 위작자僞作者의 마음을 굴복시킬 수 있겠는가? 위작자의 학문은 매우 박식하였다.

원문

又按：崔文敏銑《讀尙書正文》曰："今文皆委情鉅典, 後人弗能模也. 古文諄誨複言, 後人可依彷也. 古文體制相肖, 最者《太甲》之於《蔡仲之命》,《湯誥》之於《泰誓》是已.《洪範》,《顧命》, 其能僞撰一言哉? 果伏生言之譌也, 殆不可句矣." 此爲申古文而罔之, 與王氏見殆暗相合者.

번역 **우안又按**

문민공文敏公 최선崔銑, 1478~1541[96]의 《독상서정문讀尙書正文》에서 다음과 같이 말했다. "금문은 모두 심혈을 기울인 위대한 경전이므로, 후대 사람들이 모방할 수 없다. 고문은 정성스럽게 가르치며 반복해서 말한 것이므로 후대 사람들이 모방할 수 있다. 고문의 체제는 서로 닮았는데, 가장 닮은 것은 《채중지명》 안에 《태갑》이 있는 것과 《태서》 안에 《탕고》가 있는 것이다. 《홍범》과 《고명》은 위찬僞撰으로 한마디라도 할 수 있는 것이겠는가? 결국 복생의 말이 거짓된 것이라면 아마도 구절을 이룰 수 없었을 것이다."

이 논의는 고문이 바르지 않음을 거듭 펼친 것이니, 왕충운의 견해와 암암리에 서로 부합된다.

96 최선(崔銑) : 자 자종(子鍾), 중부(仲鳧). 호 후거(後渠), 원야(洹野). 명대의 학자이다. 저서에는 《원사(洹詞)》, 《창덕부지(彰德府志)》 등이 있다.

원문

又按：宋馬存子才未嘗疑古文，而論今文煞有見，正足爲攻古文者之一助，併錄于此. 曰："某讀《書》，至《盤庚》三篇，周公之《誥》，如在宗廟武庫之中觀古器，茫然不之識；如登太行之崎嶇，劍閣之道，羊腸九折之險，一步一止而九嘆息也；如夷狄蠻貊窮荒萬里之人聽華人之音，累數十譯僅乃通. 當時之人，號曰告令，於一日之間何自而知之也? 當時學士大夫借曰知之可也，田夫野叟閭巷之徒何自而知之? 切意三代之民家家業儒，人人有士君子之識，所謂道德仁義之意，性命之說，典誥之語，一聞見而盡識之，非上之人好爲聱牙倔強以驚拂之也，蓋其所習者素曉也." 余謂此故爲"周《誥》，殷《盤》，佶屈聱牙"作註脚.

번역 우안又按

송宋 마존馬存, ?~1096, 자 자재(子才)[97]은 일찍이 고문을 의심하지는 않았지만, 금문을 논함에 크게 드러난 바가 있었고 충분히 고문을 공박하는데 일조했다고 생각하므로 아울러 여기에 채록해 둔다.

"내가《서》를 읽다가《반경》3편과 주공周公의《고誥》에 이르니, 마치 종묘宗廟 무고武庫 안에서 옛 기물器物을 보는 것과 같이 아득하게 알아볼 수 없었고, 마치 태항산의 험준한 길과 검각劍閣[98]의 요로와 같고 양의 창자

---

97 마존(馬存)：자 자재(子才). 낙평(樂平)(지금의 강서성(江西省)) 출신. 송대의 문학가이다. 저서에는《호재가(浩齋歌)》등이 있다.

98 검각(劍閣)：사천(四川) 검각현(劍閣縣)에 있는 관문(關門)의 이름이다. 이 관문은 장안(長安)에서 촉(蜀)으로 들어가는 길목에 위치해 있는데, 대검(大劍)과 소검(小劍)의 두 산 사이에 있는 잔교(棧橋)가 요해처(要害處)로 유명하다.

처럼 구불구불하고 험하여 한 걸음 내딛고 한 번 쉬며 아홉 번 탄식하였으며, 마치 이적夷狄, 만맥蠻貊의 만리변방 사람이 중원사람의 말을 듣고 몇십번의 통역을 통해서야 겨우 말이 통하는 것과 같았다. 당시 사람들이 고령告令이라고 부르던 것을 하루 사이에 어떻게 저절로 알 수 있겠는가? 당시의 학사대부學士大夫가 설령 그것을 알았다고 하는 것은 옳지만, 농사짓는 민간의 무리들이 어찌 저절로 그것을 알 수 있었겠는가? 가만히 생각해보건대, 삼대의 백성은 집집마다 유학을 업業으로 삼았고, 사람마다 사군자士君子의 직분이 있었으니, 이른바 도덕인의道德仁義의 뜻, 성명性命의 설說, 전고典誥의 말씀 등을 한번 보고 들으면 모두 다 알 수 있었던 것이고, 옛사람이 이해하기 어렵고 난삽함을 좋아하여 억지로 떠들썩하게 만든 것이 아니니, 대체로 익숙한 자들은 평소에 이해할 수 있었던 것이다."

내 생각에 이 논의는 "주나라 《고誥》와 은나라 《반경》은 문장이 난삽하여 읽기 힘들다周《誥》, 殷《盤》, 佶屈聱牙"의 각주脚註가 된다.

원문

又按：向嘗習《淳化閣帖》, 至文不可解處, 輒以爲有斷簡有缺字, 不然, 古今人不相遠, 何至與人手書如是? 既習之日久, 見其上下相生, 一筆連註, 苟間覆其中之一字, 氣便不屬, 乃知當時語自爾也. 惟親接其手書之人讀之則解, 旁人容有弗解者, 況隔至後代乎? 因悟《書》難讀, 莫過殷三《盤》,周八《誥》. 正葉石林云："非作《書》者故欲如此, 蓋當時語自爾", 豈有如衛宏《定古文尚書序》其中所云哉?

번역 우안又按

예전에 일찍이 《순화각첩淳化閣帖》[99]을 익혔는데, 문장을 이해할 수 없는 곳에 이르니 문득 단간斷簡이 있고 결자缺字가 있는 것 같았다. 그렇지 않다면, 고금古今의 사람의 서로 시간적으로 멀지 않는데, 어찌 사람의 손으로 쓴 것이 이와 같음에 이른 것인가? 이미 익힘이 오래되니, 문장의 위아래가 상생相生하여 하나의 필획으로 이어지는 것이 드러났는데, 진실로 그 사이에 하나의 글자가 숨어있어서 어기語氣가 바로 이어지지 않았던 것이니, 당시의 말이 저절로 이와 같았던 것임을 알게 되었다. 오직 직접 손으로 쓴 사람이 읽으면 이해하지만, 옆 사람은 이해할 수 없는 것이니, 하물며 멀리 떨어진 후대에 이르러서랴? 그로 인해 《서》가 읽기 어려운 것 가운데, 은殷의 《반경》 3편과 주周의 팔八 《고誥》보다 더 심한 것이 없음을 깨닫게 되었다. 바로 섭몽득葉夢得, 1077~1148, 석림거사(石林居士)이 말한 "《서》를 지은 자가 그와 같이 이해하기 어렵게 하고자 한 것이 아니라, 당시의 말이 본래 그러했던 것이다非作《書》者故欲如此, 蓋當時語自爾"라는 것이니, 어찌 위굉의 《정고문상서定古文尙書서序》에서 한 말[100]과 같겠는가?

99 순화각첩(淳化閣帖) : 송(宋) 태종(太宗) 순화(淳化) 3년(992)에 만든 서첩(書帖)이다. 한(漢)의 장지(張芝)·최원(崔(瑗)), 위(魏)의 종요(鍾繇), 진(晉)의 왕희지(王羲之)·왕헌지(王獻之)·유량(庾亮)·소자운(蘇子雲), 당(唐)의 태종(太宗)·현종(玄宗) 및 안진경(顔眞卿)·구양순(歐陽詢)·유공권(柳公權)·회소(懷素) 등의 묵적(墨蹟)을 뽑아 순화각(淳化閣)에 보관한 다음 왕저(王著)로 하여금 남당건업첩(南唐建業帖)과 합하여 모각(摹刻)하게 하고 이름을 《순화비각법첩(淳化祕閣法帖)》이라 하였다.

100 장수절(張守節)의 《사기정의》 및 안사고의 《한서주》는 모두 《조조전(晁錯傳)》의 주(注)에서 위항(衛宏)의 《조정고문상서(詔定古文尙書)서(序)》를 인용하고 있다. "복생은 딸에게 자신의 말을 조조(晁錯)에게 전하라고 시켰는데, 이미 늙어서 말을 정확하게 할 수 없었고 딸 또한 그의 말을 잘 알아듣지 못했다. 게다가 제(齊)와 영천(潁川)의 언어까지 달라서 조조(晁錯)가 알아듣지 못한 부분이 열에 두셋이었으니, 뜻을 대략 추측하여 읽

원문

又按：唐張彦遠《名畫記》："昔張芝學崔瑗,杜度草書之法, 因而變之, 以成今草書之體勢. 一筆而成, 氣脈通連, 隔行不斷. 惟王子敬深明其旨. 行首之字往往繼其前行, 世上謂之一筆書. 其後陸探微亦作一筆畫, 連綿不斷, 故知書畫用筆同法." 然則, 作文何獨不然?

번역 우안又按

당唐 장언원張彦遠, 815~907[101] 《명화기名畫記》에 다음과 같이 말했다.

"옛날 장지張芝[102]는 최원崔瑗,[103] 두탁杜度[104]의 초서草書 서법을 배우고, 그것을 변화시켜 지금 초서草書의 체세體勢를 완성하였다. 하나의 필획으로 완성하여 기맥氣脈이 하나로 이어지고 행行이 나뉘어져도 끊어지지 않았다. 오직 왕헌지344~386, 자 자경(子敬)[105]가 그 종지宗旨를 깊이 밝혔다. 행수行首의 글자가 종종 그 앞 행行을 이었으므로, 세상 사람들이 일필서一筆書라고 하였다. 그 후 육탐미陸探微, ?~485?[106]도 일필화一筆畫를 그렸는데, 그림이

을 뿐이었다."

101 장언원(張彦遠) : 자 애빈(愛賓). 포주의씨(蒲州猗氏)(지금의 산서(山西) 임의현(臨猗縣))출신이다. 당(唐)의 화가(畫家), 회화이론가(繪畫理論家). 저서에는《역대명화기(歷代名畫記)》,《법서요록(法書要錄)》,《채전시집(彩箋詩集)》,《삼조대사비음기(三祖大師碑陰記)》,《산행시(山行詩)》 등이 있다.

102 장지(張芝)(?~192?) 자 백영(伯英). 돈황(敦煌) 원천현(源泉縣)(지금의 감숙(甘肅) 주천시(酒泉市) 과주현(瓜州縣)) 출신. 동한(東漢) 헌제(獻帝) 초평(初平)3년(192(年))에 활동한 서예가이다.

103 최원(崔瑗) : 생졸년미상. 자 자옥(子玉). 탁군(涿郡) 안평(安平)(지금의 하북(河北) 안평(安平))출신. 동한(東漢)의 서예가, 문학가이다.《초서세(草書勢)》를 찬하였다.

104 두탁(杜度) : 자 백탁(伯度). 경조(京兆) 두릉(杜陵)(지금의 섬서(陝西) 서안(西安) 삼조촌(三兆村)) 출신이다. 동한(東漢)의 서예가.

105 왕헌지(王獻之) : 자 자경(子敬). 동진(東晉) "서성(書聖)" 왕희지(王羲之)의 일곱째 아들이다.

이어져 끊어지지 않았다. 따라서 서화書畫 필법筆法의 운용이 같은 것임을 알 수 있다."

그렇다면 작문作文은 유독 그렇지 않은 것이겠는가?

원문

又按：或問朱子："周公作《鴟鴞》之詩以遺成王, 其辭艱苦深奧, 不知成王當時如何理會得" 曰："當時事變在眼前, 故讀其詩者便知其用意所在. 自今讀之, 既不及見當時事, 所以謂其詩難曉." 竊以《閣帖》中手書亦然.

번역 **우안又按**

어떤 이가 주자朱子에게 물었다. "주공周公은《치효鴟鴞》 시를 지어 성왕成王에게 남겼는데, 그 문사文辭가 매우 어렵고 심오하니, 성왕 당시에 어떻게 이해할 수 있었는지 모르겠습니다."

주자가 대답하였다. "당시 사태의 변화가 눈앞에 있었으므로 그 시를 읽는 사람은 그 의미하는 바가 어디에 있는지를 바로 알았다. 지금 그 시를 읽으면 이미 당시의 사태를 볼 수 없기 때문에 그 시를 이해하기 어렵다고 말하는 것이다當時事變在眼前, 故讀其詩者便知其用意所在. 自今讀之, 既不及見當時事, 所以謂其詩難曉."[107]

가만히 생각해보건대, 《순화각첩淳化閣帖》 안의 필적筆跡 또한 그러할 것이다.

---

106 육탐미(陸探微) : 남조(南朝) 유송(劉宋)의 화가(畫家). 대표작에는 《죽림칠현(竹林七賢)》, 《송효무상(宋孝武像)》, 《송명제상(宋明帝像)》, 《효무공신(孝武功臣)》 등이 있다.

107 《주자어류》 권79.

제119. 매작梅鷟《상서보尙書譜》에 채록하지 않은 것을 본편에 채록함을 논함

원문

余讀《焦氏筆乘》, 稱家有梅鷟《尙書譜》五卷, 專攻古文《書》之僞, 將版行之, 不果. 案《旌德縣志》鷟字致齋, 正德癸酉舉人, 曾官國子學正. 鶚字幼龢, 一字百一者即其兄. 求其《譜》凡十載, 得于友人黃虞稷家. 急繕寫以來, 讀之殊武斷也. 然當創闢弋獲時, 亦足驚作僞者之魄. 採其若干條散各卷中, 其無所附麗者特錄於此. 鷟曰：趙岐《孟子》"盡信《書》"一章《註》:"經有所美, 言事或過. 若《康誥》曰'冒聞于上帝',《甫刑》曰'皇帝清問下民',《梓材》曰'欲至于萬年', 又曰'子子孫孫永保民', 人不能聞天, 天亦不能問於民, 萬年,永保, 皆不可得爲書, 豈可案文而皆信之哉?《武成》篇言武王誅紂, 戰鬪殺人, 血流舂杵, 孟子言武王以至仁伐至不仁, 殷人簞食壺漿而迎其王師, 何乃至於血流漂杵乎? 故吾取《武成》兩三簡策可用者耳, 其過辭則不取之也." 岐之言云爾, 平正無礙, 甚得孟子口氣. 而晚出《武成》則言"前徒倒戈, 攻于後, 以北, 血流漂杵", 是紂衆自殺之血, 非武王殺之之血, 其言可謂巧矣. 然果紂衆怒紂以開武王, 當如《史記》言"武王馳之, 紂兵皆崩", 方合兵機. 今僅自攻其後, 必殺人不多, 血何至流杵? 且均之無辜, 黨與什什伍伍爭相屠戮, 抑獨何心? 且眞有如蔡《傳》言"武王之兵則蓋不待血刃"者, 非癡語乎? 私意杜撰之《書》既非孟子所見元本, 而其言又躐居周初, 致孟子爲不通文義,不識事機之人, 讀《書》誤認紂衆自殺以爲武王虐殺. 何其悖哉? 余謂鷟說善矣, 而抑未盡也. 此作僞者學誠博, 智誠狡, 見《荀子》有"厭旦於牧之野, 鼓之而紂卒易鄕, 遂乘殷人而進誅紂, 蓋殺者非周人, 固殷人也", 《淮南子》有"士皆倒戈而射", 《史記》有"皆倒兵以戰", 遂兼取之成文, 方續以"血流杵", 故曰學誠博. 魏晉間視《孟子》不過諸子中之一耳, 縱錯會經文亦何損? 而武王之爲仁人, 爲王者師甚著, 豈不可力爲回護, 去其虐殺, 以全吾經? 故曰智誠狡. 噫! 抑知數百載後由程,朱以迄于今, 晩出之《書》日益敗闕, 輸攻鋒起, 而《孟子》宛若金湯, 無瑕可攻, 有不必如斯枉用其心者哉!

번역

내가 《초씨필승焦氏筆乘》[108]을 읽어보니, 그 집안에 매작梅鷟의 《상서보尙書譜》 5권이 있었고 오로지 고문 《서》의 위작을 공박하였는데 장차 그 책을 출판간행하려 하였으나 하지 못했다고 하였다. 《정덕현지旌德縣志》를 살펴보면, 매작梅鷟의 자는 치재致齋, 정덕正德 계유癸酉, 1513) 거인擧人으로 일찍이 국자학정國子學正, 正九品에 올랐다. 매악梅鶚의 자는 유화幼龢 또는 백일百一인데 곧 매작의 형이다. 십 년간 그 《상서보》를 구해오다, 친우인 황우직黃虞稷, 1629~1691, 자 유태(兪邰)의 집에서 얻게 되었다. 급히 선사繕寫해와서 읽어보니 매우 함부로 단정武斷한 내용이었다. 그러나 (위고문의 증거를) 주살로 낚음弋獲을 개창한 때를 당하여 또한 위작자의 혼백을 놀래키기에 충분했다. 각 권에 흩어져있는 것을 채록하면서 덧붙일 것이 없는 것들을 특별히 여기에 기록한다.

108 《초씨필승(焦氏筆乘)》: 명(明) 초횡(焦竑)(1540~1620)이 편찬한 필기(筆記)이다. 경학, 사학, 문학, 의학 등 다방면에 걸쳐 작자의 개명사상과 주체의식을 강조한 내용이 많아 참고할 만한 중요저작이다. 청조(淸朝)에 금서(禁書)였다.

매작이 다음과 같이 말하였다.

조기趙岐《맹자 · 진심하》"《서》의 내용을 모두 믿는다盡信《書》" 장 《주註》는 다음과 같이 말했다. "경문은 아름답지만, 사안을 말함에 간혹 지나친 것이 있다. 《강고》의 '무릅써 상제上帝에게 알려지다冒聞于上帝', 《보형甫刑》의 '황제皇帝가 하민下民들에게 겸허히 묻다皇帝淸問下民', 《재재》의 '만년萬年에 이르도록欲, 至于萬年' 또한 '자자손손 길이 백성을 보호하다子子孫孫永保民'와 같은 말들은, 사람들이 상천上天의 말씀을 들을 수 없고, 상천上天 또한 백성들에게 물을 수 없으며, 만년萬年 동안 영원히 보호하는 것永保 등은 모두 할 수 없는 것을 기록한 것이니, 어찌 문장을 살펴 모두 믿을 수 있는 것이라고 할 수 있겠는가? 《무성》편에는 무왕武王이 주紂를 주살하고 싸워서 사람들을 죽이니 피가 흘러 방패가 떠다녔다고 말하였지만,[109] 맹자는 '무왕이 지극한 인仁으로 지극한 불인不仁을 정벌하니 은인殷人이 바구니에 밥을 담고 병에 장국을 담아서 왕의 군대를 환영했는데[110] 어찌 피가 흘러 방패가 떠다니는 지경에 이르렀겠는가?[111] 그러므로 나맹자는 《무성》편에서 두서너 간책簡策만을 취할 뿐이다[112]'라고 하였으니, 그 문사文辭가 지나친 것은 취하지 않은 것이다經有所美, 言事或過. 若《康誥》曰'冒聞于上帝', 《甫刑》曰'皇帝淸問下民', 《梓材》曰'欲至于萬年', 又曰'子子孫孫永保民', 人不能聞天, 天亦不能問於民,

---

109 《무성》 惟爾有神, 尙克相予, 以濟兆民, 無作神羞. 旣戊午, 師渡孟津. 癸亥, 陳于商郊, 俟天休命. 甲子昧爽, 受率其旅若林, 會于牧野. 罔有敵于我師. 前徒倒戈, 攻于後以北. 血流漂杵.

110 《맹자 · 등문공하》 《書》曰 : "徯我后, 后來其無罰."有攸不惟臣, 東征, 綏厥士女, 匪厥玄黃, 紹我周王見休, 惟臣附于大邑周. 其君子實玄黃于匪以迎其君子, 其小人簞食壺漿以迎其小人, 救民於水火之中, 取其殘而已矣.

111 《맹자 · 진심하》 仁人無敵於天下, 以至仁伐至不仁, 而何其血之流杵也?

112 《맹자 · 진심하》 吾於武成, 取二三策而已矣.

萬年, 永保, 皆不可得爲書, 豈可案文而皆信之哉?《武成》篇言武王誅紂, 戰鬪殺人, 血流舂杵, 孟子言'武王以至仁伐至不仁, 殷人簞食壺漿而迎其王師, 何乃至於血流漂杵乎? 故吾取《武成》兩三簡策可用者耳', 其過辭則不取之也." 조기趙岐가 말한 것이 평정平正하여 구애됨이 없으니, 맹자가 말하려던 바를 매우 잘 얻었다. 그러나 만출《무성》의 "(은인殷人의) 앞에 있는 무리들이 창을 거꾸로 들고 뒤를 공격하니 패배해서 피가 흘러 방패가 떠다녔다前徒倒戈, 攻于後, 以北, 血流漂杵"라고 한 것은 주紂의 군대가 자기 군대를 죽인 피이지 무왕이 살육한 피가 아니므로 그 말이 매우 교묘하다 할 수 있을 것이다. 그러나 과연 주紂의 군대가 주紂에게 분노하여 무왕武王에게 길을 열어준 것은《사기·주본기》의 "무왕이 달려오니 주紂의 군대가 모두 무너졌다武王馳之, 紂兵皆崩"와 병법의 기모奇謀가 합치한다. 이제 겨우 그 군대가 자진하여 뒤편을 공격하였다면, 사람을 죽임이 필시 많지 않았을 것인데 어찌 피가 흘러 방패가 떠다녔겠는가? 또한 모두가 무고無辜한데, 삼삼오오 무리지어 서로 도륙하는 것은 유독 어떤 마음인 것인가? 또한 진실로《채전》의 "무왕의 군대는 칼날에 피를 묻힐 필요가 없었다武王之兵則蓋不待血刃"와 같은 말은 우매한 말이 아니겠는가? 내 생각에 근거없이 위찬된《서》는 이미 맹자가 보았던 원본元本이 아니며, 그 말 또한 주초周初의 말로 엽등躐等하여 맹자를 문의文義도 통할 줄 모르고 사안을 알지 못하는 사람으로 여기고,《서》를 읽음에 주紂의 군대가 스스로 살육한 것을 무왕이 학살한 것으로 오인하기에 이르렀다. 어찌 이와 같이 사리에 어긋난 것인가?[113]

113 《상서보(尙書譜)》 권3의2(卷三之二) 《조기주맹자고(趙岐注孟子考)》에 내용이 보인다.

내 생각에 매작의 설이 옳은데, 여전히 미진하다. 이 위작자의 학문이 진실로 광박하고 지혜가 진실로 교활하였다. 《순자 · 유효편儒效篇》의 "(다음날) 새벽 목야에서 북을 울려 진군하니 주紂가 마침내 두려워하며 물러나니, 마침내 은인殷人을 타고 나아가 주紂를 죽이니 대체로 죽이는 자는 주인周人이 아니라 진실로 은인殷人들이었다厭旦於牧之野, 鼓之而紂卒易鄕, 遂乘殷人而進誅紂, 蓋殺者非周人, 固殷人也", 《회남자 · 태족훈泰族訓》의 "군사가 모두 창을 거꾸로 들고 공격하다士皆倒戈而射",[114] 《사기 · 주본기》의 "(주紂의 군대가) 모두 병기를 거꾸로하여 싸우다皆倒兵以戰"가 보이는데, 마침내 이것들은 아울러 취하여 문장을 완성하고 바야흐로 "피가 방패를 떠다니게 했다血流杵"와 이어지게 하였으므로 학문이 진실로 광박하다고 한 것이다. 위진 연간에는 《맹자》를 제자諸子 가운데 하나로만 여겼을 뿐이었으니, 설령 경문經文을 오해했더라도 무슨 손해가 있었겠는가? 그리고 무왕을 인인仁人으로 여기고 왕자王者의 스승으로 여기는 것이 이미 드러났으니, 무왕을 극력 비호하여 학살을 제거함으로써 우리 경전을 온전하게 하는 것을 어찌 할 수 없었겠는가? 그러므로 지혜가 진실로 교활하다고 한 것이다. 아! 수백 년 이후 정자와 주자로부터 지금에 이르러, 만출《서》는 나날이 그 오류가 드러남에 옛것을 묵수하고자 하는 논의가 봉기하였으나 《맹자》의 완연하게 군건함으로 인해 공략할 틈이 없으니 그와 같이 그 마음을 헛되게 쓸 것이 없었음을 알 수 있다!

114 《회남자 · 태족훈(泰族訓)》紂之地, 左東海, 右流沙, 前交趾, 後幽都, 師起容關, 至浦水, 士億有餘萬, 然皆倒矢而射, 傍戟而戰. 武王左操黃鉞, 右執白旄以麾之, 則瓦解而走, 遂土崩而下.

원문

按：《文心雕龍·誇飾篇》云："是以言峻則嵩高極天, 論狹則河不容舠; 說多則子孫千億, 稱少則民靡孑遺. 襄陵擧滔天之目, 倒戈立漂杵之論. 辭雖已甚, 其義無害也." 余謂諸說皆可, 獨漂杵之論不然. 所以孟子特爲武王辨白, 正以有害於義. 此非劉勰輩文士所知.

번역 **안按**

《문심조룡文心雕龍 · 과식편誇飾篇》에 다음과 같이 말했다. "그러므로 (《시》는) 말이 고준高峻하면 산의 높이가 하늘에 닿지만 논의가 협소狹小하면 강에 나룻배도 띄우지 못하며, 언설이 많으면 자손이 천억이 되지만 언설이 적으면 백성이 남아나질 않는다. (《서》는) 홍수가 산을 에워싼 것으로 하늘에 넘침을 거론하였고,[115] (은인殷人이) 창을 거꾸로 든 것으로 피가 흘러 방패를 떠다니게 했다는 논의를 세웠다. 문사가 비록 너무 심하지만 그 의리를 해침은 없다是以言峻則嵩高極天, 論狹則河不容舠; 說多則子孫千億, 稱少則民靡孑遺. 襄陵擧滔天之目, 倒戈立漂杵之論. 辭雖已甚, 其義無害也."

내 생각에 제설諸說이 모두 옳으나, 오직 방패가 떠다녔다漂杵는 논의는 그렇지 않다. 맹자가 특별히 무왕을 위하여 결백함을 변별하였으므로,[116] 바로 의리에 해로움이 있는 것이다. 이는 유협劉勰, 465?~520?과 같은 문사文士들이 알 수 있는 바가 아니다.

---

115 《요전》 帝曰, 咨四岳, 湯湯洪水方割, 蕩蕩懷山襄陵, 浩浩滔天, 下民其咨.

116 《맹자 · 진심하》 仁人無敵於天下, 以至仁伐至不仁, 而何其血之流杵也?

원문

又按：賈誼《過秦論》云："秦有餘力而制其敵, 追亡逐北, 伏尸百萬, 流血漂鹵." 須是追之逐之, 兵有崩山倒海之勢, 禍方酷烈至此. 若僅僅反攻, 敗北而已. 孔穎達所謂"殺人必不多"者, 洵有見. 因思晩出《武成》雖敢與《孟子》違, 而猶陰爲《孟子》地. 何者? 孔《傳》云："自攻于後, 以北走. 血流漂舂杵, 甚之言." 非含不可盡信之意乎? 至蔡《傳》則云："紂之前徒倒戈, 反攻其在後之衆, 以走, 自相屠戮, 遂至血流漂杵. 史臣指其實而言之." 無論人情,兵機不至於此, 果實至此, 而孟子猶致疑焉. 亦可謂眯目而道黑白者矣.

번역 **우안又按**

가의賈誼 《과진론過秦論》에 다음과 같이 말했다. "진나라는 여력이 있어 적군을 제압하고 도망가는 군대를 추격하여 패배한 군대를 물리치니 엎어진 시체가 백만이고 흐르는 피에 큰 방패가 떠다녔다秦有餘力而制其敵, 追亡逐北, 伏尸百萬, 流血漂鹵."

모름지기 군대를 추격하고 물리쳤다면, 군대가 산을 무너뜨리고 바다를 뒤엎는 기세를 가졌을 것이므로 환난의 잔인함이 그 지경에 이르렀을 것이다. 만약 겨우겨우 거꾸로 공격하였다면 패배시켰을 뿐이다. 공영달의 이른바 "살인은 결코 많지 않았다殺人必不多"[117]는 말은 진실로 본 것이 있는 것이다. 이것으로 생각해보건대, 만출 《무성》이 비록 《맹자》의 설

117 《무성·정의》 正義曰："罔有敵于我師", 言紂衆雖多, 皆無有敵我之心, 故"自攻於後以北走". 自攻其後, 必殺人不多, "血流漂舂杵, 甚之言"也. 《孟子》云："信《書》不如無《書》, 吾於《武成》取二三策而已. 仁者無敵於天下, 以至仁伐不仁, 如何其血流漂杵也?"是言不實也. 《易, 繫辭》云："斷木爲杵, 掘地爲臼."是"杵"爲臼器也.

을 위반하지만, 오히려 암암리에 《맹자》를 도와준다. 무엇 때문인가? 《공전》에 "(은인殷人이) 스스로 창을 거꾸로 해서 군대를 공격하여 패배하여 도주하였다. 피가 흘러 방패가 떠다녔다는 것은 심함을 말한 것이다自攻于後, 以北走. 血流漂春杵, 甚之言"라고 하였는데, "다 믿을 수 없다不可盡信"는 의미를 포함한 것이 아니겠는가? 《채전》에 이르러서는 "주紂의 앞에 있던 군대가 창을 거꾸로 들고서 도리어 뒤에 있는 군대를 공격하여 패주시키니 자기들끼리 서로 도륙하여 마침내 피가 흘러 방패가 떠다니는 지경에 이르렀다. 사신史臣이 그 실제를 가리켜 말한 것이다紂之前徒倒戈, 反攻其在後之衆, 以走, 自相屠戮, 遂至血流漂杵. 史臣指其實而言之"고 하였다. 인정人情과 병법운용의 기모奇謀가 이 지경에 이르지 않았음은 논의할 것이 없는데, 과연 실제 이런 지경에 이르렀다면 맹자가 오히려 거기에 의문을 제기했을 것이다. 이 또한 눈에 티끌이 들어가서 침침한데 흑백을 논하는 것이라 할 수 있다.

원문

又按："而何其血之流杵也", 此《孟子》語, 似當日《書》辭僅"血流杵"三字, 未必增有"漂"字, 只緣趙岐註云爾. 晩出《書》與之同, 故可驗其出趙氏後.

번역 **우안又按**

"어찌 그 피가 방패를 떠다니게 했겠는가?而何其血之流杵也"는 《맹자·진심하》의 말로서, 당시 《서》의 문장은 겨우 "피가 방패를 흐르게 했다血流杵"의 세 글자뿐이었고, 반드시 "표漂"자를 덧붙이지 않았을 것인데, 단지 조기趙岐 《주註》에서 말한 것[118]에 인연한 것일 뿐이다. 만출 《서》가 조기

《주》에서 "표漂"를 말한 것과 같으므로 만출《서》가 조기 이후에 나온 것을 증험할 수 있다.

원문

又按:《緇衣》"《尹吉》曰:'惟尹躬天見於西邑夏.'" 鄭《註》云:"'天'當爲'先'." 晩出《書》即是"先"字, 其出康成後何待云? 但《左傳·哀十八年》"《夏書》曰:'官占唯能蔽志, 昆命于元龜'", 杜《註》云:"昆, 後也. 言當先斷意, 後用龜也." 晩出《書》陸德明所見之本乃是"唯克蔽志", 孔穎達所見本則與今同是"先"字. 然則此《書》又出元凱後乎? 曰:非也. 元凱《左氏集解》成, 在大康元年吳平之後, 晉已有天下十六年. 此《書》出魏晉間, 豈得預竊杜《註》? 竊意元凱前, 賈逵,服虔,王肅輩皆注《左氏》, 容有"先斷人志"之說, 晩出《書》因之爾.

번역 우안又按

《예기·치의》"《윤길尹吉》에서 '제尹가 몸소 앞서 서읍西邑 하夏를 보았습니다'라고 하였다尹吉曰:'惟尹躬天見於西邑夏'"의 정현《주》는 "'천天'은 마땅히 '선先'이 되어야 한다"고 하였다. 만출《서》가 바로 "선先"자로 되어 있으니,[119] 그것이 정강성 이후에 나온 것임을 더 말할 것이 있겠는가? 다만《좌전·애공18년》"《하서夏書》에 '복관卜官이 점을 칠 때에는 먼저 뜻을 결

---

118 《맹자·진심하·주(註)》《武成》篇言武王誅紂, 戰鬪殺人, 血流舂杵, 孟子言'武王以至仁伐至不仁, 殷人簞食壺漿而迎其王師, 何乃至於血流漂杵乎?

119 《태갑상》惟尹躬先見于西邑夏, 自周有終.

정한 이후에 원귀元龜, 大龜에 고告한다'라 하였다《夏書》曰 官占唯能蔽志, 昆命于元龜.", 두예《주》는 "곤昆은 후後의 의미이다. 먼저 의사를 결단한 이후에 귀갑龜甲을 사용해 점을 친다는 말이다昆, 後也. 言當先斷意, 後用龜也"고 하였다. 만출《서》[120]의 육덕명陸德明이 본 저본이 바로 "유극폐지唯克蔽志"로 되어 있었고, 공영달이 본 저본은 금본과 같이 "선先"으로 되어 있었다. 그렇다면, 이《서》는 또한 두예杜預, 자 원개(元凱) 이후에 출현한 것인가? 아니다. 두예의《좌씨집해左氏集解》의 완성은 태강太康 원년元年, 280 오吳땅이 평정된 이후로서, 진晉이 이미 천하를 소유한지 16년이 지난 시기였다. 이《서》는 위진 연간에 출현하였는데, 어찌 뒤에 나온 두예의《주》를 미리 엿보았겠는가? 가만히 생각해보건대, 두예 이전에 가규, 복건, 왕숙王肅 등이 모두《좌씨》를 주해하여, "먼저 사람의 뜻을 결단한다先斷人志"는 설을 용납하였으므로 만출《서》는 그 설을 따르는 것일 뿐이다.[121]

원문

又按：朱子於此章引唐子西之言曰："陶弘景知《本草》而未知經, 註《本草》誤, 其禍疾而小. 註六經誤, 其禍遲而大." 余謂註《本草》誤, 以藥物殺人之身, 註六經誤, 以學術殺人之心. 殺人之身, 人即知戒, 殺人之心, 心與印板相似, 傳染無窮. 此其禍有不待較別者.

---

120 《대우모》 禹曰, 枚卜功臣, 惟吉之從. 帝曰, 禹, 官占, 惟先蔽志, 昆命于元龜.
121 《상서보(尙書譜)》 권3의2(卷三之二) 《정강성예기주고(鄭康成禮記注考)》에 내용이 보인다.

번역 **우안又按**

주자는 이 장章에서 당경唐庚, 1070~1120, 자 자서(子西)[122]의 말을 인용하여 다음과 같이 말했다. "도홍경陶弘景, 456~536[123]은 《본초本草》는 알았지만 경전은 몰랐다. 《본초》에 주해함이 잘못되면 그 재앙이 빨리 나타나지만 위력은 작다. 육경六經에 주해함이 잘못되면 그 재앙이 더디게 나타나지만 위력은 크다陶弘景知《本草》而未知經, 註《本草》誤, 其禍疾而小. 註六經誤, 其禍遲而大."[124]

내 생각에 《본초》의 주해가 잘못되면 약물藥物로 사람의 몸을 죽이지만, 육경의 주해가 잘못되면 학술學術로서 사람의 마음을 죽이게 된다. 사람의 몸을 죽이면 사람들이 바로 경계할 줄 알지만, 사람의 마음을 죽이게 되면, 마음은 인쇄하는 목판과 같아서 전염됨이 무궁하다. 이것이 그 재앙에 구별이 불필요한 이유이다.

원문

又按：梅氏鷟嘗謂, 朱子之明過于鄭僑, 晉人之欺甚于校人. 朱子如子產曰"得其所哉"者, 不一而足也. 因嘆朱子總緣被壓古文, 不復致疑, 雖以此章血流杵, 孟子明著爲武王事, 朱子猶謂孟子"設爲是言". 試思武王本無是事, 孟

---

122 당경(唐庚) : 자 자서(子西). 미주(眉州) 단릉(丹棱) 당하향(唐河鄕)(지금의 사천성(四川省) 미산시(眉山市) 단릉현(丹棱縣)) 출신. 북송시기의 시인, 문학가(文學家)이다. 주요 작품으로는 《취면(醉眠)》, 《춘귀(春歸)》, 《장구(張求)》, 《신수(訊囚)》, 《백로(白鷺)》 등이 있다.

123 도홍경(陶弘景) : 자 통명(通明). 남조(南朝) 양(梁) 단양(丹陽) 말릉(秣陵)(지금의 강소(江蘇) 남경(南京))출신. 저명한 연단가(煉丹家)이다. 저서에는 《본초경주(本草經注)》, 《집금단황백방(集金丹黃白方)》, 《이우도(二牛圖)》, 《화양도은거집(華陽陶隱居集)》 등이 있다.

124 《회암집》 권73 《이공상어(李公常語)하(下)》.

子何苦設爲是言? 孟子本意爲武王辨誣, 反先誣武王而後辨之乎? 朱子復生今日聞此, 亦應絶倒.

번역 **우안又按**

매작梅鷟이 일찍이 말하였다. "주자의 명석함은 정교鄭僑, 鄭子産보다 뛰어났으나, 진인晉人의 속임이 교인校人보다 심하였다.[125] 주자가 자산子産과 같이 '살 곳을 얻었구나得其所哉'라고 말함이 하나로 충분하지 않다.[126] 이로 인하여 탄식하건대, 주자는 모두 고문에 압도되어 다시 의문을 제기하지 않았으니, 비록 이 장章의 '피가 방패를 흐르게 했다血流杵'를 맹자가 명백하게 무왕을 위해 드러낸 것임에도 주자는 오히려 맹자가 '이 말을 붙였다設爲是言'[127]라고 하였다."

한번 생각해보건대, 무왕 때 본래 이런 일이 없었는데, 맹자가 어찌 고심하여 이 말을 붙였겠는가? 맹자의 본의는 무왕을 위하여 무고함을 변호하는 것이었는데, 도리어 먼저 무왕을 무고한 이후에 그를 변호한 것인가? 주자가 오늘날 다시 살아와 이 말을 듣더라도 응당 감복할 것이다.

---

125 교인(校人)의 속임: 《맹자·만장상》 曰: 然則舜, 僞喜者與? 曰: 否. 昔者有饋生魚於鄭子產, 子產使校人畜之池. 校人烹之, 反命曰: 始舍之, 圉圉焉, 少則洋洋焉, 攸然而逝. 子產曰: 得其所哉! 得其所哉! 校人出曰: 孰謂子產智, 予既烹而食之, 曰: 得其所哉! 得其所哉! 故君子可欺之以方, 難罔以非其道.

126 《상서보(尚書譜)》 권3의2(卷三之二) 《정충하안동상논어집해고(鄭沖何晏同上論語集解考)》에 내용이 보인다.

127 《맹자·진심하·집주》 然書本意, 乃謂商人自相殺, 非謂武王殺之也. 孟子之設是言, 懼後世之惑, 且長不仁之心耳.

원문

又按：上引賈誼言秦“流血漂鹵”，參以《帝王世紀》言“長平之戰，血流漂鹵”，《戰國策》言武安君與韓,魏戰於伊闕“流血漂鹵”，可知“流血漂鹵”爲戰勝殺人多者之恒辭. 甚至誼以“血流漂杵”兩加黃帝涿鹿之師，益驗爲恒辭，而辭所從出却於《武成》篇. 當七國時，上有好戰之君，下有善戰之臣，君臣日以殺人爲能事，而問所藉口者則《武成》也，問所獲身者則武王也. 以爲昔之聖人亦嘗云爾，奚怪今日孟子於此安得心不爲惻然，口不爲慨然，所以欲幷《書》廢之? 學者觀聖賢此等處眞屬“爲天地立心，爲生民立命”，不可視若尋常. 或曰：奈疑經何? 余曰：以《論語》校之，當子貢時，載商辛惡跡非經即傳，不似後有他雜亂書，而子貢已曰“紂之不善，不如是之甚”，蓋亦以經傳之有過辭也. 夫子貢爲至不仁之紂未滅其罪，未聞以爲非；而孟子爲至仁之武王力洗其冤，反以爲議，何哉? 宋世傳張浚拜曲端爲大將，端登壇首問浚：“見兵幾何?” 浚曰：“八十萬人.” 端曰：“須是斬了四十萬人，方得四十萬人用.” 論者以爲果如端言，固覆軍失地殺身之道也. 夫兵分數，豈專在殺哉? 此念熏蒸，決不能興起輯睦，吸引安祥. 因及尉繚子對梁惠王曰：“臣聞古之善用兵者，能殺卒之半，其次殺其十三，其次殺其十一. 能殺其半者威加海內，殺十三者力加諸侯，殺十一者令行士卒.” 筆之於書，以殺垂敎，孫,吳亦未有是論也. 余謂尉繚子正七國時人，所云“古之善用兵”，古當指三代. 吾不知三代中誰爲此殺人手且以善名. 尉繚子欲售其術，已不難子虛烏有以成其說，況“血流杵”實出《武成》篇，安得不紛紛口實? 孟子欲幷《書》廢之，洵爲有見. 我故曰：世之疑孟，刺孟者俱非，而孟之疑《書》，廢《書》者確也.

번역 우안又按

앞에서 인용한 가의賈誼가 말한 진秦의 "흐르는 피에 큰 방패가 떠다녔다流血漂鹵"는 《제왕세기》에서 언급한 "장평長平의 전투에 흐르는 피에 큰 방패가 떠다녔다長平之戰, 血流漂鹵"와 《전국책·중산책中山策》에서 언급한 무안군武安君이 윤궐伊闕에서 한韓, 위魏와의 전투에서 "흐르는 피에 큰 방패가 떠다녔다.流血漂鹵"[128] 등을 참고해보면, "흐르는 피에 큰 방패가 떠다녔다流血漂鹵"는 전투에서 이기고 사람을 죽인 것이 많음을 말하는 항사恒辭임을 알 수 있다. 심지어 가의는 "흐르는 피에 큰 방패가 떠다녔다血流漂杵"를 황제黃帝의 탁록涿鹿 출정出征에 두 번 언급하였으므로[129] 항사恒辭임을 더욱 증험해주는데, 그 문사文辭는 도리어 《무성》편에서 나왔다. 칠국七國, 戰國 시대에, 위로는 전쟁을 좋아하는 군주가 있고 아래로는 전쟁을 잘하는 신하가 있어서 군신君臣이 날마다 사람들을 죽이는 것을 능사能事로 여기면서, 구실로 삼을 것을 물으면 곧 《무성》이었고, 체득할 바를 물으면 곧 무왕武王이었다. 옛날의 성인聖人도 일찍이 그렇게 말한 것으로 여겼으니, 당시의 맹자가 거기에 대해 마음이 측연惻然하지 못하고 입이 개연慨然하지 못하였으므로 아울러 《서》를 없애고자 했던 것이 어찌 괴이할 것이 있겠는가? 배우는 자가 성현聖賢의 이와 같은 곳을 살펴봄에 진실로 "천지를 위하여 마음을 정립하고 생민을 위하여 명命을 정립함爲天地立心, 爲生民

128 《전국책·중산책(中山策)》《소왕기식민선병(昭王旣息民繕兵)》韓·魏相率, 興兵甚衆, 君所將之, 不能半之, 而與戰之於伊闕, 大破二國之軍, 流血漂鹵, 斬首二十四萬.

129 《신서(新書)·익양(益壤)》故黃帝者, 炎帝之兄也, 炎帝無道, 黃帝伐之涿鹿之野, 血流漂杵, 誅炎帝而兼其地, 天下乃治. 《신서(新書)·제부정(制不定)》黃帝行道, 而炎帝不聽, 故戰涿鹿之野, 血流漂杵. 夫地制不得, 自黃帝而以困.

立命"[130]에 배속되게 해야 하며, 대수롭지 않게 여겨서는 안된다.

어떤 이가 물었다. 어찌 경經을 의심하는가?

나는 대답하였다. 《논어》로 고찰해보면, 자공子貢 당시에 상신商辛, 紂의 악한 행적을 기록한 것은 경經이 아니고 전傳이어서 후대의 다른 잡란한 서적이 있는 것과는 같지 않았으나, 자공子貢이 이미 말하길 "주紂의 악행이 이 정도로 심하지는 않았을 것이다紂之不善, 不如是之甚"[131]라고 하였으니 또한 경전經傳에 지나친 말이 있다고 여긴 것이다. 대저 자공子貢이 지극히 불인不仁한 주紂의 죄를 다 덜어내지 못했다고 해서 자공을 비난하는 것을 들어보지 못했는데, 맹자가 지극히 인仁한 무왕武王의 억울함을 극력 씻어내려고 했지만 도리어 이론異論을 제기했다고 여기는 것은 어째서인가? 송대에 전해지기를 장준張浚, 1097~1164[132]이 곡단曲端, 1091~1131[133]을 발탁하여 대장大將으로 삼았는데, 곡단이 단상에 올라 맨 먼저 장준에게 묻기를 "드러난 병력이 얼마입니까見兵幾何?"하니, 장준이 말하길 "80만 명이다" 하였다. 곡단은 "40만 명을 참수해야 40만 명을 운용할 수 있습니다須是斬了四十萬人, 方得四十萬人用"라고 하였다. 의논하는 자들이 과연 곡단의 말과 같다면 진실로 군대를 뒤엎고 땅을 잃으며 몸을 해치는 도道라고 여겼다.

---

130 장재(張載) 《횡거어록(橫渠語錄)》.

131 《논어 · 자장》.

132 장준(張浚) : 자 덕원(德遠). 북송(北宋)과 남송(南宋) 초기의 명신. 고종(高宗) 때 천섬경서제로선무사(川陝京西諸路宣撫使)가 되어 금나라와 맞서 싸웠으나 진회(秦檜)가 화의(和議)를 주장함에 따라 좌천되었고, 효종(孝宗) 때 추밀사(樞密使), 도독강회군사(都督江淮軍事)에 제수되고 위국공(魏國公)에 봉해졌다. 장군 곡단(曲端)을 등용했다가 뒤에 역심(逆心)을 품었다고 의심하여 결국 옥사하게 만들었다.

133 곡단(曲端) : 자 정보(正甫). 북송과 남송 초기의 명장(名將). 장준(張浚)에 의해 등용되었으나 역모로 몰려 41세의 나이로 옥사하였다. 장민공(壯湣公)으로 봉해졌다.

대저 병력의 수를 나누는 것이 어찌 오로지 죽이는 데에 있겠는가? 이런 분위기에서는 결코 화목함을 흥기시키거나 편안한 상서로움을 끌어들일 수 없다. 이로 인하여 《위료자尉繚子》를 언급하게 되는데, 위료자尉繚子가 양梁혜왕惠王에게 대답하였다. "신臣이 듣건대, 옛날의 병력을 잘 운용하는 자는 군졸의 반을 죽일 수 있는 자이고, 그 다음은 10분의 3을 죽일 수 있는 자이며, 그 다음은 10분의 1을 죽일 수 있는 자입니다. 군졸의 반을 죽일 수 있는 자는 위무威武가 해내海內에 더해지며, 10분의 3을 죽일 수 있는 자는 위력이 제후에게 더해지며, 10분의 1을 죽일 수 있는 자는 사졸에게 명령을 수행할 수 있게 합니다臣聞古之善用兵者, 能殺卒之半, 其次殺其十三, 其次殺其十一. 能殺其半者威加海內, 殺十三者力加諸侯, 殺十一者令行士卒."[134] 서적에 기록하여 죽이는 것으로 가르침을 내리는 것은 손무孫武, 혹은 孫臏와 오기吳起도 이런 논의가 없었다. 나는 다음과 같이 생각한다. 위료자尉繚子는 바로 칠국七國시대 사람이었으니, 그가 말한 "옛날의 병력을 잘 운용하는古之善用兵 (…중략…)"의 "옛날"은 마땅히 삼대三代를 가리킨다. 나는 삼대三代 가운데 누가 이와 같이 사람을 죽이는 것으로 명성을 얻었는지 모르겠다. 위료자尉繚子는 자신의 술수를 팔아넘기고자 하였으므로 허구로 그 설을 만든 것은 이미 어렵지 않았으니, 하물며 "피가 방패를 흐르게 하였다血流杵"라는 말이 실제 《무성》편에서 나왔으니, 어찌 분분연하게 구실로 삼지 않을 수 있었겠는가? 맹자가 아울러 《서》를 폐기하고 했던 것은 진실로 본 것이 있었기 때문이다. 그러므로 나는 다음과 같이 말한다. 세상에 맹자를

---

134 《위료자(尉繚子) · 병령(兵令)하(下)》.

의심하거나 비난하는 자들은 모두 틀렸고, 맹자가 《서》를 의심하고 《서》를 폐기하고자 했던 것이 확실한 것이다.

원문

又按：一人議論有先後互異若南北背馳者. 黃太沖嘗謂聖人之言不在文詞, 而在義理. 義理無疵, 則文詞不害其爲異. 如《大禹謨》"人心", "道心"之言, 此豈三代以下可僞爲者哉? 晩而序余《疏證》兩卷, 則謂"'人心', '道心'本之《荀子》, 正是《荀子》性惡宗旨", 又謂"此十六字爲理學之蠹最甚", 何相反也? 其《孟子師說》中一條, 又與上梅氏說何合也! 《師說》云："《武成》'甲子昧爽, 受率其旅若林, 會于牧野, 罔有敵于我師, 前徒倒戈, 攻于後, 以北, 血流漂杵', 是商人自相殺也. 《孟子》'以至仁伐至不仁, 何其血之流杵', 是明言武王殺之. 兩意相背, 則知孟子所見之《武成》非孔安國古文之《武成》也. 古文之僞, 此亦一證."

번역 **우안又按**

한 사람의 의논이 선후로 상이相異하여 마치 남북으로 서로 내달리는 것과 같은 경우가 있다. 황종희黃宗羲, 1610~1695, 자 태충(太沖)는 일찍이 다음과 같이 말하였다. "성인聖人의 말씀은 문사文詞에 있지 않고 의리義理에 있다. 의리에 흠이 없으면 문사文詞가 그 상이함을 해치지 않는다. 《대우모》 '인심人心', '도심道心'의 말과 같은 경우, 이 어찌 삼대三代 이후에 거짓으로 만들어 낼 수 있는 것이겠는가?"

만년이 되어 나의 《소증疏證》 두 권에 서문序文을 지으면서, "'인심人心',

도심'道心'은 《순자》에 근본한 것이니, 바로 《순자》 성악性惡의 종지宗旨이다'人心', '道心'本之《荀子》, 正是《荀子》性惡宗旨"고 하였고, 또한 "이 16자는 리학理學의 좀벌레 가운데 가장 심한 것이다此十六字爲理學之蠹最甚"라고 하였으니, 어찌 상반될 수 있는가? 그의 《맹자사설孟子師說》 가운데 한 조목은 또한 이전 매작梅鷟의 설과 어찌 합치하는 것인가! 《사설師說》에 다음과 같이 말했다. "《무성》의 '갑자일甲子日 매상昧爽에 수受가 그 군대를 거느리되 숲처럼 많이 하여 목야牧野에 모였는데, 그들은 우리 주나라 군대에게 대적하는 자가 없고, 앞에 있는 무리들이 창을 거꾸로 들어 뒤로 공격하여 패배시키니 피가 흘러 방패가 떠다녔다甲子昧爽, 受率其旅若林, 會于牧野, 罔有敵于我師, 前徒倒戈, 攻于後, 以北, 血流漂杵'라고 한 것은 상商나라 사람 스스로 서로 죽인 것이다. 《맹자·진심하》에 '지극한 인仁으로 지극한 불인不仁을 정벌하는데, 어찌 그 피가 방패를 흐르게 했겠는가?以至仁伐至不仁, 何其血之流杵'라고 하였으니, 이는 무왕이 죽인 것임을 명백하게 말한 것이다. 두 의미가 서로 배치되니, 맹자孟子가 본 《무성》은 공안국 고문古文의 《무성》이 아님을 알 수 있다. 고문이 위작임에 이것 또한 하나의 증거이다."

제120. 석화치石華峙와 더불어 동한시기 금문과 일편逸篇이 서로 나누어지기도 했고 합쳐지기도 했음을 의논한 사실을 논함

원문

同里友人石子華峙, 字紫嵐, 一字企齊, 與予善. 每著《疏證》成, 或面語, 或遣信送覽, 正唐人詩所謂“爲文先見草”者. 一日, 謂予 : “古文《尚書》有《舜典》, 《汨作》, 《九共》二十四篇, 必且另爲卷軸, 方一亡失, 遂不復傳. 若與伏生同者三十四篇, 何嘗不見於唐代?” 余曰 : “誠然. 但《漢 · 藝文志》載四十六卷爲五十七篇者, 內有《舜典》諸逸篇, 已釐次于第一卷. 《隋書 · 經籍志》載馬融注《尚書》十一卷, 鄭氏注《尚書》九卷, 皆本杜林古文, 止二十九篇, 內無逸諸篇可知, 亦說具于第二卷. 竊意古文《書》至東漢始有訓詁, 當時大儒亦止註三十四篇, 未必及逸《書》. 故有時合而爲一, 則如《漢志》所載; 有時離而爲二, 則如《隋志》所載. 合則永亡, 晉永嘉之亂是也; 離則僅存, 晉元帝立鄭氏《尚書》博士是也.” 因嘆向來里中諸子謂《書》關繫不在卷軸篇數, 且詆爲枉用心, 此予所不欲與深言者也.

번역

동리同里의 친우 석화치石華峙의 자는 자람紫嵐 혹은 기재企齊라고 하는데, 나와 잘 지냈다. 매번 《소증疏證》의 저술이 완성되면, 직접 대화하거나 혹은 서신을 보내 일람하게 하였으니, 바로 당인唐人의 시詩의 이른바 “글을 짓기에 앞서 초안을 보인다爲文先見草”[135]는 것이다. 하루는 석화치가 나에게 다음과 같이 말했다. “고문《상서》의《순전》,《골작》,《구공》 등 24편은 필시 별도의 권질로 되어 있었으므로 한꺼번에 망실되어 마침내 다시는 전해지지 않았을 것이다. 복생伏生이 전한 것과 동일한 고문 34편과 같은 것은 어찌 일찍이 당대唐代에 보이지 않는 것인가?" 나는 대답하였다. "진실로 그러하다. 다만 《한서 · 예문지》에 기재된 46권卷은 57편篇으로서 그 안에는 《순전》 등 제諸 일편逸篇이 있었고, 이미 제1권에 편재되었다. 《수서 · 경적지》에 기재된 마융馬融 주注 《상서》 11권卷, 정현 주注 《상서》 9권卷은 모두 두림고문杜林古文을 근본한 것으로 29편篇에 그쳤고, 그 안에는 일逸 제편諸篇이 없다는 것을 알 수 있고 또한 제2권에 편재되었다고 말할 수 있다. 가만히 생각해보건대, 고문 《서》는 동한東漢에 이르러 비로소 훈주訓註가 있게 되었고, 당시의 대유大儒 또한 단지 34편만을 주해하는데 그치고 일逸 《서》에는 미치지 못했다. 따라서 어떤 때는 합하여 하나가 되었으니 《한서 · 예문지》의 기재된 바와 같은 것이고, 어떤 때는 나뉘어져 둘이 되었으니 《수서 · 경적지》에 기재된 바와 같았다. 합해져서 영원히 망실된 경우는 진晉 영가永嘉의 난亂 때였고, 나뉘어서 겨우 존치된 경우는 진晉 원제元帝가 정씨鄭氏 《상서》 박사博士를 세운 것이다." 이로 인하여 탄식하건대, 당시 마을 안의 자제들이 因嘆向來里中諸子謂 《서》는 권질과 편수와는 상관이 없다고 말하고 또한 쓸데없는 곳에 마음 쓴다고 비난하므로, 나는 그들과 더불어 깊은 대화를 나누고 싶지 않았다.

135 장지(張穆) 《제퇴지(祭退之)》.

원문

按：朱子云："孔壁得古文《儀禮》五十六篇，鄭康成曾見，且引其文於《註》中，不知何緣只解十七篇，而三十九篇不解，竟無傳焉." 余謂古文《尙書》二十四篇無註，正與此同.

번역 안按

주자가 말했다. "공벽孔壁에서 고문《의례儀禮》 56편을 얻었는데, 정강성이 일찍이 그것을 보았고 또한 《주註》에 그 문장을 인용하였다. 무슨 연유로 17편만을 주해하는데 그치고, 39편은 주해하지 않고 끝내 전해지는 것이 없는지 알 수 없다孔壁得古文《儀禮》五十六篇，鄭康成曾見，且引其文於《註》中，不知何緣只解十七篇，而三十九篇不解，竟無傳焉." [136]

내 생각에 고문《상서》 24편에 주해가 없는 것이 이와 똑같다.

원문

又按：隋王劭勘晉宋古本《曲禮》，並無"稷曰明粢"，立八疑，十二證以滅此一句爲是. 唐孔氏疏《左氏》僖十五年《傳》，以爲古本無"曰上天降災"四十七字；文十三年《傳》，討尋上下文義，不容有"其處者爲劉氏"，爲漢儒增加. 古人注書，凡遇一字一句涉僞者，不惜出氣力與之辨，蓋以天下學術，眞與僞而已. 僞者苟存，則眞者必爲所蝕. 譬猶稂莠之害嘉禾，欲護嘉禾也，必鋤而去之，方爲良農；溺音之害古樂，欲崇古樂也，必放而遠之，方爲神瞽. 故孟子闢

136 《주자어류》 권85.

楊,墨既自鳴其不得已矣, 尤必推廣其類, 以爲能有一言及楊,墨者, 即許而進于聖門. 誠懼乎吾道甚孤, 而氣類之不可以不廣也. 吾亦願天下後世讀吾《疏證》者, 于古文必有致疑. 苟有疑焉, 斷不得以相承既久, 莫之敢議. 且或設淫辭而助其墨守, 則《荀子》所謂："以仁心說, 以學心聽, 以公心辨", 三善咸備矣, 其亦斯文之幸也夫!

번역 우안又按

수隋 왕소王劭가 진송晉宋 고문古本《곡례曲禮》를 교감해보니, 모두 "기장은 명자明粢라 한다稷曰明粢"[137]는 구절이 없었으므로, 여덟 가지 의심점과 열두 가지 증거를 확립하여 이 구절을 없애는 것이 옳다고 하였다. 당唐 공영달이 《좌씨》 희공15년 《전傳》을 소해疏解하면서, 고본古本에는 "상천이 재앙을 내리다上天降災"의 47자[138]는 없었다고 하였고, 문공13년 《전》에서 앞뒤의 문의文義를 자세히 살펴보면, "그때 (진晉나라에) 남은 자들은 유씨劉氏가 되었다其處者爲劉氏"라는 구절은 있을 수 없는 것이므로, 한유漢儒가 덧붙인 것으로 여겼다.[139] 옛사람의 주해注解는 한 글자 한 구절이라도 위조된 것을 보게 되면 기력을 다해 변별하는 것을 아끼지 않았으니, 대체로 천하의 학술은 진실眞과 거짓僞을 구별하는 것일 뿐이다. 거짓이 구

137 《예기·곡례하》 凡祭宗廟之禮：牛曰一元大武, 豕曰剛鬣, 豚曰腯肥, 羊曰柔毛, 雞曰翰音, 犬曰羹獻, 雉曰疏趾, 兔曰明視, 脯曰尹祭, 槁魚曰商祭, 鮮魚曰脡祭, 水曰清滌, 酒曰清酌, 黍曰薌合, 粱曰薌萁, 稷曰明粢, 稻曰嘉蔬, 韭曰豐本, 鹽曰鹹鹺, 玉曰嘉玉, 幣曰量幣.

138 《좌전·희공15년》曰, 上天降災, 使我兩君匪以玉帛相見, 而以興戎. 若晉君朝以入, 則婢子夕以死, 夕以入, 則朝以死, 唯君裁之, 乃舍諸靈臺. 《공소(孔疏)》自曰上天降災, 此凡四十七字檢古本, 皆無之. 杜注亦不得有. 有是後人加也.

139 《좌전·문공13년·공소》詳尋上下, 其文不類, 深疑此句或非本旨, 蓋以爲漢室初興, 損棄古學, 《左氏》不顯於世, 先儒無以自申, 劉氏從秦從魏, 其源本出劉累, 插注此辭, 將以媚於世.

차하게 살아남았다면 진실은 반드시 침식을 당하게 된다. 비유하자면, 가라지稂莠가 벼이삭에 해를 입히므로 좋은 벼를 보호하고자 한다면 반드시 호미로 김매서 가라지를 제거해야만 좋은 농부가 되는 것과 같으며, 음탕함에 빠진 음악이 고악古樂을 해치므로 고악古樂을 존숭하고자 한다면 반드시 음탕한 음악을 물리쳐 멀리해야만 천도天道를 아는 악관神瞽이 될 수 있는 것과 같다. 그러므로 맹자가 양주楊朱와 묵적墨翟을 물리치며 스스로 그것이 부득이한 것이라고 하였고,[140] 더욱이 반드시 자기와 같은 부류를 확충하기 위해서는 양주와 묵적을 언급하는 것이 곧 성문聖門에 들어갈 수 있는 방법이라고 여겼다. 진실로 우리의 유도儒道가 심하고 고립되고 우리의 부류가 확충되지 못함을 두려워한 것이다. 나 또한 천하 후세 사람들이 나의 《소증疏證》을 읽고 고문에 대하여 반드시 의심을 가지기를 바란다. 진실로 거기에 의심을 가지고 서로 이어짐이 이미 오래되면 결단코 감히 의론하지 않음이 없을 것이다. 또한 혹여 음탕한 말로써 고문의 묵수墨守를 도운다면, 《순자 · 정명正名》의 이른바 "인한 마음으로 말하고, 배우는 마음으로 듣고 공적인 마음으로 분별하다以仁心說, 以學心聽, 以公心辨"의 세 가지 좋은 것을 모두 갖춘 것이니 그 또한 우리 사문斯文의 다행일 것이다!

원문

又按：余嘗語石紫嵐："昔人自稱有五恨者, 有三恨者, 予生平獨有二恨

---

140 《맹자 · 등문공하》我亦欲正人心, 息邪說, 距詖行, 放淫辭, 以承三聖者；豈好辯哉? 予不得已也. 能言距楊墨者, 聖人之徒也.

耳!" 紫嵐曰:"何與?" 予曰:"《皇覽·冢墓記》漢明帝朝, 諸儒論五經誤失, 符節令宋元上言:'秦昭襄王,呂不韋好書, 皆以書葬. 王至尊, 不韋久貴, 冢皆以黃腸題湊, 處地高燥未壞. 臣願發昭襄王,不韋冢視未燒《詩》,《書》.' 予謂當時此擧未行, 故秦漢後不獲見孔子六經全文. 此予之恨者一也. 大程子爲次子卲公撰《墓志》, 稱其等於生知, 五歲而夭. 予謂當時天若假之年, 三代以下可復見生安之聖人, 卒不獲見. 予之恨者二也." 紫嵐曰:"《莊子》言'儒以《詩》,《禮》發冢', 蓋有激之辭. 子眞欲發人之冢乎?" 予曰:"觀後晉太康中汲郡民發魏襄王冢, 大得古書,《周易》上下篇最爲分了. 齊文惠太子鎭雍州, 有發楚王冢得竹簡書以示王僧虔者, 僧虔曰'是科斗書《考工記》,《周官》所闕文也'. 古發冢以得經典者衆矣, 何疑於宋元之言? 晉,齊上距戰國已遠, 尙完整, 若漢明帝朝去秦纔二百餘歲耳, 復當何如? 且秦人焚書止焚其在民間者, 凡《詩》,《書》,百家語爲博士官所職, 悉不焚. 至項籍西屠咸陽, 始付之一炬, 故論者謂書不亡於秦火, 而亡於項籍之火. 然雖燼于項籍, 而冢中所藏者固歷歷也. 惟宋元言之, 東漢諸儒聽之, 曾莫以爲意. 失此一時, 後竟無復有可爲之時矣. 噫!" 紫嵐曰:"子之恨, 固當懸之終古耳."

번역 **우안又按**

일찍이 나는 석화치石華峙, 자 자람(紫嵐)에게 말하였다. "옛사람은 자칭 다섯 가지 한恨스러움이 있다고 하였고, 세 가지 한스러움이 있다고 하였는데, 나는 평생 오직 두 가지 한스러움이 있을 뿐이다!" 자람紫嵐이 물었다. "무엇인가?" 나는 다음과 같이 대답하였다."《황람皇覽[141]·총묘기冢墓記》에 이르길, 한漢명제明帝, 57~75 재위 때 제유諸儒들이 오경五經의 오류를 논하여 부절령符節令 송원宋元이 상주上奏하였다. '진秦소양왕昭襄王과 여불위呂不韋는 책을 좋아하여 모두 책을 무덤에 매장하였습니다. 왕은 지존至尊이고 여불위는 오랫동안 존귀하였으므로 무덤은 모두 황장黃腸, 백목(柏木)의 황심(黃心)으로 만든 곽(槨)으로 제주題湊, 관 밖에 나무를 쌓아 놓는 것[142]하였고, 장지葬地도 높고 마른 땅에 위치하여 허물어지지 않았을 것입니다. 신은 원컨대 소양왕과 여불위 무덤을 발굴하여 소실되지 않은《시》와《서》를 보고 싶습니다秦昭襄王, 呂不韋好書, 皆以書葬. 王至尊, 不韋久貴, 冢皆以黃腸題湊, 處地高燥未壞. 臣願發昭襄王, 不韋冢視未燒《詩》,《書》.' 내 생각에 당시에 이 논의는 실행되지 못했고, 따라서 진한秦漢 이후에 공자의 육경六經 전문全文을 얻어 볼 수 없었던 것이다. 이것이 내가 한스러워하는 것의 첫 번째이다. 대정자大程子, 程顥, 1032~1085가 차자次子인 소공邵公을 위해 찬撰한《묘지墓志》에서 그가 나면서부터 아는 것에 버금갔지만 5세에 요절하였다고 하였다.[143] 내 생각에 당시 하늘이 만약 수

141 《황람(皇覽)》: 삼국(三國) 위(魏) 문제(文帝) 때 환범(桓范), 유소(劉劭), 왕상(王象), 위탄(韋誕), 무습(繆襲) 등이 황제의 독서를 위해 편찬한 선집(選集)이다. 원서(原書)는 수당(隋唐) 이후 이미 망실되었고, 청대 손풍익(孫馮翼)이 일문(佚文) 1권을 집록한 것이 전한다.

142 황장제주(黃腸題湊): 무덤을 축조할 때에 관곽 주위에 측백나무의 노란 심으로 만든 재목을 쌓아 회(回)자형으로 벽을 두르는 것을 이른다.《한서·곽광전(霍光傳)》안사고(顏師古) 주(注)에 소림(蘇林)의 설을 인용하였다. "측백나무의 황심으로 관 밖에 쌓아 두기 때문에 황장이라 하고, 나무의 머리가 모두 안쪽을 향하기 때문에 제주라 한다."(以栢木黃心致累棺外故曰黃腸, 木頭皆內向故曰題湊)

143 《이정문집(二程文集) 권4 · 정소공묘지(程邵公墓志)》生而有奇質, 未滿歲而溫粹端重之態, 宛然可愛, 聰明日發, 而方厚淳美之氣益備. 其始言也, 或授之於詩, 率未三四過, 即已成誦矣, 久亦不複忘去. 雖警悟俊穎, 若照徹內外, 而出之從容, 故敏於見知, 而安於言動. 坐立必莊謹, 不妄瞻視, 未嘗有戲慢之色. 孝友信讓之性, 蓋出於自然. 與人言則溫然, 及其有所不爲, 則確乎其守也. 大凡其心有所許, 後雖以百事誘迫, 終不複移矣. 日視群兒, 相與狎弄歡笑跳梁於前, 泊乎如不聞知, 雖有喜相侵暴者, 亦莫之敢侮. 夫動靜者陰陽之本, 況五氣交運, 則益參差不齊矣. 賦生之類, 宜其雜揉者衆, 而精於一者間或值焉. 以其間值之難, 則其數或不能長, 亦宜矣. 吾兒得其氣之精一而數之局者與? 天理然矣, 吾何言哉!

명을 더 빌려주었더라면, 삼대三代 이래로 나면서부터 알고 편안하게 행하는生安[144] 성인의 모습을 다시 볼 수 있었을 것이지만, 끝내 볼 수 없었다. 내가 한스럽게 여기는 것의 두 번째이다." 자람紫嵐이 물었다. "《장자·외물》에서 '유자儒者는 《시》와 《예》를 위하여 무덤을 도굴한다儒以《詩》,《禮》發冢'라고 말한 것은 대체로 격분한 말이다. 그대는 진실로 다른 사람의 무덤을 발굴하고자 하는 것인가?" 나는 대답하였다. "이후 진晉 태강太康 연간280~289에 급군汲郡의 민간이 위魏 양왕襄王의 무덤을 발굴한 것을 보면, 고서古書를 많이 얻었는데 《주역》이 상하上下 편으로 된 것이 가장 분명하다. 남조南朝 제齊 문혜태자文惠太子, 458~493[145]가 옹주雍州에 진陳을 치고 있을 때, 초왕楚王의 무덤을 발굴하여 죽간서竹簡書를 얻어 왕승건王僧虔, 426~485[146]에게 보이는 자가 있었는데, 왕승건王僧虔은 '이것은 과두서科斗書 《고공기考工記》로서, 《주례周禮》에 빠진 문구들이다是科斗書《考工記》,《周官》所闕文也'라고 하였다. 옛날에 무덤을 발굴하여 경전經典을 얻은 것이 많았는데, 어찌 송원宋元의 말을 의심하겠는가? 진晉과 남제南齊는 위로 전국戰國시대까지 시간 차이가 이미 멀었음에도 오히려 (출토된 것이) 완정完整하였는데, 한漢 명제明帝시대와 같으면 진대秦代와는 겨우 2백여 년의 차이밖에 나지 않으니, 더욱 그러하지 않았겠는가? 또한 진인秦人의 분서焚書는 민간

144 생안(生安) : 태어나면서부터 알고(生而知之) 편안한 마음으로 행한다(安而行之)《중용장구20장》.

145 문혜태자(文惠太子) : 즉 소장무(蕭長懋). 자 운교(雲喬). 남제(南齊) 고제(高帝) 소도성(蕭道成)의 손자이자 무제(武帝) 소색장(蕭賾)의 장장(長子)이다.

146 왕승건(王僧虔) : 낭야(琅琊) 임기(臨沂)(지금의 산동(山東) 임기(臨沂))출신. 남북조(南北朝) 유송(劉宋), 남제(南齊)의 대신(大臣)이자 서예가이다. 묵적(墨跡)에는《왕염첩(王琰帖)》이 있고, 저서에는《논서(論書)》등이 있다.

에 있던 것에만 그쳤고, 모든《시》,《서》, 백가百家의 서적들은 박사관博士官에 소장되어 다시 불태워지지 않았었다. 항적項籍, BC232~BC202, 자 우(羽)이 서쪽으로 함양咸陽을 도륙함에 이르러 비로소 한꺼번에 불타게 되었으니, 따라서 논하는 자들이 서적이 진秦의 분서로 없어진 것이 아니라 항적의 분서로 없어진 것이라고 하였다. 그러나 비록 항적에 의해 불태워졌으나 무덤 안에 소장된 것은 진실로 그대로 보존되었다. 오직 송원宋元이 말한 것을 동한東漢의 제유諸儒들이 듣고도 일찍이 생각이 미치지 못하였다. 그 시기를 놓친 이후, 끝내 다시는 시기를 얻지 못했다. 안타깝다!" 자람紫嵐이 말하였다. "그대가 한스러하는 것을 마땅히 영원토록 기록해두어야 할 것이다."

원문

又按 : 石紫嵐嘗謂予 : "子於考證之學洵可爲工矣, 其指要亦可得聞乎?" 予曰 : "不越乎以虛證實, 以實證虛而已." 憶留京師久, 日以論學爲事. 有以孔子適周之年來問者, 曰 : "《孔子世家》載適周問禮在昭公之二十年, 而孔子年三十.《莊子》孔子年五十一南見老聃, 是爲定公九年.《水經注》孔子年十七適周, 是爲昭公七年.《索隱》謂僖子卒, 南宮敬叔始事孔子, 實敬叔言於魯君而得適周, 則又爲昭公二十四年. 是四說者, 宜何從?" 余曰 : "其昭公二十四年乎! 案《曾子問》, 孔子曰 : '昔者吾從老聃助葬於巷黨, 及堩, 日有食之.' 惟昭公二十四年夏五月乙未朔日有食之[法推是年癸未歲, 中積六十五萬六千七百〇九日〇七刻, 五月定朔三十一日三十七刻, 乙未日巳時合朔, 交泛二十六日三十八刻, 恰入食限], 見《春秋》, 此即孔子從老聃問禮時也. 他若昭七年雖曾日食入食限，而敬叔尙未曾從孔子游，何由適周?” 有以“季武子之喪，曾點倚其門而歌”來問者，余曰：“此子虛烏有之言也.《春秋》昭公七年，季孫宿卒，孔子年十七. 曾點少孔子若干歲未可知，然《論語》敍其坐次於子路，則必若九歲以上也可知. 孔子年十七時，子路甫八歲，點實不過六歲，七歲孩童耳，烏得有倚國相之門，臨喪而歌之事?《檀弓》多誣，莫此爲甚. 石堂陳普極其辨駁，猶未及此，予聊爲補之云爾.” 有以汪氏琬詆予“親在，不當與渠言喪禮，言之爲豫凶事”來問者. 曰：“汪氏說固謬，但折之須經傳有明徵者，亦有之乎?” 余曰：“有.《雜記》曾申問於曾子曰：‘哭父母有常聲乎?’ 申，曾子次子也.《檀弓》：‘子張死，曾子有母之喪，齊衰而往哭之.’ 案昔者孔子沒，他日子張尙存，見《孟子》. 子張死，而是時曾子方有母喪，則孔子在時曾子母在堂可知也. 既在堂，胡忍以喪禮相往復若《曾子問》者乎? 果若汪氏言，則曾氏父子乃聖門逆子，而世俗以爲不祥人矣. 且孔子命伯魚學禮，凶禮次居第二，未聞擧其二而輟不學也. 惟唐許敬宗，李義府以凶事非臣子宜言，遂焚《國恤》一篇，汪氏得毋類是? 噫! 士大夫議論若此，余深爲世道懼焉!”

번역 우안又按

석화치石華峙, 자 자람(紫嵐)가 일찍이 나에게 말했다. “그대는 고증학에 있어서는 진실로 뛰어난 장인이라 할 수 있으니, 그 요지를 들어볼 수 있겠는가?” 나는 대답하였다. “헛된 것을 가지고 실질적인 것을 증명하려 하지 않고 실질적인 것으로써 헛된 것을 증명하는 것일 뿐이다.”

경사京師에 오래 머물 당시를 생각해보건대, 매일 학문을 논하는 것으로 일거리로 삼았었다. 공자가 주周나라에 간 연도를 묻는 자가 있었다.

"《사기 · 공자세가》는 주나라에 가서 예禮를 물은 때는 소공 20년BC522으로 공자 나이 30세라고 기록하였다.[147] 《장자 · 천운天運》은 공자 나이 51세 때 남쪽으로 가서 노담老聃을 뵈었다고 했으니,[148] 이때는 정공 9년BC501이다. 《수경주》는 공자 나이 17세 때 주나라에 갔다고 했으니,[149] 이때는 소공 7년BC535이다. 《사기 · 색은索隱》은 희자僖子가 죽자 남궁경숙南宮敬叔이 비로소 공자를 섬겼는데, 실제로 경숙이 노군魯君에게 말하여 주나라로 갈 수 있었으니[150] 이 또한 소공 20년이 된다. 이 네 가지 설 가운데 어떤 설을 따르는 것이 옳은가?" 나는 대답하였다. "소공 24년BC518일 것이다! 살펴보건대, 《예기 · 증자문曾子問》에서 '공자가 말하길 「옛날 내가 노담老聃을 따라서 항당巷黨에서 장례를 도왔는데 도중及堩에 일식日食이 있었다」고 하였다孔子曰 : 「昔者吾從老聃助葬於巷黨, 及堩, 日有食之」'. 오직 소공 24년 여름 5월 을미 삭일朔日에 일식이 있었던 것이[역법으로 추산하면, 이 해는 계미세癸未歲, 중적中積 656,709일 07각, 5월 정삭定朔 31일 37각, 을미일乙

---

147 《사기 · 공자세가》 魯南宮敬叔言魯君曰 : 「請與孔子適周.」 魯君與之一乘車, 兩馬, 一豎子俱, 適周問禮, 蓋見老子云. 辭去, 而老子送之曰 : 「吾聞富貴者送人以財, 仁人者送人以言. 吾不能富貴, 竊仁人之號, 送子以言, 曰 : 《聰明深察而近於死者, 好議人者也. 博辯廣大危其身者, 發人之惡者也. 爲人子者毋以有己, 爲人臣者毋以有己.》」 孔子自周反于魯, 弟子稍益進焉. 是時也, 晉平公淫, 六卿擅權, 東伐諸侯 ; 楚靈王兵彊, 陵轢中國 ; 齊大而近於魯. 魯小弱, 附於楚則晉怒 ; 附於晉則楚來伐 ; 不備於齊, 齊師侵魯. 魯昭公之二十年, 而孔子蓋年三十矣.

148 《장자 · 천운(天運)》 孔子行年五十有一而不聞道, 乃南之沛, 見老聃. 老聃曰 : 「子來乎? 吾聞子北方之賢者也, 子亦得道乎?」 孔子曰 : 「未得也.」 老子曰 : 「子惡乎求之哉?」 曰 : 「吾求之於度數, 五年而未得也.」 老子曰 : 「子又惡乎求之哉?」 曰 : 「吾求之於陰陽, 十有二年而未得.」

149 《수경주》 권17 《위수(渭水)》 皇甫士安 《高士傳》云 : 老子爲周柱下史, 及周衰, 乃以官隱, 爲周守藏室史, 積八十餘年, 好無名接, 而世莫知其真人也. 至周景王十年, 孔子年十七, 遂適周見老聃. 然幽王失道, 平王東遷, 關以捍移, 人以職徙, 尹喜候氣, 非此明矣.

150 《사기 · 색은》 莊子云"孔子年五十一, 南見老聃". 蓋系家亦依此爲說而不究其旨, 遂俱誤也. 何者? 孔子適周, 豈訪禮之時即在十七耶? 且孔子見老聃, 云"甚矣, 道之難行也", 此非十七之人語也, 乃既仕之後言耳.

未日 사시巳時 합삭合朔, 교범交泛 26일 38각으로 입식한入食限에 꼭 들어맞는다] 《춘추》에 보이니,[151] 이때가 바로 공자가 노담을 따라 예를 물은 시기이다. 기타 소공 7년과 같은 경우,[152] 비록 일찍이 일식의 입식한入食限이긴 했지만, 경숙敬叔이 아직 공자를 따라 종유하지 않았을 때이니 어찌 주나라에 갔겠는가?"

"계무자季武子의 상喪에 증점曾點이 문에 기대어서 노래를 불렀다"[153]는 것을 묻는 자가 있었다. 나는 대답하였다. "그것은 자허子虛와 오유烏有[154]와 같은 허황된 말이다. 《춘추》 소공7년, 계손숙季孫宿이 죽었을 때[155] 공자 나이는 17세였다. 증점曾點이 공자보다 얼마나 어렸는지는 알 수 없으나, 《논어》에 증점이 자로子路 다음에 앉아 있었다고 서술하였으므로[156] 반드시 공자보다 9살 이상 어렸음을 알 수 있다. 공자 나이 17세 때 자로는 겨우 8세였고, 증점은 6, 7세의 아동에 지나지 않았는데 어떻게 국상國相의 문에 기대어 상喪에 임하여 노래를 부른 일이 있을 수 있었겠는가? 《단궁檀弓》 많은 무고誣告 가운데 이보다 더 심한 것은 없다. 석당石堂, 지금의 복건성(福建省) 영덕시(寧德市) 초성구(蕉城區) 서북의 진보陳普, 1244~1315[157]가 적극적으

151 《좌전 · 소공24》 (經)夏五月乙未朔, 日有食之.

152 《좌전 · 소공7》 (經)夏四月甲辰朔, 日有食之.

153 《예기 · 단궁하》 季武子寢疾, 蟜固不說齊衰而入見, 曰: 「斯道也, 將亡矣; 士唯公門說齊衰.」武子曰: 「不亦善乎, 君子表微.」及其喪也, 曾點倚其門而歌.

154 자허오유(子虛烏有): 《사기 · 사마상여열전(司馬相如列傳)》에 나온다. 사마상여가 지은 《자허부(子虛賦)》에 등장하는 자허(子虛), 오유(烏有), 무시공(亡是公)은 모두 허구의 인물이고, 언급된 일들도 모두 가공의 이야기이다.

155 《좌전 · 소공7》 (經)冬十有一月癸未, 季孫宿卒.

156 《논어 · 선진(先進)》子路, 曾皙, 冉有, 公西華侍坐.

157 진보(陳普): 자 상덕(尙德). 호 구재(懼齋). 석당선생(石堂先生)으로 불린다. 남송(南宋)의 저명한 이학가(理學家)이다. 저서에는 《사서구해영건(四書句解鈐鍵)》, 《학용지요(學庸指要)》, 《맹자찬도(孟子纂圖)》, 《주역해(周易解)》, 《상서보미(尙書補微)》, 《사서오경

로 변론하고 반박하였으나, 여기까지는 이르지 않았으므로 내가 구차하게 보충한 것일 뿐이다."

왕완汪琬, 1624~1691이 나를 비난하면서 말한 "부모가 살아 계신데, 다른 사람과 상례를 말하는 것은 온당치 않으니, 흉사를 미리 준비하는 것이다."를 가지고 묻는 자가 있었다. "왕완의 설은 진실로 잘못이지만, 경전에 명백한 징험이 있는 것을 취한다면 이 또한 있지 않겠는가?" 나는 대답하였다. "있다. 《예기 · 잡기하雜記下》에 증신曾申이 증자曾子에게 묻기를 '부모의 상喪에 곡哭하는 소리의 법도가 있습니까?哭父母有常聲乎?' 하였다. 신申은 증자의 차자次子이다. 《예기 · 단궁檀弓》에 '자장子張이 죽자, 증자는 모친의 상중이었는데 재최齊衰복을 입고 가서 곡했다子張死, 曾子有母之喪, 齊衰而往哭之'고 하였다. 살펴보건대, 옛날 공자가 죽었을 때, 다른 날 자장子張이 아직 살아있었다는 것이 《맹자》에 보인다.[158] 자장子張이 죽었을 당시에 증자가 모친상을 당했다면, 공자가 살아계실 때는 증자의 모친도 살아 있었다는 것을 알 수 있다. 이미 모친이 살아있는데, 어찌 상례에 대해서 문답을 오감이 《증자문曾子問》과 같을 수 있겠는가? 과연 왕완의 말과 같다면, 증씨 부자는 곧 성문聖門의 역자逆子들로서, 세속의 사람들이 불상인不祥人으로 여길 것이다. 또한 공자는 아들 백어伯魚에게 예禮를 배울 것을

강의(四書五經講義)》, 《혼천의론(渾天儀論)》, 《영사시단(詠史詩斷)》, 《자의(字義)》 등 수백권이 있었으나 대부분 산일(散佚)되었다. 《석당선생유집(石堂先生遺集)》 22권, 《석당선생유고(石堂先生遺稿)》 1권, 《무이도가(武夷棹歌)》 1권 등이 전한다.

158 《맹자 · 등문공상》 昔者孔子沒, 三年之外, 門人治任將歸, 入揖於子貢, 相向而哭, 皆失聲, 然後歸. 子貢反, 築室於場, 獨居三年, 然後歸. 他日, 子夏, 子張, 子游以有若似聖人, 欲以所事孔子事之, 彊曾子. 曾子曰 : 《不可. 江漢以濯之, 秋陽以暴之, 皜皜乎不可尚已.》今也南蠻鴃舌之人, 非先王之道, 子倍子之師而學之, 亦異於曾子矣.

명했고[159] 흉례凶禮의 차례는 오례五禮 가운데 두 번째인데,[160] 그 두 번째를 들어 예를 걷어치우고 배우지 않는다는 것은 듣지 못했다. 오직 당唐의 간신 허경종許敬宗과 이의부李義府가 흉사凶事를 미리 준비하는 것은 신하들이 마땅히 해야 하는 말이 아니라고 하여 마침내 《국휼國恤》 1편을 불태웠던 것[161]이 왕완의 말과 같지 않은가? 아! 사대부의 의론議論이 이와 같다면, 나는 세상의 도道를 위해서 매우 근심하는 바이다!"

원문

又按：石紫嵐謂：《三統曆》《武成》篇"乃以庶國祀馘于周廟", 在廟獻馘, 似非武王所以待紂, 古文未必實. 予曰：參以《周書·世俘解》, 當日正有此事, 但不必如《周書》已甚.《周書》云："負商王紂懸首白旂,妻二首赤旂, 乃以先馘入, 燎于周廟." 寧至于此? 若《王制》"出征執有罪"及"以訊馘告", 《牧誓》明數紂"惟四方之多罪逋逃崇長信使, 暴虐姦宄", 非所稱有罪者乎? 又如戮飛廉於海隅, 即截其左耳, 來以告先王, 而明武功之成. 聖人舉動磊落光明, 豈若後世回互者之所爲哉?

159 《논어·계씨》陳亢問於伯魚曰：「子亦有異聞乎?」對曰：「未也. 嘗獨立, 鯉趨而過庭. 曰：《學詩乎?》對曰：《未也.》《不學詩, 無以言.》鯉退而學詩. 他日又獨立, 鯉趨而過庭. 曰：《學禮乎?》對曰：《未也.》《不學禮, 無以立.》鯉退而學禮. 聞斯二者.」陳亢退而喜曰：「問一得三, 聞詩, 聞禮, 又聞君子之遠其子也.」

160 오례(五禮) 즉 길례(吉禮), 흉례(凶禮), 군례(軍禮), 빈례(賓禮), 가례(嘉禮). 《주례·춘관·소종백》"掌五禮之禁令與其用等.鄭玄注引鄭司農云："五禮, 吉, 凶, 軍, 賓, 嘉.

161 《구당서·예악지》五曰凶禮. 周禮五禮, 二曰凶禮. 唐初, 從其次第五, 而李義府許敬宗以爲凶事非臣子所宜言, 遂去其國恤一篇, 由是天子凶禮闕焉.

번역 우안又按

석화치石華峙, 자 자람(紫嵐)가 말했다. 《삼통력》 인용 《무성》편에 "주묘周廟에서 여러 제후국과 포로의 귀를 바치는 제사를 지냈다乃以庶國祀馘于周廟"고 하였는데, 사당에서 포로의 귀를 바치는 것은 무왕이 주紂를 대우하는 방법이 아니므로 고문은 반드시 그러지 않았을 것 같다.

나는 대답하였다. 《(일)주서 · 세부해世俘解》를 참고해보면, 당시에 바로 그런 사건이 있었는데, 다만 반드시 《(일)주서》와 같이 매우 심하지는 않았을 것이다. 《(일)주서》에 "상왕商王 주紂의 머리를 매단 백기白旂와 처妻 두 명의 머리를 매단 적기赤旂를 짊어지고, 먼저 왼쪽 귀를 베어 가지고 들어와 주묘에서 요제燎祭를 지냈다負商王紂懸首白旂, 妻二首赤旂, 乃以先馘入, 燎于周廟"고 하였는데, 어찌 그 지경에 이르렀겠는가? 《예기 · 왕제王制》의 "출정하여 죄인을 잡다出征執有罪" 및 "신문할 자와 왼쪽 귀를 벤 자의 수를 고한다以訊馘告"[162]와 《목서》에서 명확하게 주紂를 성토하며 "사방에 죄가 많아 도망해온 자들을 높이고 우두머리로 삼으며 믿고 부려서 (이들을 대부大夫와 경사卿士로 삼아) 백성들에게 포학暴虐하게 하고 (상商나라 읍邑에) 간악한 짓을 하게 한다惟四方之多罪逋逃崇長信使, 暴虐姦宄"와 같이 죄인을 칭하는 것이 아니겠는가? 또한 주紂의 신하인 비렴飛廉을 바닷가에서 죽이고[163] 그의 왼쪽 귀를 잘라 와서 선왕에게 고하며 무공武功이 완성되었음을 밝히는 것과 같이하였다. 성인聖人의 거동舉動은 명백하고 광명한데, 어찌 후대의 사악

162 《예기 · 왕제(王制)》 天子將出征, 類乎上帝, 宜乎社, 造乎禰, 禡於所征之地. 受命於祖, 受成於學. 出征, 執有罪；反, 釋奠于學, 以訊馘告.

163 《맹자 · 등문공하》 周公相武王, 誅紂伐奄, 三年討其君, 驅飛廉於海隅而戮之. 滅國者五十, 驅虎, 豹, 犀, 象而遠之. 天下大悅.

한 자가 하는 행동과 같겠는가?

원문

又按：蔡邕《論》引"《樂記》曰：'武王伐殷, 薦俘馘于京太室.'《詩·魯頌》云：'矯矯虎臣, 在泮獻馘.'" 即自釋之曰："京, 鎬京也. 太室, 辟廱之中明堂太室也, 與諸侯泮宮俱獻馘焉, 即《王制》所謂'以訊馘告'者也." 予考之《呂氏春秋》, 亦有"武王歸, 乃薦俘馘於京太室"之語. 此《樂記》非今《樂記》, 或河間獻王與毛萇等所作二十四篇, 或斷取十一篇之餘. 如《奏樂》,《樂器》等篇皆見《藝文志》, 今不傳, 邕猶得見之及引之. 然則祀馘實係武王事, 斑斑若是, 不爲孤證云.

번역 우안又按

채옹蔡邕의《명당월령론明堂月令論》[164]에 "《악기樂記》에 '무왕이 은을 정벌하고 사로잡은 포로와 왼쪽 귀 자른 것을 호경의 태실에 바쳤다武王伐殷, 薦俘馘于京太室'고 하였고,《시·노송·반수泮水》에 '용감무쌍한 장수, 반궁泮宮에 베어 온 적의 귀를 바치네矯矯虎臣, 在泮獻馘'라고 하였다."를 인용하고, 바로 자신이 해석하기를 "경京은 호경鎬京이다. 태실太室은 벽옹辟廱, 天子의 太學 가운데 명당明堂 태실太室이며, 제후諸侯의 반궁泮宮과 더불어 다 같이 베어 온 적의 귀를 바치니, 곧《왕제》의 이른바 '신문할 자와 왼쪽 귀를 벤 자의 수를 고한다以訊馘告'는 것이다京, 鎬京也. 太室, 辟廱之中明堂太室也, 與諸侯泮宮俱獻馘焉.

164 채옹(蔡邕),《채중랑집(蔡中郎集)》권3.

即《王制》所謂'以訊馘告'者也"고 하였다.

내가 《여씨춘추》를 고찰해보니, 또한 "무왕이 돌아와 호경의 태실에 포로와 왼쪽 귀 자른 것을 바쳤다武王歸, 乃薦俘馘於京太室"[165]는 말이 있었다. 채옹이 인용한 《악기樂記》는 금본 《악기樂記》가 아니니, 혹 하간헌왕河間獻王과 모장毛萇 등이 지은 24편이거나 혹은 11편을 잘라 취한 나머지일 것이다.[166] 가령 《주악奏樂》, 《악기樂器》 등 편은 모두 《한서 · 예문지藝文志》에 보이지만 지금 전하지 않는데, 채옹은 오히려 그것들을 얻어 인용했던 것이다. 그렇다면 왼쪽 귀 자른 것으로 제사 지냈던 것은 실제 무왕 때의 사건이었고, 그와 같은 사실이 여기저기에 보이는 것이 이와 같으니 하나의 증거로만 말한 것이 아니다.

원문

又按：嘗與石紫嵐論經之僞者, 由後人經學未精, 故聽其亂眞. 若人人能精, 僞者何容厠足其間乎? 雖然, 經學之難精, 自《孟子》來而已然矣. 紫嵐深訝其說. 余曰：《孟子》言水注江則不合於《禹貢》, 服齊疏則不合於《儀禮》, 討不伐則不合於《周禮 · 大司馬》. 雖有曲爲之說者：《左傳》哀九年吳城邗, 溝通江,淮, 自是江,淮始相通, 《孟子》蓋據哀公後吳王夫差所掘之道以爲禹迹. 不知亦非然也. 杜預《註》謂引江水"東北通射陽湖, 西北至宋口['宋'當作'末', 今山陽縣北五里之北神堰也]入淮", 與《孟子》"排淮入江"者不合. 直至隋開

165 《여씨춘추 · 중하기(仲夏紀) · 고악(古樂)》 武王即位, 以六師伐殷, 六師未至, 以銳兵克之於牧野. 歸, 乃薦俘馘于京太室, 乃命周公爲作大武.
166 제32. 고서에 이와 같은 유사함이 제법 많음을 논함. 안설(按說)에 보인다.

皇七年開山陽瀆，大業元年開邗溝，皆自山陽至揚子入，水流與前相反. 蓋至是《孟子》之言始驗，豈得謂誤由《左氏》? 特《禹貢》未精熟耳. 又有曲爲之說者：滕文公於父當斬衰不齊，而云"齊疏"者，大槩語，亦猶《中庸》"期之喪達乎大夫"，聖人是大槩說；三年之喪本不止於父母，而晦翁云"只主父母，未暇及他"之類是也. 亦非然也.《檀弓》穆公之母卒，使人問於曾申. 申對曰："哭泣之哀，齊斬之情，饘粥之食，自天子達." 穆公母服齊，故首言齊，次斬，蓋幷及之，不似《孟子》對父遺斬. 古人文字密如此. 三年之喪，原不止子爲父母，凡嫡孫承重者，爲人後者，父爲長子皆然. 適孫承重者是爲祖父母之後，爲人後者爲之子，皆可以父母之喪解之，惟父爲長子則不可. 因思《儀禮 · 喪服 · 傳》曰："父爲長子"，"何以三年也? 正體於上，又乃將所傳重也." 鄭康成《註》謂："此言爲父後者，然後爲長子三年，重其當先祖之正體，又以其將代己爲宗廟主也." 是亦父母之喪矣. 聖人之言無不周徧，豈似後人舉一而遺一? 又"三不朝則六師移之"，六師屬天子，大國僅三軍，分明天子有討有伐，如何云"討而不伐"? 且承以"是故"二字，非文辭病處邪? 蓋只爲說"諸侯伐而不討"，遂裝上"天子討而不伐"以爲對案，而不覺與上文背. 要須易爲"天子有討有伐，諸侯有伐無討"始得. 不然，《周禮》大司馬之職"以九伐之灋正邦國"，其謂之何矣? 紫巖曰：由子之說推之，"以紂爲兄之子而有微子啓"，則不合於《微子》，《左傳》；"華周之妻善哭其夫"，則不合於《左傳》，《檀弓》. 余曰：此却不然. 此古人連類而及之之文也. 酒不可言食，而《論語》"沽酒市脯不食"；風不可言潤，而《繫辭》"潤之以風雨"；馬不可言造，而《玉藻》"大夫不得造車馬". 他若躬稼本稷，而亦稱禹；三過不入本禹，而亦稱稷. 以至"以紂爲兄之子"本指王子比干，而亦及微子啓；"善哭其夫而變國俗"本指杞梁之妻，而亦及華周之妻：皆因其一而並言其一. 宋王楙所謂"古人省言之體蓋如此, 初不似今之拘拘". 此又窮經之士之所宜"觸類而長之"者也.

번역 **우안又按**

일찍이 석화치石華峙, 자 자람(紫嵐)와 함께 논하기를, 경經이 거짓인 것僞은 후대인의 경학이 정밀하지 못한 것으로 인하여 진본을 어지럽힌 것을 따르게 된 것이라 하였다. 만약 사람들이 각자 경학에 정밀할 수 있다면 거짓이 그 사이에 발붙이는 것을 어찌 용납할 수 있겠는가? 비록 그렇지만 경학이 정밀하기 어려운 것은《맹자》이래로 이미 그러했다. 자람紫嵐은 그 설을 매우 의심했다. 나는 다음과 같이 말했다.

《맹자》가 회수淮水와 사수泗水를 강수江水에 주입했다[167]고 말한 것은《우공》과 합치하지 않으며, 자소복齊疏服을 입는다고 말한 것[168]은《의례》와 합치하지 않으며, 천자는 성토聲討만 하고 정벌征伐하지 않는다고 말한 것[169]은《주례 · 대사마》와 합치하지 않는다. 비록 곡해해서 말하는 것이 있긴 하다.《좌전》애공 9년BC486 "오吳나라가 한邗땅에 성을 쌓고, 강수江水와 회수淮水를 관통貫通시켰다吳城邗, 溝通江, 淮"고 하였고, 이때부터 강수江水와 회수淮水가 비로소 통하게 되었는데,《맹자》는 애공哀公 이후 오왕吳王 부차夫差가 굴착한 수로를 우禹의 흔적으로 여겼던 것이다.

167《맹자 · 등문공상》禹疏九河, 瀹濟漯, 而注諸海；決汝漢, 排淮泗, 而注之江, 然後中國可得而食也.

168《맹자 · 등문공상》三年之喪, 齊疏之服, 飦粥之食, 自天子達於庶人, 三代共之.

169《맹자 · 고자하》是故天子討而不伐, 諸侯伐而不討. 五霸者, 摟諸侯以伐諸侯者也, 故曰：五霸者, 三王之罪人也.

그렇지 않을지도 모른다. 두예杜預《주註》는 강수江水를 끌어다가 "동북쪽으로 사양호射陽湖와 통하고 서북쪽으로 송구宋口['송宋'은 마땅히 '말末'로 써야 하니, 지금의 산양현山陽縣 북쪽 5리의 북신언北神堰이다]에 이르러 회수淮水로 들어가게 하였다東北通射陽湖, 西北至宋口['宋'當作'末', 今山陽縣北五里之北神堰也]入淮]"고 하여 《맹자》의 "회수의 물을 밀어 강수로 주입했다排淮入江"와 합치하지 않는다. 수隋 개황開皇 7년587에 이르러 산양독山陽瀆을 개통하고, 대업大業 원년元年, 605에 한구邗溝를 개통하였는데, 모두 산양山陽에서 양자揚子에 이르러 유입되며 물흐름이 이전과 상반된다. 대체로 이때에 이르러 《맹자》의 말이 비로소 징험되었는데, 어찌 잘못이 《좌씨》로부터 유래되었다고 말할 수 있겠는가? 다만 《우공》이 정밀하고 완숙하지 못한 것일 뿐이다.

또 곡해해서 말하는 것이 있다. 등문공滕文公이 부친상에 마땅히 참최복斬衰服을 입어야 하고 자최복齊衰服을 입지 않는데, 《맹자》에서 "자소齊疏"라고 말한 것은 대략적으로 말한 것이니, 또한 《중용》의 "기년상期年喪은 대부大夫에까지 미친다期之喪達乎大夫"는 성인聖人이 대략적으로 말한 것과 같고, 삼년상은 본래 부모에서 그치는 것이 아닌 것은 주희朱熹, 호 회옹(晦翁)이 말한 "단지 부모만을 주主로 하였고 다른 것에 미칠 겨를이 없다只主父母, 未暇及他"와 같은 류이다.

이 또한 그렇지 않다. 《예기·단궁》에 목공穆公의 어머니가 죽자, 사람을 시켜 증신曾申에게 물어보게 하였다. 증신이 대답하기를 "곡하고 우는 슬픔과, 자최齊衰와 참최斬衰의 슬퍼하는 정과, 미음과 죽을 먹는 것은 천자로부터 서인에 이르기까지 똑같습니다哭泣之哀, 齊斬之情, 饘粥之食, 自天子達"라고 하였다. 목공모穆公母의 복服은 자최齊衰였으므로 먼저 자최齊衰를 말하고 참최斬衰를 다음으로 한 것인데, 대체로 아울러 언급한 것은《맹자》에서 부친상에 대해 참최斬衰를 뺀 것과 같지 않다. 옛사람의 문자의 엄밀함이 이와 같다. 삼년상은 원래 자식이 부모를 위한 것에만 그치지 않고, 모든 적손嫡孫으로 가문의 중임을 계승한 자嫡孫承重者, 다른 사람의 후사가 된 자爲人後者, 부모가 장자長子를 위해 복을 입는 경우가 모두 그러하다. 적손適孫으로 가문의 중임을 계승한 자는 조부모의 후사가 되고, 다른 사람의 후사가 된 자는 아들이 되는 것은 모두 부모의 상喪으로 이해될 수 있는데, 오직 부모가 장자長子를 위해 복을 입는 것은 그렇지 못하다. 이로 인하여 떠올려보건대,《의례 · 상복喪服》"부모가 장자長子를 위해 복을 입는다父爲長子."《전傳》"어찌하여 3년으로 하는가? 위에서 정체正體가 되고, 또 장차 가문의 중임을 전하기 때문이다何以三年也? 正體於上, 又乃將所傳重也"고 하였다. 정강성《주》는 "이것은 아버지의 후사가 된 뒤에 장자를 위하여 삼년복을 입는 것을 말한 것이니, 장자가 선조의 정체正體에 해당됨을 중히 여긴 것이고, 또 장차 자신을 대신하여 종묘 주인이 될 것이기 때문이다此言爲父後者, 然後爲長子三年, 重其當先祖之正體, 又以其將代己爲宗廟主也"라 하였다. 이 또한 부모의 상喪이다. 성인聖人의 말씀은 두루하고 보편적이지 않음이 없으니, 어찌 후대 사람이 하나만을 들고 하나를 빠트리는 것과 같겠는가?

또 "세 번 조회 오지 않으면 육사六師를 동원하여 제후를 바꾼다三不朝則六師移之"[170]의 육사六師는 천자天子의 배속되고 대국大國은 겨우 삼군三軍만 가지

170《맹자 · 고자하》孟子曰 :「五霸者, 三王之罪人也 ; 今之諸侯, 五霸之罪人也; 今之大夫, 今之諸侯之罪人也. 天子適諸侯曰巡狩, 諸侯朝於天子曰述職. 春省耕而補不足, 秋省斂而助不給.

니, 분명 천자天子는 성토聲討와 정벌征伐을 할 수 있는데, 어떻게 "성토만 하고 정벌하지 않는다討而不伐"라고 말한 것인가? 또한 "그러므로是故"라는 말로 이은 것은 문장의 오류가 아니겠는가? 단지 "제후는 정벌하고 성토하지 않는다諸侯伐而不討"는 말을 하기 위해서, 마침내 앞에 "천자는 성토하고 정벌하지 않는다天子討而不伐"는 말로 대구로 장식한 것인데, 앞 문장과 배치됨을 깨닫지 못한 것이다. 모름지기 "천자는 성토하고 정벌할 수 있고, 제후는 정벌하나 성토할 수 없다天子有討有伐, 諸侯有伐無討"로 바꾸어야 비로소 옳을 것이다. 그렇지 않다면, 《주례 · 하관》 대사마大司馬의 직분은 "구벌九伐의 법으로 나라를 바로잡는다以九伐之灋正邦國"는 무엇을 말한 것인가?

자람紫嵐이 말했다. 그대의 설로 유추해보면, "주紂를 형兄의 아들로 삼고 (임금으로 삼았는데) 미자微子 계啓가 있었다以紂爲兄之子而有微子啓"[171]라고 한 것은 《미자》[172]와 《좌전》[173]과 합치하지 않으며, "화주華周의 아내가 자기 남편의 상喪에 곡哭을 잘했다華周之妻善哭其夫"[174]라고 한 것은 《좌전》[175]과 《단

入其疆, 土地辟, 田野治, 養老尊賢, 俊傑在位, 則有慶, 慶以地. 入其疆, 土地荒蕪, 遺老失賢, 掊克在位, 則有讓. 一不朝, 則貶其爵; 再不朝, 則削其地; 三不朝, 則六師移之. 是故天子討而不伐, 諸侯伐而不討. 五霸者, 摟諸侯以伐諸侯者也, 故曰: 五霸者, 三王之罪人也.

171 《맹자 · 고자하》 公都子曰: 「告子曰: 《性無善無不善也.》或曰: 《性可以爲善, 可以爲不善; 是故文武興, 則民好善; 幽厲興, 則民好暴.》或曰: 《有性善, 有性不善; 是故以堯爲君而有象, 以瞽瞍爲父而有舜; 以紂爲兄之子且以爲君, 而有微子啓, 王子比干.》今曰《性善》, 然則彼皆非與?」

172 《미자》 父師若曰: 王子. (공전) 比干不見, 明心同, 省文. 微子, 帝乙元子, 故曰王子.

173 《좌전 · 애공9년》 微子啓, 帝乙之元子也.

174 《맹자 · 고자하》 曰: 「昔者王豹處於淇, 而河西善謳; 緜駒處於高唐, 而齊右善歌; 華周, 杞梁之妻善哭其夫, 而變國俗. 有諸內必形諸外. 爲其事而無其功者, 髡未嘗覩之也. 是故無賢者也, 有則髡必識之.」

175 《좌전 · 애공23년》 明日, 先遇莒子於蒲侯氏, 莒子重賂之, 使無死曰, 請有盟. 華周對曰, 貪貨棄命, 亦君所惡也. 昏而受命, 日未中而棄之, 何以事君. 莒子親鼓之, 從而伐之, 獲杞梁.

궁》[176]과 합치하지 않는다.

나는 대답하였다. 이는 도리어 그렇지 않다. 이는 옛사람의 유사한 것을 연결하여 언급한 문장이다. 술은 먹는다고 말하면 안 되지만 《논어·향당》에 "파는 술과 시장의 육포는 먹지 않는다沽酒市脯不食"라고 하였고, 바람風은 윤택하다고 말하면 안 되지만 《계사繫辭》에 "윤택하게 함을 비바람으로 한다潤之以風雨"라고 하였으며, 말馬은 만든다고 말하면 안 되지만 《예기·옥조玉藻》에 "대부들이 수레와 말을 새로 만들지 못한다大夫不得造車馬"라고 하였다. 몸소 농사를 지은 것躬稼은 본래 직稷이지만 또한 우禹를 병칭하였고,[177] 자기 집을 세 번 지나면서도 들어가지 않은 것은 본래 우禹이지만 또한 직稷을 병칭하였다.[178] "주紂를 형兄의 아들로 삼다以紂爲兄之子"에 있어서는 본래 왕자王子 비간比干을 가리키는 것이지만 또한 미자微子 계啓도 언급한 것이고, "자기 남편의 상喪에 곡哭을 잘해 나라의 풍속을 바꾼 것善哭其夫而變國俗"은 본래 기량杞梁의 처妻를 가리키는 것이지만 또한 화부華周의 처妻도 언급한 것이니, 이 모두는 하나로 인하여 아울러 다른 하나를 말한 것이다. 송宋 왕무王楙, 1151~1213[179]의 이른바 "옛사람이 말을 생략하는 문체가 대체로 이와 같으며, 애초에 지금의 구구절절함과는 같지

176 《예기·단궁하》 哀公使人吊蕢尚, 遇諸道. 辟於路, 畫宮而受吊焉. 曾子曰：「蕢尚不如杞梁之妻之知禮也. 齊莊公襲莒于奪, 杞梁死焉, 其妻迎其柩於路而哭之哀, 莊公使人吊之, 對曰：《君之臣不免於罪, 則將肆諸市朝, 而妻妾執；君之臣免於罪, 則有先人之敝廬在. 君無所辱命.》」 즉 《좌전》과 《단궁》에는 기량(杞梁)이 전사한 내용은 있지만, 화주(華周)가 전사한 기록은 없다.

177 《논어·헌문》 南宮适問於孔子曰：「羿善射, 奡盪舟, 俱不得其死然；禹稷躬稼, 而有天下.」

178 《맹자·이루하》 禹, 稷當平世, 三過其門而不入, 孔子賢之.

179 왕무(王楙) : 자 면부(勉夫). 호 분정거사(分定居士). 복주(福州) 복청(福清)(지금의 복건성(福建省) 복주시(福州市))출신. 저서에는 《야객총서(野客叢書)》 30권이 있다.

않다古人省言之體蓋如此, 初不似今之拘拘"라는 것이다. 이 또한 경經을 궁구하는 선비가 마땅히 "같은 것끼리 접촉하여 확장觸類而長之"[180] 시켜 나가야 하는 것이다.

원문

又按：嘗與石紫嵐論今人經解實有勝古人處, 蓋古人未定今方定者, 亦有終歸闕疑, 不得一味盡解以爲快者, 凡二條, 亦留京師時事. 徐嘉炎勝力過談, 述黃澤,趙汸之學："黃曰：'經在致思而已.' 趙曰：'何謂?' 黃曰：'如《禮》有五不娶, 一爲喪父長子. 《註》曰「無所受命.」 近代說者曰「蓋喪父而無兄者也.」 女之喪父無兄者衆矣, 何罪而見絶於人? 其非先王意已! 姑以此思之.' 趙退而精思, 久之得其說曰：'此蓋宋桓夫人,許穆夫人之類爾. 《註》謂「無所受命」猶未失, 若喪父而無兄, 則期功之親皆得爲之主矣.' 以復於黃. 黃曰：'甚善!' 以弟論之, 果屬宋桓夫人,許穆夫人之類, 不與上文'亂家子不娶'《註》曰'類不正'相重乎? 禮止有四不娶耳, 烏得五?" 予曰："然. 長子蓋女子長成者, 而當嫁而適遭父喪, 故曰'喪父長子', 故曰'無所受命'. 此即《曾子問》'昏禮既納幣, 有吉日, 女之父母死, 壻弗取事耳.'" 勝力不覺擊節起立曰："子可謂天啓其衷哉!" 鄞萬斯同季野將輯古今喪禮, 名《通考》, 以《喪服·記》"夫之所爲兄弟服, 妻降一等"質予, 曰："鄭康成解兄弟爲族親, 賈公彥曰：'當是夫之從母之類乎.' 以弟論, 二說俱未安, 曷若以爲嫂叔有服之證?" 予曰："可." 及退而審思, 嫂叔無服一見於《檀弓》, 再見於《奔喪》, 三見於逸《禮》. 果此節爲兄公

---

180 《주역·계사상》.

及叔之服, 則子夏親作《喪服傳》, 不應曰"夫之昆弟何以無服也"云云. 子夏而云云, 其必非嫂叔服也可知. 降至晉, 雖有成粲亦曾援此以爲宜大功, 而唐貞觀魏徵等議加嫂叔服, 止汎論以恩以情譬繼父,方同爨, 不宜恝然, 終不援及《喪服·記》, 其不得彊爲說也可知. 須當闕疑. 惜不及復語季野.

번역 **우안又按**

일찍이 석화치石華峙, 자 자람(紫嵐)와 함께 오늘날 사람들의 경해經解가 실제로 옛사람보다 나은 곳이 있음을 논하였는데, 대체로 옛사람이 정하지 못한 것을 오늘날 확정한 것인데도 끝내 궐의闕疑로 회귀시켜 완전히 이해한 즐거움을 맛보지 못한 것이 모두 2조목 있다. 이 또한 경사京師에 머물 당시의 일이다.

서가염徐嘉炎, 1631~1703, 자 승력(勝力)이 찾아와서 이야기를 나누다가, 황택黃澤, 조방趙汸, 1319~1369의 학문을 서술하였다.

"황택이 말했다. '경經은 생각을 집중하는데 있을 뿐이다.' 조방이 말했다. '무슨 말씀입니까?' 황택이 말했다. '가령 《예》에 다섯 가지 장가들지 못하는 경우가 있는데, 하나가 아버지를 여읜 큰 딸자식長子에게 장가들지 못한다.[181] 《주》에 「명命을 받을 곳이 없기 때문이다無所受命」하였다. 근대에 말하는 자들이 「대체로 아버지를 여의고 오빠가 없는 사람이다」蓋喪父而無兄者也라고 하였다. 자식이 아버지를 여의고 오빠가 없는 사람

181 《대대례기·본명(本命)》 女有五不取 ; 逆家子不取, 亂家子不取, 世有刑人不取, 世有惡疾不取, 喪婦長子不取. 逆家子者, 爲其逆德也 ; 亂家子者, 爲其亂人倫也 ; 世有刑人者, 爲其棄於人也 ; 世有惡疾者, 爲其棄於天也 ; 喪婦長子者, 爲其無所受命也.

이 많은데, 무슨 죄로 사람들에게 손절을 당해야 하는가? 그것은 선왕의 뜻이 아닐 것이다! 잠시 이것을 생각해야 할 것이다.' 조방이 물러나 정밀하게 생각하기를 오래한 후에 그 설을 깨달았다. '이는 대체로 송宋 항부인桓夫人, 허許 목부인穆夫人의 부류[182]이다. 《주》에서 말한 「명을 받을 곳이 없기 때문이다」無所受命는 여전히 유효하니, 만약 아버지를 여의고 오빠가 없다면 기년복期年服과 대소공복大小功服을 입는 가까운 친척期功之親이 모두 주主가 될 수 있을 것이다.' 이 설로 황택에게 회답하였다. 황택이 말했다. '매우 옳다!' 차례대로 논의해보면, 과연 송宋 항부인桓夫人, 허許 목부인穆夫人의 부류에 속하여, 앞 문장의 '문란한 집안의 자식에게 장가들지 않는다亂家子不娶'의 《주》에 '부류가 바르지 못하기 때문이다類不正'와 서로 중복되지 않겠는가? 예禮는 단지 네 가지 장가들지 못한 경우가 있을 뿐이니, 어찌 다섯 가지일 수 있겠는가?"

나는 다음과 같이 생각한다. "그렇다. 여기서 장자長子는 대체로 장성長成한 여자인데, 시집갈 때가 되어 아버지 상喪을 당했으므로 '아버지를 여읜 큰 자식喪父長子'이라 하였고, '명을 받을 곳이 없기 때문이다無所受命'라고 하였다. 이것은 곧 《예기 · 증자문曾子問》의 '혼례에 이미 납폐納幣를 하여 길일이 정해지고서 여자의 부모가 죽으면 신랑될 사람이 일을 거행하지 않은 것일 뿐이다'昏禮既納幣, 有吉日, 女之父母死, 壻弗取事耳."[183]

182 위(衛)나라 선공(宣公)은 세자인 급(伋)의 아내(즉 며느리)인 선강(宣姜)을 아내로 맞아 혜공(惠公) 삭(朔)을 낳았다. 또 선공이 죽고 혜공이 아직 어렸을 때, 혜공의 서형(庶兄) 완(頑)((昭伯))이 선강과 간통하여 3남 2녀를 낳았는데 남아는 제자(齊子), 대공(戴公), 문공(文公)이고 여아는 송(宋)나라 환공(桓公)의 부인, 허(許)나라 목공(穆公)의 부인이 되었다.

183 《예기 · 증자문》 증자가 물었다. "혼례에 이미 납폐(納幣)를 하여 길일(吉日)이 정해지고

승력勝力이 불쑥 무릎을 치며 일어나 말했다. "그대는 하늘이 그 마음 속에 든 것을 열어 알려주는 사람일 것이다!"

은현鄞縣, 지금의 절강성(浙江省) 영파시(寧波市) 은주구(鄞州區)의 만사동萬斯同, 1638~1702, 자 계야(季野)이 고금古今의 상례喪禮를 찬집하여 《통고通考》라고 명명하였는데, 《의례·상복喪服·기記》의 "남편이 형제를 위해 입는 복服에서 처는 한 등급 내린다夫之所爲兄弟服, 妻降一等"를 가지고 나에게 질의하였다. "정강성은 형제兄弟가 족친族親이 된다고 주해하였고, 가공언은 '마땅히 남편이 종모從母, 모친의 형제를 위해 입는 복의 류일 것이다當是夫之從母之類乎'라 하였다. 차례대로 논의로 보면, 두 설이 모두 시원찮으니 형수와 시숙을 위한 복服이 있다嫂叔有服고 여길 수 있는 증거가 아니겠는가?"

나는 대답하였다. "옳다." 물러나 깊이 생각해보니, 형수와 시숙을 위한 복服이 없다嫂叔無服는 것은 《예기·단궁檀弓》에 처음 보이고,[184] 《예기·분상奔喪》에 다시 보이고,[185] 일逸《예禮》에도 보인다. 과연 이 절은 남편의

서 여자의 부모가 죽었으면 어떻게 해야 합니까?" 공자가 대답하였다. "신랑 될 사람이 사람을 시켜 조문을 해야 한다. 만일 신랑의 부모가 죽었으면 여자의 집에서 또한 사람을 시켜 조문하되 상대방의 아버지가 돌아가셨으면 이쪽의 아버지 이름을 들어 조문하고, 상대방의 어머니가 돌아가셨으면 이쪽의 어머니 이름을 들어 조문하며, 부모가 생존해 계시지 않으면 백부와 세모를 들어 말한다. 신랑 될 사람이 장례를 마치면 신랑 될 사람의 백부가 여자의 집에 혼인의 명령을 전달하기를 '모(某)의 아들이 부모의 상이 있어서 계속하여 형제가 될 수 없으므로 아무개(사자의 이름)를 시켜 혼인의 명령을 반환합니다'라고 하면 여자의 집에서는 이를 허락하나 감히 다른 데로 시집보내지 않는 것이 예이다. 신랑 될 사람이 상을 벗으면 여자의 부모가 사람을 시켜서 성혼할 것을 청하되, 신랑 될 사람이 여자를 데려가지 않은 뒤에야 다른 데로 시집보내는 것이 예이다."(曾子問曰 : "昏禮旣納幣, 有吉日, 女之父母死, 則如之何?" 孔子曰 : "壻使人弔. 如壻之父母死, 則女之家亦使人弔. 父喪稱父, 母喪稱母. 父母不在, 則稱伯父世母. 壻已葬, 壻之伯父致命女氏曰 : '某之子有父母之喪, 不得嗣爲兄弟, 使某致命.' 女氏許諾而弗敢嫁, 禮也. 壻免喪, 女之父母使人請, 壻弗取而后嫁之, 禮也.")

184 《예기·단궁상》 喪服, 兄弟之子猶子也, 蓋引而進之也 ; 嫂叔之無服也, 蓋推而遠之也.

형兄公 및 남편의 동생叔을 위한 복服이니, 자하子夏가 직접 지은《상복전喪服傳》의 "남편의 형제에 대해서는 어찌하여 복이 없는 것인가夫之昆弟何以無服也"라고 운운한 것과 맞지 않는다. 자하가 운운한 것은 반드시 형수와 시숙 사이의 복服이 아님을 알 수 있다. 이후 진대晉代에 이르게 되면, 비록 성찬成粲[186]도 일찍이 이 논의를 끌어다 대공복大功服이 마땅하다고 여긴 적이 있고,[187] 당唐 정관貞觀 연간의 위징魏徵, 580~643[188] 등이 형수와 시숙을 위한 복服을 더할 것을 논의하다가, 범범하게 은정恩情으로 계부繼父와 동찬同爨, 분가하지 않고 같이 거주하여 밥을 같이 먹은 사이과 같이 소홀하게 대해서는 안 됨을 논의하는 데 그치고 끝내《상복喪服 · 기記》를 끌어다 언급하지 않았으니, 그 설을 강제하지 않았음을 알 수 있다. 마땅히 궐의闕疑로 남겨두어야 할 것이다. 애석하게도 계야季野에게 회답하지 못했다.

원문

或有謂予：伐國不問仁人, 況發冢乎? 縱從冢中得有經籍, 吾亦不願觀者.

185《예기 · 분상》無服而爲位者, 唯嫂叔；及婦人降而無服者麻.

186 성찬(成粲)：생졸년 미상. 자 백양(伯陽). 진(晉)무제(武帝, 265~290 재위) 때 시중(侍中)을 지냈다.

187《통전(通典) · 예전(禮典)제92》太常成粲云：「嫂叔應有服, 作傳者橫曰無服. 蔣濟引娣姒婦, 證非其義. 論云：喪服云「夫爲兄弟服, 妻降一等」, 則專服夫之兄弟, 固已明矣. 尊卑相倖, 服無不報. 由此論之, 嫂叔大功, 可得而從.」

188 위징(魏徵)：자 현성(玄成). 정치가, 사상가. 정관(貞觀)원년(元年, 627) 간의대부(諫議大夫) 및 검교상서좌승(檢校尚書左丞)에 제수되어 하북(河北)지역을 관할하였다. 시호(諡號)는 문정(文貞)이다. 정국공(鄭國公)에 봉해졌다.《군서치요(群書治要)》,《수서(隋書)》,《양서(梁書)》,《진서(陳書)》,《제서(齊書)》편찬에 관여하였다. 그의 언론(言論)은《정관정요(貞觀政要)》에 많이 수록되었는데, 가장 유명한 것은《간태종십사소(諫太宗十思疏)》이다.

予曰：朱子嘗言，政和鑄造禮器，並依三代遺法，制度精密，氣象淳古，勝聶崇義《三禮圖》遠甚. 知潭州日，遂申省部，乞用銅制之，以薦先聖. 政和鑄造，非從發冢中來者邪?

번역

어떤 이가 나에게 다음과 같이 말했다. 나라를 정벌하는 것을 인인仁人에게 묻지 않는 법인데 하물며 무덤을 발굴하는 것에 있어서랴? 설령 무덤에서 경전經籍을 얻는 것이 있더라도 나는 보기를 원하지 않는다.

나는 대답하였다. 주자가 일찍이 말하길, '정화政和, 1111~1118 연간에 예기禮器를 주조鑄造한 것은 모두 삼대三代의 유법遺法에 의거하여 제도制度가 정밀하고 기상이 순박하고 예스러워, 섭숭의聶崇義의 《삼례도三禮圖》보다 훨씬 낫다'[189]고 하였다. 지담주知潭州를 역임할 당시, 마침내 성부省部에 보고하고 동銅으로 제작하여 선성先聖에게 헌상하였다. 정화政和 연간의 주조鑄造가 무덤에서 발굴되어 나온 것이 아니겠는가?

원문

又按："夫之所爲兄弟服，妻降一等"，非指嫂叔斷斷如已. 謂終須闕疑，亦未盡. 甲子春，寓東海公碧山堂，爲說禮服，中夜精思，不覺忽得，曰：此殆"緦麻"章"夫之諸祖父母報"之註脚乎!《儀禮》明著"小功者，兄弟之服"，又曰"小功以下爲兄弟". "夫之所爲兄弟服"，即夫之所爲小功服. "妻降一等"，爲緦

189 《회암집 · 별집》 권5 《석전신예부검장(釋奠申禮部檢狀)》.

麻也. "夫之諸祖父母", 馬,鄭解俱未當, 惟元敖氏以從祖祖父母,從祖父母當之. 夫服此二人在"小功"章, 妻從夫而服, 則緦麻是也, 宛相符同. 惜黃勉齋奉師命以記隨經, 見未及此耳. 或曰 : 上文"君之所爲兄弟服, 室老降一等", 亦可作是解否? 余曰 : 何不可? 此即凡人大功服也. 即如賈公彦指親兄弟爲旁期者亦可. 或曰 : 兩兄弟可異解乎? 余曰 : 《中庸》"三年之喪達乎天子", 是天子全服三年; "期之喪達乎大夫", 却含有降殺, 二"達"字義不同. 且上康成不嘗訓兄弟爲族親乎? 夫言豈一端而已? 夫各有所當也. 時季野寓處頗近, 不敢復語之矣.

번역 우안又按

"남편이 형제를 위해 입는 복服에서 처는 한 등급 내린다夫之所爲兄弟服, 妻降一等"라는 말은 형수와 시숙을 위해 입는 복을 가리키는 것이 아님이 이와같이 분명하다. 끝내 궐의闕疑로 남겨놓은 것 역시 완전하지 못하다. 갑자년甲子年, 1684, 염약거 48세 봄, 동해공東海公 서건학徐乾學, 1631~1694이 벽산당碧山堂에 머물면서, 예복禮服에 관한 설을 지으며 한밤에 정밀하게 생각을 하던 중 불현듯 깨달았다. 이것은 아마도 "시마緦麻"장章의 "남편의 여러 조부모에 대해서는 보복報服을 (시마緦麻로) 입는다夫之諸祖父母報"[190]의 각주脚註일 것이다! 《의례》는 명백하게 "소공小功은 형제兄弟를 위한 복服이다小功者,

190 《의례·상복(喪服)》緦麻, 三月者. 族曾祖父母, 族祖父母, 族父母, 族昆弟; 庶孫之婦, 庶孫之中殤; 從祖姑, 姊妹適人者, 報; 從祖父, 從祖昆弟之長殤; 外孫, 從父昆弟侄之下殤, 夫之叔父之中殤, 下殤; 從母之長殤, 報; 庶子爲父後者, 爲其母; 士爲庶母; 貴臣, 貴妾; 乳母, 從祖昆弟之子, 曾孫, 父之姑, 從母昆弟, 甥, 婿, 妻之父母, 姑之子, 舅, 舅之子; 夫之姑姊妹之長殤; 夫之諸祖父母, 報; 君母之昆弟; 從父昆弟之子長殤, 昆弟之孫之長殤, 爲夫之從父昆弟之妻.

兄弟之服"[191]라고 적었고, 또한 "소공小功 이하는 형제兄弟를 위한 복이다小功以下爲兄弟"라고 하였다. "남편이 형제를 위해 입는 복夫之所爲兄弟服"은 곧 남편이 형제를 위해 입는 소공복小功服이다. "처는 한 등급 내린다妻降一等"는 시마복緦麻服이다. "남편의 여러 조부모夫之諸祖父母"에 대해, 마융, 정강성의 주해는 모두 온당치 않고,[192] 오직 원元의 오씨敖氏, 敖繼公[193]는 종조조부모從祖祖父母와 종조부모從祖父母를 해당시켰다. 남편이 이 두 사람을 위한 복服을 입는 것이 "소공小功"장章에 있고,[194] 처妻는 남편을 따라 복服을 입으니 시마緦麻가 그것이며, 완연히 서로 부합한다. 애석하게도 황간黃榦, 호 면재(勉齋)이 스승의 명을 받들어 경문을 따라 기록한 것에는 이것을 미처 언급하지 못했다.[195]

어떤 이가 물었다. 앞 문장의 "주군의 형제를 위한 복服에 가신家臣은 한 등급 내린다君之所爲兄弟服, 室老降一等".[196] 또한 이런 해석을 할 수 있는가?

나는 대답하였다. 왜 할 수 없겠는가? 이것은 곧 일반인의 대공복大功服이다. 바로 가공언賈公彦이 가리킨 친형제親兄弟가 방계旁系 친족을 위해 입는 복服, 旁期[197] 또한 할 수 있다.

---

191 《의례 · 상복(喪服)》 繼父不同居者, 曾祖父母 아래 《전(傳)》에 보인다.

192 《의례 · 상복(喪服)》 夫之諸祖父母, 報 (注) 諸祖父母者, 夫之所爲小功, 從祖祖父母外祖父母.

193 오계공(敖繼公) : 자 군선(君善). 원명교체기의 학자. 저서에는 《의례집설(儀禮集說)》이 있다.

194 《의례 · 상복(喪服)》 小功布衰裳, 牡麻絰, 即葛, 五月者. 從祖祖父母, 從祖父母, 報.

195 황간이 주희의 명으로 편찬한 《의례경전통해속(儀禮經傳通解續)》은 자의적인 해석이 많아 많은 비판을 받는다.

196 《의례 · 상복(喪服)》 記. 公子爲其母, 練冠, 麻, 麻衣縓緣 ; 爲其妻, 縓冠, 葛絰, 帶, 麻衣縓緣. 皆既葬除之. 大夫, 公之昆弟, 大夫之子, 於兄弟降一等. 爲人後者, 於兄弟降一等, 報 ; 於所爲後之子, 兄弟, 若子. 兄弟皆在他邦, 加一等. 不及知父母, 與兄弟居, 加一等. 朋友皆在他邦, 袒免, 歸則已. 朋友, 麻. 君之所爲兄弟服, 室老降一等.

197 《의례 · 상복(喪服)》 (疏) 釋曰 : 天子諸侯絶期, 今言爲兄弟服, 明是公士大夫之君. 於旁親降

어떤 이가 물었다. 두 형제를 다르게 주해할 수 있는가?

나는 대답하였다. 《중용》의 "삼년상三年喪은 천자天子에까지 이르렀다三年之喪達乎天子"는 천자天子는 온전하게 삼년복을 입는다는 것이고, "기년상期年喪은 대부大夫에까지 이르렀다期之喪達乎大夫"는 도리어 강쇄降殺를 포함하고 있는 것이니, 두 "달達"자字의 의미가 같지 않다.[198] 또한 정강성은 일찍이 형제가 친족을 위해서 복服을 입는다고 훈석하지 않았던가? 대저 어찌 일단一端만을 말한 것이겠는가? 각각 해당되는 바가 있는 것이다. 당시 만사동萬斯同, 자 계야(季野)이 머물고 있던 곳이 제법 가까웠는데 감히 답장을 하지 못하였다.

원문

又按:《服問》:"有從無服而有服, 公子之妻爲公子之外兄弟."《註》云:"謂爲公子之外祖父母, 從母緦麻."《疏》云:"知屬公子之外祖父母, 從母者, 此等皆小功之服. 凡小功者謂爲兄弟." 又一佳證.

번역 우안又按

《예기 · 복문服問》에 "무복無服을 따르면서도 유복有服인 경우가 있으니,

一等者, 室老家相降一等, 不言士, 士邑宰遠臣, 不從服. 若然, 室老似正君近臣, 故從君所服也.

198 《예기 · 중용》 武王末受命, 周公成文, 武之德, 追王大王, 王季, 上祀先公以天子之禮. 斯禮也, 達乎諸侯, 大夫及士, 庶人. 父爲大夫, 子爲士, 葬以大夫, 祭以士. 父爲士, 子爲大夫, 葬以士, 祭以大夫. 期之喪, 達乎大夫. 三年之喪, 達乎天子. 父母之喪, 無貴賤一也."(注) 末, 猶老也. "追王大王, 王季"者, 以王迹起焉, 先公組紺以上至后稷也. "斯禮達於諸侯, 大夫, 士, 庶人"者, 謂葬之從死者之爵, 祭之用生者之祿也. 言大夫葬以大夫, 士葬以士, 則"追王"者, 改葬之矣. "期之喪, 達於大夫"者, 謂旁親所降在大功者, 其正統之期, 天子諸侯猶不降也. 大夫所降, 天子諸侯絶之不爲服, 所不臣乃服之也. 承葬, 祭說期, 三年之喪者, 明子事父以孝, 不用其尊卑變.

이는 공자公子의 처가 공자의 외형제를 위해서 입는 것이다有從無服而有服, 公子之妻爲公子之外兄弟"라 하였다. 《주》에 "공자公子의 외조부모外祖父母, 종모從母를 위하여 시마복緦麻服을 입는 것을 말한 것이다謂爲公子之外祖父母, 從母緦麻"라 하였고, 《소》에 "공자公子의 외조부모外祖父母, 종모從母에 속하는 이와 같은 등속은 모두 소공복小功服임을 알 수 있다. 무릇 소공小功은 형제兄弟를 위한 것이다知屬公子之外祖父母, 從母者, 此等皆小功之服. 凡小功者謂爲兄弟"라 하였으니, 또 하나의 좋은 증거이다.

원문

又按：季野稱其師餘姚黃氏經學爲致精, 示余《答萬季野喪禮雜問》中有"問：'鄭康成謂天子,諸侯左右房, 大夫,士直有東房西室. 陳祥道因《鄉飮記》薦脯出自左房,《鄉射記》籩豆出自東房, 以爲言左以有右, 言東以有西, 則大夫,士之房室與天子,諸侯同可知. 朱子心頗然之而未敢決. 今將從祥道何如?' 黃氏答：'此恐不足以破鄭說. 所謂左房者, 安知其非對右室而言也? 所謂東房者, 安知其非對西室而言也?《顧命》胤之舞衣在西房, 兌之戈在東房, 天子,諸侯之兩房經有明文. 士既有西房, 何以空設無一事及之耶?'" 余曰："《儀禮》固嘗及之, 何得謂無?" 季野愕然. 余曰："《聘禮》'君使卿皮弁還玉于館', '賓南面受圭, 退負右房而立', 是時賓館于大夫之廟, 此右房非大夫廟所有乎?" 季野曰："據賈公彦, 以爲於正客館, 非廟." 余曰："更證以下文'公館賓, 賓辟', 康成《註》：'凡君有事於諸臣之家, 車造廟門乃下.' 賈《疏》云：'以其卿館于大夫之廟. 此館則是諸臣之家.' 已不能掩前說之非. 且古者天子適諸侯必舍其祖廟, 卿館於大夫, 大夫館於士, 士館於工商, 皆廟也, 無別所爲館舍. 惟侯氏覲天子賜以舍, 非廟, 《聘禮》安得與之同? 昌黎嘗苦《儀禮》難讀, 今觀康成以下諸公議論, 得毋並《儀禮》未之讀耶?" 季野益不悅.

번역 **우안又按**

만사동萬斯同, 자 계야(季野)은 그의 스승 여요餘姚, 지금의 절강성(浙江省) 여요시(餘姚市)의 황종희黃宗羲의 경학經學이 매우 정밀함을 칭찬하며 나에게 《답만계야상례잡문答萬季野喪禮雜問》을 보여주었다. 그 가운데 다음의 내용이 있었다.

"묻습니다. '정강성은 천자天子와 제후諸侯는 좌우방左右房이 있고, 대부大夫와 사士는 단지 동방東房과 서실西室이 있을 뿐이라고 하였습니다.[199] 진상도陳祥道, 1053~1093는 《향음기鄕飮記》의 안주를 올리는 것은 좌방左房에서 나오고 《향사기鄕射記》의 변두籩豆는 동방東房에서 나온다는 것으로 인해, 왼쪽左을 말한 것으로 오른쪽右이 있게 되는 것이고 동쪽을 말한 것으로 서쪽이 있게 되는 것이라고 여겼으니, 그렇다면 대부와 사의 방실房室이 천자天子와 제후諸侯와 같은 것임을 알 수 있습니다. 주자朱子는 마음으로 퍽 그럴 것이라고 여겼으나 감히 결정하지 못했습니다. 이제 장차 진상도의 설을 따르는 것이 어떻습니까?' 황종희가 대답하였다. '아마도 이것으로 정강성의 설을 돌파하기에는 부족한 듯하다. 이른바 좌방左房이라는 것이 우실右室에 대비해서 말한 것이 아님을 어찌 알겠는가? 이른바 동방東房이라는 것이 서실西室에 대비해서 말한 것이 아님을 어찌 알겠는가? 《고명》

199 《의례·공사대부례(公食大夫禮)》記. 不宿戒, 戒不速. 不授幾. 無阼席. 亨於門外東方. 司宮具幾, 與蒲筵常緇布純, 加萑席尋玄帛純, 皆捲自末. 宰夫筵, 出自東房. (疏) 注釋曰: 上云司宮具几筵, 具之在房, 宰夫敷之而已. 天子諸侯左右房, 以其言東房對西房, 若大夫士直有東房而已, 故直云在房也.

에서 윤胤나라의 무의舞衣는 서방西房에 있었고, 태兌가 만든 창은 동방東房에 있었으니,[200] 천자와 제후의 양방兩房은 경經에 명백하게 기록되어 있다. 사士는 이미 서방西房이 있는데, 어찌 하나의 일도 없는 것을 헛되이 만들어 언급할 수 있겠는가?'"

나는 말했다. "《의례》에 진실로 일찍이 언급하였는데, 어찌 없는 것이라고 할 수 있겠는가?"

계야季野가 깜짝 놀랐다.

나는 말했다. "《의례 · 빙례聘禮》에 '임금이 경卿으로 하여금 피변皮弁을 쓰고 빈賓의 관사에서 옥玉을 받아오게 하다君使卿皮弁還玉于館', '빈賓은 남면하여 규圭를 받고, 물러나 우방右房을 등지고 선다賓南面受圭, 退負右房而立'라고 하였는데, 이 때의 빈賓은 대부의 사당에 머무니, 여기의 우방右房은 대부의 사당에 있는 것이 아니겠는가?"

계야季野가 말했다. "가공언의 소疏[201]를 근거로 들자면, 정객관正客館이지 사당이 아니다."

나는 말했다. "다시 아래 문장의 '군주公가 친히 빈賓의 관사에 가면 빈은 겸양謙讓한다公館賓, 賓辟'하였고, 정강성 《주》는 '무릇 군주가 제신諸臣의 집에 일이 있을 때, 수레가 사당의 문에 닿으면 바로 내린다凡君有事於諸臣之家, 車造廟門乃下'라 하였으며, 가공언 《소》는 '그 경卿이 대부의 사당에 머물

---

200 《고명》 越玉五重, 陳寶. 赤刀 · 大訓 · 弘璧 · 琬琰, 在西序. 大玉 · 夷玉 · 天球 · 河圖, 在東序. 胤之舞衣, 大貝 · 鼖鼓, 在西房. 兌之戈, 和之弓, 垂之竹矢, 在東房.

201 《의례 · 빙례(聘禮)》 賓自碑內聽命, 升自西階, 自左, 南面受圭, 退負右房而立. (소(疏)) 云 "退, 爲大夫降逡遁"者, 以大夫降爲之逡遁, 而退因卽負右房, 南面而立, 大夫士直有東房西室, 天子諸侯左右房, 今不在大夫廟, 於正客館, 故有右房也.

고 있기 때문이다. 이 관사는 곧 제신諸臣의 집이다以其卿館于大夫之廟. 此館則是諸臣之家'라고 한 것으로 증명해보면, 이미 앞에서 말한 설의 잘못을 덮을 수 없다. 또한 옛날에 천자가 제후에게 갈 때는 반드시 제후 조상의 사당에 머물렀고, 경卿은 대부의 집에 머물고, 대부는 사士의 집에 머물고, 사士는 공상工商의 집에 머무는데, 머무는 곳이 모두 사당이었으며 별개의 관사를 만든 적은 없었다. 오직 후씨侯氏, 제후 개인을 지칭는 천자가 내리는 관사를 받을 때는 사당이 아니니,[202] 《빙례聘禮》와 어떻게 같을 수 있겠는가? 한유韓愈, 호 창려(昌黎)는 일찍이 《의례》를 읽기 어려워 했는데, 지금 정강성 이래 제공諸公의 의론을 보면, 《의례》를 아직 읽어보지 않았던 것이 아니겠는가?"

계야季野는 더욱 좋아하지 않았다.

원문

又按：《禮記·曾子問》有公館, 私館之別, 而公館凡二：一是公家所造之館, 即賈所謂正客館；一仍是卿大夫, 士家爲君所使停舍者, 即爲公館. 《聘禮》一篇自卿致館, 賓即館後, "有司入陳", 《註》云："入賓所館之廟." "揖入, 及廟門", 《註》云："舍于大夫廟." "卿館於大夫", 《註》云："館者必於廟." 皆《曾子問》後所稱之公館, 非前所稱, 不得以公彥曲說爲藉口.

---

202 《의례·근례(覲禮)》覲禮. 至於郊, 王使人皮弁用璧勞. 侯氏亦皮弁迎於帷門之外, 再拜. 使者不答拜, 遂執玉, 三揖. 至於階, 使者不讓, 先升. 侯氏升聽命, 降, 再拜稽首, 遂升受玉. 使者左還而立, 侯氏還璧, 使者受. 侯氏降, 再拜稽首, 使者乃出. 侯氏乃止使者, 使者乃入. 侯氏與之讓升. 侯氏先升, 授几. 侯氏拜送几；使者設几, 答拜. 侯氏用束帛, 乘馬儐使者, 使者再拜受. 侯氏再拜送幣. 使者降, 以左驂出. 侯氏送於門外, 再拜. 侯氏遂從之. 天子賜舍, 曰：「伯父, 女順命於王所, 賜伯父舍!」侯氏再拜稽首, 儐之束帛, 乘馬.

번역 **우안又按**

《예기 · 증자문》에 공관公館과 사관私館의 구별이 있는데,[203] 공관는 모두 두 가지이다. 하나는 공가公家가 만든 관사로 곧 가공언의 이른바 정객관正客館이며, 다른 하나는 경대부卿大夫, 사士의 집안에서 군주가 보낸 사자使者가 머물게 하기 위한 것으로 곧 공관公館이다. 《의례 · 빙례》편에 경卿이 관사에 도착하고 빈賓이 관사에 이른 이후에 "유사有司가 묘문廟門으로 들어간다有司入陳"의 《주》에 "빈賓이 머물고 있는 사당으로 들어가는 것이다入賓所館之廟"라 하였다. "읍揖하고 들어가, 묘문에 이른다揖入, 及廟門"의 《주》에 "대부大夫의 사당에 머무는 것이다舍于大夫廟"라 하였다. "경卿은 대부의 집에 머문다卿館於大夫"의 《주》에 "머무는 관사는 반드시 사당에 있다館者必於廟"고 하였다. 이 모두는 《예기 · 증자문》에서 뒤에서 칭한 공관公館이지 앞에서 칭한 정공관正公館이 아니니, 가공언의 곡설曲說을 가지고 구실을 삼아서는 안된다.

원문

又按：余向謂諸侯三門, 每門各有一朝. 鄭康成謂外朝當在大門外, 大門者, 庫門也. 以《公食大夫》"拜賜于朝"無"賓入"之文, 《聘禮》"以柩造朝"無"喪入"之文爲之證. 陳祥道則謂大門外乃經涂, 非朝位也, 語最破的, 然亦未即以《聘禮》折之. 愚請折之曰：案《聘禮》"賓入竟而死", 是賓在路死, 未至國, 則以柩止于門外. "若賓死未將命", 是賓已至館, 特未行聘享之事而死, 則

203 《예기 · 증자문》 曾子問曰："爲君使而卒於舍, 禮曰：'公館復, 私館不復.' 凡所使之國, 有司所授舍, 則公館已, 何謂私館不復也?"

以棺造于朝. 夫一曰"止于門外", 一曰"造于朝", 分明死有不同, 而所以達君之命者, 亦各異處, 豈得合而一之? 或曰 : 誠然. 但上文"厥明, 訝賓于館, 賓皮弁, 聘至于朝, 賓入于次"下, 方敘公"迎賓于大門內", 又曰"賓入門左". 以大門內, 入門左證之, 則知朝在大門外. 康成猶未引此. 余曰 : "賓皮弁, 聘至于朝", "聘至于朝"四字爲一篇之綱, 不與下涉. 下方條析其事, 曰"賓入于次". 不然, 次固在大門外, 而大門外即朝, 當直接入于次, 不得另以"賓"字起矣. 《公食大夫禮》"賓朝服即位于大門外, 如聘", 大門外指次言, 不指外朝, 亦可證《聘禮》此"朝"字爲虛. 且上不又有"勞者遂以賓入, 至于朝", 先言"入"後言"朝"之文乎?

번역 우안又按

나는 예전에 제후諸侯 삼문三門에 대해 매 문마다 각각 하나의 조朝가 있다고 했었다.[204] 정강성은 외조外朝는 마땅히 대문大門 바깥에 위치하며, 대문은 고문庫門이라고 하였다.[205] 《의례 · 공사대부례公食大夫禮》의 "(다음 날 빈賓은) 대문 바깥 조朝에서 하사下賜에 대한 감사인사를 드린다拜賜于朝"에 "빈賓이 (대문을) 들어와賓入"라는 문장이 없고, 《의례 · 빙례聘禮》의 "(빈의 시신이 든) 널을 조朝로 보내다以柩造朝"[206]에 "상喪이 들어온다喪入"는 문장이 없

204 제114. 주자가 고문에 대해 타협한(調停) 설을 논함의 안설(按說)에 보인다.

205 《주례 · 추관사구(秋官司寇)》 주(注)등에 보인다. 《小宗伯職》曰 : "建國之神位, 右社稷, 左宗廟."然則外朝在庫門之外, 皋門之內與?

206 《의례 · 빙례(聘禮)》 賓入竟而死, 遂也. 主人爲之具, 而殯. 介攝其命. 君弔, 介爲主人. 主人歸禮幣, 必以用. 介受賓禮, 無辭也. 不饗食. 歸, 介覆命, 柩止於門外. 介卒覆命, 出, 奉柩送之. 君弔, 卒殯. 若大夫介卒, 亦如之. 士介死, 爲之棺斂之, 君不弔焉. 若賓死, 未將命, 則既斂於棺, 造於朝, 介將命. 若介死, 歸覆命, 唯上介造於朝. 若介死, 雖士介, 賓既覆命, 往, 卒殯乃歸.

는 것이 증거가 된다. 진상도陳祥道가 대문大門 바깥은 곧 경도經涂이며 조朝가 있는 위치가 아니라고 한 말이 이치에 가장 맞는 말이지만, 그 또한 아직 《빙례》로 분석한 것이 아니다. 청컨대, 내가 다음과 같이 분석하고자 한다.

살펴보건대, 《빙례》 "빈賓이 국경에 들어와 죽었다賓入竟而死"고 한 것은 빈賓이 길에서 죽은 것이고 아직 국도國都에 이른 것이 아니니, 시신이 든 널을 문 바깥에 멈추는 것이다. "만약 빈賓이 죽었을 때, (빙례聘禮를 행하여) 장차 명命을 받지 않았다若賓死未將命"고 하는 것은, 빈賓이 이미 관사에 이르렀으나 단지 빙향聘享 행사를 거행하지 못하고 죽은 것이니, 관棺을 조朝에 보낸다. 대저 한 번은 "문 바깥에 멈춘다止于門外"고 하고, 한 번은 "조朝에 보낸다造于朝"라고 하였으니, 분명 빈賓의 죽은 때가 같지 않으면 군주의 명을 진달하는 것에도 각각 다른 점이 있는 것이니 어찌 합하여 하나로 여길 수 있겠는가?

어떤 이가 말했다. 진실로 그러하다. 다만 앞 문장의 "다음날 관사에서 빈賓을 영접하면, 빈賓은 피변皮弁을 쓰고 조朝에 이르러 빙문聘問하고, 빈賓은 차次, 휴식처에 들어간다厥明, 訝賓于館, 賓皮弁, 聘至于朝, 賓入于次." 아래에 군주公가 "대문 안에서 빈賓을 영접한다迎賓于大門內"라고 하였고, 또한 "빈賓이 문門의 왼쪽으로 들어온다賓入門左"고 서술하였다. 대문 안과 문의 왼쪽으로 들어오는 것으로 징험해보면, 조朝는 대문大門 밖에 있음을 알 수 있다. 정강성은 오히려 이것을 인용하지 않았다.

나는 말했다. "피변皮弁을 쓰고 조朝에 이르러 빙문聘問한다賓皮弁, 聘至于朝"의 "조朝에 이르러 빙문聘問한다聘至于朝". 네 글자가 이 편의 강령이 되며 다음 문장과는 무관하다. 아래의 그 일을 세밀하게 나누어 "빈賓이 차次에 들어간다賓入于次"라고 하였다. 그렇지 않다면, 차次는 진실로 대문大門 바깥에 있고, 대문 바깥이 곧 조朝이므로, 마땅히 바로 차次에 들어가게 되어 별개의 "빈賓"자를 덧붙일 수 없다. 《예기 · 공사대부례公食大夫禮》에 "빈賓은 조복朝服을 입고 대문 밖에 자리잡고, 빙례聘禮와 같이 한다賓朝服即位于大門外, 如聘"라고 하였는데, 대문 밖은 차次를 가리켜 말한 것이지 외조外朝를 가리킨 것이 아니니, 이 또한 《빙례》의 이 "조朝"자가 허사虛辭임을 증명한다. 또한 《빙례》에 있는 "위로하러 온 사람이 빈賓을 맞이하여 들어오게 해서 조朝에 이른다勞者遂以賓入, 至于朝"는 것도 먼저 "입入"을 말하고 이후에 "조朝"를 말한 문장이 아니겠는가?

원문

又按：李野稱《書集傳》，謂今《書》傳註所以獨少者，緣壓于蔡氏。予以爲不然。因偶摘"逆子釗於南門之外"，蔡《傳》作"路寢門外"，不知"南門"即下"應門"。蔡蓋徒襲用僞孔《傳》，而不顧與《明堂位》，《穀梁傳》不合，不博考之故。善乎！陳祥道有言："天子雉門，《閽人》謂之中門。猶應門《書》謂之南門，《爾雅》謂之正門；路門《書》謂之畢門，《師氏》謂之虎門。蓋中於五門謂之中門，前於路門謂之南門，發政以應物謂之應門，門畢於此謂之畢門，畫虎於此謂之虎門。則門之名，豈一端而已哉？" 弟謂尙不止此。應門，《穀梁傳》亦謂之南門，曰："南門者，法門也。" 范甯《註》："法門，謂天子、諸侯皆南面而治，法令之所出入，故名法門。" 《考工記 · 註》謂之朝門。路門，《大僕》謂之大寢之門，又謂之宮門，《師氏 · 註》謂之路寢門，《小宗伯 · 註》謂之殯門，《書》以成王之殯在焉, 謂之廟門是也.

번역 **우안又按**

만사동萬斯同, 자 계야(季野)은 《서집전》을 칭하며, 오늘날 《서》의 전주傳註가 유독 적은 것은 채침에게 억눌린 것에 연유한 것이라고 하였다. 나는 그렇지 않다고 생각한다. 이로 인하여 우연히 지적해보건대, 《고명》 "태자太子 소釗를 남문南門 밖에서 맞이하다逆子釗於南門之外"의 《채전》은 "노침문路寢門 밖(에서 맞이하는 것)路寢門外"이라고 하였으니, "남문南門"이 바로 아래의 "응문應門"[207]임을 알지 못한 것이다. 대체로 채침은 단지 위僞《공전》만을 습용하면서 《예기·명당위》와 《곡량전》전과 합치되지 않는 것을 고려하지 않았으니, 폭넓게 고찰하지 않은 까닭이다.

훌륭하다, 진상도陳祥道의 말이여! "천자天子의 치문雉門을 《주례·혼인閽人》에서는 중문中門이라 하였다.[208] 응문應門을 《서》에서는 남문南門이라 하였고, 《이아》에서는 정문正門이라 하였으며,[209] 노문路門은 《서》에서는 필문畢門이라 하였고,[210] 《주례·사씨師氏》에서는 호문虎門이라고 한 것[211]과 같다. 대체로 오문五門의 가운데 있는 것을 중문中門이라 하고, 노문路門 앞에 있는 것은 남문南門이라 하며, 정사를 발휘하여 사물에 순응하는 것을

---

207 《고명》(《강왕지고》) 王出在應門之內. 太保率西方諸侯, 入應門左.

208 《주례·천관·혼인(閽人)》 閽人掌守王宮之中門之禁. (注) 鄭司農曰: "王有五門, 外曰皋門, 二曰雉門, 三曰庫門, 四曰應門, 五曰路門.

209 《이아·석궁(釋宮)》 閍, 謂之門, 正門, 謂之應門, 觀, 謂之闕, 宮中之門, 謂之闈, 其小者, 謂之閨, 小閨, 謂之閤, 衖門.

210 《고명》 二人雀弁執惠, 立于畢門之內.

211 《주례·지관·사씨(師氏)》 居虎門之左, 司王朝. (注) "虎門, 路寢門也. 王日視朝於路寢, 門外畫虎焉, 以明勇猛, 於守宜也.

응문應門이라 하며, 문門이 여기에서 마치므로 필문畢門이라 하며, 여기에 수호하는 호랑이를 그림으로 호문虎門이라 하였다. 그렇다면 문의 명칭이 어찌 하나의 단면으로만 그치겠는가?"

나는 오히려 여기에만 그치지 않는다고 생각한다. 응문應門에 대해서, 《곡량전》에서도 남문南門이라고 하였다. (희공20년) "남문南門은 법문法門이다南門者, 法門也"의 범녕范甯 《주》는 "법문法門은 천자와 제후 모두 남면南面하여 통치하여 법령이 출입하는 곳이므로 법문法門이라고 명명한 것이다法門, 謂天子, 諸侯皆南面而治, 法令之所出入, 故名法門"라 하였다. 《주례 · 고공기 · 주》에서는 조문朝門이라고 하였다.[212] 노문路門은 《주례 · 태복大僕》에서는 대침지문大寢之門이라고 하였고,[213] 또한 궁문宮門이라 하였으며,[214] 《주례 · 사씨師氏 · 주註》에서는 노침문路寢門이라 하였으며, 《주례 · 소종백小宗伯 · 주》에서는 빈문殯門이라 하였으며,[215] 《서》에서 성왕成王의 빈소가 있는 곳을 조문廟門이라고 한 것[216]이 이것이다.

212 《주례 · 동관 · 고공기》 應門二徹參个. (注) 正門謂之應門, 謂朝門也. 二徹之內八尺, 三个二丈四尺.

213 《주례 · 하관 · 태복(太僕)》 掌正王之服位, 出入王之大命. 掌諸侯之復逆. 王視朝, 則前正位而退, 入亦如之. 建路鼓于大寢之門外而掌其政, 以待達窮者與遽令. (注) 大寢, 路寢也. 其門外, 則內朝之中, 如今宮殿端門下矣. 政, 鼓節與早晏.

214 《주례 · 하관 · 태복(太僕)》 大喪, 始崩, 戒鼓傳達于四方, 窆亦如之. 縣喪首服之法于宮門.

215 《주례 · 춘관 · 소종백(小宗伯)》 王崩, 大肆, 以秬鬯渳. 及執事涖大斂, 小斂, 帥異族而佐. 縣衰冠之式于路門之外. 及執事視葬獻器, 遂哭之. 卜葬兆, 甫竁, 亦如之. 既葬, 詔相喪祭之禮. (注) 執事, 蓋梓匠之屬. 至將葬, 獻明器之材, 又獻素獻成, 皆於殯門外. 王不親哭, 有官代之.

216 《고명》 太保降收. 諸侯出廟門俟. (孔傳) 言諸侯, 則卿士已下亦可知. 殯之所處, 故曰廟. 待王後命.

원문

又按 :《儀禮》十七篇, 言"右房"者二, 言"左房"者亦二. "右房"見《聘禮》經文, 爲大夫之西房; 見《記》文, 則諸侯之西房也. "左房"見《鄕飮酒 · 記》, 爲大夫東房; 見《大射儀》, 又諸侯東房. 分明有左有右, 由於有東有西. 天子,諸侯,大夫,士之制並同. 吾猶憾祥道能虛會, 未能實證爾.

번역 **우안又按**

《의례》 17편 가운데, "우방右房"을 말한 곳이 두 군데, "좌방左房"을 말한 것도 두 군데이다. "우방"은《빙례》 경문에 보이는데[217] 대부大夫의 서방西房이며, 《기記》에 보이는 것[218]은 제후諸侯의 서방西房이다. "좌방"은《향음주례鄕飮酒禮 · 기記》에 보이는데[219] 대부大夫의 동방東房이며, 《대사의大射儀》에 보이는 것[220]은 또한 제후諸侯의 동방東房이다. 분명하게 좌左와 우右가 있고, 동東이 있는 것으로부터 서西가 있다. 천자, 제후, 대부, 사士의 제도가 모두 동일하다. 나는 아직도 진상도陳祥道가 허회虛會한 것이고 실증實證한 것이 아니라고 생각한다.[221]

---

217 《의례 · 빙례》 君使卿皮弁, 還玉於館. 賓皮弁, 襲, 迎於外門外, 不拜 ; 帥大夫以入. 大夫升自西階, 鉤楹. 賓自碑內聽命, 升自西階, 自左, 南面受圭, 退負右房而立.

218 《의례 · 빙례》 記. 久無事, 則聘焉. (…중략…) 自下聽命, 自西階升受, 負右房而立.

219 《의례 · 향음주례》 記. (…중략…) 薦脯, 五挺, 橫祭於其上, 出自左房.

220 《의례 · 대사의(大射儀)》 主人盥, 洗象觚, 升酌膳, 東北面獻於公. 公拜受爵, 乃奏《肆夏》. 主人降自西階, 阼階下北面拜送爵. 宰胥薦脯醢, 由左房.

221 제73. 《오자지가》가 하대(夏代)의 시(詩)와 같지 않음을 논함의 안설(按說)에 말하였다. "나는 일찍이 일에는 실증(實證)이 있고 허회(虛會)가 있다고 말했었는데, 허회는 상지(上智)라야 깨달을 수 있지만, 실증(實證)은 비록 중인(中人) 이하라도 할 수 있다."(予嘗謂事有實證, 有虛會, 虛會者可以曉上智, 實證者雖中人以下可也.有實證, 有虛會, 虛會者可以曉上智)

제121. 요제항姚際恒이 위고문을 연구한 것 가운데 나의 것보다 나은 몇 조목을 이 편에 다 기재함을 논함

원문

癸酉冬, 薄遊西泠, 聞休寧姚際恒字立方閉戶著書, 攻僞古文. 蕭山毛大可告余："此子之廖偁也, 日望子來, 不可不見之." 介以交余. 少余十一歲, 出示其書凡十卷, 亦有失有得. 失與上梅氏,郝氏同, 得則多超人意見外. 喜而手自繕寫, 散各條下, 其尤害義理者爲錄於此：論"威克厥愛允濟"四句曰：此襄《左傳》吳公子光曰："吾聞之曰：作事威克, 其愛雖小必濟." 任威滅愛之言, 必是祖述桀紂之殘虐而云者, 且又出亂臣賊子口, 其不可爲訓明甚. 光所與處者鱄諸之輩, 所習謀者弑逆之事, 焉知《詩》,《書》者耶? 後世申,商之法, 厥由以興. 今作僞者但以"吾聞之曰"爲《書》辭, 不知既載聖經, "生心而害政, 發政而害事", 罪可勝誅乎! 《李衛公問對》："'臣按《孫子》曰：「卒未親附而罰之則不服. 已親附而罰不行則不可用.」此言凡將先有愛結於士, 然後可以嚴刑也. 若愛未加而獨用峻法, 鮮克濟焉.' 太宗曰：'《尙書》云「威克厥愛允濟, 愛克厥威允罔功」, 何謂也?' 靖曰：'愛設於先, 威設於後, 不可反是也. 若威加於先, 愛救於後, 無益於事矣. 故惟《孫子》之法萬代不刊.'" 案《衛公問對》亦繫假託, 然尙知辨正《尙書》之非, 可爲有識. 又東坡《書傳》："先王之用威愛, 稱事當理而已, 不惟不使威勝愛. 若曰'與其殺不辜, 寧失不經', 又曰'不幸而過, 寧僭無濫', 是堯, 舜以來常務使愛勝威也. 今乃謂威勝愛則事濟, 愛勝威則無功, 是爲堯,舜不如申,商也而可乎? 此胤后之黨臨敵誓師一切之言, 當與申,商之言同棄不齒. 而近世儒者欲行猛政輒以此藉口, 某不可以不辨."

案蘇氏駁辨可謂當矣. 其所斥近世儒者, 必王安石, 與《盤庚》傳後之君子同. 論"小大戰戰"四句曰：據說, 我若不除桀, 桀必除我, 是湯之伐桀全是爲自全免禍計, 非爲救民塗炭也. 若聖人果非以救民爲亟, 則爲其臣子自宜生死惟命, 豈可作平等一輩觀, 爲此先發制人之策耶? 說得成湯全是一片小人心腸, 絶不知有君臣之分者, 殊可怪嘆! 如此, 實乃增湯之慙, 豈惟不能釋湯之慙已乎? 論"將告歸"曰：此既造爲復政, 因造爲告歸, 下又有"今嗣王新服厥命"語, 則是太甲歸亳後, 尹輒翩然歸矣. 殊謬不然. 《君奭》曰："在太甲時則有若保衡." 保衡, 伊尹也. 襄二十一年《左傳》曰："伊尹放太甲而相之, 卒無怨色." 是尹奉太甲歸後作相之日方長. 今據其說, 伊尹於太甲初喪時即放之而自攝, 奉太甲歸後旋即復政, 若始終竟未嘗相太甲者. 太甲去而我留, 太甲來而我去, 何相避之深也? 唐孔氏曰："《殷本紀》云：'太甲崩, 子沃丁立.'《沃丁》序云：'沃丁既葬伊尹于亳.' 則伊尹卒在沃丁之世. 湯爲諸侯已得伊尹, 比至沃丁始卒, 伊尹壽年百有餘歲. 此告歸之時, 已應七十左右也." 案孔《疏》, 伊尹以百餘歲之人, 七十左右未名爲老. 太甲後爲賢君, 稱太宗, 享國綿長, 乃竟置伊尹於不問, 未嘗一日留相王室, 伊尹亦優游私邑, 安享以沒而終其身恝然其君, 蓋萬萬無是理也.

번역

계유년癸酉年, 1693, 염약거 57세 겨울에 서령西泠, 절강성(浙江省) 항주(杭州) 서호(西湖)을 노닐 때, 휴녕休寧, 지금의 안휘성(安徽省) 황산시(黃山市)의 요제항姚際恒, 자 입방(立方)이 문을 닫아걸고 책을 저술하며 위고문僞古文을 연구한다는 말을 들었다. 소산蕭山, 지금의 절강성(浙江省) 항주시(杭州市)의 모기령毛奇齡, 1623~1716, 자 대가(大可)이

나에게 알려주길 "이 사람은 그대의 요칭廖偁과 같은 사람[222]으로, 날마다 그대가 오기를 기다리고 있으니 만나보지 않을 수 없다"고 하며 중간에서 나와 교제시켜 주었다. 요제항은 나보다 11세 어렸고, 그의 책 10권을 내보여주었는데 또한 득실得失이 있었다. 실失은 이전의 매작梅鷟과 학경郝敬과 같고, 득得은 사람들의 견해를 넘어서는 것이 많다는 것이다. 기쁘게 손수 글을 베껴서 각 조목 아래에 흩어놓았고, 더욱 의리를 해치는 것은 여기에 저록하였다.

"위엄威嚴이 사랑을 이기면 진실로 성공할 것이다威克厥愛允濟"의 4구절[223]을 다음과 같이 논하였다.

이 문장은 《좌전 · 소공23년》 오吳공자公子 광光, 闔廬의 "내가 듣건대 '일을 하는데 있어 위엄이 사랑하는 마음을 이기면 비록 적은 병력이라 하더라도 반드시 성공할 수 있다'고 하였다吾聞之曰: '作事威克, 其愛雖小必濟"를 습용한 것이다. 위엄에 맡기고 사랑을 없애자는 것은 필시 걸桀 · 주紂의 잔학殘虐함을 조술해서 말한 것이며, 또한 난신적자의 입에서 나온 것이 틀림없으므로 그 말이 가르침이 될 수 없다는 사실은 매우 명백하다. 공자 광光과 함께 한 자는 전제鱄諸[224]와 같은 무리들이었고, 익숙하게 도모하

222 요칭(廖偁)과 같은 사람 : 구양수(歐陽脩)의 《요씨문집서(廖氏文集序)》에 나온다. 구양수가 친우인 형산(衡山)(호남성(湖南省) 형양시(衡陽市))의 요의(廖倚)의 형인 요칭(廖偁)의 유문(遺文) 《朱陵編》에서 《홍범》에 대해 논한 것을 보고, 요칭 같은 사람은 일찍이 나의 말을 들은 적이 없었으나 뜻이 서로 부합하는 바가 있었다고 하였다.

223 《윤정》 嗚呼, 威克厥愛, 允濟. 愛克厥威, 允罔功. 其爾衆士, 懋戒哉. 아! 위엄(威嚴)이 사랑을 이기면 진실로 성공할 것이요, 사랑이 위엄(威嚴)을 이기면 진실로 공(功)이 없을 것이니, 너희 여러 군사들은 힘써 경계할지어다.

224 전제(鱄諸) : 오자서(伍子胥)가 소개해준 자객 전제(鱄諸)의 도움으로 사촌동생인 오왕 요(僚)를 제거하고 보위에 올랐다.

는 일들은 시해와 역모의 일이었으니, 어찌《시》와《서》를 알았겠는가? 후세의 신불해申不害, 상앙商鞅의 법法이 이로부터 흥기하였다. 오늘날 위작자는 단지 "내가 듣건대吾聞之曰"를《서》의 문사文辭로만 알았고, 이미 성경聖經에 기재된 "마음에서 생겨나 정사를 해치고, 정사에서 발현되어 일을 해친다生心而害政, 發政而害事"[225]는 말을 몰랐던 것이니, 그 죄는 죽임을 당하고도 남을 것이다!

《이위공문대李衛公問對》[226]에 다음과 같이 말하였다. "'신臣이 살펴보건대,《손자》에 「병졸이 아직 친하게 따르지 않는데 형벌을 시행하면 복종하지 않고, 이미 친하게 따르는데 형벌을 시행하지 않으면 쓸 수 없다」卒未親附而罰之則不服. 已親附而罰不行則不可用 하였습니다. 이는 모든 장수가 먼저 사랑하는 마음을 가지고 병사들과 마음이 합한 뒤에야 엄하게 형벌을 시행할 수 있음을 말한 것입니다. 만약 사랑하는 마음을 가지지 않고 오직 준엄한 법만을 적용한다면 성공하는 자가 적을 것입니다.' 태종이 말하였다. '《상서》에 이르기를 「위엄이 사랑을 이기면 진실로 성공하고, 사랑이 위엄을 이기면 진실로 성공하지 못한다」威克厥愛允濟, 愛克厥威允罔功 한 것은 무슨 말인가?' 이정李靖이 대답하였다. '사랑을 앞에 베풀고 위엄을 뒤에 베풀어야 하니, 이것을 반대로 해서는 안 됩니다. 만약 위엄을 앞에 가하고 사랑으로 뒤에 구휼하면 일에 유익함이 없을 것입니다. 그러므로《손자》의 법은 만대萬代에 없앨 수 없는 것입니다.'" 살펴보건대,《위공문대衛

225《맹자·공손추하》曰「詖辭知其所蔽, 淫辭知其所陷, 邪辭知其所離, 遁辭知其所窮. 生於其心, 害於其政；發於其政, 害於其事. 聖人復起, 必從吾言矣.」

226《이위공문대(李衛公問對)》: 당초(唐初)의 군사가(軍事家) 이정(李靖)이 편찬한 병법서로서 당(唐) 태종(太宗)과 이정(李靖)이 군사에 관한 문제를 토론한 내용이다.

公問對》 또한 가탁한 것에 의지하고 있지만, 오히려《상서》의 그릇됨을 변론하여 바로잡을 줄 알았으므로 식견을 가진 것이라 할 수 있다.

또 소식蘇軾, 1037~1101, 호 동파(東坡)의《서전書傳》에 다음과 같이 말했다. "선왕先王이 위엄과 사랑을 사용하는 것은 일을 행함에 이치에 합당하게 하는 것을 칭한 것이지, 위엄이 사랑을 이기지 못하게 한 것이 아니다. '무고한 사람을 죽이기보다는 차라리 떳떳한 법대로 하지 않은 실수를 범하겠다與其殺不辜, 寧失不經',[227] 또 '불행하여 잘못을 범할 바엔 차라리 상賞이 넘칠지언정 형刑이 넘치지 않게 하다不幸而過, 寧僭無濫'[228]와 같은 말은 요堯, 순舜 이래로 항상 사랑이 위엄을 이기도록 힘쓴 것이다. 지금 위엄이 사랑을 이기면 일이 성공하고, 사랑이 위엄을 이기면 공을 이루지 못한다고 말하는 것은 요와 순이 신불해와 상앙만 못하다고 여기는 것이니 옳겠는가? 이 말은 윤후胤后의 무리가 적敵에 맞서 군사에게 맹서하는 일체의 말로서 마땅히 신불해, 상앙의 말과 더불어 같이 폐기되고 수록되지 말아야 할 것이다. 그러나 근세의 유자儒者가 엄혹한 정사를 시행하고자 문득 이 말로 구실을 삼았으므로 내가 분별하지 않을 수 없다." 살펴보건대, 소식의 반박과 변론은 온당하다 할 수 있을 것이다. 그가 배척한 근세의 유자는 필시 왕안석王安石이며,《반경》전傳은 후대의 군자君子의 설과 같다.[229]

"작고 큰 자들이 두려워하다小人戰戰" 네 구절[230]을 다음과 같이 논하였

227《대우모》.

228《좌전 · 양공26년》歸生聞之, 善爲國者, 賞不僭而刑不濫, 賞僭則懼及淫人, 刑濫則懼及善人, 若不幸而過, 寧僭無濫, 與其失善, 寧其利淫, 無善人, 則國從之.

229 채침의《반경 · 집전》에서 소식(蘇軾)의 설을 많이 인용하였다.

다. 기존의 설을 근거로하면, 내湯가 만약 걸桀을 제거하지 않는다면 걸이 반드시 나를 제거할 것이라는 말이니, 이는 탕湯의 걸桀정벌에 온전히 자신의 화를 면하기 위한 계책이지 백성을 도탄에서 구하기 위함이 아닌 것이다. 만약 성인聖人이 과연 백성을 구제하는 것을 급하게 여기는 것이 아니라면, 그 신하가 스스로 생사生死에 명命이 있음[231]을 마땅히 여기는 것인데, 어찌 똑같은 한 사람에 대해서 사람을 제압하는 계책을 먼저 낼 수 있겠는가? 성탕成湯이 온전히 한조각 소인小人의 심장心腸을 가지고서 절대로 군신의 직분이 있음을 알지 못하는 사람으로 말한 것은 매우 괴이하고 한탄스럽도다! 이와 같다면, 실로 탕이 걸의 추방을 부끄럽게 여김을 더하게 되었으니, 어찌 탕의 부끄러움을 풀어주지 않을 수 있겠는가?

"장차 고하여 돌아가려하다將告歸"[232]에 대해서 다음과 같이 논했다. 이것은 이미 (太甲을) 복정復政시킨 것으로 인해 (伊尹이) 귀향할 것을 고하는 것이다. 또한 아래에 "이제 사왕嗣王이 새로 천명天命에 복무하다今嗣王新服厥命"라는 말이 있으니, 이는 태갑太甲이 박亳으로 복귀한 후, 이윤伊尹이 재빨리 귀향한 것이다. 이는 매우 잘못된 견해이다. 《군석》에 "태갑太甲 때에 보형保衡 같은 이가 있었다在太甲時則有若保衡"고 하였다. 보형保衡은 이윤伊尹이다. 양공21년 《좌전》에 "이윤은 태갑을 추방하였다가 그를 보좌하였는데 태갑은 끝내 이윤을 원망하는 기색이 없었다伊尹放太甲而相之, 卒無怨色"고 하였다. 이는 이윤이 태갑을 받들어 돌아오게 한 이후에도 그를 도운 날

---

230 《중훼지고》簡賢附勢, 寔繁有徒. 肇我邦于有夏, 若苗之有莠, 若粟之有秕. 小大戰戰, 罔不懼于非辜. 矧予之德, 言足聽聞.

231 《서백감려》王曰, 嗚呼, 我生不有命在天.

232 《함유일덕》伊尹既復政厥辟. 將告歸, 乃陳戒于德.

이 제법 길었다는 것이다. 지금 기존의 설을 근거로 하면, 이윤이 태갑太甲의 거상居喪 초기에 바로 추방하고 자신이 섭정하다가, 태갑을 받들어 돌아오게 하여 바로 복정復政케 하였으니, 끝내 일찍이 태갑을 도우지 않은 것이 이와 같았다. 태갑이 떠나자 내가 남았고, 태갑이 돌아오자 내가 떠났으니, 서로 피함이 어찌 그리 심한 것인가? 당唐 공영달은 다음과 같이 말했다. "《사기·은본기》에 '태갑이 붕어하니 아들 옥정沃丁이 즉위하였다'고 하였다. 《옥정沃丁》의 서序에는 '옥정이 이윤을 박亳에 이미 장사지냈다'라고 하였으니, 이윤의 죽음은 옥정의 세대에 있었다. 탕이 제후로 있을 때 이미 이윤을 얻었고, 옥정의 세대에 이르러서 죽었으니, 이윤이 누린 수년壽年은 100여 년이었다. 여기에 귀향을 고할 때는 이미 70세 전후가 되었을 것이다《殷本紀》云：'太甲崩, 子沃丁立.' 《沃丁》序云：'沃丁旣葬伊尹于亳.' 則伊尹卒在沃丁之世. 湯爲諸侯已得伊尹, 比至沃丁始卒, 伊尹壽年百有餘歲. 此告歸之時, 已應七十左右也." 살펴보건대, 《공소》는 이윤을 백여 세를 산 사람이라고 하였고, 70세 전후는 노인으로 칭하지 않았다. 태갑은 후에 현군賢君이 되어 태종太宗으로 칭해졌으며 향국享國을 지속함이 길었는데, 끝내 이윤을 옆에 두는 것을 묻지 않았고 일찍이 하루라도 머물면서 왕실을 돕게 하지 않았고, 이윤 역시 사읍私邑에서 유유자적하며 편안하게 지내다가 끝내 자신의 임금을 걱정하지 않았다고 하니, 그럴 리는 절대 만무하다.

원문

按：第二卷論"凡我造邦"五句爲襲《國語》, 姚氏與余同, 尤相發明, 曰："作僞者誤以文,武之教令爲湯之教令, 所謂張帽李戴者是. 其原文以'天道賞善而罰淫'領句, 下用'故'字接, 曰 : '故凡我造國無從非彝, 無即慆淫, 各守爾典, 以承天休.' '彝'字即應上'善'字, '慆淫'即應上'淫'字, '天'字即應上'天道'. 今割去領句, 別置于前, 此處數句全失照應. 剽敓古義既已乖舛不符, 又復隔越不貫, 胡其至此耶?"

번역 안按

본서 제2권에서 "모든 우리 새로 출발하는 나라凡我造邦" 다섯 구절[233]은 《국어》를 습용한 것이라고 논하였는데,[234] 요제항의 논의가 나와 같았고 더욱 서로 발명發明시켜 주었다. 다음과 같이 말했다. "위작자는 문왕과 무왕의 교령敎令을 탕의 교령으로 잘못 이해하였으니, 이른바 장씨의 모자를 이씨가 썼다張帽李戴는 것이다. 그 원문은 '하늘의 도道는 선善한 사람은 상주고 음란한 사람은 벌준다天道賞善而罰淫'를 중요 구절領句로 말하고, 아래에 '고故'자字로 이어 말하길 '그러므로 모든 우리들 나라를 다스리는 사람은 떳떳한 도리가 아닌 것은 따르지 말며 방종하고 음란한 데로 나아가지 말고, 각기 자기가 지켜야 할 법전을 지켜 하늘이 주는 아름다운 복福을 받아야 한다故凡我造國無從非彝, 無即慆淫, 各守爾典, 以承天休'[235]고 하였다. '이彝'자는 바로 위의 '선善'자와 응하고, '도음慆淫'은 바로 위의 '음淫'자와 응하며, '천天'자는 바로 위의 '천도天道'와 응한다. 지금의 고문은 중요 구절領句을 찢어 없애고 앞에 다른 말을 배치하였으니, 여기의 몇 구절이 모두

---

233 《탕고》 凡我造邦, 無從匪彝, 無即慆淫. 各守爾典, 以承天休.
234 본서 권2, 제19. 공안국 주(注) 《논어》가 지금의 《서》전(傳)과 다름을 논함에 보인다.
235 《국어 · 주어중》 先王之令有之曰 : 《天道賞善而罰淫, 故凡我造國, 無從非彝, 無即慆淫, 各守爾典, 以承天休.》

호응을 잃게 되었다. 고의古義를 빼앗아 이미 어그러지고 부합하지 않게 되었고, 다시 문의文義가 서로 떨어져 일관되지 않게 되었으니, 어찌 이런 지경에 이르게 되었는가?"

원문

又按：第一卷論"兼弱攻昧"四句爲襲《左傳》, 亦不若姚氏發明之盡, 但認"仲虺"四語爲僅四字, 與余不同耳. 曰："'取亂侮亡', 塡《左傳》引仲虺語; '兼弱攻昧'及'推亡固存', 皆襲《左傳》語. '邦乃其昌', 倣《左傳》'國之道也', '國之利也'等語. 宣十二年隨武子曰：'見可而進, 知難而退, 軍之善政也. 兼弱攻昧, 武之善經也. 子姑整軍而經武乎, 猶有弱而昧者, 何必楚? 仲虺有言曰：「取亂侮亡.」兼弱也. 《汋》曰：「於鑠王師, 遵養時晦.」耆昧也, 《武》曰：「無競惟烈.」撫弱耆昧, 以務烈所, 可也.' 案《左傳》惟'取亂侮亡'一句爲仲虺語, '兼弱攻昧'爲古《武經》語, 故引《書》以明兼弱, 引《詩》以明耆昧, 又引《詩》以明撫弱耆昧也. 若《書》辭果有'兼弱攻昧, 取亂侮亡'二句, 《左傳》安得分'取亂侮亡'句爲仲虺之言, 分'兼弱攻昧'句爲武之善經乎? 又安得以'兼弱攻昧'句爲提綱, 以'取亂侮亡'句爲條目乎? 此弊竇之瞭然者.[孫文融批點《左傳》云："《仲虺之誥》中原有'兼弱'二字, 此以作斷語, 覺未妥." 閱此, 不覺捧腹. 夫《左氏》之文爲千古絶調, 安得此未妥之義留後人指摘乎? 使《左氏》受寃久矣, 今日始雪.] 又襄十四年, 中行獻子曰：'仲虺有言曰：「亡者侮之, 亂者取之.」推亡固存, 國之道也.' 襄三十年, 子皮曰：'《仲虺之志》云：「亂者取之, 亡者侮之.」推亡固存, 國之利也.' 皆僅有'取亂侮亡', 無'兼弱攻昧', 足以爲證. 其曰'亂者取之'云云, 孔《疏》謂'取彼之意而改爲之辭', 其言非本文',

是也. '推亡固存'一句亦是從上'亡'字增出'存'字以釋《書》辭, 故曰'國之道也','國之利也'. 今將'推亡固存'句一併湊作《書》辭, 而於'國之道也'等句改爲'邦乃其昌', 以取協韻而已. 總之, 中間惟塡《傳》引逸《書》四字, 上下皆是將兩處傳文割剝聯綴, 旣使經如補衲, 復使《傳》無完膚矣."

번역 우안又按

본서 제1권에서 "약한 자를 겸병하고 어두운 자를 공격하다兼弱攻昧" 네 구절[236]은 《좌전》을 습용한 것이라고 논하였는데,[237] 이 또한 요제항이 다 발명發明한 것만 못하지만, "중훼仲虺"의 네 말 가운데 겨우 4글자만이라고 여긴 점은 나의 견해와 같지 않다. 다음과 같이 말했다.

"'어지러운 나라를 취하고 망하는 나라를 업신여긴다取亂侮亡'는《좌전》에서 인용한 중훼仲虺의 말로 메운 것이고, '약한 나라를 겸병하고 우매한 나라를 공격한다兼弱攻昧' 및 '망하는 것을 밀어내고 보존하는 것을 굳건히 하다推亡固存'는 모두《좌전》의 말을 습용한 것이다. '나라가 이에 번창할 것이다邦乃其昌'는《좌전》'나라의 도이다國之道也',[238] '나라의 이익이다國之利也'[239]와 같은 말을 모방한 것이다. 선공12년 수무자隨武子가 말하였다. '이길 가능성을 보면 나아가고 이기기 어려움을 알면 물러나는 것은 군대軍에 가장 좋은 전략政입니다. 약한 나라를 겸병하고 우매한 나라를 공격하

---

236 《중훼지고》 兼弱攻昧, 取亂侮亡, 推亡固存, 邦乃其昌.
237 본서 권1, 제12. 《묵자》 인용 《서》가 지금 고문에 함부로 바뀌어 번역된 것을 논함에 보인다.
238 《좌전 · 양공14년》 史佚有言曰 '因重而撫之.' 仲虺有言曰 '亡者侮之, 亂者取之, 推亡固存, 國之道也.' 君其定衛以待時乎!
239 《좌전 · 양공30년》 大夫聚謀, 子皮曰 "仲虺之志云, '亂者取之, 亡者侮之', 推亡固存, 國之利也."

는 것은 병법武에 가장 좋은 전술經입니다. 우선 군대를 정돈하여 병법을 운용할 것이지, 오히려 약하고 우매한 나라가 있는데 굳이 초楚나라를 칠 필요가 있겠습니까? 중훼仲虺의 말에 「어지러운 나라를 취하고 망하는 나라를 업신여긴다」고 하였습니다. 《주송·작汋》에 「아! 성대한 왕의 군대여, 도道에 따라 힘을 길러 시기를 감추었네」는 우매한 나라를 취한 것이고, 《주송·무武》에 「끝없는 공렬功烈이네」라 하였으니, 약한 나라를 위무하고 우매한 나라를 쳐서 공렬이룸을 힘쓰는 것이 옳습니다見可而進, 知難而退, 軍之善政也. 兼弱攻昧, 武之善經也. 子姑整軍而經武乎, 猶有弱而昧者, 何必楚? 仲虺有言曰: 「取亂侮亡」兼弱也. 《汋》曰: 「於鑠王師, 遵養時晦」耆昧也. 《武》曰: 「無競惟烈」撫弱耆昧, 以務烈所, 可也.' 살펴보건대, 《좌전》의 오직 '어지러운 나라를 취하고 망하는 나라를 업신여긴다取亂侮亡' 한 구절만이 중훼仲虺의 말이고, '약한 나라를 겸병하고 우매한 나라를 공격한다兼弱攻昧'는 고古 《무경武經》의 말이므로, 《서》를 인용하여 약한 나라를 겸병함을 밝혔고, 또 《시》를 인용하여 약한 나라를 위무하고 우매한 나라를 치는 것을 밝힌 것이다. 만약 《서》의 문사文辭에 과연 '어지러운 나라를 취하고 망하는 나라를 업신여기며, 약한 나라를 겸병하고 우매한 나라를 공격한다兼弱攻昧, 取亂侮亡'는 두 구절이 있었다면, 《좌전》은 어찌 '어지러운 나라를 취하고 망하는 나라를 업신여긴다取亂侮亡' 구절을 나누어 중훼仲虺의 말로 여기고, '약한 나라를 겸병하고 우매한 나라를 공격한다兼弱攻昧' 구절을 나누어 무武의 선경善經이라고 여긴 것인가? 또한 어찌 '어지러운 나라를 취하고 망하는 나라를 업신여긴다取亂侮亡' 구절이 강령이 되고, '약한 나라를 겸병하고 우매한 나라를 공격한다兼弱攻昧' 구절이 조목條目이 될 수 있겠는가? 이는 폐단이 확연히 드러난 것이다.[손광孫鑛, 1543~1613, 자 문융(文融)[240]이 주해와 표점을 가한《좌전》에서 말했다.“《중훼지고》 가운데 원래 ‘겸약兼弱’ 두 글자가 있었는데, 이것으로 죄를 단정하는 말로 삼은 것은 타당하지 않은 것 같다.” 여기를 열독하다가, 나도 모르게 배를 움켜쥐고 웃었다. 대저《좌씨》의 문장은 천고千古의 절조絕調인데, 어찌 타당하지 않는 의미로 후대인의 지적을 받을 수 있겠는가?《좌씨》에게 억울함을 준 지가 오래되었으나, 이제 비로소 씻어준다.] 또 양공14년, 중행헌자中行獻子가 말하였다. ‘중훼仲虺의 말에 ‘망하는 나라는 업신여기고 어지러운 나라는 취한다’라 하였으니, 망할 짓을 하는 나라는 밀어내고 보존될 일을 하는 나라는 공고하게 해 주는 것이 나라를 다스리는 도道입니다仲虺有言曰:「亡者侮之, 亂者取之」推亡固存, 國之道也.’ 양공30년, 자피子皮가 말하였다. ‘《중훼지지仲虺之志》에 이르길「어지러운 나라는 취하고 망하는 나라는 업신여긴다」고 하였으니, 망할 짓을 하는 나라는 밀어내고, 보존될 일을 하는 나라는 공고하게 해 주는 것이 나라의 이익입니다《仲虺之志》云:「亂者取之, 亡者侮之」推亡固存, 國之利也.’ 모두 겨우 ‘어지러운 나라는 취하고 망하는 나라는 업신여긴다取亂侮亡’라고만 하였고, ‘약한 나라를 겸병하고 우매한 나라를 공격한다兼弱攻昧’라는 말은 없으므로 증거로 삼기에 충분하다. 양공 14년에 ‘어지러운 나라는 취한다亂者取之’라고 운운한 것의《좌전 · 공소》에 ‘저들을 취하는 의미이면서 저들을 고친다는 말은 원문의 의미가 아니다取彼之意而改爲之辭, 其言非本文’[241]라고 한 것이 이것

240 손광(孫鑛) : 자 문융(文融). 호 월봉(月峰). 명대(明代)의 대신(大臣), 학자(學者)이다. 저서에는《소흥부지(紹興府志)》 50권,《서화제발(書畫題跋)》 6권,《춘추좌전상절구해(春秋左傳詳節句解)》 35권,《춘추좌전두림합주(春秋左傳杜林合注)》 50권 등 다량의 역사문화 평론서가 있다.

이다. '망할 짓을 하는 나라는 밀어내고 보존될 일을 하는 나라는 공고하게 해준다推亡固存' 구절 역시 앞의 '망亡'자를 따라서 '존存'자를 덧붙여 《서》 문사를 해석한 것이므로 '나라의 도이다國之道也', '나라의 이익이다國之利也'라고 말하였다. 지금 고문은 '망할 짓을 하는 나라는 밀어내고 보존될 일을 하는 나라는 공고하게 해준다推亡固存' 구절을 함께 모아 《서》 문사로 만들고, '나라의 도이다國之道也' 등의 구절을 바꾸어 '나라가 번창할 것이다邦乃其昌'라고 하여 협운協韻을 취한 것일 뿐이다. 총결해보면, 중간中間은 《좌전》에서 인용한 일逸 《서》 4글자로 메우고, 앞뒤 모두 두 곳의 《좌전》 문장을 나누고 연결하여 경문經文을 누더기와 같이 만들어 버리고, 다시 《좌전》은 성한 데가 없게 만들어 버렸다."

원문

又按：姚氏好以《左氏》駁古文，與余同. 其論"同力度德"二句，引昭二十四年《傳》劉子謂萇弘曰："甘氏又往矣." 對曰："何害？同德度義.《大誓》曰：'紂有億兆夷人，亦有離德；余有亂臣十人，同心同德.'" 是"同德度義"本萇弘語，所以興起《大誓》"離德","同德"之義也. 今貿貿不察，襲《左》此語於引《大誓》之前，而又列諸《泰誓》中，豈有"同德度義"爲《大誓》之辭，而下接以《大誓》曰耶？古人襲《左》，其顯露敗闕多此類. 但《左氏》之書豈能掩人不見，而天下萬世人日讀《左氏》之書，卒亦無釐訂及此者，何也？杜預《註》：

241 《좌전·양공14년·소(疏)》正義曰：尚書仲虺之誥云：'兼弱攻昧，取亂侮亡，推亡固存，邦乃其昌.' 孔安國云：'弱則兼之，闇則攻之，亂則取之，有亡形則侮之，有亡道則推而亡之，有存道則輔而固之，王者如此，國乃昌盛.' 此傳取彼之意而改爲之辭，其言非本文也.

"度, 謀也. 言唯同心同德則能謀義, 子朝不能, 於我何害?" 其義本與逸《書》四句聯屬, 今將逸《書》四句另置於中篇, 此下接之曰"受有臣億萬惟億萬心, 予有臣三千惟一心", 彼有"德"字兼"心"字, 此僅有"心"字, 無"德"字, 全不照應. 又增"同力度德"一句, 以配合"同德度義".《左氏》"度"字本謀度之"度", 今作揆度之"度", "同力度德"猶可解, "同德度義"便不可解矣. 而孔《傳》乃彊爲之解曰 : "德鈞則秉義者強." 夫德既鈞矣, 又何謂之秉義乎? 豈義在德之外更居德之上乎? 豈紂與武之德鈞而武獨爲秉義者乎? 即如其解, 又何以興起下引《大誓》"離德","同德"之義乎? 種種述謬, 摘不勝摘. 劉炫《左傳註》: "案孔安國云'德鈞則秉義者彊', 萇弘此言取彼爲說, 必其與彼德同乃度義之勝負, 但使德勝, 不畏彼彊, 故即引《泰誓》而勸其務德. 杜爲不見古文, 故致此謬." 穎達曰 : "彼《尚書》之文論兩敵對戰, 揆度有義者彊. 此論甘氏又往, 既不能同德, 何能度義, 屬意有異, 與《書》義不同. 劉以爲杜違《尚書》之文而規其過, 非也." 案劉炫反据僞《傳》以訌杜之非, 穎達又駁劉《註》以證杜之是. 劉,孔諸君皆不幸生古文之後, 徒作此紛紜耳.

번역 우안又按

요제항姚際恒이 《좌씨》로 고문古文을 공박하는 것을 좋아한 것은 나와 같았다. 그는 "힘이 같을 경우에는 덕德을 헤아린다同力度德." 두 구절[242]을 논의하면서, 소공 24년 《좌전》의 유자劉子가 장홍萇弘에게 한 말을 인용하였다.

(소召간공簡公과 남궁은南宮嚚이 감甘환공桓公을 데리고 가서 왕자조王子朝를 뵙게 하

242 《태서상》 同力度德, 同德度義. 受有臣億萬, 惟億萬心. 予有臣三千, 惟一心.

였다) "감씨甘氏도 그의 편이 되는구나甘氏又往矣" 장홍이 대답하였다. "해로울 게 뭐 있습니까? 덕이 같아야 의로운 일을 도모할 수 있습니다. 《태서大誓》에 '주紂에게는 억조億兆의 이인夷人이 있으나 덕德이 이반되었고, 나武王에게는 난신亂臣 10인이 있으나 마음을 같이 하고 덕을 같이 한다'고 하였습니다何害? 同德度義. 《大誓》曰 : '紂有億兆夷人, 亦有離德; 余有亂臣十人, 同心同德'."

이 "덕이 같아야 의로운 일을 도모할 수 있다同德度義"라는 말은 본래 장홍萇弘의 말이고, 그것으로 《태서大誓》의 "덕을 이반하다離德", "덕을 같이하다同德'라는 의미를 흥기시켰다. 지금 고문은 깜깜하게 이를 고찰하지 않고, 《좌전》의 그 말을 습용하여 《태서大誓》의 말 앞에 인용하였고, 다시 《태서泰誓》 가운데 배열해 놓았는데, 어찌 "덕이 같아야 의로운 일을 도모할 수 있다同德度義"가 《태서大誓》의 문사文辭에 포함되어 "《태서大誓》 왈曰" 아래로 이어질 수 있겠는가? 옛사람이 《좌전》을 습용함에 그 패착이 드러난 것이 대부분 이런 부류이다. 다만 《좌씨》 서書가 어떻게 사람들의 눈을 가려 보지 못하게 한 것인지, 천하 만세萬世의 사람들이 날마다 《좌씨》 서를 읽으면서 끝내 교정하여 언급한 자가 없었던 것은 무엇 때문인가? 두예 《주》는 "도度는 도모圖謀함이다. 오직 마음을 같이 하고 덕을 같이 하여야만 의로운 일을 도모할 수 있는데 자조子朝는 의로운 일을 할 수 없으니 우리에게 무슨 해로움이 되겠는가?라는 말이다謀也. 言唯同心同德則能謀義, 子朝不能, 於我何害?"라고 하였다. 그 의미가 본래 일逸 《서》 네 구절과 서로 이어지는데, 지금 고문은 일逸 《서》 네 구절을 《태서중》편에 따로 두고, 그 아래에 이어서 "수受는 신하 억만億萬이 있으나 마음이 억만億萬으로 다르고, 나는 신하 3천 명이 있는데 한마음이다受有臣億萬惟億萬心, 予有臣三千惟一心"라고 하였다. 《좌전》 인용 일逸《서》에는 "덕德"자와 "심心"자가 같이 있으나, 지금 고문에는 겨우 "심心"자만 있고 "덕德"자는 없으므로 전혀 합치되지 않는다. 또한 "힘이 같을 경우에는 덕德을 헤아린다同力度德" 구절을 더하여, "덕이 같으면 의로움으로 헤아린다同德度義"와 배합하였다. 《좌씨》는 "도度"자를 본래 모도謀度의 "도度", 지금 고문은 규탁揆度의 "탁度"으로 썼으니, "힘이 같을 경우에는 덕德을 헤아린다同力度德"는 이해할 수 있으나, "덕이 같으면 의로움으로 헤아린다同德度義"는 이해할 수 없다. 그리고 《공전》은 억지로 주해하기를 "덕이 균등하다면 의로움을 가진 자가 강한 법이다德鈞則秉義者強"라고 하였다. 대저 덕德이 이미 균등한데 또한 어찌 의로움을 가진다고 말한 것인가? 어찌 의로움이 덕德의 바깥에서 덕의 상위에 위치할 수 있겠는가? 어찌 주紂와 무왕의 덕이 같았고 무왕이 오직 의로움을 가진 자이겠는가? 그 해석이 이와 같은데, 다시 어찌 아래에 《태서大誓》의 "덕을 이반하다離德", "덕을 같이하다同德"는 의미를 인용하여 흥기시킬 수 있겠는가? 갖가지 기술된 오류를 이루다 지적할 수 없다. 유현劉炫《좌전左傳·주註》에 다음과 같이 말했다. "살펴보건대, 공안국은 '덕이 같으면 의로움을 가진 자가 강한 법이다'라고 하였는데, 장홍萇弘의 이 말은 그 뜻을 취하여 말한 것이니, 반드시 저와 더불어 덕이 같다면 의로움의 승부를 헤아려야 한다. 다만 덕으로 이긴다면 저들의 강함을 두려워하지 않으므로 곧 《태서泰誓》를 인용하여 덕에 힘쓸 것을 권장한 것이다. 두예는 고문古文을 보지 못하였으므로 이와 같은 오류가 있었다"고 하였다. (《좌전左傳·소疏》) 공영달은 다음과 같이 말했다. "저 《상서》의 문장은 두 적이 대전對戰함에 헤아려 의로움이 있는 자가 강한 것임을 논한 것이다. 이 《좌전》

은 감씨甘氏도 자조子朝의 편으로 갔으므로 이미 덕을 같이 할 수 없는데 어찌 의로움을 도모할 수 있겠는지를 논한 것이니, 귀결점이 같지 않고 《서》와 의미가 다르다. 유현劉炫은 두예가 《상서》의 문장을 잘못 이해한 것으로 여기고 그 잘못을 바로잡은 것은 틀렸다."

살펴보건대, 유현劉炫은 도리어 위僞《공전》을 근거로 두예의 잘못을 꾸짖었고, 공영달은 다시 유현劉炫의 《주》를 공박하여 두예의 옳음을 증명하였다. 유현과 공영달 두 사람은 불행하게도 고문이 생겨난 이후에 태어나 이런 분란을 지은 것일 뿐이다.

원문

又按：論"惟有慙德"引襄二十九年《傳》. 季札曰"聖人之弘也, 而猶有慙德." 案札之觀樂聞聲審音, 即能知帝王之德, 辨衆國之風, 史遷稱其見微而知清濁是也. 自虞夏以訖春秋, 皆札自爲論撰, 絶無一語扳据《詩》,《書》之文. 若謂《尚書》先有此語, 而札乃扳据爲說, 安在其爲知樂耶? 其見舞《象箾》,《南籥》者, 曰："美哉, 猶有憾." 與"猶有慙德"正是一例句法. 若是, 則文王亦當自爲有憾耶? 札之此語乃是評湯之《韶濩》, 即如孔子謂《武》未盡善意. [邢邵《甘露頌》"樂無慙德", 沈約《謝示樂歌啓》"觀樂帝所, 遠有慙德", 皆足證] 若是, 則武王亦當自爲未盡善耶? 今誤以評樂之言加之成湯之身, 而仲虺釋之, 史臣書之, 將聖人青天白日心事全驅入模糊曖昧之鄉, 豈不重可嘆耶? 又曰：聖人之道, 順時而已. 時當揖讓則爲揖讓, 時當征誅則爲征誅. 《易》曰："湯,武革命, 順乎天而應乎人." 是俯仰皆無慙矣. 苟有絲毫之慙, 聖人必不爲之. 觀《湯誓》"今朕必往"之辭及《論語》"玄牡昭告"之語, 豈是抱慙負恩者耶?

번역 우안又按

"부끄러워하는 덕德이 있다惟有慙德"[243]는 양공29년 《좌전》을 인용한 것임을 논하였다. (성탕成湯의 소호무韶濩舞를 보고) 계찰季札이 말했다. "성인聖人의 위대함을 표현하면서도 오히려 부끄러운 덕을 가졌습니다聖人之弘也, 而猶有慙德."[244] 살펴보건대, 계찰이 음악을 관찰하고 소리를 듣고 음을 살피면, 곧 제왕의 덕을 알 수 있고 뭇 나라의 풍風을 변별할 수 있었으니, 사마천이 그를 칭하여 미세한 것을 보고 그 청탁을 알았다見微而知清濁[245]고 한 것이다. 우하虞夏시대에서 춘추春秋시대에 이르기까지, 모두 계찰 스스로 논찬하였고 절대 한 마디의 《시》, 《서》의 문장을 끌어다 근거로 삼지 않았다. 만약 《상서》에 이미 이런 말이 있었다고 말한다면, 계찰은 그것을 근거로 말한 것이니 어찌 계찰이 음악을 아는 것이겠는가? 계찰이 문왕의 악무樂舞인 《상소象箾》, 《남약南籥》을 보고는 "아름답습니다만 유감이 있는 듯합니다美哉, 猶有憾"라고 한 것은 "오히려 부끄러운 덕을 가졌습니다猶有慙德"와 똑같은 구법句法이다. 만약 이와 같다면, 문왕도 당시 스스로 유감을 가졌었던 것인가? 계찰의 이 말은 곧 탕湯의 《소호韶濩》를 평론한 것으로서 곧 공자가 《무武》 악무가 완전 선善하지는 않다未盡善[246]고 말한 의미이다. [형소邢邵, 496~561[247]의 《감로송甘露頌》에 "음악에 부끄러운 덕 없네

---

243 《중훼지고》 成湯放桀于南巢. 惟有慙德曰, 予恐來世, 以台爲口實.

244 《좌전 · 양공29년》 見舞象箾南籥者, 曰, 美哉, 猶有憾, 見舞大武者, 曰, 美哉, 周之盛也, 其若此乎, 見舞韶濩者, 曰, 聖人之弘也, 而猶有慚德, 聖人之難也, 見舞大夏者, 曰, 美哉, 勤而不德, 非禹其誰能脩之, 見舞韶箾者, 曰, 德至矣哉, 大矣, 如天之無不幬也, 如地之無不載也, 雖甚盛德, 其蔑以加於此矣, 觀止矣.

245 《사기 · 오태백세가》 延陵季子之仁心, 慕義無窮, 見微而知清濁.

246 《논어 · 팔일》 子謂韶, 「盡美矣, 又盡善也.」謂武, 「盡美矣, 未盡善也」.

247 형소(邢邵) : 자 자재(子才). 북조(北朝) 위(魏), 제(齊) 시대의 문학가. 대표작에는 《동

樂無慙德"라 하였고, 심약沈約의 《사시악가계謝示樂歌啓》[248]에 "임금님 계신 곳에 음악을 살펴보니, 멀리 부끄러운 덕이 있네觀樂帝所, 遠有慙德"라고 하였는데, 모두 증거로 삼기에 충분하다.] 만약 이와 같다면, 무왕 역시 당시 스스로 완전 선하지 않다고 여긴 것인가? 지금 고문은 악무樂舞를 평론한 말을 성탕成湯의 몸에 덧붙이고 중훼仲虺가 그것을 풀어준 것을 사신史臣이 기록했다고 하여, 성인聖人의 청천백일靑天白日과 같은 심사心事를 온전히 애매모호한 곳으로 몰아넣었으니, 어찌 거듭 한탄스럽지 않겠는가? 또한 성인聖人의 도道는 때를 따르는 것일 뿐이다. 마땅히 읍양揖讓해야 할 때면 읍양하고, 마땅히 정벌하여 주살해야 할 때면 정벌하여 주살하는 것이다. 《역·혁革·단彖》에 "탕湯, 무武 혁명은 천명에 순종하고 인심에 응하였다湯武革命, 順乎天而應乎人"고 하였으니, 땅을 굽어보고 하늘을 우러러 모두 부끄러움이 없었던 것이다. 진실로 한오라기의 부끄러움이라도 있었다면 성인은 결코 그것을 하지 않는다. 《탕서》의 "이제 짐이 반드시 가서 정벌할 것이다今朕必往"라는 문장[249]과 《논어·요왈》의 "검은 희생을 써서 감히 아뢰니다玄牡昭告"의 말[250]을 살펴보건대, 어찌 부끄러움을 짊어진 것이겠는가?

일상지편(冬日傷志篇)》 등이 있다.

248 《예문유취(藝文類聚)》 권43 《啓梁沈約謝齊竟陵王示永明樂歌》曰: 鳳綵鸞章, 霞鮮錦縟, 觀寶河宗, 未必比麗, 觀樂帝所, 遠有慙德, 雖日月在天, 理絕稱詠, 而徘徊光景, 不能自息.

249 《탕서》 今汝其曰, 夏罪其如台. 夏王率遏衆力, 率割夏邑. 有衆率怠, 弗協曰, 時日曷喪, 予及汝皆亡. 夏德若玆, 今朕必往.

250 《논어·요왈(堯曰)》曰「予小子履, 敢用玄牡, 敢昭告于皇皇后帝: 有罪不敢赦. 帝臣不蔽, 簡在帝心. 朕躬有罪, 無以萬方; 萬方有罪, 罪在朕躬.」

원문

又按：論"至治馨香, 感于神明", 亦引僖五年《傳》. 曰：詳宮之奇原文, 所謂馨香本屬黍稷而言. 黍稷者本屬祀神言. 意謂祀神所重在德, 苟有德矣, 其馨香非苐黍稷而已, 乃明德之馨香也. 今其上既無黍稷字, 突然曰"至治馨香", 夫馨香於至治何與耶? 此處既不言祀神事, 下又突然曰"黍稷非馨", 夫黍稷於治民何與耶? 種種述謬, 皆爲呑剝《周書》成語. 故余讀《三國志·張紘傳》紘牋曰："自古有國有家者, 咸欲修德政, 以比隆盛世, 至於其治, 多不馨香." 竊以此僞作者之所本.

번역 우안又按

"지극한 정치는 향기로워 신명神明을 감동시킨다至治馨香, 感于神明."[251] 역시 희공 5년 《좌전》을 인용한 것임을 논하였다. 궁지기宮之奇가 말한 원문原文[252]을 자세히 상고해보면, 이른바 향기로움馨香은 본래 서직黍稷에 속하여 말한 것이다. 서직黍稷은 본래 신神에게 제사 지내는 것에 속하여 말한 것이다. 의미는 신을 제사 지냄에 중요한 것은 덕에 있다는 것이니, 진실로 덕이 있다면 그 향기로움은 서직黍稷에 있는 것이 아니니 바로 명덕明德의 향기로움이라는 말이다. 지금 고문은 그 앞에 이미 "서직黍稷"자가 없는데, 돌연 "지극한 정치는 향기로워 신명神明을 감동시킨다至治馨香"라고

---

251 《군진》我聞曰, 至治馨香, 感于神明. 黍稷非馨, 明德惟馨. 爾尙式時周公之猷訓, 惟日孜孜, 無敢逸豫.

252 《좌전·희공5년》公曰, 吾享祀豐絜, 神必據我. 對曰, 臣聞之, 鬼神非人實親, 惟德是依, 故《周書》曰：「皇天無親, 惟德是輔」, 又曰：「黍稷非馨, 明德惟馨」, 又曰：「民不易物, 惟德繄物.」如是則非德, 民不和, 神不享矣. 神所馮依, 將在德矣, 若晉取虞, 而明德以薦馨香, 神其吐之乎?

하였으니, 대저 향기로움은 지극한 정치와 무슨 관계가 있는 것인가? 이곳은 이미 신에게 제사지내는 일을 말하지 않았는데, 다음 문장에서 다시 돌연 "서직黍稷이 향기로운 것이 아니다黍稷非馨"라고 하였으니, 대저 서직黍稷은 백성을 다스리는 것과 무슨 관계가 있는 것인가? 각각의 진술된 오류들은 모두 《주서周書》 성어成語를 병탄하고 착취해서 만든 것들이다. 그러므로 내가 《삼국지 · 장굉전張紘傳》 장굉張紘의 장계狀啓에서 말한 "예로부터 국가를 소유한 자들은 모두 덕정德政을 닦아 태평성대를 누리고자 하였는데, 그들의 다스림은 대부분 향기롭지 못했습니다自古有國有家者, 咸欲修德政, 以比隆盛世, 至於其治, 多不馨香"를 읽어보고는, 위작자가 이 말을 저본으로 삼은 것이 아닌가 생각했다.

원문

又按：論"古文襲今文之誤處". 曰：《無逸》篇"乃或亮陰，三年不言，其惟不言，言乃雍"，《說命上》則"亮陰三祀，既免喪，其惟弗言"，以爲相表裏矣. 不知《無逸》"其惟"二字本是承接上句"三年不言"語氣，則上句"不言"二字不可删也. 又是喚起下句"言乃雍"語氣，則下句"言乃雍"不可删也. 今上下皆删，獨留此句，"其惟"二字竟無着落. 語氣不完，何以便住? 又曰：《咸有一德》"后非民罔使，民非后罔事"，本倣《國語》"《夏書》曰'衆非元后何戴，后非衆無與守邦'"，《禮記》"《太甲》曰'民非后無能胥以寧，后非民無以辟四方'"，但二者皆以"民非后"在上興起，下"后非民"乃是告君語義，今倒置之，則是告民語義，不容出伊尹對太甲之口矣.

번역 우안又按

"고문古文이 금문今文을 습용하면서 잘못된 부분"을 논하였다. 《무일》편에 "양암亮陰에서 3년 동안 말하지 않았으나 말을 하면 조화로웠다乃或亮陰, 三年不言, 其惟不言, 言乃雍"고 하였고, 《열명상》에서는 "양암亮陰에서 3년 동안 하였고, 이미 상喪을 벗고도 말하지 않았다亮陰三祀, 既免喪, 其惟弗言"고 하였는데, 두 문장은 서로 표리表裏가 된다. 모르겠으나, 《무일》의 "기유其惟" 두 글자는 본래 앞 구절 "삼년불언三年不言"의 어기語氣를 이은 것이므로 앞 구절의 "불언不言" 두 글자를 삭제해서는 안 된다. 또한 다음 구절 "언내옹言乃雍"의 어기語氣를 환기시키므로 다음 구절의 "언내옹言乃雍"을 삭제해서는 안된다. 지금 고문은 앞뒤를 모두 삭제하고 오직 "기유불언其惟弗言" 구절만 남겨놓았으므로, "기유其惟" 두 글자가 끝내 붙을 곳이 없다. 어기語氣가 완전하지 않는데, 어찌 편안할 수 있겠는가? 또 《함유일덕》의 "임금은 백성이 아니면 부릴 사람이 없고, 백성은 임금이 아니면 섬길 사람이 없다后非民罔使, 民非后罔事"는 본래 《국어 · 주어상》의 "《하서夏書》에 '민중은 임금이 아니면 누구를 받들며, 임금은 민중이 아니면 함께 나라를 지킬 사람이 없다衆非元后何戴, 后非衆無與守邦'라 하였다"와 《예기 · 표기表記》의 "《태갑》에 이르길 '백성은 임금이 아니면 서로 편안할 수 없고, 임금은 백성이 아니면 사방에 임금노릇 할 수 없다民非后無能胥以寧, 后非民無以辟四方'라 하였다"를 모방한 것이다. 다만 이 두 문헌에서는 모두 "백성은 임금이 아니면民非后"을 앞에서 흥기興起시켜, 다음의 "임금은 백성이 아니면后非民"은 바로 군주에게 고告하는 의미가 되는데, 지금 고문은 도치시켜 백성에게 고하는 의미로 되었으니, 이윤伊尹이 태갑에게 말한 것이라고 할 수 없게 되었다.

원문

又按：論“蔡《傳》之誤”. 曰：“臣下不匡, 其刑墨”, 安國《傳》：“墨刑, 鑿其額, 涅以墨.” 穎達《疏》：“犯顔而諫, 臣之所難, 故設不諫之刑以勵臣下.” 此特据僞孔《傳》杜撰, 別無所出. 蔡氏引劉侍講曰：“墨, 即叔向所謂《夏書》‘昏,墨,賊, 殺, 皐陶之刑’, 貪以敗官爲墨.” 案《左》引《夏書》, 謂昏,墨,賊三者皆當殺, 非刑名也. 此云“其刑墨”乃五刑涅額之名也, 且此非貪罪, 作僞者原自不引《左傳》, 其意欲以爲不諫者有刑, 然又以不諫之刑本無所出, 因之姑從輕典云爾. 劉氏以《左傳》宜殺之“墨”解僞《書》涅額之“墨”, 是僞《書》之“墨”本是刑名者反不謂之刑名,《左傳》之“墨”本非刑名者反謂之刑名矣, 何兩誤也?

번역 우안又按

“《채전》의 오류”를 논하였다. “신하가 바로잡지 않으면 그 형벌이 묵형墨刑이다臣下不匡, 其刑墨”[253]의 공안국《전》은 “묵형은 그 이마의 살을 따고 홈을 내어 먹으로 물들이는 것이다墨刑, 鑿其額, 涅以墨”라고 하였다. 공영달《소》는 “임금이 싫어하는 안색을 하는데도 간언하는 것은 신하가 어려워하는 바이므로 간언하지 않음에 대한 형벌을 설정해서 신하를 권면한 것이다犯顔而諫, 臣之所難, 故設不諫之刑以勵臣下”라고 하였다. 이 말은 단지 위僞《공전》에 근거한 두찬杜撰으로서 다른 출전은 없다. 채침은 유시강劉侍講의 말

253 《이훈》制官刑, 儆于有位曰, 敢有恒舞于宮, 酣歌于室, 時謂巫風. 敢有殉于貨色, 恒于遊畋, 時謂淫風. 敢有侮聖言, 逆忠直, 遠耆德, 比頑童, 時謂亂風. 惟茲三風十愆, 卿士有一于身, 家必喪. 邦君有一于身, 國必亡. 臣下不匡, 其刑墨. 具訓于蒙士.

을 인용하여 "묵墨은 곧 숙향叔向의 이른바 《하서》의 '혼昏, 묵墨, 적賊은 죽이는데, 이는 고요皐陶의 형벌이다'[254]라는 것이니, 탐욕으로 관官을 무너뜨림을 묵墨이라 한다墨, 即叔向所謂《夏書》'昏, 墨, 賊, 殺, 皐陶之刑', 貪以敗官爲墨"고 하였다. 살펴보건대, 《좌전》에서 인용한 《하서》는 혼昏, 묵墨, 적賊 세 가지는 모두 마땅히 죽여야 함을 말한 것이지 형명刑名을 말한 것이 아니다. 《이훈》의 "그 형벌이 묵형이다其刑墨"라고 말한 것은 곧 오형五刑 가운데 이마에 먹으로 물들이는 형벌의 이름이며 또한 그것은 탐욕의 죄로 인한 것이 아니므로, 위작자가 원래 《좌전》을 인용한 것이 아니며, 그 의도는 간언하지 않음에 대한 형벌이 있음을 말하고자 한 것이다. 그러나 또한 간언하지 않음에 대한 형벌이 본래 나와있는 것이 없으므로 인하여 잠시 가벼운 법을 따라 말한 것일 뿐이다. 유시강은 《좌전》의 마땅히 죽여야 할 "묵墨"을 위僞 《서》의 이마에 먹물을 들이는 "묵墨"으로 잘못 이해하였다. 곧 위僞 《서》의 "묵墨"은 본래 형명刑名을 말한 것인데 도리어 형명刑名이라고 하지 않았고, 《좌전》의 "묵墨"은 본래 형명刑名이 아닌데 도리어 형명刑名이라고 하였으니, 어찌 둘 다 오류인 것인가?

원문

又按：余嘗以《六韜》,《三略》,《李衛公問對》盡僞書, 玆讀《井觀瑣言》, 已知有先我而駁及者, 曰："宋戴溪《將鑑博議》, 乃極稱《三略》通於道而適於用, 可以立功而保身, 且謂其中多'知足戒貪'之語, 張良得之, 用以成名. 謂

---

254 《좌전·소공14년》에 보인다.

《問對》之書興廢得失,事宜情實,兵家術法, 燦然畢舉, 皆可垂範將來. 以瑗觀之, 《問對》雖僞, 然必出於有學識謀略者之手. 東坡云《問對》是阮逸僞作. 《三略》純是剽竊老氏遺意, 迂緩支離, 不適於用. 其'知足戒貪'等語, 蓋因子房之明哲[255]而爲之辭, 非子房反有得於此也. 蓋圯橋授受之書亡矣, 此與所謂《素書》皆贋本. 如曰: '高鳥死, 良弓藏; 敵國滅, 謀臣亡. 亡者, 謂奪其威, 廢其權也.' 皆取諸舊史而附會之, 痕迹宛然可見. 而戴亟稱之, 無乃未之思與? 或謂漢建武二十七年, 詔已援《黃石公記》'柔能制剛, 弱能制強'語, 則此書之傳亦遠矣." 余曰: 安知非作《三略》者反用漢光武詔以充入之乎? 善夫! 朱子論《孔叢子》, 因曰: "天下多少是僞書, 開眼看得透, 自無多書可讀." 其亦上數書之謂與.

번역 우안又按

나는 일찍이 《육도六韜》, 《삼략三略》, 《이위공문대李衛公問對》가 모두 위서僞書라고 여겼는데, 《정관쇄언井觀瑣言》[256]을 읽어보니, 나보다 앞서 언급한 사람이 있다는 것을 알게 되었다.

"송宋 대계戴溪, 1141~1215[257]의 《장감박의將鑑博議》에서 《삼략》은 도道에 통하고 응용에 적합하므로 공을 세워 신체를 보존할 수 있다고 극찬하였

255 원문은 "晢"로 되어 있으나, 《정관쇄언(井觀瑣言)》에 의거 교열하였다.

256 정원(鄭瑗)(?~?, 자 중벽(仲璧))이 지었다. 제117. 정원(鄭瑗)의 의고문(疑古文) 2조목(條目)을 논함에 보인다.

257 대계(戴溪) : 자 초망(肖望), 호(號) 민은(岷隱). 주요 저서에는 《석고논어답문(石鼓論語答問)》, 《속여씨가숙독시기(續呂氏)(祖謙)(家塾讀詩記)》, 《춘추강의(春秋講義)》, 《역총론(易總論)》, 《서설(書說)》, 《예기구의(禮記口義)》, 《맹자답문(孟子答問)》, 《통감필의(通鑑筆議)》, 《장감논단(將鑑論斷)》 등이 있다.

고, 또한 그 안의 수많은 '만족을 알고 탐욕을 경계한다知足戒貪'는 말을 장량張良, ?~BC189[258]이 터득하여 응용함으로써 명성을 얻었다고 하였다. 《이위공문대李衛公問對》라는 책은 흥폐興廢와 득실得失, 사의事宜와 정실情實, 병가兵家의 술법術法 등이 찬란하게 다 거론되어 있고, 모두 모범으로 삼을만하다고 하였다. 내鄭瑗가 보기에 《이위공문대李衛公問對》는 비록 위작이지만, 반드시 학식이 있는 사람의 손에서 나왔을 것이다. 소식蘇軾, 호 동파(東坡)[259]은 《이위공문대李衛公問對》는 완일阮逸의 위작僞作이라고 하였다. 《삼략》은 순전히 노자老子의 뜻을 표절한 것으로 느리고 지리멸렬하여 응용하기에 적합하지 않다. 그 '만족을 알고 탐욕을 경계한다知足戒貪'와 같은 말은 대체로 장량張良, 자 자방(子房)이 명철明哲하게 몸을 보존明哲保身한 것을 따라서 만든 말이지, 장량이 도리어 이 책에서 얻은 것이 아니다. 대체로 이교圯橋에서 주고받은 책[260]은 없어졌으니, 이 책은 이른바 《소서素書》[261]와 더불어 모두 위조본贋本이다. 가령 '높이 나는 새가 죽으면 좋은 활이 감춰지고, 적국이 멸망하면 모의하는 신하가 망한다. 망한다는 것은 위엄을

258 장량(張良) : 자 자방(子房). 진말(秦末)과 한초(漢初)의 모신(謀臣). 서한(西漢) 개국공신(開國功臣)이자 정치가이다. 한신(韓信), 소하(蕭何)와 더불어 "한초삼걸(漢初三傑)"로 불린다.

259 《정관쇄언(井觀瑣言)》 권2 원문은 "朱子"로 되어 있다.

260 《사기·유후세가(留侯世家)》 어떤 노인이 하비(下邳)의 이교(圯橋)에서 장량(張良)에게 《태공병법(太公兵法)》을 전해주면서 "13년 뒤에 그대가 나를 제북 땅에서 보리니, 곡성산 아래의 황석(黃石)이 바로 나이니라."(十三年孺子見我濟北, 穀城山下黃石卽我矣)라고 하였다. 13년 뒤에 장량이 실제로 그곳에 가서 황석을 발견하고 사당에 봉안하였으며, 장량이 죽자 황석도 함께 장사 지냈다.

261 《소서(素書)》: 《검경(鈐經)》 혹은 《옥검경(玉鈐經)》이라고도 불리는 병법서로서 진말(秦末) 한초(漢初)의 황석공(黃石公)이 지은 것이라고 전한다. 《송사·예문지》에 " 황석공(黃石公) 《소서(素書)》 1권"이 저록되어 있다.

빼앗기고 권세를 잃음을 말한다高鳥死, 良弓藏; 敵國滅, 謀臣亡. 亡者, 謂奪其威, 廢其權也'[262]와 같은 말은 모두 구사舊史에서 취하여 견강부회한 것으로 그 흔적이 완연이 드러난다. 그렇다면 대계戴溪가 칭찬한 것은 생각이 없는 것이 아니겠는가? 어떤 이가 말하길, 한漢 건무建武 27년51, 조서詔書에 이미 《황석공기黃石公記》의 '부드러움이 강직함을 제압할 수 있고, 약함이 강함을 제압할 수 있다柔能制剛, 弱能制強'는 말을 인용하였으므로, 그 책이 전해짐이 오래되었다고 하였다."[263]

나는 다음과 같이 생각한다. 《삼략》을 지은 자가 도리어 한漢 광무제光武帝의 조서詔書를 이용하여 《삼략》에 채워 넣은 것이 아닌지를 어떻게 알겠는가? 훌륭하다! 주자朱子가 《공총자》를 논하면서 "천하의 대부분은 위서僞書이니, 눈을 떠 뚫어지게 보면 저절로 읽을 만한 책이 많지 않음을 알게 된다天下多少是僞書, 開眼看得透, 自無多書可讀"[264]고 하였으니, 이 또한 앞에서 언급한 몇몇의 서적을 말한 것이다.

---

262 《삼략·중략(中略)》.

263 《정관쇄언(井觀瑣言)》 권2.

264 《주자어류》 권84. 「家語中說話猶得, 孔叢子分明是後來文字, 弱甚. 天下多少是僞書, 開眼看得透, 自無多書可讀.」

제122. [궐闕]

제123. [궐闕]

제124. [궐闕]

제125. [궐闕]

제126. [궐闕]

제127. [궐闕]

제128. 공안국孔安國의 종사從祀를 폐기할 수 없음과 아울러 한漢 제유諸儒의 종사從祀를 논함

원문

或問：孔安國之從祀在唐貞觀二十一年, 實以古文《尙書》. 今子既辨古文《尙書》經與傳皆屬假託, 然則安國之從祀亦可得而去乎? 余曰：唯唯, 否否. 安國之《尙書》誠假託, 然其於經籍之功亦有不可得而泯者. 如《孝經》二十二章, 傳至梁始亡.《論語》二十一篇, 何晏時雖不傳, 而今《論語》註有所謂“孔曰”者即安國之辭, 是其有功於《論語》不可泯也.《禮古經》五十六篇, 十七篇與高堂生所傳正同, 餘三十九篇謂之逸《禮》, 哀帝時欲立學官不果. 鄭康成本習《小戴禮》, 後以古經校之, 取其義長者爲鄭氏學. 今鄭《註》有所謂“古文作某”, 即安國之本; 所謂“今文作某”者, 乃從安國本也. 逸《禮》三十九篇, 唐初猶傳, 諸儒曾不以爲意, 遂毁於兵. 而吳澄所纂《逸經》八篇, 猶安國之遺也. 是其有功于《儀禮》不可泯也.《禮記》未詳篇數, 然《漢志》亦謂自孔壁得之. 伏生今文《盤庚》三篇合爲一,《康王之誥》合於《顧命》, 安國古文出始分析;《酒誥》,《召誥》率多脫簡, 劉向以中古文校之, 始復完備, 是即其有功于今文《尙書》, 亦不可泯也. 且論其生平, 固無得而訾議也. 攷其世系, 固先聖之嫡派也. 其從祀焉得而廢諸?

번역

어떤 이가 물었다. 공안국孔安國의 공묘孔廟 종사從祀는 당唐 정관貞觀 21년647부터 있어 왔는데,[265] 실로 고문古文 《상서》로 인한 것이다. 지금 그대가 이미 고문《상서》경經과 전傳 모두 가탁假託에 속한다고 변증하였으니, 그렇다면 공안국의 종사從祀 또한 없애야 하는 것인가?

나는 대답하였다. 그럴 것 같지만, 그렇지 않다. 공안국의《상서》는 진실로 가탁假託된 것이나, 그의 경적經籍에 대한 공功은 또한 없어질 수 없다. 예를 들어,《효경》22장章의 공안국 전傳은 양대梁代에 이르러 비로소 없어졌다.《논어》21편[266]은 하안何晏 당시에 비록 전해지지 않았지만, 지금《논어》주註에 있는 이른바 "공왈孔曰"이 곧 공안국의 문사文辭이니 그가《논어》에 대한 공功이 있는 것은 없어질 수 없다.《예고경禮古經》56편 가운데 17편은 고당생高堂生이 전한 것과 똑같고, 나머지 39편은 일逸《예禮》라고 하는데, 한漢애제哀帝 당시에 학관學官에 세우려고 하였으나 결실을 맺지 못했다. 정강성은 본래《소대례小戴禮》를 배웠는데, 이후 고경古經으로 교정하였고, 좋은 의리義理를 취하여 정씨학鄭氏學으로 삼았다. 지금 정강성《주註》에 있는 이른바 "고문은 모某라고 썼다古文作某"가 바로 공안국의 판본이며, 이른바 "금문今文은 모某라고 썼다今文作某"는 바로 공안국의 판본을 따르는 것이다. 일逸《예禮》39편은 당唐 초기까지도 전해졌으나, 제유諸儒들이 일찍이 관심을 두지 않았고 마침내 병란에 훼손되었다. 그러나 오징吳澄이 편찬한《일경逸經》8편은 여전히 공안국의 유산遺産이다. 그가《의례儀禮》에 대한 공功이 있는 것은 없어질 수 없다.《예기》는 아직 편수가 상세하지 않으나,《한서·예문지》에도 공벽孔壁에서 얻은 것[267]이

265 《신당서·예악5》二十一年, 詔左丘明, 卜子夏, 公羊高, 穀梁赤, 伏勝, 高堂生, 戴聖, 毛萇, 孔安國, 劉向, 鄭衆, 賈逵, 杜子春, 馬融, 盧植, 鄭康成, 服虔, 何休, 王肅, 王弼, 杜預, 范甯二十二人皆以配享.

266 《한서·예문지》《論語》古二十一篇, 出孔子壁中, 有兩〈子張篇〉.

라고 하였다. 복생伏生 금문今文《반경》 3편은 합해져 한 편으로 되어 있고, 《강왕지고》는 《고명》에 합해져 있는데, 공안국의 고문古文이 출현하면서 비로소 나뉘어졌고, 《주고》, 《소고》는 대체로 탈간脫簡이 많은데, 유향劉向이 중고문中古文으로 교정하여 비로소 완전함을 회복하였으니, 그가 금문 《상서》에 공功이 있는 것 또한 없어질 수 없다. 또한 그의 평생을 논해보면, 진실로 헐뜯을 수 없다. 그의 세계世系를 고찰해보면 진실로 선성先聖의 적파嫡派이다. 그의 공묘孔廟 종사從祀를 어찌 폐기할 수 있겠는가?

원문

愚于是有感於漢從祀諸儒矣：伏生以《尚書》二十八篇祀, 宜也; 高堂生以《儀禮》十七篇祀, 宜也; 毛萇以傳《詩》三百五篇祀, 亦宜也. 獨杜子春以《周禮》, 后蒼以《禮記》, 則有可得而議焉者. 杜子春爲劉歆門人, 永平初尚存, 能通其讀, 鄭衆, 賈逵往受業焉. 馬融,鄭康成之傳註, 皆始于此. 是以爲有功《周禮》. 而不知其功于《周禮》與杜林之有功古文《尚書》差相等耳, 固未殊絶也. 何以言之? 創始者難爲功, 繼起者易爲力. 當秦火絶滅之餘, 而能存亡保缺, 抱聖人之遺經獨傳于世, 如伏生,高堂生之功, 豈不爲殊絶哉? 至王莽亂, 尚不至如秦火之甚. 故論實有功于《周禮》, 其惟河間獻王德乎! 河間獻王始開獻書之路, 得《周官》五篇, 闕其《冬官》一篇, 購以千金不得, 取《考工記》以補其處, 合成六篇, 奏之, 藏于秘府. 哀帝時, 劉歆校理秘書, 始著於《錄》, 《畧》, 而後有門人杜子春能通其讀. 溯厥淵源, 實自獻王. 故論《周禮》之功,

267 《한서 · 예문지》 古文尚書者, 出孔子壁中. 武帝末, 魯共王壞孔子宅, 欲以廣其宮, 而得古文尚書及禮記, 論語, 孝經凡數十篇, 皆古字也.

進河間獻王德于兩廡, 而罷杜子春可也. 且河間獻王之功亦不細矣. 據《漢志》及《隋·經籍志》, 則《禮古經》出孔壁者安國得而獻之, 出於魯淹中者獻王得而獻之.《孝經》十八章, 獻王所得顏芝之本也. [見邢昺《疏》]《記》百三十一篇, 獻王得七十子後之書也. 立毛氏《詩》則毛萇爲之博士, 立左氏《春秋》則貫公爲之博士. 濟濟乎! 洋洋乎! 西京之儒者未能或之先也. 其從祀, 烏得而舍諸? 后蒼之從祀, 在嘉靖九年, 張孚敬[是年尙名璁, 玆從賜名.] 枋國, 大正祀典, 黜戴聖而進后蒼. 推孚敬之意, 以《春秋》三傳有左氏,公羊氏,穀梁氏;《尙書》今文有伏生, 古文有孔安國;《毛詩》有毛公. 獨三禮《儀禮》有高堂生,《周禮》有杜子春, 而《禮記》有戴聖, 今戴聖以贓吏見黜, 不可不思一人以補之. 於是見《藝文志》有"訖孝宣世后蒼最明, 戴德,戴聖,慶普皆其弟子",《儒林傳》有"蒼說《禮》數萬言, 號曰《后氏曲臺記》, 授大戴,小戴", 遂以后蒼者爲有功《禮記》而祀之. 不知后蒼之明《禮》, 亦明高堂生之《儀禮》耳. 其與《禮記》固絶不相蒙者也. 今世俗槪以《禮記》爲《曲臺記》, 此語不知何所自來, 而孚敬亦從而靡. 甚矣, 孚敬之不學也! 鄭康成《六藝論》謂高堂生以《禮》授蕭奮, 奮授孟卿, 卿授后蒼, 蒼授戴德,戴聖, 是爲五傳弟子所傳皆《儀禮》也. 又謂戴德傳《記》八十五篇, 則今《大戴禮記》是; 戴聖傳《禮》四十九篇則此《禮記》是.《禮記》之在西漢原不立學官, 即大,小戴所刪亦不見《藝文志》. 東漢後, 馬融,盧植,鄭康成始各有解詁, 通爲三《禮》焉. 故若論《禮記》之功, 雖罷后蒼可也.

번역

이에 나는 한漢의 제유諸儒 종사從祀에 대해서 느끼는 바가 있다.

복생伏生이 《상서》 28편으로 종사從祀된 것은 마땅하며, 고당생高堂生이 《의례》 17편으로 종사된 것은 마땅하며, 모장毛萇이 《시》 305편을 전한 것으로 종사된 것도 마땅하다. 오직 두자춘杜子春이 《주례》로, 후창后蒼이 《예기》로 종사된 것은 의논해볼 것이 있다. 두자춘杜子春은 유흠劉歆의 문인門人으로, 영평永平, 58~75 초기에도 생존했으며, 《주례》에 능통하여 정중鄭衆, 가규賈逵 등이 그에게서 수업을 받았다. 마융, 정강성의 전주傳注는 모두 여기에서 비롯되었다. 이것으로 두자춘이 《주례》에 공功이 있다고 여겼다. 그러나 그가 《주례》에 공이 있는 것은 두림杜林이 고문 《상서》에 공이 있다는 것과 비슷하여 진실로 전혀 차이가 없는 것임을 알지 못한 것이다. 어째서 이렇게 말하는 것인가? 창시자는 공을 이루기가 어려우나 이어서 일어나는 자는 쉽게 공을 이룰 수 있는 법이다. 진秦의 분서와 멸절滅絶한 사태를 당했음에도 없어지고 망가진 것을 보존할 수 있었는데, 성인이 남긴 경전을 끌어안고 오직 후세에 전한 복생과 고당생의 공로와 같은 것이 어찌 매우 특별한 것이 아니겠는가? 왕망王莽의 난亂에 이르러서는 오히려 진秦의 분서와 같은 심함에는 미치지 못하였다. 그러므로 실로 《주례》에 대한 공을 논함에 있어서는 오직 하간헌왕河間獻王 유덕劉德이 있었던 것이다! 하간헌왕은 헌서獻書의 길을 처음 열었다. 《주관周官》즉 周禮 5편을 얻었으나 《동관冬官》편이 빠졌으므로 천금千金으로 구매하고자 하였으나 얻지 못하였고, 《고공기考工記》를 취하여 《동관冬官》을 보충하고 6편으로 합하여 상주上奏함에 비부秘府에 소장되었다. 애제哀帝 당시, 유흠劉歆이 비서秘書를 교정하면서 비로소 《별록別錄》, 《칠략七略》에 저록된 이후에 문인 두자춘杜子春이 《주례周禮》에 능통할 수 있었다. 그 연원淵源을 거슬러 올라가보면, 실로 하간헌왕으로부터 시작되었다. 따라서 《주례》의 공을 논함에, 하간헌왕 유덕劉德을 공묘孔廟 양무兩廡에 진헌하고 두자춘을 파기하는 것이 옳다. 또한 하간헌왕의 공功 역시 미미하지 않다. 《한서 · 예문지》 및 《수서 · 경적지》를 근거로 들자면, 《예고경禮古經》의 경우, 공벽孔壁에서 나온 것은 공안국이 얻어 헌상한 것이고, 노魯의 엄중淹中, 춘추(春秋) 노국(魯國)의 읍리(邑里). 지금의 산동성(山東省) 곡부시(曲阜市) 관할에서 나온 것은 하간헌왕이 얻어 헌상하였다.[268] 《효경》 18장章의 경우, 하간헌왕이 얻은 것은 안지顔芝본本이다. [형병邢昺 《소》에 보인다][269] 《기記》 131편의 경우, 하간헌왕이 얻은 것은 칠십자七十子 후학의 책이다.[270] 모씨毛氏 《시》를 학관에 세운 것은 (하간헌왕이) 모장毛萇을 박사博士로 삼았기 때문이고, 좌씨左氏 《춘추》를 학관에 세운 것은 (하간헌왕이) 관공貫公을 박사博士로 삼았기 때문이다.[271] 성대하고 성대하도다! 서한西漢의 유자儒者 가운데 누구도 하간헌왕보다 나은 사람이 없다. 그를 공묘에 종사從祀하지 않고 어찌 버려둘 수 있겠는가?

후창后蒼의 공묘孔廟 종사從祀는 가정嘉靖 9년에 시작되었는데, 장부경張孚敬, 1475~1539[272] [당시 이름은 총璁이었는데, 이때부터 사명賜名을 따랐다.]

---

268 《한서 · 예문지》 《禮古經》者, 出於 魯 淹中.

269 《효경주소(孝經註疏)》 開宗明義章第一 (疏)案孝經遭秦坑焚之後, 爲河間顔芝所藏. 初除挾書之律, 芝子貞始出之.

270 《한서 · 예문지》 《記》百三十一篇 (注)七十子後者所記也.

271 《한서 · 유림전》 漢興, 北平侯張蒼及梁太傅賈誼, 京兆尹張敞, 太中大夫劉公子皆修春秋左氏傳. 誼爲左氏傳訓故, 授趙人貫公, 爲河間獻王博士, 子長卿爲蕩陰令, 授清河張禹長子.

272 장총(張璁) : 자 병용(秉用). 호 나봉(羅峰). 명(明)세종(世宗)이 명(名) 부경(孚敬)과 자(字) 무공(茂恭)을 하사했다. "대예의(大禮議)"사건의 중심인물이다. "대예의(大禮議)"는 정덕(正德)16년(1521)에서 가정(嘉靖)3년(1524) 황통(皇統)문제를 다룬 정치논쟁(政治爭論)으로 지방의 번왕(藩王)이었던 명(明)세종(世宗)이 황위(皇位)에 올라 부모

이 국가의 권력을 장악하고 사전祀典을 개정하면서 대성戴聖을 축출하고 후창后蒼을 진헌하였다. 장부경의 의도를 헤아려보면 다음과 같다. 《춘추》삼전三傳에 좌씨左氏, 공양씨公羊氏, 곡량씨穀梁氏가 있고, 《상서》 금문今文은 복생伏生, 고문古文은 공안국孔安國이 있으며, 《모시》는 모공毛公이 있었다. 유독 삼례三禮만은 《의례》는 고당생高堂生, 《주례》는 두자춘杜子春, 그리고 《예기》는 대성戴聖이 있었는데, 지금 대성戴聖이 뇌물을 받은 관리라는 이유로 축출당하여 한 사람을 보충할 생각을 하지 않을 수 없었다. 이에 《한서 · 예문지》의 "효선제孝宣帝 시대에 이르러 후창后蒼이 가장 총명했고, 대덕戴德, 대성戴聖, 경보慶普가 모두 그의 제자였다訖孝宣世后蒼最明, 戴德, 戴聖, 慶普皆其弟子"라고 한 것[273]과 《한서 · 유림전》의 "후창이 《예》 수만언數萬言을 해설하여 《후씨곡대기后氏曲臺記》라고 불렀는데, 대대大戴와 소대小戴에게 전수하였다蒼說《禮》數萬言, 號曰《后氏曲臺記》, 授大戴, 小戴"라고 한 것을 보고는 마침내 후창이 《예기》에 공이 있는 것으로 여겨 그를 종사하였다. 후창后蒼이 밝힌 《예》는 또한 고당생高堂生의 《의례》를 밝힌 것일 뿐임을 알지 못한 것이다. 후창은 《예기》와는 전혀 관계없는 사람이다. 지금 세속에서는 《예기》를 《곡대기曲臺記》라고 대략 어림짐작하니, 이 말이 어디로부터 나온 것인지는 알 수 없는데 장부경 또한 따라서 휩쓸렸다. 심하도다, 장부경이 학문에 힘쓰지 않음이여! 정강성 《육예론》에서 말하길, 고당생高堂生이 《예》를 소분蕭奮에게 전수하고, 소분은 맹경孟卿에게 전수하였으며, 맹경은 후창后

를 바꾸는 문제로 인해 일어났다.

273 《한서 · 예문지》 漢興, 魯高堂生傳士禮十七篇. 訖孝宣世, 后倉最明. 戴德, 戴聖, 慶普皆其弟子, 三家立於學官.

蒼에게 전수하고, 후창은 대덕戴德과 대성戴聖에게 전수했다고 했는데, 이 5전傳 제자弟子가 전한 것은 모두《의례》였다. 또한 대덕戴德이《기記》85편을 전했다고 한 것은 곧 지금의《대대례기大戴禮記》가 그것이고, 대성戴聖이《예禮》49편을 전했다고 한 것이 이《예기》이다.《예기》는 서한西漢 때 원래 학관에 세워지지 않았으므로 대대大戴와 소대小戴가 산삭한 것 역시《한서·예문지》에 보이지 않는다. 동한東漢 후기에, 마융, 노식盧植, 정강성이 비로소 각각 주해注解를 달아 삼《례》를 통하게 되었다. 따라서 만약《예기》의 공功을 논하더라도 후창后蒼을 파기해도 괜찮을 것이다.

원문

或曰：漢儒罷祀, 皆以過. 劉向以誦神仙方術罷, 賈逵以附會圖讖罷, 馬融以黨附勢家罷, 何休以註〈風角〉等書罷. 今杜子春,后蒼, 子安得以過而罷之? 余曰：無過者雖罷, 仍改祀於其鄕. 若杜子春,后蒼者, 依盧植,鄭康成之例, 祀於鄕可也. 或曰：毛萇爲河間獻王博士屬, 有君臣之分, 而並列兩廡間, 魂魄其能安乎? 余曰：吾思之稔矣! 子雖齊聖, 不先父食. 則臣雖齊聖, 不先君食可知也. 當仍毛萇于兩廡, 而進河間獻王德於啓聖祠, 位次在顏,曾,孔,孟孫四先賢之下, 周,程,朱,蔡四先儒之上, 亦稱曰先儒可也. 嗚呼! 余之爲斯論也, 自以爲不可復易. 昔程敏政當弘治初元上疏, 議孔子廟庭祀典孰者當存[左氏,公羊高, 穀梁赤, 伏勝, 孔安國, 毛萇, 高堂生, 杜子春, 申棖], 孰者當罷[戴聖,劉向, 賈逵, 馬融, 何休, 王肅, 王弼, 杜預, 申黨, 公伯寮 秦冉, 顏何, 蘧瑗, 林放], 孰者當進[后蒼, 王通, 胡瑗], 孰者當改祀於鄕[鄭衆, 盧植, 鄭康成, 服虔, 范甯, 蘧瑗, 林放], 孰者當遷配於啓聖[顏無繇, 曾點, 孔鯉, 孟孫氏], 與從祀啓聖[程珦, 朱松], 凡三十九人, 俱不果行. 逮嘉靖朝, 張孚敬柄國, 始一一如其議以行之. 論之定者不行之于己, 猶可行之于人; 不行之於一時, 猶可行之於後世如此. 余之爲斯論也, 深所望於後之君子哉!

번역

어떤 이가 물었다. 한유漢儒의 종사從祀 파기는 모두 허물이 있었기 때문이었다. 유향劉向은 신선神仙의 방술方術을 암송한 것으로 파기되었고, 가규賈逵는 도참圖讖에 견강부회한 것으로 파기되었으며, 마융馬融은 권력에 편당하여 빌붙은 것으로 파기되었으며, 하휴何休는 《풍각風角》 서書[274]를 주해한 것으로 파기되었다. 이제 두자춘杜子春과 후창后蒼에 대해서 그대는 무슨 허물로 파기시키는 것인가?

나는 대답하였다. 허물이 없는 자라고 하더라도 파기할 수 있으니, 그의 향리鄕里로 제사를 옮긴다. 두자춘, 후창后蒼과 같은 경우는 노식盧植, 정강성鄭康成의 전례에 의거하여 향리鄕里에서 제사 지내는 것이 옳다.

어떤 이가 물었다. 모장毛萇은 하간헌왕河間獻王의 박사博士에 속하니, 군신君臣의 구분이 있는데도 두 사람을 아울러 함께 양무兩廡에 배열하면, 혼백魂魄이 편안할 수 있겠는가?

나는 대답하였다. 내가 그것을 생각한 것이 오래되었다! 자식이 아무리 성인聖人이라고 하더라도 부친보다 먼저 제사를 받지는 않는 법이다「子雖齊聖, 不先父食」.[275] 그렇다면 신하가 아무리 성인이라고 하더라도, 주군보다

274 풍각(風角) : 고대 점복법(占卜法)이다. 오음(五音)으로 사방(四方)의 풍(風)을 점쳐 길흉을 정하였다.

먼저 제사를 받지 않음을 알 수 있다. 마땅히 모장毛萇은 양무兩廡에 모시고, 하간헌왕 유덕劉德은 계성사啓聖祠, 先賢先儒의 父親을 모시는 사당에 진헌하되, 차례는 안자顏子顏回, 증자曾子曾參, 자사子思孔伋, 맹자孟子 네 선현의 아래, 주자周子周敦頤, 정자程子程顥, 程頤, 주자朱子朱熹, 채씨蔡氏蔡元定 네 선유先儒의 위이고 또한 선유先儒로 칭해야 옳을 것이다. 아! 나의 이 논의는 다시 바뀔 수 없을 것으로 생각한다. 예전 정민정程敏政, 1446~1499이 홍치弘治 원년1488 상소上疏를 올려 공자묘정孔子廟庭 사전祀典을 의론함에 마땅히 존치시켜야 할 사람은 누구[좌씨左氏, 공양고公羊高, 곡량적穀梁赤, 복승伏勝, 공안국孔安國, 모장毛萇, 고당생高堂生, 두자춘杜子春, 신정申棖]이며, 마땅히 파기해야할 사람은 누구[대성戴聖, 유향劉向, 가규賈逵, 마융馬融, 하휴何休, 왕숙王肅, 왕필王弼, 두예杜預, 신당申黨, 공백료公伯寮, 진염秦冉, 안하顏何, 거원蘧瑗, 임방林放]이며, 마땅히 진헌해야 할 사람은 누구[후창后蒼, 왕통王通, 호원胡瑗]이며, 마땅히 향리鄕里로 개사改祀해야 할 사람은 누구[정중鄭衆, 노식盧植, 정강성鄭康成, 복건服虔, 범녕范甯, 거원蘧瑗, 임방林放]이며, 마땅히 계성사啓聖祠로 옮겨 배향해야 될 사람은 누구[안무요顏無繇, 증점曾點, 공리孔鯉, 맹손씨孟孫氏]이며, 계성사啓聖祠에 종사從祀해야할 사람[정향程珦, 주송朱松]등 모두 39인이었는데, 모두 결행되지 못했다. 가정嘉靖, 1522~1566조朝에 이르러, 장부경張孚

275 《좌전 · 문공2년》 노나라 민공(閔公)의 서형(庶兄)인 희공(僖公)이 민공의 뒤를 이어 즉위하였는데, 희공이 죽고 희공의 아들인 문공이 즉위하자 종백(宗伯)인 하보불기(夏父弗忌)가 태묘(太廟)에 체제(禘祭)를 지내면서 문공에게 아첨하느라 희공의 신주를 민공의 신주보다 위로 올려서 모셨다. 이를 두고 《좌전》에서는 신하인 희공이 군주인 민공을 이은 것을 아들이 아버지를 이은 것에 견주어 이르기를, "아들이 아무리 성인이라고 하더라도 아버지보다 먼저 제사를 받지 않는 것이 오랜 법도이다"(子雖齊聖, 不先父食, 久矣)라며 비난하였다.

敬이 전권을 장악하고 비로소 하나하나 의론과 같이 시행하였다. 의론이 정해지는 것이 자기에 의해 시행되지 않다가 오히려 다른 사람에 의해 시행되어지고, 한 때에 시행되지 않다가 오히려 후대에 시행되는 것이 이와 같다. 내가 이 논의를 만들어 후대의 군자를 깊이 바라는 바이다!

원문

按：程敏政疏亦謂后蒼有功《禮記》, 宜與左氏,伏生等一體從祀. 則張孚敬之誤, 不獨誤讀《漢書》, 亦緣敏政有以先之. 不特此也, 以鄭夾漈之博奧, 猶謂“漢世諸儒傳授皆以《曲臺雜記》, 故二戴《禮》在宣帝時立學官; 《周禮》, 《儀禮》, 世雖傳其書, 未有名家者.” 此何異說夢乎? 篁墩一疏援經據義, 出入凜如秋霜, 雖未見行當代, 猶獲見賞異時. 故孚敬於其原疏之外, 所特進者一人歐陽修; 從前祭酒謝鐸之議, 黜革者一人吳澄; 從今舉人桂華之議, 從祀啓聖祠者一人蔡元定. 愚竊有議焉者：歐陽修從祀, 雖稱其衛道之功同於韓愈, 而實以濮園之議合于己私, 故孚敬得而進之. 當嘉靖六年, 上已欲進歐陽修, 緣費宏,楊一清不可而止. 是當日君臣固未敢毅然行也. 至孚敬, 則行之不恤矣. 吾恐後世之君子, 有以議其短長也. 愚嘗考鄭康成生平, 與盧植同無過, 而植經解已不傳, 康成尚大顯於世, 即其于三《禮》之功亦不細. 爲當日計者, 康成仍宜留. 既而思之, 康成最惑溺緯書. 緯書起於成,哀之後, 東京尤盛, 爲儒宗者正當引聖經以折其妄, 而反援以證經, 是信經不若信讖緯也. 賈逵以附會圖讖黜矣, 何休以註《風角》等書黜矣, 不黜康成, 無以服賈,何之心. 改祀於鄉, 亦可謂得其平者矣! 凡余議從祀諸儒皆平心易氣, 不敢有一毫私喜怒於其間, 良以此質鬼神,俟後聖之事也. 今孚敬以濮議之唾餘, 一旦膺主眷, 擅國柄, 遂敢進其所私喜之人於廟庭, 而又殺先師之佾舞,籩豆爲不同天子, 名之曰不敢上儗乎事天之禮. 不知德足配天, 何不可事以事天之禮乎? 且成均者, 天子釋奠尊師之地也, 以天子尊天子師而用天子禮樂, 又何不可之有? 乃孚敬以意爲降殺乎! 噫! 孚敬以勢力壓天下之久, 俾不敢議其大禮, 而又欲以勢力壓萬世之人, 俾不敢復議其祀典也哉!

번역 안按

정민정程敏政의 소疏에서도 후창后蒼이 《예기》에 공이 있으므로 좌씨左氏, 복생伏生 등과 같은 예禮로 종사從祀함이 마땅하다고 했다. 그렇다면 장부경張孚敬의 잘못은 오직 《한서》를 잘못 읽은 것이 아니라, 또한 정민정이 먼저 말한 것에 인연한 것이다. 이뿐만 아니라, 정초鄭樵, 1104~1162, 협제(夾漈)선생의 광박廣博하고 정심精深함에도 오히려 "한대漢代 제유諸儒들은 모두 《곡대잡기曲臺雜記》를 전수하였으므로, 두 대씨戴氏의 《예》가 선제宣帝 때 학관에 세워졌고, 《주례》, 《의례》는 세상에 비록 그 책이 전해졌지만 명가名家가 없었다漢世諸儒傳授皆以《曲臺雜記》, 故二戴《禮》在宣帝時立學官; 《周禮》, 《儀禮》, 世雖傳其書, 未有名家者"[276]라고 하였으니, 잠꼬대와 무엇이 다른가? 정민정程敏政, 호 황돈(篁墩)의 소疏는 경經을 인용하고 의로움에 근거하여 출입出入의 늠름함이 추상秋霜과 같았으니, 비록 당대에는 시행되지 못했으나 오히려 다른 시대에 보상을 받았다. 그러므로 장부경은 정민정의 소疏 외에도 특별히 진헌한 자는 구양수歐陽修였고, 좨주祭酒 사탁謝鐸, 1435~1510의 의론에 따라 축출

276 정초(鄭樵), 《육경오론(六經奧論)》 권5 《예경(禮經)》.

한 자는 오징吳澄이었으며 거인擧人 계화桂華, 자 자박(子朴)의 의론에 따라 계성사啓聖祠에 종사從祀한 자는 채원정蔡元定이었다.

나는 여기에 대해 의론하고자 한다. 구양수歐陽修를 종사從祀함에 있어 비록 그가 사도斯道를 지킨 공로가 한유韓愈와 동등하다고 칭하였으나, 실제로는 복원濮園의 의론[277]을 자신의 사사로움에 합치시킨 것이었던 것뿐이고, 따라서 장부경이 진헌한 것이다. 가정嘉靖 6년1528에 황제가 이미 구양수歐陽修를 진헌하고자 하였으나, 비굉費宏, 1468~1535, 양일청楊一清, 1454~1530이 불가하다고 함으로 인해 의론이 멈췄다. 이는 당시 군신君臣들이 진실로 감히 과감하게 시행할 수 없었던 것이다. 장부경에 이르게 되면 시행함에 아랑곳하지 않았다. 나는 후대의 군자들이 그 장단점을 의론하지 않을까 두렵다.

나는 일찍이 정강성의 생애를 고찰해보니, 노식盧植과 더불어 허물이 없었다. 그리고 노식의 경해經解는 이미 전해지지 않지만 정강성이 오히려 세상에 크게 드러났으니, 곧 그의 삼《예禮》에 대한 공功 또한 미미하지 않다. 지금 헤아려보면, 정강성의 종사從祀는 남겨둠이 마땅하다. 얼마 가지 않아 생각해보니, 정강성은 위서緯書에 가장 탐닉하고 미혹되었다. 위서緯書는 성제成帝, BC33~BC7, 애제哀帝, BC7~BC1 이후에 흥기하여, 동한東漢 때 더욱 번성하였는데, 유가儒家의 종사宗師가 된 자는 마땅히 성경聖經을

277 복원(濮園) : 송(宋) 영종(英宗)의 생부인 복안의왕(濮安懿王)의 무덤이다. 영종이 후계자 없이 죽은 인종(仁宗)의 뒤를 이어 황제가 된 뒤, 자기의 생부 복안의왕을 숭봉하려고 하였다. 이때 복왕(濮王)을 황백(皇伯)이라 호칭해야 한다는 범순인(范純仁)과 사마광(司馬光) 등의 주장과 황고(皇考)라고 호칭해야 한다는 한기(韓琦)와 구양수(歐陽脩) 등의 주장이 대립했다. 뒤에 범순인 등이 조정에서 축출되었다.

인용하여 위서緯書의 망령됨을 꺾어야 하거늘 도리어 위서緯書를 끌어다 성경聖經을 증명하였으니, 이는 성경을 믿는 것이 참위讖緯를 믿는 것만 못한 것이다. 가규賈逵는 도참圖讖에 견강부회한 것으로 인해 파기되었고, 하휴何休는 《풍각風角》 등의 서書를 주해한 것으로 파기되었으니, 정강성을 파기하지 않는다면 가규와 하휴의 마음을 굴복시킬 수 없을 것이다. 향리鄉里로 옮겨 향사한 것 역시 공평함을 얻었다고 할 수 있을 것이다!

무릇 내가 의론한 제유의 종사從祀는 모두 심기心氣를 평이하게 해서 논한 것이며 그 사이에는 감히 한오라기의 사사로운 감정도 없으니, 진실로 이것으로 귀신에게 질정하고 훗날의 성인을 기다리는 일이라 할 것이다. 지금 장경부는 복원濮園의 의론이 남긴 유산을 가지고 하루아침에 황제의 보살핌을 업고서 국정을 장악하여 마침내 묘정廟庭에 개인적으로 좋아하는 사람을 진헌하였고, 또한 선사先師의 일무佾舞와 변두籩豆를 축소하여 천자天子와 같지 않은 예로 대하면서 명명하기를 감히 사천事天의 예에 비길 수 없다고 하였다. 잘 모르겠으나, 덕德이 하늘과 짝하기에 충분한데 어찌 사천事天의 예로 섬길 수 없다는 것인가? 또한 성균成均이라는 곳은 천자가 존사尊師를 석전釋奠 지내는 곳인데, 천자가 천자의 스승을 존중하여 천자의 예악禮樂을 사용하는 것이 또한 어찌 불가하겠는가? 곧 장경부가 의도적으로 깎아내린 것이다! 아! 장경부가 세력勢力을 가지고 천하를 억압한 지가 오래되어 사람들로 하여금 감히 대례大禮를 의논하지 못하게 하였고, 또 세력으로 만세萬世의 사람을 억압하여 사람들로 하여금 감히 그 사전祀典을 다시 의론하지 못하게 한 것이다!

원문

又按：逸《禮》三十九篇，謂唐初猶傳，天寶之亂遂毁於兵，出草廬吳氏說，不知何所自來. 獨《朱子文集》及《語類》有"唐初其書尙在"一語，與他語互異. 因徧考《隋·經籍志》,新舊兩《唐志》，俱無《禮古經》五十六篇或逸《禮》三十九篇之目，僅存者今《儀禮》十七篇而已. 賈公彥疏《周禮》,《儀禮》，於鄭《註》所引逸《禮》處不能辨出何書. 孔穎達疏《月令》，能知所引爲《中霤禮》文矣，然亦不言具存，則可證唐初無現傳之事也. 安國壁中所得，實止《論語》,《孝經》,《尙書》,《禮經》四部，無《禮記》. 今云然者，亦偶本《漢志》. 余又曾疑《漢志》"魯共王壞孔子宅"一段，"禮記""記"字爲衍文，或"經"字之譌. 因顔《注》未明，故未盡削去，實非屬定論也.

번역 우안又按

일逸《예禮》 39편은 당唐 초기까지도 전해졌으나 천보天寶의 난亂에 마침내 병란으로 훼손되어졌다고 한 말은 초려草廬 오징吳澄, 1249~1333의 설로부터 나왔는데,[278] 그 설이 어디로부터 온 것인지는 알 수 없다. 오직《주자문집朱子文集》 및 《어류語類》에 "당唐 초기까지 그 책은 여전히 존재했었다唐初其書尙在"[279]라는 문구는 여타의 말과는 서로 다르다. 그로 인하여《수

278 《오문정집(吳文正集)》 권1 《잡저·삼경서록(三經敍錄)》 魯共王壞孔子宅，得古文《禮經》於孔氏壁中，凡五十六篇. 河間獻王得而上之，其十七篇與《儀禮》正同，餘三十九篇藏在祕府，謂之《逸禮》. 哀帝初，劉歆欲以列之學官而諸博士不肯置對，竟不得立. 孔鄭所引《逸禮》,《中霤禮》,《禘於太廟禮》,《王居明堂禮》，皆其篇也. 唐初猶存，諸儒曾不以爲意，遂至於亡，惜哉!

279 《회암집》 권52 《답오백풍(答吳伯豐)》,《주자어류》 권38에 보인다. 熹前日承書說祭禮篇目，內郊社篇中當附見逸禮中霤一條. 此文散在月令注疏中，今已抄出，不見本文次序. 然以中霤名篇，必是以此章爲首. 今亦當以此爲首，而以"竈門"行以次繼之. 皆以注中所引爲經而疏爲注. 其首章卽以逸禮中霤冠之，庶幾後人見得古有此書，書有此篇，亦存羊之意也. 疏中有其篇

서 · 경적지》와 신구新舊 양兩《당서唐書 · 예문지》를 두루 고찰해보니, 모두 《예고경禮古經》 56편 혹은 일逸《예禮》 39편의 편목은 없었고, 겨우 보존된 것은 지금의 《의례》 17편뿐이었다. 가공언賈公彥은 《주례》, 《의례》를 소해疏解하였는데, 정강성 《주》의 일逸《예禮》를 인용한 곳은 어느 책에서 나온 것인지는 분별할 수 없다. 공영달孔穎達은 《월령月令》을 소해疏解하였는데, 인용된 것이 《중류례中霤禮》의 문장임은 알 수 있으나 또한 존재한다고는 말하지 않았으므로, 당唐 초기까지 전해졌다는 사실은 없었음을 증명할 수 있다. 공안국이 공자의 고택 벽중에서 얻은 것은 실제로 《논어》, 《효경》, 《상서》, 《예경禮經》 네 부部에 그치며 《예기禮記》는 없었다. 지금 그것을 말하는 자들 역시 《한서 · 예문지》에 근본한 것이다. 또한 나는 일찍이 《한서 · 예문지》의 "노魯공왕共王이 공자의 고택을 허물었다魯共王壞孔子宅"는 단락[280]을 의심하였는데, "예기禮記"의 "기記"자는 연문衍文이거나 혹은 "경經"자의 와변이다. 안사고 《주》[281]가 명확하지 않으므로 인하여 다 삭제되지 않은 것이며, 실제로 정론에 속하는 것은 아니다.

원문

又按：《周禮廢興序》云："王莽時兵災並起, 劉歆弟子喪亡, 徒有里人河南緱氏杜子春尚在." 蓋杜子春乃緱氏縣人, 非緱爲人氏, 與杜子春各爲一人.

名, 必是唐初其書尚在, 今遂不復見, 甚可嘆也.

280 《한서 · 예문지》 武帝末, 魯共王壞孔子宅, 欲以廣其宮, 而得古文尚書及禮記, 論語, 孝經凡數十篇, 皆古字也. 共王往入其宅, 聞鼓琴瑟鍾磬之音, 於是懼, 乃止不壞. 孔安國者, 孔子後也, 悉得其書, 以考二十九篇, 得多十六篇.

281 《한서 · 예문지》 (注) 師古曰壁中書多以考見行世二十九篇之外更得十六篇.

《隋志》譌云："河南緱氏及杜子春受業於歆, 因以教授." 鄭夾漈因之, 遂謂《禮》有《緱氏要鈔》四卷, 不知此見《隋志》及《唐·經籍志》俱爲《禮記要鈔》, 《註》云："緱氏撰", 似是六朝人. 《唐·藝文志》則名《緱氏要鈔》六卷, 爲宋戴顒撰, 豈東漢初書乎? 鄭之妄多此類.

번역 우안又按

가공언의 《주례폐흥서周禮廢興序》에 "왕망 때 전쟁과 재난이 같이 일어나 유흠劉歆의 제자들이 다 죽었는데, 단지 하남河南 후씨緱氏, 지금의 하남성(河南省) 낙양시(洛陽市) 언사시(偃師市) 후씨진(緱氏鎭) 마을의 두자춘杜子春만이 생존했다王莽時兵災並起, 劉歆弟子喪亡, 徒有里人河南緱氏杜子春尚在"[282]고 하였다. 두자춘은 후씨현緱氏縣 출신이지, 후씨의 사람과 두자춘이 각각 한 사람이라는 말이 아니다. 《수서·경적지》에는 와변되어 "하남河南의 후씨緱氏 및 두자춘杜子春이 유흠에게서 수업을 받아, 그것으로 교수教授하였다河南緱氏及杜子春受業於歆, 因以教授"고 하였다. 정초鄭樵, 1104~1162, 협제(夾漈)선생는 이 말로 인하여 마침내 《예禮》에는 《후씨요초緱氏要鈔》 4권이 있다고 하였으니, 그 책은 《수서·경적지》 및 《당唐·경적지經籍志》에 모두 《예기요초禮記要鈔》라고 되어 있고, 그 《주》에 "후씨찬緱氏撰"으로 되어있는데, 그 후씨는 육조六朝시대의 사람인 것을 몰랐던 것이다. 《당·예문지》에는 《후씨요초緱氏要鈔》 6권이 있고, 남조南朝 송宋 대옹戴顒, 377~441이 찬撰한 것인데, 어찌 동한東漢 초기의 서적이겠는

282 가공언, 《서주례폐흥(序周禮廢興)》 奈遭天下倉卒, 兵革並起, 疾疫喪荒, 弟子死喪. 徒有里人河南緱氏杜子春尚在, 永平之初, 年且九十, 家于南山, 能通其讀, 頗識其說, 鄭衆, 賈逵往受業焉.

가? 정초의 망령됨은 이런 종류가 많다.

원문

又按：《隋志》云"河間獻王得仲尼弟子及後學者所記一百三十一篇, 獻之", 亦譌.《漢志》於此《記》,《註》云"七十子後學者所記", 蓋七十子既喪, 源遠而末益分, 其時之學者各撰所聞, 故多雜.《隋志》誤會增"及"字, 遂畫爲二樣人, 與杜子春同. 請更證之：《漢志》於《王史氏》二十一篇下亦《註》"七十子後學者", 劉向謂王氏,史氏六國時人, 則"七十子後學者"六字, 豈有仲尼弟子在內哉?

번역 **우안又按**

《수서 · 경적지》에 "하간헌왕이 중니仲尼 제자弟子 및及 후학자後學者가 기록한《기(記)》 131편을 얻어 헌상하였다河間獻王得仲尼弟子及後學者所記一百三十一篇, 獻之"고 한 것도 와변된 것이다.《한서 · 예문지》는 이《기記》의《주》에 "칠십자 후학자가 기록한 것이다七十子後學者所記"라고 하였고, 칠십자七十子, 直傳孔子弟子는 이미 죽었고 근원은 멀어지고 끝으로 갈수록 더욱 분화되었으니, 그 당시의 학자들이 전해 들은 바를 각각 편찬한 것이므로 번잡함이 많았다.《수서 · 경적지》는 잘못 이해하고 "급及"자를 덧붙여 마침내 두 사람인 것처럼 해버렸으니, 두자춘杜子春의 경우와 같다.

더욱 증명해보면 다음과 같다.《한서 · 예문지》의《왕사씨王史氏》 21편 아래의《주》에서도 "칠십자 후학자七十子後學者"라고 하였고, 유향劉向은 왕씨王氏, 사씨史氏는 육국六國, 戰國시대 사람이라고 하였으니, "칠십자 후학자

七十子後學者" 여섯 글자가 어찌 중니의 (직전直傳)제자에 들어갈 수 있겠는가?

원문

又按：以《后氏曲臺記》爲即今《禮記》，誤實始徐堅等《初學記》．堅云見《禮記正義》，今《禮記正義》無斯語，堅復誤．

번역 **우안又按**

《후씨곡대기后氏曲臺記》가 곧 지금의 《예기》라고 하는 오류는 실제로 서견徐堅, 660~729 등의 《초학기初學記》[283]에서 비롯되었다. 서견의 말은 《예기정의禮記正義》에 보였는데, 지금 《예기정의》에는 이 말이 없으며 서견은 또 틀렸다.

원문

又按：石華峙紫嵐告余："'子雖齊聖，不先父食'，謂如顏,曾,子思配饗廟庭，而路,晳,伯魚反下從兩廡之類，非謂並列于兩廡者．並列兩廡，若河間獻王,毛萇，雖君臣，一統於先師之尊，左昭右穆，如宗廟行列，未覺不可．"余曰："蔡元定父子不兩祀之乎？"紫嵐曰："周輔成,程珦,朱松皆以子貴，故宜從祀啓聖．若蔡元定自有功聖門，非以子後重者，仍宜改祀於兩廡可也．"余曰："此說誠是，吾爲子識之．"

283 《초학기》 권21 《문부(文部)》 漢宣帝世，東海后蒼善說禮，於曲臺殿撰禮一百八十篇，號曰后氏曲臺記．后蒼傳於梁國戴德及德從子聖，乃刪后氏記爲八十五篇，名大戴禮．聖又刪大戴禮爲四十六篇，名小戴禮．

번역 **우안又按**

석화치石華峙, 자 자람(紫嵐)가 나에게 다음과 같이 알려왔다. "'자식이 아무리 성인聖人이라고 하더라도 부친보다 먼저 제사를 받지는 않는다子雖齊聖, 不先父食'라고 한 것은 안회顔回, 증참曾參, 자사子思는 묘정廟庭에 배향하고, 안로顔路, 증석曾晳, 백어伯魚는 도리어 그 아래 양무兩廡에 종사從祀하는 류를 말한 것이지, 아울러 양무兩廡에 배열하는 것을 말한 것이 아니다. 아울러 양무兩廡에 배열하는 것은 하간헌왕河間獻王과 모장毛萇과 같은 경우이니, 비록 군신君臣의 관계이지만 선사先師의 존귀함으로 하나로 통하고, 좌소우목左昭右穆의 종묘宗廟 항렬行列과 같은 것이니 불가하지 않다고 생각한다."

내가 말하였다. "채원정蔡元定 부자父子는 두 번 제사지내지 않는가?"

자람이 말하였다. "(주돈이周敦頤 부친父親) 주보성周輔成, (정자程子 부친父親) 정향程珦, (주희朱熹 부친父親) 주송朱松은 모두 자식으로 인해 귀하게 되었으므로 마땅히 계성사啓聖祠에서 종사從祀해야 한다. 채원정과 같이 자신이 성문聖門에 공이 있고, 자식으로 인해 후대에 귀중해진 경우가 아닌 경우는 마땅히 양무兩廡로 옮겨서 종사從祀하는 것이 옳을 것이다."

내가 말하였다. "이 설說이 진실로 옳으니, 내가 그대를 위해서 기록해 두고자 한다."

원문

又按：程珦,朱松從祀, 程篁墩稱其子之學開於父, 一首識周濂溪于屬吏之中, 薦以自代, 而使二子從遊. 一臨沒時, 以朱子託其友胡籍溪, 而得程氏之學. 且珦以不附新法退矣, 松以不附和議奉祠矣. 歷官行己, 咸有稱述. 若周輔成者, 特以萬曆二十三年湖廣撫按援珦,松之例以進. 案潘興嗣親爲茂叔友, 又據其子所次行狀撰墓文, 並未及輔成行實一字, 但云任賀州桂嶺縣令, 贈諫議大夫而已. 其云多善政者, 疑後人傅會, 非實. 竊謂縱實, 濂溪不由師傳, 默契道妙, 學於其父何與哉而援珦,松例邪? 罷之爲宜.

번역 우안又按

정향程珦과 주송朱松의 종사從祀에 대해 정민정程敏政, 1446~1499, 호 황돈(篁墩)은 그 자식의 학문은 부친에게서 열려진 것이라고 칭찬하였다. 한 명은 주돈이周敦頤, 호 濂溪가 속리屬吏로 있을 때 (그의 학식을) 먼저 알아보고는 자신程珦을 대신하도록 천거하고, 두 아들程顥와 程頤을 종유從遊하게 하였다. 다른 한 명은 죽을 때가 되어, 주자朱子를 그의 친우인 호헌胡憲, 호 적계(籍溪)에게 부탁하여 정씨程氏의 학문을 얻게 하였다. 또한 정향은 신법당新法黨에 빌붙지 않고 물러났으며, 주송은 화의파和議派에 빌붙지 않아 봉사奉祠로 면직되었다. 관직에 있으면서도 자신의 몸가짐을 바로 잡았으므로 모두 칭송되는 바가 있었다. 주보성周輔成과 같은 경우는 단지 만력萬曆 23년1595 호광湖廣湖北과 湖南의 무안撫按이 정향, 주송의 전례를 끌어다 진헌하였다. 살펴보건대, 반흥사潘興嗣, 1023?~1100는 주돈이周敦頤, 자 무숙(茂叔)의 친우였는데, 그가 찬한 (주돈이周敦頤의) 행장行狀과 묘문墓文을 근거로 들어보면, 모두 주보성周輔成의 행실行實은 한 글자도 없다. 단지 하주賀州 계령桂嶺현령縣令을 역임하였고, 증贈간의대부諫議大夫로 되었다고만 하였다. 그가 선정善政을 많이 했다고 한 것은 아마도 후대인이 덧붙인 것으로 사실이 아닐 것이다. 설령 사실이라고 하더라도, 주돈이周敦頤, 호 염계(濂溪)는 스승으로부터 전수받지 않고 오묘한 도道에 묵묵히 계합契合하였으니, 그 학문이 부친으로부터 나왔다고 하고 정향과 주송의 전례를 끌어올 수 있겠는가? 파기하는 것이 옳다고 생각한다.

원문

又按：程篁墩議孔子弟子從祀據《家語》，而以《史記》所載爲後人附益，誤. 太史公明云："弟子籍，出孔氏古文，近是"，《家語》在唐初已非古本，見顔師古《註》. 竊以二書亦未可偏廢. 《史記》七十七人有公伯寮,秦冉,鄡單，則《家語》所無. 《家語》亦七十七人，别以陳亢,琴牢,縣亶當其數. 合而計之，整八十人. 嘉靖九年，公伯寮以愬子路,沮孔子罷，宜矣. 但秦冉,顔何以不載《家語》罷，則大非，二人宜復祀. 且顔何特不見篁墩所據《家語》，而未嘗不載唐小司馬時《家語》，見《史記》註，程氏亦考未詳. 又兩廡不見有縣亶，或以縣亶即鄡單，亦非. 宜補入，以合《家語》. 如是而孔子所謂"受業身通者"皆全具矣. 他若《石室圖》有蘧伯玉,林放,申棖，篁墩以棖即《史記》申黨，宜存棖去黨，合《論語》；蘧伯玉在所嚴事，林放止稱魯人，未聞在弟子之列，改祀於鄉，此則最爲論之持平，無庸更議云.

번역 **우안又按**

정민정程敏政, 호 황돈(篁墩)이 공자孔子 제자弟子의 종사從祀를 의논함에 《공자가어》를 근거로 들고, 《사기》에 기록된 것은 후대인이 부익附益한 것이라고 여긴 것은 틀렸다. 태사공은 명확하게 "제자들의 적籍은 공씨 고문으로부터 나온 것이 사실에 가깝다弟子籍, 出孔氏古文, 近是"[284]라고 하였고, 《가어》는 당唐 초기에 이미 고문古本이 아님이 안사고《주》에 보인다.[285] 가만히 생각해보건대, 두 서적 역시 한쪽만 폐기하는 것은 옳지 않을 것이다. 《사기》의 77인에는 공백료公伯寮, 진염秦冉, 교단鄡單이 있지만, 《가어》에는 없다. 《가어》에도 77인이 있는데, 《사기》와는 별개로 진항陳亢, 금뢰琴牢, 현단縣亶이 그 자리를 차지한다. 합하여 헤아려보면, 모두 80인이다. 가정嘉靖 9년1530, 공백료公伯寮는 자로子路를 참소하고 공자孔子를 방해[286]했다는 이유로 종사가 파기된 것은 마땅하다. 다만 진염秦冉과 안하顔何가 《가어》에 기록되지 않았다는 이유로 파기된 것은 큰 잘못이니, 두 사람은 종사從祀를 복구함이 마땅하다. 또한 안하顔何는 단지 정민정이 근거로 든 《가어》에만 보이지 않을 뿐이고, 일찍이 당唐 소사마小司馬, 司馬貞 당시의 《가어》에 기록되지 않음이 없었던 것은 《사기색은》에 보이니,[287] 정민정 또한 고찰이 상세하지 못했던 것이다. 또 양무兩廡에 현단縣亶이 없는데, 혹자들이 현단縣亶을 교단鄡單이라고 여기는 것도 틀렸다. 마땅히 종사從祀를 더해 《가어》와 합하게 해야 한다. 이와 같이 한다면, 공자가 말한 "수업을 받아 육예를 능통한 자受業身通者"[288]가 모두 완전히 갖추어지게 될 것이다. 그 외에 《석실도石室圖》에 거백옥蘧伯玉, 임방林放, 신장申棖이 있는데, 정민정은 신장申棖을 《사기》의 신당申黨으로 여기고, 신장申棖은 존치시키고 신당申黨은 없애 《논어》와 합치하게 하였고,[289] 거백옥蘧伯玉은 공자가

284 《사기·중니제자열전》.
285 《한서·예문지》 孔子家語二十七卷. (注) 師古曰: 非今所有《家語》.
286 《논어·헌문》 公伯寮愬子路於季孫. 子服景伯以告, 曰: 「夫子固有惑志於公伯寮, 吾力猶能肆諸市朝.」 子曰: 「道之將行也與? 命也. 道之將廢也與? 命也. 公伯寮其如命何!」
287 《사기·중니제자열전》 顔何, 字冉. 《索隱》: "《家語》字稱."
288 《사기·중니제자열전》 孔子曰受業身通者七十有七人.

엄숙하게 섬긴 분이고,[290] 임방林放은 단지 노魯나라 사람이라고 칭해지고 제자의 항렬에 있다는 말은 들어보지 못했으므로, 향리鄕里로 옮겨 종사하게 한 것은 가장 공평한 논의로서 다른 논의가 필요 없다.

원문

又按：七十子之祀既定, 仍有可議者三：一羅從彦,李侗皆萬曆四十一年進, 今天下學宮尚未通祀, 宜詔諭之; 一朱子門人蔡沈以《書集傳》進, 而黃幹直卿所編喪,祭二禮尤精博, 出蔡上, 行誼首爲朱子推重, 亦宜進; 一程子門人有楊時, 朱子門人有蔡沈, 豈有曾子高弟公明儀見《祭義》註者, 孟子高弟樂正克見《孟子》, 配饗者反在兩廡之外乎? 誠爲闕典. 或曰：其位次若何? 余曰：公明儀在先儒左氏之上, 樂正克在穀梁氏之下, 皆稱先儒可也.

번역 우안又按

칠십자七十子의 종사從祀가 이미 정해졌다면, 바로 논의할 만한 것이 세 가지가 있다. 첫째, 나종언羅從彦, 1072~1135과 이통李侗은 모두 만력萬曆 41년1641에 진헌進獻되었으나, 지금 여전히 천하天下의 학궁學宮에서 제사를 공통적으로 올리지 않고 있으므로 마땅히 알려 깨우쳐야 할 것이다. 둘째, 주자朱子 문인門人 채침蔡沈, 1167~1230은 《서집전》으로 진헌되었고, 황간黃幹, 1152~1221, 자 직경(直卿)이 편찬한 상喪, 제祭 두 예禮는 더욱 정밀하고 광박하고 채침보다 먼저 나왔으며, 품행으로도 먼저 주자를 추중하였으므로 또

289 《논어 · 공야장》 子曰：「吾未見剛者.」或對曰：「申棖.」子曰：「棖也慾, 焉得剛?」
290 《사기 · 중니제자열전》 孔子之所嚴事, 於周則老子, 於衛, 蘧伯玉.

한 마땅히 진헌해야 할 것이다. 셋째, 정자程子 문인에 양시楊時가 있고, 주자 문인에 채침이 있는데, 《예기 · 제의祭義》 주註[291]에 보이는 증자曾子의 고제高弟 공명의公明儀와 《맹자》에 보이는 맹자孟子 고제高弟 악정극樂正克[292]의 배향配饗은 어찌 오히려 양무兩廡의 바깥에 있는 것인가? 진실로 잘못된 법이다.

어떤 이가 물었다. 그들의 신위神位 차례는 어떠한가?

나는 대답하였다. 공명의公明儀는 선유先儒 좌씨左氏의 위이고, 악정극樂正克은 곡량씨穀梁氏의 아래이니, 모두 선유先儒라 칭할만 하다.

원문

又按：孟子之父孟孫氏[“孫”字宜去, 方與廟庭亞聖之氏同], 生平行實無考, 以孟子之故遷配啓聖祠, 人無異議. 則祀典既可上及於父, 亦可下及於子. 四配中曾子有子曰曾申, 字子西. 《集註》以爲曾子孫者非, 賢見《孟子》, 宜從祀. 十哲中子張有子曰申詳, 賢雖下于子思, 却與泄柳並, 亦宜從祀. 或曰：其位次若何? 余曰：公明儀既入, 此二子當在公明儀之上, 亦稱先儒. 蓋儀又子張高弟, 見《檀弓》疏.

번역 우안又按

맹자의 부친 맹손씨孟孫氏[“손孫”자는 마땅히 제거해서, 묘정廟庭 아성亞聖

291 《예기 · 제의(祭義)》 曾子曰：「孝有三：大孝尊親, 其次弗辱, 其下能養.」公明儀問於曾子曰：「夫子可以爲孝乎?」(注) 公明儀, 曾子弟子.
292 《맹자 · 이루상》 樂正子從於子敖之齊. 樂正子見孟子. (注) 魯人樂正克孟子弟子也.

의 씨氏와 같게 해야 할 것이다]의 경우, 평생의 행실行實을 고찰할 수 없으나, 맹자로 인하여 계성사啓聖祠에 천배遷配하는 것에 사람들의 이론異論이 없다. 그렇다면 사전祀典이 이미 위로 부친에게까지 미쳤으니, 또한 아래로 자식에게 미치는 것도 옳을 것이다. 묘정廟庭에 배향된 네 성인聖人, 四配 가운데 증자曾子는 증신曾申, 자 자서(子西)이라는 아들이 있었다. 《맹자집주》에서는 증자의 손자라고 한 것은 틀렸고, 그의 어짊은 《맹자》에 보이니,[293] 마땅히 종사從祀해야 할 것이다. 십철十哲 가운데 자장子張은 신상申詳이라는 아들이 있었는데, 어짊이 비록 자사子思보다는 못하였지만 설류泄柳와 병칭[294]되었으므로 또한 마땅히 종사從祀해야 할 것이다. 어떤 이가 물었다. 그들의 신위神位 차례는 어떠한가?

나는 대답하였다. 공명의公明儀가 이미 종사從祀에 편입되었으므로, 이 두 사람은 마땅히 공명의 앞에 있어야 하며 또한 선유先儒라고 칭해야 한다. 공명의 또한 자장子張의 고제高弟였으니, 《예기 · 단궁》 소疏[295]에 보인다.

원문

又按：李侗從祀, 周木於成化乙巳曾請於朝, 不果行. 後作《延平答問序》

293 《맹자 · 공손추상》 公孫丑問曰：「夫子當路於齊, 管仲, 晏子之功, 可復許乎?」孟子曰：「子誠齊人也, 知管仲, 晏子而已矣. 或問乎曾西曰;《吾子與子路孰賢?》曾西蹴然曰：《吾先子之所畏也.》曰：《然則吾子與管仲孰賢?》曾西艴然不悅, 曰：《爾何曾比予於管仲?管仲得君, 如彼其專也; 行乎國政, 如彼其久也; 功烈, 如彼其卑也. 爾何曾比予於是?》」《集注》曾西, 曾子之孫.

294 《맹자 · 공손추하》 孟子去齊, 宿於晝. 有欲爲王留行者, 坐而言. 不應, 隱几而臥. 客不悅曰：「弟子齊宿而後敢言, 夫子臥而不聽, 請勿復敢見矣.」曰：「坐!我明語子. 昔者魯繆公無人乎子思之側, 則不能安子思；泄柳, 申詳, 無人乎繆公之側, 則不能安其身. 子爲長者慮, 而不及子思, 子絕長者乎?長者絕子乎?」

295 《예기 · 단궁상 · 소(疏)》 子張之喪, 公明儀爲志焉. 公明儀是其弟子, 亦如公西赤爲章識焉. 此公明儀, 又爲曾子弟子, 故祭義云公明儀問於曾子曰夫子可以爲孝乎是也.

曰："自愧寡陋，未考《元史》從祀之詳." 余案《元史 · 祭祀志》載《宋五賢從祀》，是至正十九年胡瑜乞加楊時,李侗,胡安國,蔡沈,眞德秀五人名爵從祀廟庭，二十二年已準行矣，何後正統初仍以胡,蔡,眞入從祀？弘治間謝鐸,徐溥疊以楊時爲請，議論雖正，終不知有勝國已行故典. 然則明臣之寡陋，大抵爾爾. 竊以如木之能自愧者，亦罕其人矣.

번역 우안又按

이통李侗의 종사從祀에 대해, 주목周木, 1447~?[296]이 성화成化 을사년乙巳年, 1485에 일찍이 조정에 주청하였으나 실행되지 못하였다. 이후《연평답문서延平答問序》를 지으면서 "스스로 학식이 얕고 식견이 좁음을 부끄러워하니, 《원사元史》에 기록된 종사從祀의 상세함을 미처 고찰하지 못하였다自愧寡陋, 未考《元史》從祀之詳"고 하였다.

내가《원사 · 제사지祭祀志》에 기록된《송宋 오현五賢 종사從祀》[297]를 살펴보니, 지정至正 19년1359 호유胡瑜가 양시楊時, 이통李侗, 호안국胡安國, 채침蔡沈, 진덕수眞德秀 등 5인의 명작名爵을 더하여 묘정廟庭에 종사從祀할 것을 주청하였고, 지정 22년1362에 이미 준행準行되었는데,[298] 어찌 이후 정통正統 2년1437에 호안국, 채침, 진덕수가 종사從祀에 편입[299]된 것이겠는가? 홍

---

296 주목(周木) : 자 근인(近仁). 남경(南京) 소주부(蘇州府) 상숙(常熟)(지금의 강소(江蘇) 상숙시(常熟市)) 출신이다. 명대(明代)의 관료이다.

297 《원사》 권77《제사 · 육(六)》.

298 《원사》 권77《제사 · 육(六)》 二十二年八月, 奏準送禮部定擬五先生封爵謚號, 俱贈太師. 楊時追封吳國公, 李侗追封越國公, 胡安國追封楚國公, 蔡沈追封建國公, 眞德秀追封福國公. 各給詞頭宣命, 遣官賚往福建行省, 訪問各人子孫給付. 如無子孫者, 於其故所居鄉里郡縣學, 或書院祠堂內, 安置施行.

299 《명사(明史)》 권50《예(禮) · 사(四)》 正統二年, 以宋儒胡安國, 蔡沈, 眞德秀從祀.

치弘治(1488~1505) 연간에 사탁謝鐸, 1435~1510과 서부徐溥, 1428~1499가 거듭 양시楊時의 종사從祀를 주청하였는데, 의론이 비록 올바르지만 끝내 이전 왕조에서 이미 전례를 행한 사실이 있음을 알지 못하였다. 그러므로 명조明朝 신하들의 얕은 학식과 좁은 식견이 대략 이와 같은 것이다. 생각해보건대, 주목周木과 같이 스스로 부끄러워 할 줄 아는 자 또한 매우 드물 것이다.

원문

又按：十哲顔子居首. 顔子既配饗, 以曾子當其數, 而居子夏之下. 後曾子又升配饗, 在宋度宗咸淳三年, 人以爲必有若進矣. 已而進子張, 子張不愧也. 竊思有若終不可屈兩廡, 但難位置之. 偶讀王伯厚《論語考異》曰："有若蓋在言語之科, 宰我,子貢之流亞也." 以《孟子》"宰我,子貢,有若智足以知聖人"爲斷. 快哉, 論也! 又思兩廡有公西華, 以"孟武伯問仁","子路,曾晳等侍坐"章觀之, 其政事之才實與由,求並, 豈宜屈此? 因思當上請於朝, 廣而爲十二哲, 如是而德行有三人焉, 閔子騫,冉伯牛,仲弓; 言語亦三人焉, 宰我,子貢,有若; 政事亦三人焉, 冉有,季路,公西華; 文學亦三人焉, 子遊,子夏,子張. 或曰：子張之屬文學也, 何居? 余曰：程篁墩議王通,胡瑗從祀, 斷以程,朱之言. 愚則終始斷以《孟子》"子夏,子遊,子張皆有聖人之一體", "他日子夏,子張,子遊以有若似聖人", 皆孟子之言也, 位置正宜於此. 不然, 孟子之言反不若程,朱矣.

번역 **우안又按**

십철十哲은 안자顔子가 수위首位에 있었다. 안자顔子가 이미 선성先聖에 배항配饗되고, 증자曾子로 십철의 수數를 채우면서 자하子夏의 다음에 위치시켰다. 이후 증자曾子가 다시 승격되어 선성에 배향된 것은 송宋 도종度宗 함희咸淳 3년1267이었고, 사람들은 반드시 유약有若이 십철에 진헌될 것이라고 여겼다. 그러나 자장子張, 顓孫師을 진헌하였고, 자장子張이 명칭을 얻게 되었다.[300] 가만히 생각해보건대, 유약有若을 끝내 양무兩廡의 굴욕을 당하게 할 수는 없는데,[301] 다만 (十哲의) 위치를 정하기가 어렵다. 우연히 왕응린王應麟, 자 백후(伯厚)의 《논어고이論語考異》의 "유약有若은 대체로 언어言語의 과科에 속하니, 재아宰我, 자공子貢과 같은 인물이다有若蓋在言語之科, 宰我, 子貢之流亞也"를 읽었는데, 이 논의는 《맹자 · 공손추상》의 "재아, 자공, 유약은 지혜가 성인聖人을 알기에 충분하다宰我, 子貢, 有若智足以知聖人"라는 문구로 추단한 것이다. 명쾌한 논의로다! 또 양무兩廡에 공서화公西華가 종사從祀된 것을 생각해보건대, "맹무백孟武伯이 인仁을 물은 것"[302]과 "자로, 증석 등이 공자를 모시고 앉다子路, 曾皙等侍坐". 장章[303]으로 보면, 공서화의 정사政事에

300 《송사(宋史)》 권105 《예(禮) · 팔(八)》 咸淳三年, 詔封曾參郕國公, 孔伋沂國公, 配享先聖. 封顓孫師陳國公, 升十哲位. 復以邵雍, 司馬光列從祀. 其序 : 兗國公, 郕國公, 沂國公, 鄒國公, 居正位之東面, 西向北上, 爲配位 ; 費公閔損, 薛公冉雍, 黎公端木賜, 衛公仲由, 魏公卜商, 居殿上東面, 西向北上, 鄆公冉耕, 齊公宰予, 徐公冉求, 吳公言偃, 陳公顓孫師, 居殿上西面, 東向北上, 爲從祀

301 유약(有若)은 건륭(乾隆) 3년(1738)에 "십이철(十二哲)"로 승격된다.

302 《논어 · 공야장》 孟武伯問 : 「子路仁乎?」 子曰 : 「不知也.」 又問. 子曰 : 「由也, 千乘之國, 可使治其賦也, 不知其仁也.」「求也何如?」 子曰 : 「求也, 千室之邑, 百乘之家, 可使爲之宰也, 不知其仁也.」「赤也何如?」 子曰 : 「赤也, 束帶立於朝, 可使與賓客言也, 不知其仁也.」

303 《논어 · 선진》 子路, 曾皙, 冉有, 公西華侍坐. 子曰 : 「以吾一日長乎爾, 毋吾以也. 居則曰 : 「不吾知也!》如或知爾, 則何以哉?」 子路率爾而對曰 : 「千乘之國, 攝乎大國之間, 加之以師旅, 因之以饑饉 ; 由也爲之, 比及三年, 可使有勇, 且知方也.」 夫子哂之. 「求! 爾何如?」 對曰 : 「方六七十, 如五六十, 求也爲之, 比及三年, 可使足民. 如其禮樂, 以俟君子.」「赤! 爾何如?」 對曰 : 「非曰能之, 願學焉. 宗廟之事, 如會同, 端章甫, 願爲小相焉.」「點! 爾何如?」 鼓瑟希, 鏗爾, 舍瑟而作. 對曰 : 「異乎三子者之撰.」 子曰 : 「何傷乎? 亦各言其志也.」 曰 : 「莫春者, 春服既成, 冠

관한 자질은 실로 중유仲由, 子路, 염구冉求, 子有와 나란하니, 어찌 (十哲에) 빠뜨릴 수 있겠는가? 이로 인하여 생각하건대, 마땅히 십철十哲을 십이철十二哲로 확대하도록 조정에 주청해야 하니, 이와 같다면 덕행의 3인은 민자건閔子騫, 염백우冉伯牛, 중궁仲弓이며, 언어言語에도 3인이 있으니, 재아宰我, 자공子貢, 유약有若이며, 정사政事에도 3인이 있으니, 염유冉有, 계로季路, 공서화公西華이며, 문학文學에도 3인이 있으니, 자유子遊, 자하子夏, 자장子張이다.

어떤 이가 물었다. 자장子張이 문학文學에 속하는 것은 무엇을 근거로 한 것인가?

나는 대답하였다. 정민정程敏政, 호 돈황(篁墩)이 왕통王通과 호원胡瑗의 종사從祀를 의론할 때, 정자와 주자의 말로 판단하였다. 나 같은 경우는 일관되게 《맹자》의 "자하, 자유, 자장은 모두 성인의 한 부분만을 가지고 있었다子夏, 子遊, 子張皆有聖人之一體",[304] "후일에 자하, 자장, 자유가 유약이 성인과 유사하다 여겼다他日子夏, 子張, 子遊以有若似聖人"[305]라는 말로 판단하니, 이 모두는 맹자의 말씀이며, 위치位置의 바름도 마땅하다. 그렇지 않다면 맹자의 말씀이 도리어 정자와 주자의 말만 못한 것이 된다.

者五六人, 童子六七人, 浴乎沂, 風乎舞雩, 詠而歸.」夫子喟然歎曰：「吾與點也!」三子者出, 曾皙後. 曾皙曰：「夫三子者之言何如?」子曰：「亦各言其志也已矣.」曰：「夫子何哂由也?」曰：「爲國以禮, 其言不讓, 是故哂之.」「唯求則非邦也與?」「安見方六七十如五六十而非邦也者?」「唯赤則非邦也與?」「宗廟會同, 非諸侯而何?赤也爲之小, 孰能爲之大?」

304 《맹자 · 공손추상》.

305 《맹자 · 등문공상》.

원문

又按：王通,胡瑗從祀, 程篁墩斷以程,朱之言是已. 但朱子《近思錄》第十四卷載論聖賢諸子之語, 自孔子下十有六人盡入從祀, 雖荀卿,揚雄入而未終, 終不似諸葛孔明尙闕焉有待者. 竊以程子稱其爲"王佐", 爲"儒者", 爲"庶幾禮樂", 可謂至矣. 復討論得陳氏龍正書有云："'學須靜', 其旨與寂然不動通乎? '集衆思', 其道與舍己從人近乎? 治世以大德不以小惠, 罪廢人而人感泣, 其用與不費,不庸,不怨協乎? 持心如秤, 不爲人輕重, 所云'廓然大公, 物來順應'者與? 諸葛忠武侯, 直孟子而後一人, 以序饗祀可矣.《隨》之九四次孔明於伊,周, 程子先得我心哉!" 余謂此段尤先得我心, 卽以之作《漢諸葛孔明先生從祀議》可.

번역 우안又按

왕통王通, 584~617, 호원胡瑗, 993~1059의 종사從祀에 대해서, 정민정程敏政, 호 돈황(篁墩)은 정자와 주자의 말로 판단했을 뿐이다. 다만 주자의 《근사록》 제14권에 성현聖賢 제자諸子의 말씀을 기록하고 있는데, 공자로부터 16인[306]은 모두 종사從祀되었다. 비록 순경荀卿과 양웅揚雄은 종사에 편입되었다가 마무리를 짓지 못했으나, 끝내 제갈공명諸葛孔明이 여전히 빠져 있으면서 차례를 기다리는 것과는 같지 않다. 가만히 생각해보건대, 정자程子 程頤는 제갈공명을 "왕을 보좌하였다王佐",[307] "유자儒者",[308] "거의 예악을

---

306 《근사록》 권14 《관성현(觀聖賢)》 孔子傳之顔, 曾, 曾子傳之子思, 子思傳之孟子, 遂無傳焉. 於是, 楚有荀卿, 漢有毛萇, 董仲舒, 揚雄, 諸葛亮, 隋有王通, 唐有韓愈, 雖未能傳斯道之統, 然其立言立事, 有補於世敎, 皆所當考也. 逮于本朝, 人文再闢, 則周子倡之, 二程子, 張子推廣之, 而聖學復明, 道統復續, 故備著之.

일으켰다庶幾禮樂"[309]고 칭찬하였으니, 지극하다 할 수 있을 것이다.

다시 토론하면서 진용정陳龍正, 1585~1645[310]의 서적을 얻었는데, 다음과 같이 말했다.

"'배움은 모름지기 고요해야 한다學須靜'[311]는 그 종지宗旨가 적연부동寂然不動[312]과 통하지 않겠는가? '뭇사람의 생각을 모은다集衆思'[313]는 그 도道가 사기종인舍己從人[314]과 가깝지 않겠는가? '세상을 다스림에 큰 덕으로서 하고 작은 은혜로 하지 않는다治世以大德不以小惠',[315] '폐인廢人을 벌주니 사람들이 감읍한 것은 그 쓰임이 허비하지 않고不費',[316] '공功으로 여기지 않고不庸', '원망하지 하지 않는 것不怨'[317]과 서로 어울리지 않겠는가? 마음을 견지하기를 저울과 같이 하고 사람의 경중을 따지 않았으니, 이른바 '확연히 크게 공정하여 사물이 이르러 옴에 순응廓然大公, 物來順應'하는 것이 아니

---

307 《근사록》 권14 《관성현(觀聖賢)》 孔明, 有王佐之心, 道則未盡.

308 《근사록》 권14 《관성현(觀聖賢)》 諸葛武侯有儒者氣象.

309 《근사록》 권14 《관성현(觀聖賢)》 孔明, 庶幾禮樂.

310 진용정(陳龍正) : 자 척용(惕龍). 호 기정(幾亭). 가선(嘉善)(지금의 절강성(浙江省) 가흥시(嘉興市))출신이다. 명말(明末)의 이학가(理學家)로서 고반룡(高攀龍)을 사사하였다. 저서에는《기정전서(幾亭全書)》가 있고, 스승의 유서《고자유서(高子遺書)》를 편찬하였다.

311 《소학 · 가언(嘉言)》에 보인다.

312 《주역 · 계사전상》 易无思也, 无爲也, 寂然不動, 感而遂通天下之故, 非天下之至神, 其孰能與於此.

313 《삼국지 · 촉지 · 동화전(董和傳)》에 보인다. 夫參署者, 集衆思, 廣忠益也. 若遠小嫌, 難相違覆, 曠闕損矣. 違覆而得中, 猶棄弊蹻而獲珠玉.

314 《맹자 · 공손추상》 大舜有大焉, 善與人同, 舍己從人, 樂取於人以爲善. 《대우모》帝曰, 兪. 允若茲, 嘉言罔攸伏, 野無遺賢, 萬邦咸寧. 稽于衆, 舍己從人. 不虐無告, 不廢困窮, 惟帝時克.

315 《화양국지(華陽國志)》 권7 및 《제갈충무서(諸葛忠武書)》 권8 등에 보인다.

316 《논어 · 요왈》 子曰 君子, 惠而不費.

317 《맹자 · 진심상》 孟子曰 霸者之民, 驩虞如也 ; 王者之民, 皞皞如也. 殺之而不怨, 利之而不庸, 民日遷善而不知爲之者. 夫君子所過者化, 所存者神, 上下與天地同流, 豈曰小補之哉?

겠는가? 제갈충무후諸葛忠武侯는 맹자孟子 직후의 한 사람으로서 전례典禮 배향의 차례에 두는 것이 옳을 것이다. 《역·수隨괘》의 구사九四에 공명孔明을 이윤伊尹과 주공周公의 반열에 두었으니,[318] 정자程子가 내 마음을 먼저 얻었다!"

내 생각에 이 단락은 더욱 내 마음을 먼저 얻은 것이니, 바로《한제갈공명선생종사의漢諸葛孔明先生從祀議》를 짓는 것이 옳을 것이다.

원문

又按：孔明而外復得一人, 曰宋范文正公. 公宜從祀, 屢爲議者所歸. 討論得王氏禕書, 欲脩,仲淹並進. 王氏世貞則欲黜脩而進仲淹. 誠哉先得我心矣. 且其年最長, 生於太宗端拱二年己丑. 胡瑗少四歲, 生太宗淳化四年癸巳. 邵雍生眞宗大中祥符四年辛亥, 周惇頤生眞宗天禧元年丁巳, 司馬光生天禧三年己未, 張載生天禧四年庚申, 程顥生仁宗明道元年壬申, 頤二年癸酉, 楊時生仁宗皇祐五年癸巳, 羅從彥生神宗熙寧五年壬子, 胡安國生熙寧七年甲寅, 李侗生哲宗元祐八年癸酉, 然後及朱及張及呂, 一一以齒, 所謂異代者既以序朝, 而同代者自宜序齒一也. 或曰：聖門重道不重齒. 果爾, 朱子不應列宋之第十三. 或曰：以從祀時先後序. 果爾, 胡瑗在明嘉靖始入, 又不應突列周,程前. 凡此, 皆禮之無可疑者.

318 《주역·수괘(隨卦)·정전(程傳)》唯孚誠積於中, 動爲合於道, 以明哲處之, 則又何咎? 古之人, 有行之者, 伊尹, 周公, 孔明是也.

번역 우안又按

제갈공명 이외에 다시 한 사람을 얻었으니, 송宋 문정공文正公 범중엄范仲淹, 989~1052이다. 공公을 마땅히 종사從祀해야 함은 누차 의론했던 바이다. 토론하면서 왕위王褘, 1322~1374의 책을 얻었는데, 그는 구양수歐陽脩, 1007~1072와 범중엄을 아울러 진헌하고자 하였다. 왕세정王世貞, 1526~1590[319]은 구양수를 축출하고 범중엄을 진헌하고자 하였다. 진실로 내 마음을 먼저 얻은 것이다. 또한 범중엄의 나이가 가장 많으니, 송宋 태종太宗 단공端拱 2년989 기축년에 태어났다. 호원胡瑗은 네 살이 적은데, 태종太宗 순화淳化 4년993 계사년에 태어났다. 소옹邵雍은 진종眞宗 대중상부大中祥符 4년1011 신해년에 태어났으며, 주돈이周惇頤는 진종眞宗 천희天禧 원년1017 정사년에, 사마광司馬光은 천희天禧 3년1019 기미년에, 장재張載는 천희天禧 4년1020 경신년에, 정호程顥는 인종仁宗 명도明道 원년1032 임신년에, 정이程頤는 명도 2년1033 계유년에, 양시楊時는 인종仁宗 황우皇祐 5년1053 계사년에, 나종언羅從彦은 신종神宗 희녕熙寧 5년1072 임자년에, 호안국胡安國은 희녕 7년1074 갑인년에, 이통李侗은 철종哲宗 원우元祐 8년1093 계유년에 태어났으며, 이후에 주희朱熹, 1130~1200, 장식張栻, 1133~1180, 여조겸呂祖謙, 1137~1181에 이르는데, 한결같이 나이로써 한 것이니 이른바 시대가 다른 사람은 왕조의 차례로 하고, 같은 시대의 사람은 자연스럽게 나이순서로 함이 마땅하다.

어떤 이는 성문聖門에서는 도道를 중시하고 나이는 중시하지 않는다고

---

319 왕세정(王世貞) : 자 원미(元美). 호 봉주(鳳洲). 명대(明代)의 문학가, 사학가(史學家)이다. 저서에는 《엄주산인사부고(弇州山人四部稿)》, 《엄산당별집(弇山堂別集)》, 《가정이래수보전(嘉靖以來首輔傳)》, 《예원치언(藝苑卮言)》, 《고불고록(觚不觚錄)》 등이 있다.

한다. 과연 그렇다면 주자는 송대宋代의 제13번째에 배열해서는 안 된다. 어떤 이는 종사從祀 당시 선후의 차례로 한다고 한다. 과연 그렇다면 호원胡瑗은 명明 가정嘉靖 연간에 비로소 편입되었으니, 또한 주자周子, 정자程子의 앞에 불쑥 배열해서는 안 된다. 이 모든 것은 예禮로서 의심할 것이 없는 것이다.

원문

又按：從祀已入而復罷者，皆各以其一實事. 獨荀卿生平無可以，僅以議論曰“性惡”是也. 愚敢援荀卿之例及王陽明. 陽明生平亦無可以，亦僅以議論曰“無善無惡”是也. 辨無善無惡者衆矣，而莫善於萬曆間顧,高二公. 顧端文憲成謂：“佛學三藏十二部五千四十八卷，一言以蔽之，曰‘無善無惡’，七佛偈了然矣. 故取要提綱，力剖四字. 又以辨四字於告子易，辨四字於佛氏難. 以告子之見性麤，而佛氏之見性微也. 辨四字於佛氏易，辨四字於陽明難. 在佛氏自立空宗，在吾儒則陰壞實教也.” 其言曰：“自古聖人教人，爲善去惡而已. 爲善，爲其固有也；去惡，去其本無也. 本體如是，工夫如是，其致一而已矣. 陽明豈不教人爲善去惡乎? 然既曰無善無惡，而又曰爲善去惡，學者執其上一語，不得不忽下一語也. 何者? 心之體無善無惡，則凡所謂善與惡，皆非吾之所固有矣. 皆非吾之所固有，則皆情識之用事矣. 皆情識之用事，皆不免爲本體之障矣. 將擇何者而爲之? 未也. 心之體無善無惡，則凡所謂善與惡，皆非吾之所得有矣. 皆非吾之所得有，則皆感遇之應迹矣. 皆感遇之應迹，則皆不足爲本體之障矣. 將擇何者而去之? 猶未也. 心之體無善無惡，吾亦無善無惡已耳，若擇何者而爲之，便未免有善在；若擇何者而去之，便未免有惡在. 若有善有惡，使非所謂無善無惡矣. 陽明曰 : '四無之說, 爲上根人立教; 四有之說, 爲中根以下人立教.' 是陽明且以無善無惡掃却爲善去惡矣. 旣已掃之, 猶欲留之, 縱曰爲善去惡之功, 自初學至聖人, 究竟無盡. 彼直見以爲是權教, 非實教也, 其誰肯聽? 旣已拈出一箇虛寂, 又恐人養成一箇虛寂, 縱重重教戒, 重重屬付, 彼直見以爲是爲衆人說, 非爲吾輩說也, 又誰肯聽? 夫何故欣上而厭下, 樂易而苦難? 人情大抵然也. 投之以所欣而復困之以所厭, 畀之以所樂而復攖之以所苦, 必不行矣. 故曰惟其執上一語, 雖欲不忽下一語而不可得. 至於忽下一語, 其上一語雖欲不弊而不可得也. 羅念菴曰 : '終日談本體, 不說工夫. 纔拈工夫, 便以爲外道. 使陽明復生, 亦當攢眉.' 王塘南曰 : '心, 意, 知, 物, 皆無善無惡, 此語殊未穩. 學者以虛見爲實悟, 必依憑此語, 如服鴆毒, 未有不殺人者. 海內有號爲超悟, 而竟以破戒負不韙之名于天下, 正以中此毒而然也.' 且夫四無之說, 主本體言也, 陽明方曰是接上根人法, 而識者至等之于鴆毒. 四有之說, 主工夫言也, 陽明第曰是接中根以下人法, 而昧者遂等之於外道. 然則, 陽明再生, 目擊茲弊, 將有摧心扼腕, 不能一日安者, 何但攢眉已乎!"

번역 **우안**又按

종사從祀에 이미 편입되었다가 다시 제사를 파기한 경우는 모두 각각 명백한 사실로 인한 것이다. 오직 순경荀卿은 평생 허물할 것이 없으나 단지 "성악性惡"이라고 하였기 때문이다. 나는 감히 순경의 예를 끌어다 왕수인王守仁, 1472~1529, 호 양명(陽明)을 언급하고자 한다. 양명陽明 또한 평생 허물할 것이 없으나 단지 "무선무악無善無惡"이라고 하였기 때문이다. 무선무악無善無惡을 변론한 자는 많지만, 만력萬曆 연간의 고헌성顧憲成, 1550~1612,[320]

고반룡高攀龍, 1562~1626 두 공公의 논의보다 더 좋은 것은 없다.

단문공端文公 고헌성顧憲成은 다음과 같이 말했다. "불학佛學 삼장三藏經, 律, 論 12부部 5,048권을 한마디로 요약하면 '무선무악無善無惡'이니, 칠불게七佛偈에 분명하게 나타나 있다. 그러므로 강령을 취하여 요약하면 (무선무악無善無惡) 네 글자로 쪼갤 수 있다. 또한 고자告子의 입장에 따른 '무선무악無善無惡'을 변론하는 것은 쉬우나 불씨佛氏의 입장에 따른 '무선무악無善無惡'을 분변하는 것은 어렵다. 고자의 견성見性은 거칠麤지만 불씨의 견성見性은 미세微하기 때문이다. 불씨佛氏의 입장에 따른 '무선무악無善無惡'을 변론하기는 쉬우나 양명陽明의 입장에 따른 '무선무악無善無惡'을 변론하기는 어렵다. 불씨는 스스로 공종空宗을 세웠지만, 우리 유자儒者, 陽明는 실교實敎를 은근히 파괴하였기 때문이다."

또 말하였다. "예로부터 성인의 가르침은 선善을 행하고 악惡을 제거하는 것일 뿐이다. 선을 행하는 것은 원래 소유한 바를 행하는 것이고, 악을 제거하는 것은 본래 없었던 것을 제거하는 것이다. 본체本體가 이와 같고 공부가 이와 같으니, 그 하나로 귀결될 뿐이다. 양명은 어찌 사람들에게 선을 행하고 악을 제거爲善去惡하게 가르치지 않은 것인가? 그러나 이미 무선무악無善無惡이라고 하였고 또한 위선거악爲善去惡을 말하였는데, 학자들이 그의 앞의 말을 지키게 되면 뒤의 말을 소홀히 할 수밖에 없게 된다. 왜 그러한가? 심心의 체體는 무선무악無善無惡하니, 이른바 선과 악은

320 고헌성(顧憲成) : 자 숙시(叔時). 호 경양(涇陽). "동림선생(東林先生)"으로 불린다. 시호는 단문(端文)이다. 명대(明代) 사상가이며 동림당(東林黨)의 영수(領袖)이다. 저서에는 《소심재차기(小心齋劄記)》, 《경고장고(涇皐藏稿)》, 《고단문유서(顧端文遺書)》 등이 있다.

모두 내가 본디 소유한 것이 아니다. (善惡) 모두 내가 본디 소유한 것이 아니라면, 모두가 정식情識의 용사用事이다. 모두가 정식情識의 용사用事라면, 모두가 본체本體의 장애가 됨을 면치 못한다. 장차 무엇을 택하여 행할 것인가? 아직은 무엇을 택하여 행하지 못한다. 심心의 체體는 무선무악無善無惡하니, 이른바 선과 악은 모두 내가 가지고 있는 것이 아니다. 모두 내가 가지고 있는 것이 아니라면, 모두가 감응의 자취이다. 모두 감응의 자취라면, 모두 본체의 장애가 됨에 충분하지 않다. 장차 무엇을 택하여 제거할 것인가? 여전히 아직은 무엇을 택하여 제거하지 못한다. 심心의 체體는 무선무악無善無惡하고, 나 또한 무선무악無善無惡할 뿐이니, 만약 어떤 것을 선택하여 행하더라도 선善이 남아있음을 면치 못하고, 만약 어떤 것을 선택하여 제거하더라도 악惡이 남아있음을 면치 못한다. 만약 선善이 남아있고 악惡이 남아있다면, 이는 곧 이른바 무선무악無善無惡이 아닌 것이다. 양명陽明이 말했다. '사무설四無說[321]은 상근인上根人을 위하여 가르침을 세운 것이고, 사유설四有說은 중근인中根 이하를 위하여 가르침을 세운 것이다.' 이 말은 양명陽明 또한 무선무악無善無惡으로 위선거악爲善去惡을 쓸어버린 것이다. 이미 위선거악을 쓸어버리고도 오히려 그것을 남겨두려고 하였으니, 설령 '위선거악의 공효功效는 초학자부터 성인에 이르기까지 끝내 다함이 없을 것이다'라고 하였더라도 저 배우는 자들은 단지 '권교權敎[322]이지 실교實敎가 아니다'라고 생각할 것이니, 그 누가 기꺼이

---

321 사무설(四無說) : 심체(心體)가 무선무악(無善無惡)할 뿐만 아니라, 의(意), 지(知), 물(物) 역시 무선무악하다는 설. 양명의 제자 왕기(王畿)가 이 설을 견지하였다. 이와 상반되는 개념이 사유설(四有說)이며, 양명의 제자 전덕홍(錢德洪)이 견지하였다.

322 권교(權敎) : 범부(凡夫)와 소승(小乘)을 위한 임시방편의 가르침. 실교(實敎)의 반대 개

들으려 하겠는가? 이미 하나의 허적虛寂을 집어들었는데, 또 사람들이 하나의 허적虛寂을 양성할까 두려워하였으니, 설령 거듭 경계시키고 거듭 부탁하더라도 저 배우는 자들은 '중인衆人을 위해 말한 것이지 우리 유자를 위해 말한 것이 아니다'라 생각할 것이니, 또 누가 기꺼이 들으려 하겠는가? 대저 무슨 연유로 윗사람을 기쁘게 하고 아랫사람을 싫증나도록 하며 쉬운 것에 즐거워하고 어려운 것에 고통받는가? 인정人情이 대체로 그러하기 때문이다. 그들에게 기뻐하는 바로 던져주었다가 다시 싫어하는 바로 곤란을 겪게 하고, 그들에게 즐거워하는 바를 주었다가 다시 괴로워하는 바로 얽매니, 이러한 것은 결코 실행되지 않는다. 그러므로 오직 앞의 무선무악無善無惡을 지키게 되면 비록 뒤의 위선거악爲善去惡이라는 말을 소홀히 하지 않으려고 하더라도 할 수 없다라고 한 것이다. 뒤의 위선거악爲善去惡이라는 말을 소홀히 하게 되면, 앞의 무선무악無善無惡이라는 말은 비록 폐해지지 않게 하려고 해도 할 수 없다. 나홍선羅洪先, 1504~1564, 호 염암(念菴)[323]이 말했다. (양명의 제자왕기王畿에게 부치는 글에서) '종일 본체本體를 담론하지만 공부工夫는 말하지 않는다. 공부를 집어들자마자 곧 외도外道로 여긴다. 만약 양명陽明이 다시 살아난다면 역시 당연히 미간을 찌푸릴 것이다終日談本體, 不說工夫. 纔拈工夫, 便以爲外道. 使陽明復生, 亦當攢眉.'[324] 왕시괴王時槐, 1522~1605, 호 당남(塘南)[325]가 말했다. '심心, 의意, 지知, 물物이 모두 무선

념이다.

323 나홍선(羅洪先) : 자 달부(達夫), 호 염암(念菴). 명대의 지리학자. 《광여도(廣輿圖)》를 편찬하였다.

324 《염암문집(念菴文集)》 권3 《기왕용계(寄王龍谿)》.

325 왕시괴(王時槐) : 자 자직(子直), 호 당남(塘南). 명대(明代)의 교육가. 저서에는 《우경당합고(友慶堂合稿)》 7권, 《광인유편(廣仁類編)》 등이 있다.

무악無善無惡하다는 말은 매우 온당치 않다. 학자가 근본 없는 헛된 견해를 진실된 깨달음으로 여기는 것은 반드시 이 말에 의지하고 기대기 때문이니, 독약을 먹고서 죽지 않는 사람이 없는 것과 같다. 세상에 남달리 뛰어나다고 불리던 자가 결국 파계하여 바르지 않은 명성을 천하에 떠안게 되는 것은 바로 이 독에 중독되어 그런 것이다心, 意, 知, 物, 皆無善無惡, 此語殊未穩. 學者以虛見爲實悟, 必依憑此語, 如服鴆毒, 未有不殺人者. 海內有號爲超悟, 而竟以破戒負不韙之名于天下, 正以中此毒而然也.' 또한 사무설四無說은 본체本體를 위주로 말한 것인데, 양명은 상근인上根人과 연관되는 법이라고 하였으니, 식자識者는 심지어 독에 견주기까지 하고, 사유설四有說은 공부工夫를 위주로 말한 것인데, 양명은 중근인中根人 이하와 연관되는 법이라고 하였으니, 몽매한 자는 마침내 외도外道에 견주기까지 한다. 그렇다면, 양명이 다시 살아오더라도 이런 폐단을 목격하면 장차 심장을 졸이고 주먹을 불끈 쥐며 하루라도 편안할 수 없을 것이니, 어찌 단지 이마만 찌푸릴 뿐이겠는가!"

원문

高忠憲攀龍作方學漸《性善繹》序曰："名性曰善, 自孟子始, 吾徵之孔子, 所成之性, 即所繼之善也. 名善曰無, 自告子始, 吾無徵焉, 竺乾氏之說似之. 至王陽明, 始以心體爲無善無惡. 心體, 即性也. 今海內反其說而復之古者, 桐城方本菴及吾邑顧涇陽. 方謂天泉證道乃王龍溪之言, 託於先師陽明. 攀龍不敢知. 竊以陽明所爲善, 非性善之善. 何則? 彼謂'有善有惡者意之動', 則是以善屬之意也. 其所謂善, 第曰善念云而已. 所謂無善, 第曰無念云而已. 吾以善爲性, 彼以善爲念也. 吾以善自人生而靜以上, 彼以善自五性感動而後也. 故曰非吾所謂性善之善也. 吾所謂善, 元也, 萬物之所資始而資生也, 烏得而無之? 故無善之說不足以亂性, 而足以亂教. 善一而已矣, 一之而一元, 萬之而萬行, 爲物不二者也. 天下無無念之心, 患其不一於善耳. 一於善, 即性也. 今不念於善而念於無, 無亦念也. 若曰患其著焉, 著於善, 著於無, 一著也, 著善則拘, 著無則蕩. 拘與蕩之患倍蓰無算, 故聖人之教必使人格物. 物格而善明, 則有善而無著. 今懼其著, 至夷善於惡而無之, 人遂將視善如惡而去之, 大亂之道也, 故曰足以亂教. 此方君所憂, 而《性善繹》所以作也. 善乎! 方君之言曰 : 見爲善, 色色皆善, 故能善天下國家. 見爲空, 色色皆空, 不免空天下國家. 見之異則體之異, 體之異則用之異, 此毫釐千里之判也. 嗚呼! 古之聖賢曰止善, 曰明善, 曰擇善, 曰積善, 蓋懇懇焉. 今以'無'之一字掃而空之, 非不教爲善也. 既無之矣, 又使爲之, 是無食而使食也. 人欲橫流如水之建瓴而下, 語之爲善, 千夫堤之而不足; 語之無善, 一夫決之而有餘. 悲夫!"

번역

충헌공忠憲公 고반룡高攀龍은 방학점方學漸, 1540~1615[326]의 《성선역性善繹》 서序에서 다음과 같이 말했다. "성性이 선善하다고 명명한 것은 맹자로부터 시작되었는데, 우리가 공자에게 징험해보면 성지성成之性이 곧 계지선繼之善이라는 것이다.[327] 선善이 없다고 명명한 것은 고자告子로부터 시작되었는데, 우리 유가에서는 징험할 수 없고, 축건씨竺乾氏, 佛教의 설이 이와 유사하

---

326 방학점(方學漸) : 자 달경(達卿), 호 본암(本菴). 명대 중엽 동성학파(桐城學派)의 영수이다. 저서에는 《이훈(邇訓)》 20권, 《동이(桐彝)》 3권, 《심학종(心學宗)》 등이 있다.
327 《주역 · 계사상》 一陰一陽之謂道, 繼之者善也, 成之者性也.

다. 왕양명에 이르러 비로소 심체心體를 무선무악無善無惡이라고 하였다. 심체가 바로 성性이다. 지금 세상에 그 설을 반대하고 옛 설을 회복하려는 학자가 동성桐城, 지금의 안휘성(安徽省) 안경시(安慶市) 동성시(桐城市)의 방학점方學漸, 호 본암(本菴) 및 우리 읍邑, 강소(江蘇) 무석(無錫)의 고헌성顧憲成, 호 경양(涇陽)이다. 방학점은 말하길 천천증도天泉證道[328]가 바로 왕기王畿, 호 용계(龍溪)의 말이며 선사先師 양명陽明에게 가탁한 것이라고 하였다. 나攀龍는 감히 알지 못하는 것이다. 가만히 생각해보건대, 양명이 선善이라고 한 것은 성선性善의 선善이 아니다. 왜 그러한가? 저들陽明學은 '유선유악有善有惡은 의意의 움직임이다有善有惡者意之動'라고 하였는데, 이는 선善을 의意에 속하게 한 것이다. 저들의 이른바 선善이란 단지 선념善念을 말한 것일 뿐이다. 이른바 무선無善이란 단지 무념無念을 말한 것일 뿐이다. 우리는 선善을 성性이라고 여기는데, 저들은 선善을 념念이라고 여긴다. 우리는 선善을 사람이 태어나서 고요한 것 이전의 것이라고 여기는데, 저들은 선善을 다섯 가지 성정性情이 감동感動한 이후의 것이라고 여긴다. 따라서 우리의 이른바 성선性善의 선善이 아니라고 한 것이다. 우리의 이른바 선善은 원元이고, 만물萬物이 힘입어 시작되고 생겨나는 바이니, 어찌 없을 수 있겠는가? 그러므로 무선無善의 설說은 성性을 어지럽히기에는 부족하나, 가르침을 어지럽히기에는 충분하다. 선善은 하나일 뿐이니, 선善을 한결같이 하면 원元을 한결같이 하게 되고 선善을 만 가지로 하면 행行을 만 가지로 하게 되나 물物에 의해 나뉘어지지不二

328 천천증도(天泉證道) : 천천증오(天泉證悟)라고도 한다. 왕양명이 절강(浙江) 회계(會稽) 천천교(天泉橋)에서 제자 전덕홍(錢德洪)과 왕기(王畿)에게 "사구교(四句教)"를 설파한 것을 가리킨다. 그 요지는 "無善無惡是心之體, 有善有惡是意之動, 知善知惡是良知, 爲善去惡是格物"이다. 《전습록》 하(下)에 보인다.

는 않는다. 천하天下에는 무념無念의 심心은 없고, 선善에 한결같지 않음을 근심할 뿐이다. 선善에 한결같이 함이 바로 성性이다. 지금 선善을 생각念하지 않고 무無를 생각念하니, 무無 또한 생각念이다. 만약 드러남을 근심한다고 한다면, 선善으로 드러나고 무無로 드러나는 것이 같은 드러남인데, 선善을 드러내면 구애拘되고, 무無를 드러내면 방탕蕩해진다. 구애되고 방탕해지는 근심이 갑절 혹은 다섯 배로 헤아릴 수 없으므로 성인의 가르침은 반드시 사람들로 하여금 격물格物하도록 하였다. 물物이 이르러物格 선善이 밝아지면 선善은 있지만 드러남은 없게 된다. 지금 그 드러남을 두려워하여 심지어 선善을 악惡과 비슷하게 만들어 없어지게 하면, 사람들이 마침내 선善을 악惡과 같다고 보아 제거하게 될 것이니, 이것은 큰 혼란을 일으키는 도이다. 그러므로 가르침을 어지럽히기에 충분하다고 하는 것이다. 이것이 방학점이 근심하는 바이고, 《성선역性善繹》을 지은 까닭이다. 훌륭하도다! 방학점의 말씀이여. 그는 다음과 같이 말하였다. 보는 것이 선善이면, 색색色色이 모두 선善이므로 천하국가를 선하게 할 수 있다. 보는 것이 공空이면, 색색色色이 모두 공空이므로 천하국가를 공허하게 만드는 것을 면치 못한다. 보는 것이 다르면 체體가 달라지고, 체體가 다르면 용用이 달라지니, 이는 판연히 구별됨이 터럭 끝만큼에서 천 리까지 이르게 된다毫釐千里. 아! 옛날의 성현이 말한 지선止善, 명선明善, 택선擇善, 적선積善의 말씀이 간절하다. 지금 '무無' 한 글자를 쓸어버리고 공허空하게 두는 것이 최선의 가르침 아님이 없다. 이미 선善함을 없애고서 다시 선善함을 행하게 하는 것은 먹을 것을 없애고서 먹게 하는 것이다. 인욕人欲이 횡류橫流함이 마치 물이 쏟아져 흘러가는 것과 같아서, 선善을 행하라고 말하면 천명이 제방을 쌓더라도 인욕을 막기에 충분하지 않고, 선善이 없다고 말하면 한 명이 물길을 트더라도 인욕이 터지기에 충분할 것이다. 슬프도다!"

원문

又按：陽明之學出于象山. 象山生平亦無可以, 亦當以其議論曰"顏子爲不善學"是也. 此語果是, 則孔子爲非. 孔子不非, 則此語殆無忌憚. 且荀卿之所以疵者, 在言性惡, 與孟子相反. 反孟子者旣去, 反孔子者顧可晏然而已乎? 程子曰："旣不識性, 更說甚道?" 余亦謂旣不識顏子而輕詆之, 豈眞讀《孟子》而有得耶? 不過取其便於己, 似己處標以爲宗. 不罷象山, 亦無以服荀卿之心. 曾戲語古人生平有三多：揚子雲多却一莽大夫, 吳草廬多却咸淳間擧進士, 與李易安多一張汝舟, 均爲終身疵. 不然, 此二大儒者第取以言功于聖門, 在漢勝董仲舒, 元勝許魯齋, 孰得而撤其俎豆兩廡之席哉?

번역 **우안又按**

양명陽明의 학문은 육구연陸九淵, 1139~1193, 호 상산(象山)에게서 나왔다. 상산象山의 생애 역시 허물할 것이 없으나, 또한 그가 의론한 "안자顏子는 배우기를 잘하지 못하였다顏子爲不善學"고 한 것이 해당된다. 이 말이 과연 맞다면, 공자가 틀렸다. 공자가 틀리지 않았다면, 이 말은 거의 거리낌이 없는 것이다. 또한 순경荀卿의 흠은 성악性惡을 말하여 맹자와 반대한 것에 있다. 맹자를 반대한 자도 이미 제거되었는데, 공자를 반대한 자를 도리어 편안히 할 수 있겠는가? 정자程子는 "이미 성性을 알지 못하는데, 다시 무슨 도道를 말하겠는가?旣不識性, 更說甚道?"라고 하였다.

나 또한 다음과 같이 생각한다. 이미 안자顏子를 알지 못하고 그를 경멸하고서 어찌 진정으로《맹자》를 읽고서 체득함이 있었다고 할 수 있겠는가?[329] 자기에게 편한 것과 자기의 생각과 비슷한 것을 취해 표절한 것을 종지宗旨로 삼은 것에 불과하다. 상산象山을 파기하지 않는다면 또한 순경荀卿의 마음을 굴복시킬 수 없다. 일찍이 옛사람의 생애를 기롱하는 말이 세 가지 있다. 양웅揚雄, BC53~18, 자 자운(子雲)은 망대부莽大夫, 왕망의 대부가 되고, 원나라 사람 오징吳澄, 1249~1333, 호 초려(草廬)은 송宋 함순咸淳연간의 진사進士에 급제했으며, 이청조李淸照, 1084~1155?, 호 이안(易安)는 장여주張汝舟라는 남편이 더 있는 것[330] 등은 모두 종신終身의 흠이다. 그렇지 않고, 이 두 명의 대유大儒는 단지 말로써 성문聖門에 공功이 있는 것을 취한다면 한漢의 동중서董仲舒보다 낫고, 원元의 허형許衡, 1209~1281, 호 노재(魯齋)보다 나으니, 그 누가 양무兩廡의 조두俎豆를 철거할 수 있겠는가?

원문

又按：陳氏龍正書言：孔廟祀典損益更宜得中. 成化中增定舞佾八,籩豆十二, 以益爲尊者也. 嘉靖初, 易像爲主, 易王稱師, 以損爲尊者也. 像非華教, 而王號不足以極隆. 惟師之尊, 直與親並, 雖天子可以北向而事之. 故嘉靖之損與成化之益, 實相成也. 即更大成殿爲先師廟, 亦以神明之禮事之. 豈以廟之稱爲替於殿也? 帝王所居, 生稱殿, 死稱廟, 故曰淸廟,曰世廟,曰太廟, 皆神

329 육구연(陸九淵)은 스스로 "《맹자》를 읽고서 자득하였다."(因讀《孟子》而自得之)고 한 바 있다. 《상산어록(象山語錄)》 하(下)에 보인다.

330 송대 여류문학가 이청조(李淸照)는 18세에 조명성(趙明誠)과 결혼하였다. 이후 남편이 죽고 정강(靖康)의 변(變) 등의 전란 속에 장여주(張汝舟)와 재혼하고 곧바로 이혼하였다.

明之也. 大內寢室有殿, 子孫祀其先以生人之道也. 今孔子萬世公共之師, 神明之宜也, 何必如子孫之祀先哉? 惟兼損佾舞,籩豆之數, 果當日言禮者迎附之失. 應如王世貞議復其舊. 然世貞當日之請所以不行者, 亦以未闡損益之原在祭之者, 而不在所祭者. 禮, "父爲士, 子爲大夫, 葬以士, 祭以大夫". 師弟子之義, 即父子, 可通也. 孔子布衣也, 而祭之於太學者, 天子也. 天子北面而拜饗之矣, 顧以所祭者布衣, 而不可八佾乎? 然則孔子生時固未爲諸侯王也, 雖六佾, 豈其所固有哉? 故佾之八也, 籩豆之十二也, 爲天子主祭而特隆之於太學者也[此說非. 成化十二年增籩豆,佾舞時詔通行天下], 非以帝禮追隆先師也. 若以帝, 郡邑且不得槩祭矣.

其說爲吾所已及者, 言四配切近聖座, 皆稱子, 蓋以後人致敬前賢, 不以生時師前弟名,祖前孫名之禮拘也. 由是言之, 則閔,冉,游,夏之徒侍饗殿側, 即兩廡之羣高第弟子及後世名儒, 其上皆冠以先賢,先儒, 則莫非後人致敬前賢之禮矣. 若猶呼名, 於義未合. 宜如《論語》記例, 路,貢,游,夏及羣弟子悉以字稱, 如先賢子羽澹台氏,子賤宓氏. 後世諸賢, 有謚者則舉而加之, 如先儒仲淹文中子王氏,退之文公韓氏. 宋儒道高者, 自昔稱六子, 崇禎朝已特子之. 入本朝, 則敬軒薛文清公,敬齋胡文敬公之類. 古者大臣沒則錫謚, 正以易名爲之諱也. 今以後世廟祀昔賢反不爲諱, 於義安乎? 唯大學則天子所視, 本朝從祀諸先生當特於謚前稱名, 如云先儒薛瑄謚文清,胡居仁謚文敬之位, 蓋以君臨臣, 不宜字也. 用下敬上謂之貴貴, 此爲諸先生體尊主之心也.

或曰 : 當其爲師, 則弗臣也. 天子批答章疏時呼輔臣爲先生, 御經筵呼講官爲先生, 皆不以名. 朝夕供職, 猶見敬禮若是, 況乎列食文廟, 號躋往哲, 何必名之? 第曰先儒薛先生謚文清, 胡先生謚文敬, 是則用上敬下謂之尊賢, 體天子重道之心也. 於先代"字"之,"子"之, 於本朝名,不名, 兩著其義, 惟所取裁. 言亦可錄. 獨又言"左"不以字顯, 權且稱名, 不知"丘明"非"左"氏也; 高堂生名字偕亡, 不知"伯"其字也, 見謝承《後漢書》.

번역 우안又按

진용정陳龍正, 1585~1645의 책에서 다음과 같이 말했다.

공묘孔廟 사전祀典의 덜고 더함損益은 더욱 마땅함을 좇아 중도를 얻어야 한다. 성화成化1465~1487 연간에 팔일무八佾舞, 십이변두十二籩豆로 증정增定한 것은 더하여 존경을 표한 것이다. 가정嘉靖1522~1566 초기에 상像을 신주神主로 바꾸고, 왕王을 사師로 바꾸어 칭한 것은 덜어서 존경을 표한 것이다. 상像은 중화의 가르침이 아니고 왕王의 호칭은 지극히 높이기에 충분하지 않다. 오직 사師의 존귀함은 곧 어버이親와 나란하니, 비록 천자라도 북향北向하여 섬길 수 있다. 그러므로 가정嘉靖의 들어냄과 성화成化의 더함은 실로 서로 보완하여 완성한 것이다. 곧 선사묘先師廟를 대성전大成殿으로 바꾼 것도 신명神明의 예禮로 섬긴 것이다. 어찌 묘廟의 칭호를 전殿으로 바꾼 것인가? 제왕帝王 기거하는 곳을, 살아서는 전殿으로 칭하고, 죽어서는 묘廟로 칭하니, 따라서 청묘淸廟, 세묘世廟, 태묘太廟라고 하는 것은 모두 신명神明의 예로 한 것이다. 대내大內皇宮 침실寢室에 전殿이 있으니, 자손이 그 선조를 살아있는 사람의 도道로써 제사지내는 것이다. 지금 공자는 만세 공공의 스승師이므로 신명神明의 예로 대하는 것이 마땅한데, 하필 자손이 선조를 제사지내는 것과 같이 하는가? 오직 일무佾舞, 변두籩豆의 수數를 아울러 덜어낸 것은 과연 당시 예禮를 말하는 자들이 영합한 잘못이다. 웅당 왕세정王世

眞, 1526~1590이 옛것을 회복하자는 의론과 같아야 할 것이다. 그러나 왕세정의 당시 주청이 실행되지 않은 이유 또한 덜고 더함의 근원이 제사를 지내는 자에 있고 제사를 받는 자에 있지 않음을 밝히지 않았기 때문이다. 예禮는 "아버지가 사士이고 아들이 대부大夫이면 장례는 사士의 예로써 하고 제사는 대부의 예로써 한다父爲士, 子爲大夫, 葬以士, 祭以大夫".[331] 사제師弟의 의리는 곧 부자父子와 통한다. 공자는 포의布衣였지만, 태학에서 제사지내는 사람은 천자이다. 천자가 북면北面하여 배향拜饗하는데, 제사받는 자를 돌아보니 포의布衣더라도 팔일八佾이 불가하겠는가? 그렇다면 공자가 살아있을 당시 진실로 제후왕이 되지 못했으니, 비록 육일六佾로 하더라도 어찌 본디 있었던 것이겠는가? 그러므로 팔일무八佾舞의 십이변두十二籩豆는 천자天子가 제사를 주관하고 태학에서 특별히 높이는 것이지[이 설은 틀렸다. 성화成化 12년1477 변두籩豆와 일무佾舞을 增定할 때에 천하에 공통적으로 시행하도록 명하였다], 제례帝禮로서 선사先師를 추융追隆하는 것이 아니다. 만약 제례帝禮로 하더라도 군읍郡邑에서는 또한 제사를 똑같이 할 수 없다.

그의 설 가운데 내가 이미 언급했던 것으로는 사배四配는 성좌聖座에 매우 근사하므로 모두 자子로 칭해야 한다는 것이었는데, 대체로 후대인들이 이전의 현인들을 존경함에 있어서는 살아있을 당시에 스승 앞에서의 제자 이름과 조상 앞에서 자손의 이름을 대는 예에 구속되지 않는다. 이로부터 말한다면, 민자건閔子騫, 염백우冉伯牛, 자유子游, 자하子夏의 무리는 전측殿側에 시향侍饗되었고, (반면) 양무兩廡의 학식높은 제자 및 후세의 명

---

331 《중용》 父爲大夫, 子爲士, 葬以大夫, 祭以士; 父爲士, 子爲大夫, 葬以士, 祭以大夫. 期之喪, 達乎大夫; 三年之喪, 達乎天子, 父母之喪, 無貴賤一也.

유들에 있어서는 그 앞에 모두 선현先賢, 선유先儒라는 명칭을 덧붙인 것은 후대인인 전현前賢을 존경하는 예禮이다. 호명呼名함에 있어서는 의리에 합당하지 않다. 《논어》의 기록의 예例와 같이 자로子路, 자공子貢, 자유子游, 자하子夏 및 뭇 제자들은 모두 자字로 칭稱해야 할 것이니, 선현先賢자우子羽담태씨澹台氏, 자천子賤복씨宓氏와 같이 해야 마땅할 것이다. 후세의 제현諸賢들 가운데 시호諡號가 있는 분은 시호를 더하여 거론해야 하니, 선유先儒중엄仲淹문중자文中子왕씨王氏, 퇴지退之문공文公한씨韓氏와 같다. 송유宋儒의 도道가 높은 분은 예로부터 육자六子로 칭했는데, 숭정조崇禎朝에 이미 특별히 자子로 불렀다. 본조本朝, 淸朝에 들어서는 경헌敬軒설薛문청공文淸公, 薛瑄, 경재敬齋호胡문경공文敬公, 胡居仁의 부류이다. 옛날에 대신大臣이 죽으면 시호를 내렸으니, 바로 이름을 대신하여 휘諱하기 위함이었다. 지금 옛 현인을 후세가 묘사廟祀하면서 도리어 휘諱하지 않는 것이 의리에 맞겠는가? 오직 태학太學은 천자天子를 뵈는 곳이므로, 본조本朝에 종사從祀된 제諸 선생先生들은 마땅히 시호 앞에 이름을 칭해야 하니, 선유先儒선선薛瑄시諡문청지위文淸之位, 호거인胡居仁시諡문경지위文敬之位와 같이 해야 한다. 임금 앞에 임한 신하가 자字를 칭함은 옳지 않다. "아랫사람으로서 윗사람을 공경하는 것을 귀귀貴貴라고 한다用下敬上謂之貴貴"[332]하였으니, 이는 제諸선생先生이 임금을 존경하는 마음을 체體로 삼은 것이다.

어떤 이가 말했다.

"스승이 되었을 때에 신하로 대하지 않는다當其爲師, 則弗臣也."[333] 천자天子

---

332 《맹자·만장하》 用下敬上, 謂之貴貴; 用上敬下, 謂之尊賢. 貴貴尊賢, 其義一也.

333 《예기·학기(學記)》 凡學之道, 嚴師爲難. 師嚴然後道尊, 道尊然後民知敬學. 是故君之所不

가 장소章疏를 비답批答 내릴 때 보좌하는 신하를 선생先生으로 부르고, 경연經筵에 나아가서는 강관講官을 선생先生으로 부르니, 이 모두는 이름 부르지 않는다. 조석朝夕으로 직무를 수행함에도 오히려 존경하는 예를 보이는 것이 이와 같은데, 하물며 문묘에서 배향하여 지난 현철인賢哲人을 호명하면서 어찌 반드시 이름으로 부르겠는가? 단지 선유先儒설薛선생先生시諡문청文淸, 호胡선생先生시諡문경文敬이라고 하는 것이 "윗사람으로서 아랫사람을 존경하는 것은 존현尊賢이라고 하는 것用上敬下謂之尊賢"이고 體천자天子가 도道를 중시하는 마음을 체體로 삼는 것이다. 선대先代에 대해서 "자字"로 칭하거나 "자子"로 칭하며, 본조本朝에 대해서 이름 부르거나 이름 부르지 않는 것은 둘 다 그 의미가 드러나는 것이니, 오직 취함에 사리에 맞아야 할 것이다.

이 말 또한 기록할 만하다. 오직 "좌左"는 자字를 드러낸 것이 아니라 임시변통으로 이름을 칭한 것이라고 말한 것은 "구명丘明"이 "좌左"씨가 아님을 모른 것이며, 고당생高堂生의 이름과 자字가 모두 없어졌다고 말한 것은 "백伯"이 그의 자字임을 모른 것이다. 사승謝承의 《후한서》에 보인다.[334]

원문

又按：甲戌首春, 交王復禮草堂于錢塘, 示余文廟祀典十四議, 內一議實爲吾說所未及者, 錄之, 略曰："宋洪邁言孔門高弟顏既配享, 曾復居堂, 而二賢

臣於其臣者二：當其爲尸則弗臣也, 當其爲師則弗臣也. 大學之禮, 雖詔於天子, 無北面；所以尊師也.

334 《사기 · 유림열전 · 색은(索隱)》謝承云"秦氏季代有魯人高堂伯", 則"伯", 是其字. 云"生"者, 自漢以來, 儒者皆號"生", 亦"先生"者, 省字呼之耳.

之父乃列從祀, 子處父上, 神靈未安. 元熊禾言宜別立一祠祀聖父叔梁紇, 而以顏,曾,孔,孟四氏侑食. 如此, 則可以示有尊而教民孝矣. 明嘉靖間, 果如其議, 三賢遷配啓聖. 某以爲從此類推, 孔忠非夫子之兄子乎? 公冶長非以子妻者乎? 南容非以兄之子妻者乎? 今尙列兩廡, 子思之神, 其能安乎? 不若遷三賢亦配啓聖. 則伯魚, 子蔑兄弟也, 皆啓聖之孫. 公冶子長, 南宮子容, 姻婭也, 皆啓聖之孫婿. 分同誼合, 配享一堂, 位在先賢孟氏[宜改稱子, 方合先賢稱子之例]之上可也."

번역 **우안又按**

갑술년甲戌年, 1694, 염약거 58세 정월正月, 전당錢塘에서 왕복례王復禮, 호 초당(草堂)[335]와 왕교하였는데, 나에게 문묘전사文廟祀典 14의議를 보여주었다. 그 안에 한 의론은 실로 나의 설이 미치지 못한 것이므로 여기로 기록해둔다. 대략의 내용은 다음과 같다.

"송宋 홍매洪邁, 1123~1202가 다음과 같이 말하였다. 공문孔門의 고제高弟 안자顏子는 이미 배향配享되었고 증자曾子는 다시 묘당廟堂에 들어갔으므로 두 현인의 부친은 종사從祀에 배열되었는데, 자식이 부친의 위에 있으면 신령神靈이 편안하지 못하기 때문이다.

원元 웅화熊禾, 1247~1312[336]는 다음과 같이 말하였다. 별도로 사당을 설립

---

335 왕복례(王復禮) : 자 수인(需人). 호 초당(草堂). 절강(浙江) 전당(錢塘)(지금의 항주시(杭州市) 관할) 출신. 저서에는 《무이구곡지(武夷九曲志)》 등이 있다.

336 웅화(熊禾) : 자 위신(位辛). 호 물헌(勿軒). 송말원초(宋末元初)의 저명한 주자학자. 세칭 "주희는 성문에 공이 있고, 웅화는 주희에게 공이 있다"(朱熹有功於聖門,熊禾有功於朱熹)고 한다. 저서에는 《역경강의(易經講義)》, 《서설(書說)》, 《대학상서구의(大學尙書口義)》, 《삼례고략(三禮考略)》, 《춘추통해(春秋通解)》, 《사서표제(四書標題)》 등이 있다.

하여 성부聖父 숙량흘叔梁紇을 종사하고, 안자顏子, 증자曾子, 자사子思孔, 맹자孟子 네 성현을 유식侑食, 받들어 음식을 올림함이 마땅할 것이다. 이와 같다면 현인을 존경하고 백성에게 효도의 가르침을 보일 수 있을 것이다.

명明 가정嘉靖(1522~1566) 연간에 과연 그 의론과 같이하여 삼현三賢顏無繇, 曾點, 孔鯉이 (양무兩廡에서) 계성사啓聖祠로 천배遷配되었다. 내가 이 논의에 따라 유추해보건대, 공충孔忠은 부자夫子의 형兄孟皮의 자식이 아니겠는가?[337] 공야장公冶長은 딸자식을 시집보낸 사람이 아니겠는가?[338] 남용南容은 형兄의 딸 자식을 시집보낸 사람이 아니겠는가?[339] 지금 오히려 양무兩廡에 배열되어 있으니, 자사子思의 신령이 편안할 수 있겠는가? 삼현三賢을 옮겨 계성啓聖祠에 종사함만 못하다. 그렇다면 백어伯魚孔鯉와 자멸子蔑孔忠은 형제로서 모두 계성啓聖叔梁紇의 손자이다. 공야자장公冶子長과 남궁자용南宮子容은 혼인관계의 친척으로서 모두 계성啓聖의 손자사위孫婿이다. 나누고 같이함을 합의하여 한 곳에 배향하되, 자리는 선현先賢 맹씨孟氏[마땅히 맹자孟子로 칭해야 선현先賢 칭자稱子의 예例에 맞을 것이다]의 앞이 옳다."

원문

又按：余考得《牛弘列傳》, 弘有《明堂議》云："案劉向《別錄》及馬宮,蔡邕所見, 當時有古文《明堂禮》,《王居明堂禮》. 其書皆亡, 莫得而正."《王居明堂禮》, 正三十九篇之一, 康成引入《禮》註者. 蔡又前于康成, 故亦引入

---

337 《공자가어》 권9. 孔忠, 字子蔑. 孔子兄之子.
338 《논어 · 공야장》 子謂公冶長,「可妻也. 雖在縲絏之中, 非其罪也」. 以其子妻之.
339 《논어 · 공야장》 子謂南容,「邦有道, 不廢；邦無道, 免於刑戮.」以其兄之子妻之.

《明堂月令論》. 弘云《書》亡, 是至隋已不傳, 亦何怪《經籍志》無其目也? 朱子謂五十六篇《禮》"不知何代何年失了, 可惜", 猶未考及此. 有曾謂余此《疏證》自鄭康成來所未有, 惜朱紫陽不得見之者, 蓋亦有以夫!

번역 우안又按

내가 《수서隋書 · 우홍열전牛弘列傳》을 고찰해보니, 우홍牛弘의 《명당의明堂議》에 다음과 같이 말했다. "유향劉向 《별록別錄》 및 마궁馬宮, 채옹蔡邕, 133~192이 본 것을 살펴보니, 당시에 고문古文 《명당례明堂禮》, 《왕거명당례王居明堂禮》가 있었습니다. 그 책은 모두 망실되어 변정辨正할 방법이 없습니다."[340] 《왕거명당례王居明堂禮》는 바로 (일逸 《예》) 139편 가운데 한 편으로 정강성이 《예》 주해에 인용하여 수록한 것이다. 채옹 또한 정강성보다 앞서서 《명당월령론明堂月令論》을 인용하였다. 우홍의 《서》가 망실되었다고 하였고, 수대隋代에 이르러 이미 전해지지 않았으니, 《수서 · 경적지》에 그 목록이 없는 것이 괴상할 것이 있겠는가? 주자는 (공벽孔壁에서 얻은) 56편 《예》가 "어느 시대, 어느 해에 없어졌는지 알지 못하니, 애석하도다不知何代何年失了, 可惜"[341]라 하였으나, 여기에 언급한 것을 고찰하지 못했다. 일찍이 나의 이 《소증》이 정강성의 시대 때 없었고, 애석하게도 자양紫陽의 주희朱熹도 보지 못한 것이라고 말한 자가 있었는데, 또한 이 때문인 것이다!

---

340 《수서 · 우홍열전》 弘請依古制修立明堂, 上議曰: ……案劉向《別錄》及馬宮, 蔡邕等所見, 當時有古文《明堂禮》, 《王居明堂禮》, 《明堂圖》, 《明堂大圖》, 《明堂陰陽》, 《太山通義》, 《魏文侯孝經傳》等, 並說古明堂之事. 其書皆亡, 莫得而正.

341 《주자어류》 권85.

원문

或謂予：子旣欲近罷陽明，遠罷象山，則居於兩公之間如白沙者亦應在所罷矣．予曰：然．亦以議論．白沙詩有云"起憑香几讀《楞嚴》"，又云"天涯放逐渾閒事，消得《金剛》一部經"，生平所學固已和盤託出，不爲遮藏，較陽明予猶覺其本色．竊以儒如胡安定，雖麤，然尙守儒之藩籬．如陸與陳與王，雖深，却陰壞儒之壼奧，故一在莫敢廢，一在必當罷．卽陳氏龍正贊昌黎，亦只曰"麤麤守正"．

번역

어떤 이가 나에게 말했다. 그대가 이미 가까이는 왕수인王守仁, 호 양명(陽明)을 파면하고, 멀리는 육구연陸九淵, 호 상산(象山)을 파면하고자 하였다면, 두 공公의 사이에 있는 진헌장陳獻章, 1428~1500, 호 백사(白沙)[342]과 같은 자 역시 마땅히 파면될 자리에 있을 것이다.

나는 대답하였다. 그렇다. 또한 의론을 해본다. 백사白沙의 시에 "일어나 향궤香几에 기대 《능엄경》을 읽네起憑香几讀《楞嚴》"라고 하고, 또 "하늘 끝으로 쫓겨남은 다 부질없는 짓, 《금강경》 한 부를 필요로 하네天涯放逐渾閒事, 消得《金剛》一部經"라고 하면서, 평생 배운 바를 진실로 완전히 다 드러내고 감추려고 하지 않았으니, 양명陽明과 비교해도 오히려 그 본색을 알 수 있

342 진헌장(陳獻章) : 자 공보(公甫). 호 석재(石齋). 광동(廣東) 광주부(廣州府) 신회현(新會縣) 백사(白沙)(지금의 광동성(廣東省) 강문시(江門市) 신회구(新會區)) 출신이므로 세칭 백사선생(白沙先生), 진백사(陳白沙)로 불린다. 명대(明代) 심학(心學)의 개창자이다. 저서에는 《자원묘비(慈元廟碑)》, 《인자찬(忍字贊)》, 《계색가(戒色歌)》, 《계희가(戒戲歌)》, 《계라문(戒懶文)》 등이 있다.

다. 가만히 생각해보건대, 안정공安定公 호원胡瑗, 993~1059과 같은 이는 비록 학문이 거칠었麤더라도 오히려 유가儒家의 울타리를 지켰다. 육구연, 진헌장, 왕수인과 같은 이들은 비록 학문이 깊었深더라도 도리어 유가의 심오함을 은근히 파괴하였으므로 한결같이 감히 폐하지 않을 수 없고, 한결같이 반드시 파면되어야 한다. 곧 진용정陳龍正이 한유韓愈, 호 창려(昌黎)를 예찬하면서도 "거칠지만 바름을 수호하였다麤麤守正"고 하였다.

원문

或又謂：明從祀僅存文清,敬齋矣，如斯而已乎？予曰：近討論得《四先生學約》，爲薛,爲胡,爲羅,爲高，曰："薛文清以純粹之資加刻厲之學，讀書一錄，力明復性之旨；胡敬齋認定一敬，以接聖學之傳；羅整菴當心學盛行，狂瀾鼎沸，遠摘金谿,新會以正其源，近攻姚江,增城以塞其流，視薛,胡兩先生力鉅而心苦矣．高忠憲一代正骨，力肩斯道，凡於學脉幾微曲折，辨析不漏毫芒，靈心妙筆，又足發之．蓋四先生者，羽翼宋五子者也．" 竊以明如整菴,忠憲，當續入從祀.

번역

어떤 이가 또 물었다. 명대明代 종사從祀된 이는 겨우 문청공 설선薛瑄과 경재敬齋 호거인胡居仁만 남아 있는데, 이와 같이하고 그칠 뿐인가?

나는 대답하였다. 근래 토론하면서 《사선생학약四先生學約》을 얻었는데, 설선薛瑄, 호거인胡居仁, 나흠순羅欽順, 1465~1547,[343] 고반룡高攀龍에 대해서 다음과 같이 말했다.

"문청공 설선은 순수한 자질에다 각고의 노력으로 학문을 이루었고, 독서록에서 복성復姓의 종지를 극력 밝혔다. 경재 호거인은 오직 경敬만을 인정하여 성학聖學의 전수를 이어받았다. 정암 나흠순은 심학心學이 성행하며 광란으로 요동치던 시대에 당하여 멀리는 금계金谿, 陸九淵의 故里, 신회新會陳獻章의 故里를 제거하여 그 원류를 바로잡았고 가까이는 요강姚江王守仁의 故里, 증성增城湛若水의 故里을 공격하여 그 흐름을 막음으로써 설선, 호거인 두 선생이 온 힘으로 막아내고 고심함을 보았다. 충헌공 고반룡은 한 시대의 정골正骨로서 사도斯道를 어깨에 짊어지고, 학맥學脉의 기미幾微와 곡절曲折에 있어서 빠짐없이 세밀하게 변석辨析하였고, 신령한 마음과 신묘한 필력으로 또한 충분히 발휘하였다. 대체로 사선생四先生은 송宋오자五子의 우익羽翼이다."

가만히 생각해보건대, 명明의 정암 나흠순, 충헌공 고반룡과 같은 분은 마땅히 이어서 종사從祀에 편입해야 할 것이다.

원문

又按：兩廡先賢,先儒位次後多淩躐, 或具疏, 或私著, 論皆以亟請釐正以妥在廟之靈爲言, 誠不可已. 蓋緣有遷者,改者,黜者, 西多於東, 於是西之先儒左氏, 則躐於東之先賢秦非之上. 西之漢儒孔安國, 則躐於東之周儒穀梁赤之上. 甚且以弟而先兄, 程頤之于顥是也. 以南宋而先北宋, 朱熹于司馬光是

343 나흠순(羅欽順) : 자 윤승(允升). 호 정암(整菴). 시호 문장(文莊). 명대(明代) "기학(氣學)"의 대표학자. 저서에는《곤지기(困知記)》,《정암존고(整菴存稿)》,《정암속고(整菴續稿)》 등이 있다.

也. 他若此尙衆. 愚謂須俟上所議進者悉進, 無遺賢; 罷者悉罷, 無幸位. 然後一堂之上首四配, 少次十二哲. 兩廡之間, 先先賢若干人, 次先儒若干人, 東西對敍, 逐位遞遷, 一依其朝代及齒, 不必拘昭常爲昭, 穆常爲穆如宗廟之制. 斯可稱不刊之典.

번역 우안又按

양무兩廡의 선현先賢, 선유先儒 신위神位의 차례는 후대에 많이 엽등되었으니, 혹은 정식으로 소홀히 대하거나 혹은 사사로이 드러내기도 하였는데, 논의들은 모두가 자주 바로잡기를 청하면서 문묘의 영령의 타당함으로 말한 것이지만 진실로 불가할 뿐이다. 대체로 신위가 옮겨지고遷, 개정改定되고改, 축출黜된 자가 서무西廡가 동무東廡보다 더 많은 것으로 인해, 서무의 선유先儒 좌씨左氏의 경우, 동무의 선현先賢 진비秦非[344]의 위에 엽등되었다. 서무의 한유漢儒 공안국孔安國의 경우, 동무의 주유周儒 곡량적穀梁赤의 위에 엽등되었다. 심지어 동생이 형보다 먼저인 경우가 있으니, 정이程頤가 정호程顥보다 위에 있는 것이다. 남송南宋의 선현이 북송北宋의 선현보다 먼저인 경우가 있으니, 주희朱熹가 사마광司馬光보다 위에 있는 것이다. 이외에도 이와 같은 경우가 더 많다.

나는 다음과 같이 생각한다. 모름지기 진헌進獻에 의론되는 분이 다 진헌되어 올라오기를 기다려 빠진 현인賢人이 없어야 하고, 파기될 자는 모두 파기 시켜 요행으로 자리를 차지함이 없어야 한다. 그런 다음 당상堂上

---

344 진비(秦非) : 자 자지(子之). 춘추(春秋) 말기 노국(魯國) 출신. 공문제자(孔門弟子) 72현(賢) 가운데 한 명이다.

의 처음에 사배四配를 모시고, 그 다음에 십이철十二哲을 모신다. 양무兩廡에는 먼저 선현先賢 약간명, 그 다음 선유先儒 약간명으로 하여 동서東西로 교대로 펼쳐 신위를 체천遞遷하되, 오직 그 조대朝代 및 연배에 의거해야 하고, 반드시 소昭는 항상常 소昭가 되고 목穆은 항상 목穆이 되는昭常爲昭, 穆常爲穆 종묘宗廟의 제도에 구애되지 않아야 한다. 이것이 변치 않을 전례典禮라 할 수 있을 것이다.

원문

又按：山陽縣學廟新成, 籩豆放失, 如式更製, 有以其數來徵余者, 余漫據《續文獻通考》載明初司,府,州,縣,衛學禮樂[345]如太學答之. 禮謂籩豆當時循元制, 籩豆各以十也. 又據成化十二年九月允周洪謨再疏請, "籩豆增爲十二, 六佾增爲八, 通行天下", "通行天下", 不止國學, 皆用十二籩豆可知. 今當嘉靖降殺後, 仍宜以十. 楊開沅用九聞而以《明會典》所載來曰："嘉靖九年, 令南京國子監祭用十籩十豆, 天下府,州,縣學八籩八豆, 樂舞各止六佾, 禮固有差等矣." 爲之憮然. 要他日國學復成化制時, 府,州,縣學降以十, 固所甘心爾!

번역 **우안又按**

산양현山陽縣에 학묘學廟가 새로 지어지고, 변두籩豆가 산일되어 법식대로 다시 제작하고자, 그 변두의 수를 나에게 징험해오는 자가 있었는데, 나는 널리 《속문헌통고續文獻通考》에 실린 명초明初 사司, 부府, 주州, 현縣, 위

345 예악(禮樂) : 原書는 "禮學"으로 되어 있으나, 사고전서본에 의거 "禮樂"으로 고쳤다.

衛 단위의 학묘의 예악禮樂은 태학太學과 같다는 것을 근거로 대답하였다. 예禮에 변두籩豆는 당시 원元의 제도를 따라 변두籩豆는 각각 10개씩이었다. 또한 성화成化 12년1477 9월, 주홍모周洪謨, 1421~1492의 재소청再疏請을 윤허하여, "변두籩豆를 12개로 늘리고, 육일六佾을 팔일八佾로 늘려, 천하에 통행하였다籩豆增爲十二, 六佾增爲八, 通行天下"를 근거로 들자면, "천하에 통행하였다通行天下"는 말은 국학國學에만 그치는 것이 아니라 지방 단위 모두 12 변두를 사용했음을 알 수 있다. 지금 가정嘉靖의 강쇄降殺 이후를 당하여, 10변두로 함이 마땅하다. 양개원楊開沅, 자 용구(用九)[346]이 이 말을 듣고 《명회전明會典》의 기록을 가지고 와서 말했다. "가정嘉靖 9년1530, 남경南京 국자감國子監 제례에 십변십두十籩十豆를 사용하고, 천하의 부府, 주州, 현縣의 학묘에는 팔변팔두八籩八豆를 사용하며, 악무樂舞는 각 육일六佾에 그치도록 명하였으니, 예禮에 진실로 차등이 있었다." 이로 인해 잠시 멍하게 되었다. 후일 국학國學이 성화成化의 제도를 회복할 당시에 부府, 주州, 현縣의 학묘는 십변십두十籩十豆로 강쇄되었다고 해야 진실로 마음이 달가울 것이다!

상서고문소증 권8 종終

346 양개원(楊開沅) : 생몰년미상. 자 용구(用九), 호 우강(禺江), 강소(江蘇) 산양(山陽) 출신이다. 강희(康熙) 45년(1706) 진사에 급제하였다. 《어선당시(御選唐詩)》를 주해(注解)하였고, 《송원학안(宋元學案)》 편수에 참여하였다.

주자고문서의朱子古文書疑

태원太原 후학後學 염영閻詠 복신보復申甫 집輯

《주자어류》 47조條

상서尚書 1

강령綱領

원문

孔壁所出《尚書》如《禹謨》,《五子之歌》,《胤征》,《泰誓》,《武成》,《冏命》,《微子之命》,《蔡仲之命》,《君牙》等篇皆平易, 伏生所傳皆難讀. 如何伏生偏記得難底, 至於易底全記不得? 此不可曉. 如當時誥,命出於史官, 屬辭須說得平易. 若《盤庚》之類再三告戒者, 或是方言, 或是當時曲折說話, 所以難曉. [人傑◯以下論古今文]

번역

공벽孔壁에서 나온 《상서》 중, 《대우모》, 《오자지가》, 《윤정》, 《태서》, 《무성》, 《경명》, 《미자지명》, 《채중지명》, 《군아》 등의 편은 모두 평이하지만, 복생伏生이 전한 것은 모두 읽기 어렵다. 어찌하여 복생은 어려운 것은 잘 기억하고 쉬운 것은 전혀 기억하지 못하였는가? 이것을 이해할 수 없다. 당시의 고誥와 명命 같은 것은 사관史官들에 의해 기록되어 나온 것으로 문사가 평이하다고 말할 수 있다. 《반경》 같은 부류는 두세 번 고

告하고 경계시켜 주는 것으로 혹 방언方言을 사용하거나 혹 당시의 정황에 맞는曲折 말을 사용하였기 때문에 이해하기 어렵다. [만인걸萬人傑 ○이하는 고문과 금문에 대해 논하였다]

원문

"伏生《書》多艱澀難曉, 孔安國壁中《書》却平易易曉. 或者謂伏生口授女子, 故多錯誤, 此不然. 古今書傳中所引《書》語已皆如此, 不可曉." 僩問 : "如《史記》引《周書》'將欲取之, 必固與之'之類, 此必非聖賢語?" 曰 : "此出於《老子》, 疑當時自有一般書如此, 故《老子》五千言皆緝綴其言, 取其與己意合者則入之耳." [僩]

번역

"복생의 《서》는 난삽하여 이해하기 어려운 곳이 많지만, 공안국의 벽중壁中 《서》는 도리어 평이하여 이해하기 쉽다. 어떤 사람은 복생이 딸자식에게 구전으로 전수하였기 때문에 오류가 많은 것이라고 하는데, 그렇지 않다. 고금古今의 서적에 전하는 것 가운데 인용된 《서書》의 말들이 이미 모두 이와 같으니 이해할 수 없다."

심한沈僩 : "《사기》에 인용된 《주서周書》의 '장차 그것을 취하고자 한다면 반드시 일단 그에게 주라將欲取之, 必固與之'와 같은 부류는 결코 성현의 말씀이 아니겠지요?"

주희 : "이 말은 《노자》에 나오니,[1] 아마도 당시에 일반적인 책에 있는 것이 이와 같았고, 따라서 《노자》 오천언五千言 가운데 모두 그 말을 편집

할 때, 자기의 뜻과 부합하는 것은 취하여 삽입하였을 뿐이다. [심한沈僩]

원문

問 : "林少穎說《盤》,《誥》之類皆出伏生, 如何?" 曰 : "此亦可疑. 蓋《書》有古文, 有今文, 今文乃伏生口傳, 古文乃壁中之《書》.《禹謨》,《說命》,《高宗肜日》,《西伯戡黎》,《泰誓》等篇, 凡易讀者皆古文. 況又是科斗書, 以伏生《書》字文攷之方讀得, 豈有數百年壁中之物, 安得不訛損一字? 又却是伏生記得者難讀, 此尤可疑. 今人作全《書》解, 必不是." [大雅]

번역

여대아余大雅 : "임지기林之奇, 자 소영(少穎)는《반경》과 주周《고誥》같은 편은 모두 복생에게서 나왔다고 말했는데 어떻게 생각하십니까?"

주희 : "이것 또한 의심할 만하다. 대체로《서》에는 고문이 있고, 금문이 있는데, 금문은 복생이 구전口傳한 것이고 고문은 바로 공자 고택 벽중壁中의《서》이다.《대우모》·《열명》·《고종융일》·《서백감려》·《태서》등의 편은 무릇 읽기 쉬운 것으로 모두 고문이다. 하물며 또한 과두科斗문자의 경우, 복생《서》의 글자와 문장으로 고찰해야 비로소 읽을 수 있었으니, 어찌 수백 년 동안 벽 속에 있던 물건이 어찌 한 글자도 잘못되거나 손상되지 않을 수 있었겠는가? 또한 도리어 복생이 기억한 것도 읽기 어려우니 이 더욱 의심할 만하다. 지금 사람들이《서》전체를 주해注解를 짓

1 《노자》36장 "將欲取之, 必故與之".

는다는 것은 결코 옳지 않다. [여대아余大雅]

원문

伯豐問:“《尙書》古文,今文有優劣否?”曰:“孔壁之傳, 漢時却不傳, 只是司馬遷曾師授. 如伏生《尙書》, 漢世却多傳者. 晁錯以伏生不曾出, 其女口授, 有齊音不可曉者, 以意屬成, 此載於史者. 及觀經傳及《孟子》引‘享多儀’出自《洛誥》, 却無差. 只疑伏生偏記得難底, 却不記得易底. 然有一說可論難易:古人文字有一般如今人書簡說話, 雜以方言, 一時記錄者; 有一般是做出告戒之命者. 疑《盤》,《誥》之類, 是一時告語百姓, 盤庚勸諭百姓遷都之類, 是出於記錄. 至於《蔡仲之命》,《微子之命》,《冏命》之屬, 或出當時做成底詔誥文字, 如後世朝廷詞臣所爲者. 然更有脫簡可疑處. 蘇氏傳中於‘乃洪大誥治’之下, 略考得些小. 胡氏《皇王大紀》, 考究得《康誥》非周公,成王時, 乃武王時, 蓋有‘孟侯, 朕其弟, 小子封’之語. 若成王, 則康叔爲叔父矣. 又其中首尾只稱‘文考’, 成王,周公必不只稱文考. 又有‘寡兄’之語, 亦是武王與康叔無疑, 如今人稱‘劣兄’之類. 又唐叔得禾, 傳記所載, 成王先封唐叔, 後封康叔, 決無姪先叔之理. 吳才老又考究《梓材》只前面是告戒, 其後都稱王, 恐自是一篇. 不應王告臣下不稱‘朕’, 而自稱‘王’耳. 兼《酒誥》亦是武王之時. 如此, 則是斷簡殘編不無遺漏. 今亦無從考正, 只得於言語句讀中有不可曉者闕之.”又問:“壁中之《書》不及伏生《書》否?”曰:“如《大禹謨》, 又却明白條暢. 雖然如此, 其間大體義理固可推索. 但於不可曉處闕之, 而意義深遠處自當推究玩索之也. 然亦疑孔壁中或只是畏秦焚坑之禍, 故藏之壁間, 大槩皆不可考矣.” [按《家語》後云:“孔騰字子襄, 畏秦法峻急, 乃藏《尙書》於孔子舊堂壁

中." 又《漢史記·尹敏傳》云 : '孔鮒所藏.' [僩]

번역

백풍伯豐, 吳必大 : "《상서》의 고문과 금문에는 우열이 있습니까?"

주희 : "공벽에서 전해진 것은 한漢나라 때는 오히려 전하지 않았으나, 단지 사마천司馬遷이 일찍이 가르침을 받은 적이 있다.[2] 복생의 《상서》는 한나라 때에 오히려 전하는 것이 많았다. 조조晁錯는 복생으로부터 일찍이 전수받지 않았고, 복생의 딸이 구두로 전함에 제齊지역의 발음 가운데 이해할 수 없는 것이 있었으므로 (조착晁錯이) 임의로 문장을 지었고, 그것이 역사에 기록되었다. 경전經傳 및 《맹자》에 인용된 '향견享見하는 데는 의법儀法이 많다享多儀'[3]를 살펴보면, 《낙고》에서 나오는 말과 전혀 차이가 없다. 다만 복생이 어려운 것은 잘 기억하고 도리어 쉬운 것은 잘 기억하지 못한다는 것이 의심스럽다. 그러나 쉽고 어려움을 논의할 만한 한 가지 설명이 있다. 옛사람의 문장에는 일반적으로 지금 사람들의 편지글과 같이 방언을 뒤섞어 동시에 기록된 것이 있으며, 다른 한편으로 권고하고 경계하는 명령을 기록한 것이 있다. 아마도 《반경》, 주周 《고誥》의 부류는 한 시기에 백성들에게 고告한 말이니, 반경盤庚이 백성들에게 도읍을 옮기는 일을 권하고 깨우쳐주는 부류가 기록으로 나왔다. 《채중지명》·

---

2 《한서·유림전》 安國爲諫大夫, 授都尉朝, 而司馬遷亦從安國問故의 기록에 의거한 것이다.

3 《맹자·고자하》 孟子居鄒, 季任爲任處守, 以幣交, 受之而不報. 處於平陸, 儲子爲相, 以幣交, 受之而不報. 他日由鄒之任, 見季子 ; 由平陸之齊, 不見儲子. 屋廬子喜曰 : 「連得間矣.」 問曰 : 「夫子之任見季子, 之齊不見儲子, 爲其爲相與?」 曰 : 「非也. 《書》曰 : 《享多儀, 儀不及物曰不享, 惟不役志于享.》 爲其不成享也.」 屋廬子悅. 或問之. 屋廬子曰 : 「季子不得之鄒, 儲子得之平陸.」

《미자지명》·《경명》과 같은 것은 아마 당시에 지어진 조고詔告 문장에서 나온 듯하니, 후대 조정의 사신詞臣들이 기록한 것과 같다. 그러나 탈간脫簡되어 의심할만한 곳이 있다. 소식蘇軾의 《서전書傳》 '이에 크게 다스림을 고하였다'乃洪大誥治의 아래[4]에 간략하게 조금 고찰하였다. 호굉胡宏의 《황왕대기皇王大紀》에서는 《강고》가 주공周公과 성왕成王 때가 아니라 무왕武王 때임을 고찰하였는데, 대체로 '맹후孟侯인 짐의 아우 소자 봉封아孟侯, 朕其弟, 小子封'와 같은 말이 있기 때문이다. 만약 성왕이라면 강숙康叔은 숙부가 된다. 또 그 처음부터 끝까지 단지 '문고文考'라고만 일컬었는데, 성왕과 주공이라면 결코 다만 '문고文考'라고만 칭하지는 않았을 것이다. 또 '과형寡兄'[5]이라는 말도 있는데, 이 또한 무왕이 강숙에게 한 말임에 의심의 여지가 없으니, 지금 사람들이 '열형劣兄'이라고 일컫는 것과 같다. 또 (성왕의 아우) 당숙唐叔이 벼禾를 얻은 사실은 전기傳記에 기록된 바인데,[6] 성왕이 먼저 당숙을 봉하고 뒤에 강숙을 봉했으니, 결코 조카가 숙부보다 앞서는 이치는 없다. 오역吳棫, 자 재로(才老)도 《재재》를 고찰하기를 앞부분은 고告하고 경계하는 것이고, 뒷부분은 모두 왕王이라고 일컬었으니 아마도 각각의 한 편篇인 듯하다고 하였다. 왕이 신하에게 '짐朕'이라고 하지 않고 '왕

4 소식(蘇軾), 《서전(書傳)》 권12 《강고》 自惟三月哉生魄至此, 皆洛誥文. 當在洛誥周公拜手稽首之前, 何以知之周公東征二年, 乃克管蔡, 即以殷餘民封康叔, 七年而復辟, 營洛在復辟之歲, 皆經文明甚, 則封康叔之時, 決未營洛, 又此文終篇初, 不及營洛之事, 知簡編脫誤也.

5 《강고》 不敢侮鰥寡, 庸庸祗祗威威. 顯民用肇造我區夏. 越我一二邦以修. 我西土惟時怙冒, 聞于上帝, 帝休. 天乃大命文王, 殪戎殷, 誕受厥命. 越厥邦厥民, 惟時敍. 乃寡兄勖. 肆汝小子封, 在茲東土.

6 《사기 · 노주공세가》 天降祉福, 唐叔得禾, 異母同穎, 獻之成王, 成王命唐叔以餽周公於東土, 作餽禾. 周公既受命禾, 嘉天子命, 作嘉禾. 東土以集, 周公歸報成王, 乃爲詩貽王, 命之曰鴟鴞. 王亦未敢訓周公.

王'이라고 자칭한 것이 옳지 않다. 아울러 《주고》 또한 무왕 때의 일이다. 이와 같다면 죽간이 끊어지고 잔멸되어 없어지지 않음이 없다. 지금 또한 고정考正할 길이 없으니 다만 언어와 구두에서 이해할 수 없는 것이 있으면 빼놓을 뿐이다."

백풍伯豐, 吳必大 : "공벽에서 나온 《서》는 복생의 《서》에 미치지 못합니까?"

주희 : "《대우모》와 같은 것은 도리어 명백하고 조리가 확실하다. 비록 이와 같으나, 그 사이에서 대체大體와 의리義理를 진실로 미루어 찾을 수 있다. 다만 이해할 수 없는 곳은 남겨두고 의미가 심원한 곳은 스스로 마땅히 이치를 미루어 찾아야 할 것이다. 그러나 또한 공벽에 남겨진 것은 다만 진秦의 분서갱유의 화를 두려워했기 때문에 벽 사이에 감추어 둔 것이라 의심되나, 대부분의 것은 모두 고찰할 수 없다." [살펴보건대, 《공자가어孔子家語 · 후서後序》에 "공등孔騰의 자는 자양子襄으로, 진秦나라 법의 가혹함을 두려워하여 이에 《상서》 등을 공자의 옛집 벽 속에 감추었다[7]'고 하였다. 또 《동관한기東觀漢記 · 윤민전尹敏傳》에는 "공부孔鮒가 감추어 둔 것이다孔鮒所藏"[8]이라 하였다. [황순黃㽦]

원문

伯豐問："《尚書》未有解." 曰："便是有費力處, 其間用字亦有不可曉處. 當時爲伏生是濟南人, 晁錯却是潁川人, 止得於其女口授, 有不曉其言, 以意屬

7 《공자가어(孔子家語) · 후서(後序)》 子襄以好經書博學, 畏秦法峻急, 乃壁藏其《家語》, 《孝經》, 《尚書》及《論語》於夫子之舊堂壁中.

8 《동관한기(東觀漢記)》 권18 《윤민전(尹敏傳)》 孔鮒藏《尚書》, 《孝經》, 《論語》於夫子舊堂壁中.

讀. 然而傳記所引, 却與《尙書》所載又無不同. 只是孔壁所藏者皆易曉, 伏生所記者皆難曉. 如《堯典》, 《舜典》, 《皐陶謨》, 《益稷》出於伏生, 便有難曉處. 如'載采采'之類. 《大禹謨》便易曉. 如《五子之歌》, 《胤征》有甚難記? 却記不得. 至如《泰誓》, 《武成》皆易曉. 只《牧誓》中便難曉, 如'五步,六步'之類. 如《大誥》, 《康誥》, 夾著《微子之命》. 穆王之時《冏命》, 《君牙》易曉, 到《呂刑》亦難曉. 因甚只記得難底, 却不記得易底? 便是未易理會." [㽦]

번역

백풍伯豐, 吳必大 : "《상서》에 이해하지 못할 곳이 있습니다."

주희 : "힘을 낭비하는 곳이니, 그 사이에 글자를 쓰는 것 또한 이해하지 못할 곳이 있다. 당시에 복생은 산동山東 제남濟南 사람이었고, 조조鼂錯는 도리어 하남河南 영천潁川 사람이었는데, (복생은) 단지 그의 딸에게 구두로 전해줌에 그쳤고, (조착鼂錯이) 그 말을 이해하지 못하고 임의로 이어 읽었다. 그러나 전기傳記에서 인용된 것은 도리어 《상서》에 기록된 것과 같지 않은 것이 없다. 다만 공벽에 소장된 것은 모두 이해하기 쉽고, 복생이 기억한 것은 모두 이해하기 어렵다. 《요전》, 《순전》, 《고요모》, 《익직》과 같이 복생에게서 나온 것은 이해하기 어려운 곳이 있으니, '어떤 일과 어떤 일을 행했다載采采'[9] 같은 경우이다. 《대우모》는 이해하기 쉽다. 《오자지가》, 《윤정》 같은 것은 매우 기억하기 어려운 것이겠는가? 도리어 기억하지 못한 것이다. 《태서》, 《무성》 같은 것은 모두 이해하기 쉽

---

9 《고요모》 皐陶曰, 都亦行有九德. 亦言其人有德, 乃言曰, 載采采.

다. 다만 《목서》는 이해하기 어려우니, '오보五步 · 육보六步'[10] 같은 경우이다. 《대고》, 《강고》의 경우, 《미자지명》이 사이에 끼어 있다. 목왕穆王 때의 《경명》, 《군아》는 이해하기 쉬웠으나, 《여형呂刑》에 이르게 되면 또 이해하기 어렵다. 어떻게 기억한 것은 어렵고, 도리어 기억하지 못한 것은 쉬운가? 쉽게 이해할 수 없다." [황순黃㽦]

원문

包顯道擧所看《尙書》數條. 先生曰:"諸《誥》多是長句, 如《君奭》'弗永遠念天威越我民罔尤違', 只是長句, '越'只是'及', '罔尤違'是總說上天與民之意. 《漢·藝文志》注謂《誥》是曉諭民, 若不速曉則約束不行. 便是誥辭如此, 只是欲明易曉." 顯道曰:"《商書》又却較分明." 曰:"《商書》亦只有數篇如此, 《盤》依舊難曉." 曰:"《盤》却好." 曰:"不知怎生地, 盤庚抵死要恁地遷那都. 若曰有水患, 也不曾見大故爲害." 曰:"他不復更說那事頭, 只是當時小民被害, 而大姓之屬安於土而不肯遷, 故說得如此." 曰:"大槩伏生所傳許多皆聱牙難曉, 分明底他又却不曾記得, 不知怎生地." 顯道問:"先儒將'十一年','十三年'等合'九年'說, 以爲文王稱'王', 不知有何據?" 曰:"自太史公以來皆如此說了. 但歐公力以爲非, 東坡亦有一說. 但《書》說'惟九年大統未集, 予小子其承厥志', 却有這一個痕瑕. 或推《泰誓》諸篇皆只稱'文考', 至《武成》方稱'王', 只是當初'三分天下有其二, 以服事殷', 也只是羈縻, 那事體自是不同了." [義剛]

10 《목서》 今予發, 惟恭行天之罰. 今日之事, 不愆于六步七步, 乃止齊焉. 夫子勖哉.

번역

포양包揚, 자 현도(顯道)이 《상서尙書》에서 보았던 몇 조목을 열거하였다.

주희 : "모든 《고誥》편은 대부분 장구長句이니, 《군석》의 '하늘의 위엄이 우리 백성들에게 원망하고 위배하는 때가 없음을 길이 생각하지 않을 수 없다弗永遠念天威越我民罔尤違'와 같은 장구長句에서 '월越'은 '급及'의 의미이며, '망우위罔尤違'는 상천上天과 민民의 의미를 총괄하여 말한 것이다. 《한서·예문지》의 주注에서 《고誥》는 백성들을 밝게 깨우치는 것이니, 만약 빨리 이해하지 못하면 약속을 실행하지 못한다고 하였다. 《고誥》의 문장이 이와 같은 것은 단지 백성들을 쉽게 이해시키고자 한 것이다."

포현도 : 《상서商書》 또한 도리어 비교적 분명합니다.

주희 : "《상서商書》 또한 다만 이와 같은 것이 몇 편 있으나, 《반경》편은 옛 문체에 의거한 것이어서 이해하기 어렵다."

포현도 : "《반경》편은 도리어 좋습니다."

주희 : "반경盤庚이 죽을 때가 되어 이렇게 그 도읍을 옮겼다는 것이 어디서 나왔는지 모르겠다. 만약 수해水害가 있었다고 하더라도 또한 큰 변고로 해롭다고 여기지 않았다."

포현도 : "그盤庚가 다시 그 일에 대해 말하지 않은 것은 다만 당시의 일반 백성들은 해를 입었으나, 귀족의 부류는 그 땅에서 사는 것을 편안하게 여기며 옮기려 하지 않았기 때문에 이같이 말하였습니다."

주희 : "대개 복생이 전한 것은 많은 곳이 모두 껄끄러워서 이해하기 어렵다. 분명한 것은 그伏生도 오히려 기억하지 못한 것이 어디에서 나왔는지 알 수 없다."

포현도 : "선유先儒들이 '11년', '13년' 등은 마땅히 '9년'이 되어야 한다는 설[11]을 가지고 문왕文王이 칭왕稱王했다고 여긴 것은 무엇을 근거로 한 것인지 모르겠습니다."

주희 : 태사공司馬遷 이래로 모두 이와 같이 말하였다. 다만 구양수歐陽脩만 힘써 잘못되었다고 여겼고, 소식蘇軾, 호 동파(東坡)도 다른 설[12]이 있다. 다만 《서》에는 "9년에 대통大統을 이루지 못하였으니, 나 소자가 그 뜻을 잇노라惟九年大統未集, 予小子其承厥志[13]"라 한 것은 오히려 하자가 있다. 혹은 《태서》 삼편에서 모두 '문고文考'라고만 칭하다가 《무성》에 이르러서야 '왕王'이라 칭하였고, 애당초 '천하를 삼등분하여 그 둘을 소유하였으나 은을 복종하고 섬겼다三分天下有其二, 以服事殷'[14]"고 한 것을 유추해보면, 또한 다만 얽매인 것일 뿐, 그 일 자체가 저절로 같지 않다. [황의강黃義剛]

원문

《書》有兩體, 有極分曉者, 有極難曉者. 某恐如《盤庚》,周《誥》,《多方》,《多士》之類, 是當時召之來而面命之,面教告之, 自是當時一類說話. 至於《旅獒》,《畢命》,《微子之命》,《君陳》,《君牙》,《冏命》之屬, 則是當時修其辭命, 所以當時百姓都曉得者, 有今時老師宿儒之所不曉. 今人之所不曉者, 未

11 《태서·서》惟十有一年, 武王伐殷. (공전) 周自虞芮質厥成, 諸侯並附, 以爲受命之年. 至九年而文王卒. 武王三年服畢, 觀兵孟津, 以卜諸侯伐紂之心. 諸侯僉同, 乃退以示弱.

12 소식(蘇軾), 《서전(書傳)》 권9 《태서》 文王受命九年而崩, 武王以大統未集, 故即位而不改元. 十一年喪畢, 觀兵於商而歸. 至十三年乃復伐商. 敘所謂十一年武王伐殷者, 觀兵之事也. 所謂一月戊午, 師渡孟津作泰誓者, 十三年之事也. 而并爲一年言之, 疑敘文有闕誤.

13 《무성》惟九年大統未集, 予小子其承厥志.

14 《논어·태백》.

必不當時之人却識其辭義也. [道夫]

번역

《서》에는 두 가지 문체文體가 있으니 매우 분명히 이해할 수 있는 것이 있고, 매우 이해하기 어려운 것이 있다. 나는《반경》, 주周《고誥》,《다방》,《다사》와 같은 부류는 당시에 불러서 면전에서 명령하고 면전에서 가르치고 알려 준 것이니, 자체로 당시의 동일한 말이다.《여오》,《필명》,《미자지명》,《군진》,《군아》,《경명》 같은 등속은 당시의 명령을 수정한 것으로서, 당시에 백성들이 모두 이해할 수 있었던 것이라고 해도 지금의 노숙한 스승이나 소양 있는 선비들이 이해하지 못하는 것이 있다. 지금 사람들이 이해하지 못하는 바라도 반드시 당시 사람들이 오히려 그 말의 뜻을 알지 못했던 것은 아니다. [양도부楊道夫]

원문

《書》有易曉者, 恐是當時做底文字, 或是曾經修飾潤色來. 其難曉者, 恐只是當時說話. 蓋當時人說話自是如此, 當時人自曉得, 後人乃以爲難曉爾. 若使古人見今之俗語, 却理會不得也. 以其間頭緒多, 若去做文字時說不盡, 故只直記其言語而已. [廣]

번역

《서》에서 이해하기 쉬운 것은 아마 당시에 쓰인 문장이 꾸며지고 윤색된 것일 것이다. 이해하기 어려운 것은 아마 당시에 말로 한 것일 것이다. 대체로 당시 사람들의 말이 이와 같았고, 당시 사람들은 저절로 이해했으나, 후대 사람들은 곧 이해하기 어렵다고 여길 뿐이다. 만약 옛날 사람들에게 지금의 세속적인 말을 듣게 한다면 도리어 이해하지 못할 것이다. 또한 그 사이에 실마리가 많고, 문장을 쓸 때 말을 다하지 못한 듯하였기 때문에 다만 그 말만 곧바로 기록하였을 뿐이다. [보광輔廣]

원문

《尙書》諸《命》皆分曉, 蓋如今制誥, 是朝廷做底文字. 諸《誥》皆難曉, 蓋是時與民下說話, 後來追錄而成之.

번역

《상서》의 모든《명命》편들은 모두 분명히 이해되니, 대체로 지금의 제고制誥와 같이 조정에서 만들어 사용하는 문장이다. 모든《고誥》편들은 모두 이해하기 어려우니, 대체로 당시 백성들에게 말한 것을 후대에 추록하여 완성한 것이다.

원문

《典》,《謨》之書, 恐是曾經史官潤色來. 如周《誥》等篇, 恐只似如今榜文, 曉諭俗人者, 方言俚語隨地隨時各自不同. 林少穎嘗曰:"如今人'即日伏惟尊候萬福', 使古人聞之, 亦不知是何等說話."[人傑]

번역

《전典》, 《모謨》의 글은 아마 일찍이 사관史官의 윤색을 거친 듯하다. 주周《고誥》 같은 편은 아마 지금의 방문榜文과 같이 속인俗人을 깨우쳐주는 것인 듯하며, 지방의 말이나 비속한 말은 지역과 시대에 따라 각각 같지 않는 것과 같다. 임지기林之奇, 자 소영(少穎)는 일찍이 말하였다. "지금 사람들이 '요즘 삼가 생각건대, 존후尊候 만복하옵시고卽日伏惟尊候萬福'라는 말을 옛사람들에게 듣게 한다면 또한 무슨 말인지 알지 못한다." [만인걸萬人傑]

원문

《尚書》中《盤庚》,五《誥》之類實是難曉. 若要添減字硬說將去, 儘得. 然只是穿鑿, 終恐無益耳. [時舉]

번역

《상서》의 《반경》과 다섯 《고誥》편과 같은 부류는 실제로 이해하기 어렵다. 만약 글자를 첨가하거나 줄여서 억지로 말한다면 이해할 수는 있다. 그러나 다만 억지로 이치에 맞지 않는 말을 하는 것일 뿐, 끝내 이로움은 없을 것이다. [반시거潘時舉]

원문

道夫請先生點《尚書》以幸後學. 曰:"某今無工夫." 曰:"先生於《書》既無解, 若更不點, 則句讀不分, 後人承舛聽訛, 卒不足以見帝王之淵懿." 曰:"公豈可如此說? 焉知後來無人?" 道夫再三請之. 曰:"《書》亦難點. 如《大誥》語句甚長, 今人却都碎讀了, 所以曉不得. 某嘗欲作《書說》, 竟不曾成. 如制度之屬, 祗以疏文爲本. 若其他未穩處, 更與挑剔令分明, 便得." 又曰: "《書》疏載在'璿璣玉衡'處, 先說箇天, 今人讀著, 亦無甚緊要. 以某觀之, 若看得此, 則亦可以麤想像天之與日月星辰之運, 進退疾遲之度皆有分數, 而曆數大槩亦可知矣." [道夫◯讀《尙書》法]

번역

양도부楊道夫가 선생님朱子께《상서》를 표점하여 후학들에게 도움을 줄 것을 요청했다.

주희: "나는 지금 공부한 것이 없다."

양도부: "선생님께서 이미《서》에 대한 주해가 없으면서 만약 표점도 하지 않는다면 구두句讀가 분명하지 않아 후인들이 잘못됨을 받들고 오류를 듣게 될 것이며, 끝내 제왕의 아름다운 근원을 볼 수 없을 것입니다."

주희: "그대는 어찌 그와 같이 말할 수 있는가? 어찌 후대에 인물이 없다는 것을 아는가?"

양도부가 두세 번 다시 청하였다.

주희: "《서》 또한 표점하기 어렵다.《대고》의 어구語句와 같은 것은 매우 긴데, 지금 사람들은 도리어 모두 짧게 나누어서 읽음으로 인해 이해하지 못한다. 내가 일찍이《서설書說》을 짓고자 하였으나 끝내 완성하지 못하였다. 제도制度에 속하는 것들은 다만 상소문으로 근본을 삼았다. 그 밖에 온당치 못한 곳은 다시 가려내어 분명하게 해야 이해할 수 있을 것이다." "《서》 소疏에 "선기옥형璇璣玉衡"이 기록된 곳은 먼저 하늘을 말하였

는데, 지금 사람들이 읽어보면 어떤 긴요함도 없다. 내가 살펴보건대, 만약 이 선기옥형을 볼 수 있다면 또한 조악하게나마 상상할 수 있을 것이다. 하늘이 해, 달, 별과 더불어 운행함에 나아가고 물러나며, 빠르고 더딘 법도가 모두 정해진 분수分數가 있음과 역수曆數의 대체적인 모습도 또한 알 수 있을 것이다." [양도부楊道夫◯《상서》를 읽는 법讀《尙書》法]

원문

"二《典》,三《謨》, 其言奧雅, 學者未遽曉會. 後面《盤》,《誥》等篇, 又難看. 且如《商書》中伊尹告太甲五篇, 說得極切. 其所以治心修身處, 雖爲人主言, 然初無貴賤之別, 宜取細讀, 極好. 今人不於此等處理會, 却只理會《小序》. 某看得《書小序》不是孔子自作, 只是周秦間低手人作. 然後人亦自理會他本義未得. 且如'皐陶矢厥謨, 禹成厥功, 帝舜申之', 申, 重也. 序者本意先說皐陶, 後說禹, 謂舜欲令禹重說, 故將'申'字係'禹'字. 蓋伏生《書》以《益稷》合於《皐陶謨》, 而'思曰 : 贊贊襄哉'與'帝曰 : 來, 禹, 汝亦昌言. 禹拜曰 : 俞, 帝, 予何言? 予思日孜孜'相連, '申之'二字便見是舜令禹重言之意. 此是序者本意. 今人都不如此說, 說得雖多, 皆非其本意也." 又曰 : "'以義制事, 以禮制心', 此是內外交相養法. 事在外, 義由內制; 心在內, 禮由外作." 銖問 : "禮莫是攝心之規矩否?" 曰 : "禮只是這箇禮. 如顔子非禮勿視,聽,言,動之類, 皆是也." 又曰 : "今學者別無事, 只要以心觀衆理. 理是心中所有, 常存此心以觀衆理, 只是此兩事耳." [銖]

번역

"이二《전典》, 삼三《모謨》[15]는 그 말이 심오하고 단아하여 배우는 자들이 빨리 이해하지 못한다. 뒤의《반경》, 주周《고誥》 등의 편도 또한 보기 어렵다. 또《상서商書》 중에 이윤伊尹이 태갑太甲에게 고告한 다섯 편[16]은 말하는 것이 매우 간절하다. 이들 편에서 마음을 다스리고 몸을 닦게 한 바는 비록 임금을 위하여 말하였으나 애초에는 귀하고 천한 구별이 없었으니, 마땅히 취하여 자세히 읽어보는 것이 매우 좋다. 지금 사람들은 이와 같은 곳은 이해하지 않고 도리어 다만《소서小序》만 이해할 뿐이다. 내가 보기에《서소서書小序》는 공자 자신이 지은 것이 아니라, 다만 주진周秦 연간의 솜씨 있는 사람이 지은 것이다. 그러나 후대인도 저절로 그것의 본의를 이해할 수 없다. 또 '고요가 그 계책을 진달하였고, 우가 그 공功을 완성함으로 인해 제순帝舜이 거듭 말하게 하였다皐陶矢厥謨, 禹成厥功, 帝舜申之'[17]라 하였는데, '신申'은 '거듭한다重'는 의미이다. 서序를 지은 사람의 본의는 먼저 고요를 말하고 뒤에 우를 말하였으니, 순舜이 우로 하여금 거듭 말하게 하고자 하였기 때문에 '신申'자를 가지고 "우禹"자에 연결한 것이다. 대체로 복생의《서》는《익직》을《고요모》에 합하였으니, (《고요모》의 마지막 문장인) '날로 돕고 도와 다스림을 이룰 것을 생각한다思曰贊贊襄哉'와 (《익직》의 첫 문장인) "순제舜帝가 말하였다.「오너라, 우야, 너도 또한 창언을 말하라.」 우가 절하고 말하였다.「아, 임금님이여, 제가 무엇을 말하

15 이(二)《전(典)》, 삼(三)《모(謨)》:《요전》,《순전》,《대우모》,《고요모》,《익직》.
16 《이훈》,《태갑》 상, 중, 하,《함유일덕》.
17 《대우모 · 소서》.

리오? 저는 날마다 부지런히 힘쓸 것을 생각합니다」라 하였다帝曰: 「來, 禹, 汝亦昌言!」 禹拜曰: 「都, 帝, 予何言? 予思日孜孜"가 서로 이어져 있으므로 '거듭 말하게 하다申之'라는 두 글자는 바로 순舜이 우禹로 하여금 거듭 말하게 한 의미를 보인 것이다. 이것이 서序를 지은 사람의 본의이다. 지금 사람들은 모두 이 설만 못하니 말하는 것이 비록 많지만 모두 그 본의는 아니다."

"'의로움으로 일을 제어하고 예로 마음을 제어한다以義制事, 以禮制心',[18] 이 말은 내외內外가 서로 길러주는 방법이다. 일은 밖에 있고, 의로움은 안으로 부터 제어되며, 마음은 안에 있고 예는 밖으로부터 일어난다."

동수董銖 : "예는 마음을 맡아보는 법도가 아닙니까?"

주희 : "예禮는 예禮일 뿐이다. 안자顏子가 예가 아니면 보지도, 듣지도, 말하지도, 행동하지도 말라는 것들이 모두 이것이다." "지금 학자들은 별도의 일이 없으면, 다만 마음으로 중리衆理를 봐야 한다. 리理는 마음속에 있는 것이니, 항상 이 마음을 보존하여 중리衆理를 보는 것, 다만 이 두 가지 일뿐이다." [동수董銖]

원문

問可學 : "近讀何書?" 曰 : "讀《尚書》." 曰 : "《尚書》如何看?" 曰 : "須要考歷代之變." 曰 : "世變難看. 唐虞,三代事, 浩大闊遠, 何處測度? 不若求聖人之心. 如堯則考其所以治民, 舜則考其所以事君. 且如《湯誓》, 湯曰 : '予畏上帝, 不敢不正.' 熟讀, 豈不見湯之心? 大抵《尚書》有不必解者, 有須着

---

18 《중훼지고》 德日新, 萬邦惟懷, 志自滿, 九族乃離. 王懋昭大德, 建中于民. 以義制事, 以禮制心, 垂裕後昆.

意解者. 不必解者如《仲虺之誥》, 《太甲》諸篇, 只是熟讀, 義理自分明, 何俟於解? 如《洪範》則須着意解. 如《典》, 《謨》諸篇, 辭稍雅奧, 亦須略解. 若如《盤庚》諸篇已難解, 而《康誥》之屬則已不可解矣. 昔日伯恭相見, 語之以此, 渠云 : '亦無可闕處.' 因語之云 : '若如此, 則是讀之未熟.' 後二年相見, 云 : '誠如所說.'" [可學]

번역

(주자가) 정가학鄭可學에게 물었다. "근래 무슨 책을 읽는가?"

정가학 : "《상서》를 읽습니다."

주희 : "《상서》를 어떻게 읽는가?"

정가학 : "모름지기 역대歷代의 변화를 고찰하고자 해야 합니다."

주희 : "세상의 변화는 보기 어렵다. 당우唐虞, 삼대三代의 일은 매우 넓고 광활하니, 어느 곳에서 헤아리겠는가? 성인의 마음을 구하는 것만 못하다. 요堯와 같은 경우는 백성을 다스리는 바를 고찰하고, 순은 임금을 섬기는 바를 고찰한다. 또한 《탕서》의 경우, 탕湯이 말한 '나는 상제를 두려워하니, 감히 바르게 하지 않을 수 없다予畏上帝, 不敢不正'를 숙독熟讀하면, 어찌 탕의 마음을 보지 못하겠는가? 대저 《상서》 중에 반드시 이해하지 않아도 되는 것이 있으며, 모름지기 뜻을 붙여 이해해야 하는 것이 있다. 반드시 이해하지 않아도 되는 것은 《중훼지고》, 《태갑》 제편들이니, 다만 숙독熟讀하면 의리가 저절로 분명해지니 어찌 다른 해석을 기다리겠는가? 《홍범》과 같은 경우는 모름지기 뜻을 붙여 이해해야 한다. 《전典》, 《모謨》 제편은 문장이 조금 단아하고 심오하니 또한 모름지기 대략을 이

해해야 한다. 《반경》 제편과 같은 경우는 매우 이해하기 어렵고, 《강고》의 부류들은 이미 이해할 수 없다. 예전 여조겸呂祖謙, 1137~1181, 자 백공(伯恭)과 만났을 때 이것에 대해 말하였는데, 그가 '또한 빠트릴만한 곳이 없다'고 하였다. 이로 인하여 말하기를 '만약 이와 같다면 읽은 것이 익숙하지 않은 것이다'라고 하였다. 2년 뒤 서로 만났을 때 '진실로 말한 바와 같았다'고 하였다." [정가학鄭可學]

원문

問 : "讀《尙書》欲裒諸家說觀之如何?" 先生歷擧王,蘇,程,陳,林少穎,李叔易十餘家解說, 却云 : "便將衆說看未得, 且讀正文, 見箇意思了方可. 如此將衆說看,《書》中易曉處直易曉, 其不可曉處且闕之. 如《盤庚》之類非特不可曉, 便曉了亦要何用? 如周《誥》諸篇周公不過是說周所以合代商之意, 是他當時說話, 其間多有不可解者, 亦且觀其大意所在而已." 又曰 : "有功夫時更宜觀史." [必大]

번역

오필대吳必大 : "《상서》를 읽음에 제가의 설을 모아서 보고자 하면 어떻게 해야 합니까?"

선생님께서 왕씨王氏, 소씨蘇氏, 정씨程氏, 진씨陳氏, 임지기林之奇, 자 소영(少穎), 이숙역李叔易[19]등 10여 명을 낱낱이 열거한 뒤에 말하였다. "중설衆說들

---

19 왕씨(王氏), 소씨(蘇氏), 정씨(程氏), 진씨(陳氏) : 《서경대전》 "인용선유성씨(引用先儒姓氏)" 가운데 송조(宋朝)의 왕안석(王安石), 소식(蘇軾), 정이(程頤), 진붕비(陳鵬飛)로

을 보지 않고, 또한 정문正文을 읽고서 의미를 알 수 있어야 바야흐로 옳을 것이다. 만약 이들 중설衆說을 봤다면, 《서》에서 이해하기 쉬운 곳은 다만 쉽게 이해하고, 이해할 수 없는 곳은 일단 비워두어야 한다. 《반경》과 같은 부류는 비단 이해할 수 없을 뿐만 아니라 이해하더라도 또한 어디에 쓸 수 있겠는가? 주周 《고誥》 제편과 같은 것은 주공이 주周나라가 마땅히 상商을 대신해야 하는 바의 뜻을 말한 것에 불과하고, 이것은 그 당시에 말한 것으로 그 사이에 이해할 수 없는 것이 많이 있으니, 또한 그 대의가 있는 바를 볼 뿐이다." 또 말하였다. "공부할 때는 더욱 마땅히 역사를 알아야 한다." [오필대吳必大]

원문

語德粹云:"《尙書》亦有難看者. 如《微子》等篇, 讀至此, 且認微子與父師, 少師哀商之淪喪, 已將如何. 其他皆然. 若其文義, 知他當時言語如何, 自有不能曉矣." [可學]

번역

등린滕璘, 자 덕수(德粹)에게 말하였다. "《상서》 또한 보기 어려운 곳이 있다. 《미자》와 같은 편의 경우, 여기까지 읽으면 또한 미자가 부사父師, 소사少師와 더불어 상商나라가 망하는 것을 슬퍼했음을 알 수 있으니, 자신은 장차 어떻게 했겠는가? 그 밖의 것도 모두 그러하다. 문의를 따른다

추정된다. 이숙역(李叔易)은 확실하지 않다. 다만 북송의 학자 진염(陳恬)(1058~1131)의 자가 숙역(叔易)이다.

면, 그 당시 언어가 어떠했는지를 알 수 있고, 저절로 이해할 수 없는 것이 있을 것이다. [정가학鄭可學]

원문

"《書序》恐不是孔安國做. 漢文麤枝大葉, 今《書序》細膩, 只是六朝時文字. 《小序》斷不是孔子做." [義剛◯論孔《序》]

번역

"《서서書序》大序는 아마 공안국孔安國이 지은 것이 아닌 듯하다. 한漢나라의 문장은 간략하고 개괄적인데, 지금의 《서서書序》는 아주 세밀하니, 단지 육조六朝시대의 문장일 뿐이다. 《소서小序》는 결코 공자가 지은 것이 아니다." [황의강黃義剛◯공안국 《서序》를 논하다論孔《序》]

원문

漢人文字也不喚做好, 却是麤枝大葉. 《書序》細弱, 只是魏晉人文字. 陳同父亦如此說.

번역

한漢나라 사람의 문장은 좋다고 말할 수 없고 도리어 간략하고 개괄적이다. 《서서書序》는 세밀하니, 단지 위진魏晉시대 사람의 문장이다. 진량陳亮, 1143~1194, 자 동보(同父)[20]도 이와 같이 말하였다.

원문

"《尙書》注幷序, 某疑非孔安國所作. 蓋文字善困, 不類西漢人文章, 亦非後漢之文." 或言趙岐《孟子序》却自好. 曰: "文字絮, 氣悶人, 東漢文章皆然." [僩]

번역

"《상서》의 주注와 서문序文에 대해서, 나는 공안국이 지은 것이 아니라고 의심한다. 대체로 문장이 연약하고 힘이 없으니, 서한西漢시대 사람의 문장과 같지 않으며, 후한後漢시대의 문장도 아니다." [심한沈僩]

원문

《尙書》決非孔安國所註. 蓋文字困善, 不是西漢人文章. 安國漢武帝時, 文章豈如此? 但有太麤處, 決不如此困善也. 如《書序》做得善弱, 亦非西漢人文章也. [卓]

번역

《상서》는 결코 공안국이 주해注解한 것이 아니다. 대체로 문장이 연약하고 힘이 없으니, 서한西漢시대 사람의 문장이 아니다. 공안국은 한漢무제武帝 때 사람인데, 문장이 어찌 이와 같겠는가? 다만 매우 거친 곳이 있을지언정 결코 이처럼 연약하고 힘이 없지는 않다. 《서서書序》와 같이 연약하고 힘없이 지어진 것은 또한 서한西漢시대 사람의 문장이 아니다.

20 진량(陳亮) : 원명(原名)은 진여능(陳汝能). 자 동보(同父)(同甫). 호 용천(龍川). 남송의 학자. 저서에는 《용천문집(龍川文集)》, 《용천사(龍川詞)》 등이 있다.

[황탁黃卓]

원문

《尙書》孔安國傳, 此恐是魏晉間人所作, 託安國爲名, 與毛公《詩傳》大段不同. 今觀《序》文, 亦不類漢文章[漢時文字麤, 魏晉間文字細]. 如《孔叢子》亦然, 皆是那一時人所爲. [廣]

번역

《상서》 공안국 전傳은 아마 위진魏晉 연간의 사람이 지은 것인데, 공안국에 의탁하여 명명한 것이니, 모공毛公大毛公 毛亨, 小毛公 毛萇의 《시전詩傳》과는 매우 같지 않다. 지금 《서문序文》을 보면 또한 한대漢代의 문장과 같지 않다. [한대漢代의 문장은 거칠고 위진魏晉연간의 문장은 세밀하다] 《공총자孔叢子》와 같은 것도 또한 그러하니, 모두 그 시대 사람들이 쓴 것이다. [보광輔廣]

원문

孔安國《尙書序》只是唐人文字, 前漢文字甚次第! 司馬遷亦不曾從安國受《尙書》, 不應有一文字軟郎當地. 後漢人作《孔叢子》者好作僞書, 然此序亦非後漢時文字, 後漢文字亦好. [揚]

번역

공안국 《상서 · 서序》는 당唐나라 사람의 문장일 뿐이며, 전한前漢의 문장은 매우 차례가 있다! 사마천도 일찍이 공안국에게 《상서》를 수업받은 적이 없으며, 마땅히 연약하고 힘없는 문자가 하나도 있지 않다. 후한後漢 사람이 지은 《공총자》는 잘 만든 위서僞書이지만, 이 《상서·서序》 또한 후한 때의 문장은 아니니, 후한의 문장 또한 좋다. [포양包揚]

원문

"孔氏《書序》不類漢文, 似李陵《答蘇武書》." 因問: "董仲舒《三策》文氣亦弱, 與鼂,賈諸人文章殊不同, 何也?" 曰: "仲舒爲人寬緩, 其文亦如其人. 大抵漢自武帝後文字要入細, 皆與漢初不同." [必大]

번역

"공안국의 《서서書序》는 한대漢代의 문장과 같지 않으니 이릉李陵의 《답소무서答蘇武書》와 유사하다."

이로 인하여 물었다. "동중서董仲舒의 《삼책三策》 문장의 기운 또한 약하지만, 조조鼂錯나 가의賈誼 등 여러 사람의 문장과 매우 같지 않은 것은 무엇 때문입니까?"

주희: "동중서는 사람됨이 너그러우니, 그 문장 또한 그 사람과 같은 것이다. 대저 한漢나라는 무제武帝 때부터 문장이 세밀해졌으니, 모두 한漢나라 초기와는 같지 않다." [오필대吳必大]

원문

"傳之子孫以貽後代", 漢時無這般文章. [義剛]

번역

(《상서尙書 · 서序》에) "자손에게 전하여 후대에 남겨준다傳之子孫, 以貽後代"[21] 라 하였는데, 한대漢代에는 이런 문장이 없다. [황의강黃義剛]

원문

孔安國解經最亂道, 看得只是《孔叢子》等做出來. [泳○論孔傳]

번역

공안국의 경전해석이 사도斯道를 가장 어지럽혔는데,《공총자》등에서 나온 말임을 알 수 있다. [탕영湯泳○공전을 논하다論孔傳]

원문

某嘗疑孔安國《書》是假書. 如毛公《詩》如此高簡, 大段爭事. 漢儒訓釋文字, 多是如此, 有疑則闕. 今此却盡釋之. 豈有千百年前人說底話, 收拾於灰燼屋壁中, 與口傳之餘, 更無一字訛舛? 理會不得. 兼《小序》皆可疑.《堯典》一篇, 自說堯一代爲治之次序, 至讓于舜方止, 今却說是讓于舜後方作.《舜典》亦是見一代政事之終始, 却說"歷試諸艱", 是爲要受讓時作也. 至後諸篇, 皆然. 況先漢文章重厚有力量, 今《大序》格致極輕, 疑是晉,宋間文章. 況孔《書》至東晉方出, 前此諸儒皆不曾見, 可疑之甚. [大雅]

21 《상서 · 서(序)》既畢, 會國有巫蠱事, 經籍道息. 用不復以聞, 傳之子孫, 以貽後代.

번역

나는 일찍이 공안국《서》는 가서假書로 의심했다. 모공毛公《시》의 이와 같이 고아하면서도 간략함과는 크게 다투어 볼 일이다. 한유漢儒의 문자 훈석訓釋은 대부분 이와 같았고, 의심이 있으면 남겨놓았다. 지금의 고문은 이것들을 도리어 모두 해석하였다. 어찌 천수백 년 전 사람들의 말을 불타버린 집의 벽에서 나온 것과 입으로 전한 나머지에서 수습하면서 다시 한 글자도 잘못되거나 어긋남이 없는 것인가? 이해할 수 없다. 아울러《소서小序》도 모두 의심할 만하다.《요전》한 편은 요堯임금 한 시대에 다스린 차례를 말한 것에서부터 순에게 선양禪讓한 곳에 이르러서 그쳤는데, 지금의 고문은 도리어 순에게 선양한 이후에 작성되었다고 말한다.《순전》또한 한 시대 정치의 시종始終을 보이는 것이나, 도리어 "여러 어려움을 두루 시험하였다歷試諸艱"[22]라고 말하였으니, 이는 선양을 받을 때에 작성된 것이다. 이후 여러 편에 이르러도 모두 그러하다. 하물며 한漢나라 이전의 문장은 중후하면서 힘이 있으나, 지금《대서大序》는 품격과 기운이 매우 가벼우니, 아마 진晉·송宋 연간의 문장으로 의심된다. 더욱이 공안국《서》는 동진東晉에 이르러 바야흐로 출현하여, 이전의 제유諸儒들은 모두 일찍이 보지 못한 것이니, 의심할 만함이 더욱 심하다. [여대아余大雅]

22 《순전·소서(小序)》虞舜側微, 堯聞之聰明, 將使嗣位, 歷試諸難, 作《舜典》.

원문

《尚書·小序》不知何人作,《大序》亦不是孔安國作. 怕只是撰《孔叢子》底人作, 文字軟善. 西漢文字則麤大. [夔孫◯論《小序》]

번역

《상서》의 《소서小序》를 어떤 사람이 지었는지 알지 못하고, 《대서大序》 역시 공안국이 지은 것이 아니다. 아마도 《공총자》를 찬撰한 사람이 쓴 듯 하니 문장이 연약하고 힘이 없다. 서한西漢의 문장은 거칠고 광대하다. [임기손林夔孫◯《소서小序》를 논함]

원문

《書·小序》亦非孔子作, 與《詩·小序》同. [廣]

번역

《서·소서小序》도 또한 공자가 지은 것이 아니니, 《시·소서》와 마찬가지이다. [보광輔廣]

원문

《書序》是得《書》於屋壁已有了, 想是孔家人自做底. 如《孝經·序》亂道, 那時也有了. [燾]

번역

《서서書序》는 공자 고옥古屋 벽 속에서 《서》를 얻었을 때 이미 있었으니, 공자 집안의 사람이 제멋대로 지은 것으로 생각된다. 《효경 · 서序》와 같이 사도斯道를 어지럽힌 것도 그 당시에 이미 있었다. [여도呂燾]

원문

《書序》不可信, 伏生時無之. 其文甚弱, 亦不是前漢人文字, 只是後漢末人. 又《書》亦多可疑者, 如《康誥》,《酒誥》二篇, 必定武王時《書》, 人只被作洛事在前惑之. 如武王稱"寡兄","朕其弟", 却甚正.《梓材》一篇, 又不知何處錄得來, 此與他人言皆不領. 嘗與陳同甫言, 陳曰 : "每常讀亦不覺. 今思之誠然."

번역

《서서書序》는 믿을 수 없으니, 복생 때는 없었다. 그 문장이 매우 약하니, 또한 전한前漢 사람의 문장이 아니고, 다만 후한後漢 말기 사람의 것이다. 《서》 또한 의심할 만한 것이 많으니, 《강고》와 《주고》 두 편과 같은 것은 필시 무왕시대의 《서》로 확정된 글인데, 사람들은 다만 낙읍洛邑에서의 일이 《강고》 앞부분에 있기 때문에[23] (성왕시대의 문장으로) 의심하였다. 무왕이 "과형寡兄"이나 "짐의 아우朕其弟"라고 말한 것은 도리어 매우 옳다. 《재재》 한 편은 또 어느 곳에서 기록된 것인지 알지 못하겠으니, 이것은 다른 사람의 말과 함께 모두 받아들이지 못하겠다. 일찍이 진량陳

23 《강고》 惟三月哉生魄, 周公初基, 作新大邑于東國洛. 四方民大和會. 侯·甸·男邦·采·衛, 百工播民和, 見士于周. 周公咸勤, 乃洪大誥治. 이 부분은 《낙고》의 탈간으로 본다.

亮, 1143~1194, 자 동보(同甫))과 말을 나누었는데, 진량이 다음과 같이 말했다. "항상 읽을 때마다 또한 깨닫지 못하였는데, 지금 생각해 보니 진실로 그러하다."

원문

徐彦章問:"先生却除《書序》不以冠篇首者, 豈非有所疑於其間耶?" 曰: "誠有可疑. 且如《康誥》第述文王, 不曾說及武王, 只有'乃寡兄'是說武王, 又是自稱之詞. 然則《康誥》是武王誥康叔明矣, 但緣其中有錯說周公初基處, 遂使序者以爲成王時事, 此豈可信?" 徐曰:"然則殷地武王旣以封武庚, 而使三叔監之矣, 又以何處封康叔?" 曰:"旣言以殷餘民封康叔, 豈非封武庚之外, 將以封之乎? 又曾見吳才老辨《梓材》一篇云:'後半截不是《梓材》, 緣其中多是勉君, 乃臣告君之詞, 未嘗如前一截稱「王曰」, 又稱「汝」, 爲上告下之詞.' 亦自有理." [壯祖]

번역

서언장徐彦章:"선생님께서 도리어 《서서書序》를 없애버리고 편의 첫머리로 여기지 않는 것은 어찌 그 사이에 의심스러운 바가 있는 것이 아니겠습니까?"

주희:"진실로 의심할 만한 것이 있다. 또한《강고》같은 것은 다만 문왕文王만 서술하였고, 일찍이 무왕은 언급하지 않았는데, 다만 '내과형乃寡兄'이란 말이 무왕을 말하는 것이며 또한 자신을 일컫는 말이다. 그렇다면《강고》는 무왕이 강숙康叔에게 고誥한 것이 명백하다. 다만 그 가운데

주공이 처음 기틀을 잡은 곳이 섞여 있음으로 인하여 마침내 소서小序를 지은 사람으로 하여금 성왕 때의 일이라고 생각하게 만들었으니, 이것을 어찌 믿을 수 있겠는가?"

서언장: "그렇다면 은殷나라 지역은 무왕이 이미 무경武庚을 봉하였고, 삼숙三叔으로 하여금 감독하게 하였는데, 다시 어느 곳에 강숙康叔을 봉하였습니까?"

주희: "이미 은의 남은 백성으로 강숙을 봉封하였다[24]고 말하였으니, 어찌 무경을 봉한 것 외에 장차 또 강숙을 봉한 것이 아니겠는가? 또 일찍이 오역吳棫, 1100?~1154, 자 재로(才老)이 《재재》편을 변석辨析하여 다음과 같이 말했다. '후반부는 결코《재재》가 아니니, 그중 대부분은 임금을 권면하는 것인데 이는 바로 신하가 임금에게 아뢰는 말이기 때문이다. 앞의 한 구절에서 「왕왈王曰」이나 「너汝」라고 일컬은 것과 같은 윗사람이 아랫사람에게 고告하는 말인데, 이러한 것과 같지 않다.' 이 또한 이치가 있다." [이장조李壯祖]

요전堯典

원문

問: "《序》云'聰明文思', 經作'欽明文思', 如何?" 曰: "《小序》不可信."
問: "恐是作序者見經中有'欽明文思', 遂改換'欽'字作'聰'字否?" 曰: "然."

---

24 《강고·소서》成王既伐管叔, 蔡叔, 以殷餘民封康叔, 作《康誥》, 《酒誥》, 《梓材》.

번역

만인걸萬人傑 : "《소서小序》에 '총명문사聰明文思'[25]라 하였고, 경문經文에는 '흠명문사欽明文思'라 하였으니 어떻게 생각하십니까?"

주희 : "《소서》는 믿을 수 없다.

만인걸 : 혹시 《소서》를 지은 사람이 경문에 "흠명문사欽明文思"가 있는 것을 보고도 끝내 "흠欽"을 고쳐 "총聰"자로 바꾼 것입니까?"

주희 : "그렇다."

대우모大禹謨

원문

《大禹謨 · 序》"帝舜申之", 序者之意, 見《書》中皐陶陳謨了, "帝曰 : 來, 禹, 汝亦昌言". 故先說"皐陶矢厥謨, 禹成厥功", 帝又使禹亦陳昌言耳. 今《書序》固不能得《書》意, 後來說《書》者又不曉序者之意, 只管穿鑿求巧妙爾. [廣]

번역

《대우모 · 소서小序》에 "제순帝舜이 거듭 아름답게 여겼다帝舜申之"[26]고 하였는데, 《소서小序》를 쓴 사람의 의중은 《서》 중에 고요皐陶가 꾀를 진술하

25 《요전 · 소서》 昔在帝堯, 聰明文思, 光宅天下. 將遜于位, 讓于虞舜, 作《堯典》.
26 《대우모 · 소서(小序)》 皐陶矢厥謨, 禹成厥功, 帝舜申之. 作《大禹》, 《皐陶謨》, 《益稷》.

고, "제순이 말하였다. 오너라, 우야, 너는 또한 아름다운 말을 하라帝曰: '來! 禹, 汝亦昌言'"에 드러난다. 따라서 먼저 "고요가 그 모의를 진달하고, 우가 그 공을 이루었다皐陶矢厥謨, 禹成厥功"고 하였고, 제순이 다시 우로 하여금 또한 아름다운 말을 진술하게 한 것일 뿐이다. 지금 《서서書序》는 진실로 《서》의 뜻을 이해할 수 없게 하고, 후대에 《상서》를 말하는 사람들이 또 서문을 지은 사람의 뜻을 알지 못하면서, 억지로 이치에 맞추어서 교묘함을 구할 뿐이다. [보광輔廣]

원문

《書》中"迪"字或解爲"蹈", 或解爲"行", 疑只是訓"順"字. 《書》曰"惠迪吉, 從逆凶, 惟影響", "逆"對"順", 恐只當訓"順"也. 兼《書》中"迪"字用得本皆輕. "棐"字只與"匪"同, 被人錯解作"輔"字, 至今誤用. 只顏師古注《漢書》曰"'棐'與'匪'同", 某疑得之. 《尙書》傳是後來人做, 非漢人文章, 解得不成文字. 但後漢張衡已將"棐"字作"輔"字使, 不知如何. "王若曰","周公若曰", 只是一似如此說底意思, 若《漢書》"皇帝若曰"之類. 蓋是宣導德意者敷演其語, 或錄者失其語而退記其意如此也. "忱","諶"竝訓"信", 如云"天不可信".

번역

《서》 중의 '적迪'자는 어떤 곳은 "밟다蹈"로 해석하고 어떤 곳은 "가다行"로 해석하는데, 아마도 "순하다順"로 훈석해야 할 듯하다. 《서》에 "순함을 은혜롭게 하면 길하고, 거역함을 따르면 흉하니 그림자나 메아리와 같다惠迪吉, 從逆凶, 惟影響"[27]의 "역逆"은 "순順"에 상대가 되니, 아마 마땅히 "순

順"으로 훈석해야 할 것이다. 아울러《서》중에 '적迪'자의 쓰임은 본래 모두 가볍다. '비棐'자는 다만 '비匪'와 같은데, 사람들에 의해 "보輔"자로 잘못 해석되어 지금까지 잘못 사용되고 있다. 오직 안사고顔師古가《한서》를 주해하면서 "'비棐'는 '비匪'와 같다棐與匪同"고 한 것이 아마도 옳은 듯하다. 《상서》전傳은 후대 사람들이 지은 것으로 한漢나라 사람의 문장이 아니며 문자를 해석할 수 없다. 다만 후한後漢의 장형張衡이 이미 "비棐"자를 "보輔"자로 해석하여 사용하였는데 왜 그런지 모르겠다. "왕약왈王若曰"이나 "주공약왈周公若曰"은 다만 이와 같이 말하다는 뜻으로《한서》의 "황제가 말씀하였다皇帝若曰" 같은 부류이다. 대체로 덕의德意를 선도하는 사람이 그 말을 부연함에 있어, 혹 기록하는 사람이 그 말을 잊어버리고 물러난 뒤에 그 뜻이 이와 같았음을 기록한 것이다. '침忱'과 '심諶'은 모두 "신信"으로 훈석하니, "하늘은 믿을 수 없다天不可信"는 말과 같다.

익직益稷

원문

張元德問："'惟幾惟康, 其弼直', 東萊解'幾'作'動','康'作'靜', 如何?" 曰："理會不得. 伯恭說經多巧." 良久, 云："恐難如此說." 問元德："尋常看'予克厥宅心'作存其心否?" 曰："然." 曰："若說'三有俊心', '三有宅心'曰'三有宅',

---

27 《대우모》.

'三有俊', 則又當何如? 此等處皆理會不得, 解得這一處礙了那一處. 若逐處自立說解之, 何書不可通?" 良久, 云:"'宅'者, 恐是所居之位, 是已用之賢; '俊'者, 是未用之賢也." 元德問:"予欲聞'六律, 五聲, 八音在治忽, 以出納五言, 汝聽'." 曰:"亦不可曉.《漢書》'在治忽'作'七始詠'. 七始, 如七均之類. 又如'工以納言, 時而颺之, 格則承之庸之, 否則威之'一段, 上文說'欽四鄰, 庶頑讒說, 若不在時, 侯以明之, 撻以記之, 書用識哉, 欲並生哉', 皆不可曉. 如命龍之辭亦曰:'朕堲讒說殄行, 震驚朕師, 命汝作納言, 夙夜出納朕命, 惟允.' 皆言讒說. 此須是當時有此制度, 今不能知, 又不當杜撰胡說, 只得置之." 元德謂:"'侯以明之, 撻以記之'乃是賞罰." 曰:"既是賞罰, 當別有施設, 如何只靠射? 豈有無狀之人纔射得中, 便爲好人乎?" 元德問:"'五言'東萊釋作君,臣,民,事,物之言." 曰:"君, 臣, 民, 事, 物是五聲所屬. 如'宮亂則荒, 其君驕', 宮屬君, 最大; 羽屬物, 最小. 此是論聲. 若商放緩便是宮聲. 尋常琴家最取《廣陵操》, 以某觀之, 其聲最不和平, 有臣陵其君之意. '出納五言', 却恐是審樂知政之類. 如此作'五言'說, 亦頗通." 又云:"納言之官, 如漢侍中, 今給事中, 朝廷誥令先過後省, 可以封駁." 元德問:"孔壁所傳本科斗書, 孔安國以伏生所傳爲隸古定, 如何?" 曰:"孔壁所傳平易, 伏生《書》多難曉. 如《堯典》,《舜典》,《皐陶謨》,《益稷》是伏生所傳, 有'方鳩僝功','載采采'等語, 不可曉.《大禹謨》一篇却平易. 又《書》中點句如'天降割于我家不少延', '用寧王遺我大寶龜', '圻父薄違, 農父若保, 宏父定辟', 與古注點句不同. 又舊讀'罔或耆壽俊在厥服'作一句, 今觀古記款識中多云'俊在位', 則當於'壽'字絕句矣." 又問:"《盤庚》如何?" 曰:"不可曉. 如'古我先王將多于前功, 適于山, 用降我凶德, 嘉績于朕邦', 全無意義. 又當時遷都更不明說遷之爲利, 不遷之爲害. 如《中》篇又說神說鬼. 若使如今誥命, 如此好一場大鶻突. 尋常讀《尙書》, 讀了《太甲》,《伊訓》,《咸有一德》, 便着輓過《盤庚》, 却看《說命》. 然《高宗肜日》亦自難看. 要之, 讀《尙書》可通則通, 不可通姑置之." [人傑]

번역

장원덕張元德: "'기미를 생각하고 편안히 할 것을 생각하며 보필하는 신하가 정직하면惟幾惟康, 其弼直'에서 여조겸呂祖謙, 호 동래(東萊)은 '기幾'를 '동動'으로 '강康'을 '정靜'으로 해석하였는데 어떻습니까?"

주희: "이해할 수 없다. 여조겸자 백공(伯恭)이 경전을 설명한 것에는 교묘한 것이 많다." 얼마 뒤에 말씀하였다. "아마 이와 같이 말하기는 어려울 것이다."

주자가 장원덕에게 물었다: "평소에 '나는 그 택심宅心에 능하다'予克厥宅心[28]"를 '그 마음을 보존한다存其心'로 이해하는가?"

장원덕: "그렇습니다."

주희: "만약 '세 가지 준심俊心이 있고, 세 가지 택심宅心이 있다三有俊心, 三有宅心'[29]고 말하면서, '세 가지 택宅이 있고, 세 가지 준俊이 있다三有宅, 三有俊'"고 말한다면 또 마땅히 어떠해야 하겠는가? 이런 것은 모두 이해할 수 없으니, 이 곳을 이해하면 저 곳이 막히게 된다. 만약 처지에 따라 제멋대로 설을 세워 해석한다면 어떤 글인들 통하지 않겠는가?" 얼마 뒤에 말씀하였다. "'택宅'이란 것은 아마 거처하는 지위로서 이미 등용된 현인

---

28 《입정》文王惟克厥宅心, 乃克立茲常事·司牧人, 以克俊有德.
29 《입정》亦越文王·武王, 克知三有宅心, 灼見三有俊心, 以敬事上帝, 立民長伯.

賢人이며, '준俊'이란 것은 아직 등용되지 않은 현인일 것이다."

장원덕 : "'내가 육률六律 · 팔음八音 · 오성五聲을 듣고서 다스려짐과 다스려지지 않음을 살펴, 오언五言으로 출납하려 하거든 네가 자세히 살펴서 들어보아라'予欲聞六律五聲八音, 在治忽, 以出納五言, 汝聽."[30]

주희 : "또한 이해할 수 없다. 《한서》에 '재치홀在治忽'은 '칠시영七始詠'으로 되어있다.[31] '칠시七始'는 '칠균七均'과 같은 부류이다. 또 '악공이 바친 말로 때로 드날려 잘못을 고치면 천거하여 등용하고 그렇지 않으면 위엄을 보인다工以納言, 時而颺之, 格則承之庸之, 否則威之'는 단락과 바로 앞 문장의 '사방 이웃을 공경하고, 여러 완악하고 참소하는 자들이 만약 이 충직함에 있지 않으면 활의 과녁으로 밝히며 회초리로 때려 기억하게 하며 글로 써서 기록하라, 함께 살고자 하라欽四鄰, 庶頑讒說, 若不在時, 侯以明之, 撻以記之, 書用識哉! 欲並生哉!'와 같은 단락은 모두 이해할 수 없다. (帝舜이) 용龍에게 명령한 말에서도 또한 '나舜는 참언과 잔악한 행동이 나의 백성을 놀라게 하는 것을 싫어하여 너에게 명하여 납언으로 삼으니, 새벽부터 저녁까지 나의 명을 출납함에 오직 미덥게 하라朕堲讒說殄行, 震驚朕師. 命汝作納言, 夙夜出納朕命, 惟允'[32]는 모두 참언讒言을 말하였다. 이것은 모름지기 당시에 이런 제도가 있었으나 지금은 알 수 없고 또 억측으로 설명하는 것은 마땅하지 않으니 다만 가만히 놓아둔다."

---

30 《익직》帝曰, 臣作朕股肱耳目. 予欲左右有民, 汝翼. 予欲宣力四方, 汝爲. 予欲觀古人之象, 日·月·星辰·山·龍·華蟲作會, 宗彝·藻·火·粉米·黼·黻, 絺繡以五采, 彰施于五色, 作服, 汝明. 予欲聞六律·五聲·八音, 在治忽, 以出納五言, 汝聽.

31 《한서 · 율력지(律曆志) 상(上)》《書》曰 : 「予欲聞六律, 五聲, 八音, 七始詠, 以出內五言, 女聽.」

32 《순전》.

장원덕 : "'활의 과녁으로 밝히며 회초리로 때려 기억하게 한다侯以明之, 撻以記之'[33]는 것은 바로 상과 벌입니다."

주희 : "만약 상과 벌이라면 마땅히 별도의 시설이 있어야 하는데 어떻게 단지 활에만 의지하겠는가? 어찌 착한 행실이 없는 사람이 겨우 활로 쏘아 적중시키기만 하면 곧 좋은 사람이 되겠는가?"

장원덕 : "'오언五言'에 대해 여조겸호 동래(東萊)은 군君, 신臣, 민民, 사事, 물物의 말이라고 해석하였습니다."

주희 : "군君, 신臣, 민民, 사事, 물物은 오성五聲, 宮, 商, 角, 徵, 羽이 속한 바이다. '궁宮의 소리가 어지러우면 흉년이 들고 그 임금은 교만해진다宮亂則荒, 其君驕'[34]와 같은 것은, 궁은 임금에 속하니 가장 크고, 우羽는 사물에 속하니 가장 작다. 이것은 소리聲를 논한 것이다. 만약 상商이 느슨해지면 궁宮의 소리와 비슷하다. 평소에 거문고를 연주하는 사람은 《광릉조廣陵操》를 최고로 여기는데, 나의 관점으로 보면 그 소리가 가장 화평하지 않고 신하가 자기 임금을 능멸하는 뜻이 있다. '오언五言을 출납한다出納五言'는 것은 도리어 음악을 살펴 정치를 아는 부류인 듯하다. 이와 같이 '오언五言'을 해석하면 또한 자못 통할 것이다. 말을 출납하는 관리는 한漢나라의 시중侍中, 지금의 급사중給事中과 같은데, 조정의 조령詔令은 과실을 앞세우고 반성할 것을 뒤에 두니 봉박封駁[35]할 수 있다."

---

33 《익직》庶頑讒說, 若不在時, 侯以明之, 撻以記之, 書用識哉. 欲竝生哉. 工以納言, 時而颺之, 格則承之庸之, 否則威之.

34 《예기 · 악기(樂記)》宮亂則荒, 其君驕. 商亂則陂, 其官壞. 角亂則憂, 其民怨. 徵亂則哀, 其事勤. 羽亂則危, 其財匱.

35 봉박(封駁) : 출납관은 왕의 조서 칙명을 그대로 공포만 하지 않고, 심의하는 일도 맡았다. 따라서 임금의 조서 칙명이라도 그 내용이 적당하지 못한 것이 있으면 그대로 공포하

장원덕 : “공벽孔壁에서 전해진 판본은 과두서科斗書였으므로, 공안국이 복생이 전한 것으로 공벽본을 예고정隸古定했다는 것은 어떻습니까?”

주희 : “공벽에서 전한 것은 평이하며 복생의 《서》는 이해하기 어려운 것이 많다. 《요전》, 《순전》, 《고요모》, 《익직》은 복생이 전한 것인데, ‘바야흐로 모아서 공적을 나타낸다方鳩僝功’,[36] ‘어떤 일과 어떤 일을 행했다載采采’[37] 등의 말은 이해할 수 없다. 《대우모》편은 도리어 평이하다. 또 《서》 중에서 구두점을 찍은 곳 중 ‘하늘이 우리나라에 해로움을 내려 조금도 기다려 주지 않는다天降割于我家不少延’, ‘영왕이 나에게 큰 보배인 거북을 물려 주다用寧王遺我大寶龜’,[38] ‘기보圻父로서 법을 어기는 자를 축출하는 자와 농보農父로서 백성들을 순히 하여 보존하는 자와 굉보宏父로서 땅을 열어 경계를 정해주는 자에 있어서라圻父薄違, 農父若保, 宏父定辟’[39] 등은 고주古注의 구두句讀와 같지 않다. 또 구주舊注는 ‘혹시라도 기수耆壽, 老成한 자와 준걸들이 신하의 자리에 있는 이가 없었다罔或耆壽俊在厥服’[40]에 구두를 찍어 한 구로

지 않고 다시 봉하여 임금에게로 올리는 것을 봉박(封駁)이라 한다.

36 《요전》 帝曰, 疇咨若予采. 驩兜曰, 都共工方鳩僝功. 帝曰, 吁靜言庸違. 象恭滔天.

37 《고요모》 皐陶曰, 都亦行有九德. 亦言其人有德, 乃言曰, 載采采. 禹曰, 何. 皐陶曰, 寬而栗, 柔而立, 愿而恭, 亂而敬, 擾而毅, 直而溫, 簡而廉, 剛而塞, 彊而義, 彰厥有常, 吉哉.

38 《대고》《공전》은 “王若曰, 猷! 大誥爾多邦, 越爾御事. 弗弔, 天降割于我家不少. 延洪惟我幼沖人, 嗣無疆大歷服. 弗造哲, 迪民康, 矧曰其有能格知天命? 已! 予惟小子, 若涉淵水, 予惟往求朕攸濟. 敷賁敷前人受命, 茲不忘大功. 予不敢閉于天降威用. 寧王遺我大寶龜, 紹天明卽命.으로 읽었고, 《집전》은 “王若曰, 猷大誥爾多邦, 越爾御事. 弗弔天降割于我家, 不少延. 洪惟我幼沖人, 嗣無疆大歷服, 弗造哲迪民康. 矧曰其有能格知天命. 已予惟小子, 若涉淵水. 予惟往求朕攸濟. 敷賁, 敷前人受命, 茲不忘大功. 予不敢閉于天降威用. 寧王遺我大寶龜. 紹天明卽命으로 읽었다.

39 《주고》《공전》은 “予惟曰, 汝劼毖殷獻臣, 侯, 甸, 男, 衛, 矧太史友, 內史友? 越獻臣百宗工, 矧惟爾事服休服采? 矧惟若疇圻父, 薄違農父? 若保宏父, 定辟, 矧汝剛制于酒?”로 읽었고, 《집전》은 “予惟曰, 汝劼毖殷獻臣, 侯, 甸, 男, 衛. 矧太史友, 內史友, 越獻臣, 百宗工. 矧惟爾事服休·服采. 矧惟若疇圻父薄違, 農父若保, 宏父定辟. 矧汝剛制于酒?”로 읽었다.

삼았는데, 지금 옛날에 기록된 관지款識를 보면 '준걸이 자리에 있다俊在位'라고 말한 것이 많으므로, 마땅히 '수壽'자에 구두를 끊어야 한다."

장원덕 : "《반경》은 어떻습니까?"

주희 : "이해할 수 없다. '옛날 우리 선왕이 장차 전인前人의 공功보다 많게 하고자 산으로 가서 우리의 흉한 덕을 낮추어 우리나라에 아름다운 공적이 있게 하였다古我先王將多于前功, 適于山, 用降我凶德, 嘉績于朕邦' 같은 것은 전혀 의미가 없다. 또 당시에 천도遷都하면서, 천도하는 것의 이로움과 천도하지 않는 것의 해로움을 명확하게 설명하지 않았다. 《반경중》편에서는 또한 신神을 말하고 귀鬼를 말하였다.[41] 만약 지금의 고령誥令이 이와 같다면 매우 모호할 것이다. 평소 《상서》를 읽을 때 《태갑》, 《이훈》, 《함유일덕》을 읽고 곧 《반경》은 건너뛰고 도리어 《열명》을 읽는다. 그러나 《고종융일》 또한 스스로 보기 어렵다. 요컨대, 《상서》를 읽을 때, 통할 수 있는 것은 통하게 하되, 통할 수 없는 것은 잠시 남겨두어야 한다." [만인걸萬人傑]

40 《문후지명》《공전》은 "嗚呼! 閔予小子嗣, 造天丕愆. 殄資澤于下民, 侵戎我國家純. 卽我御事, 罔或耆壽俊在厥服, 予則罔克.으로 읽었고, 《집전》은 "嗚呼! 閔予小子, 嗣造天丕愆, 殄資澤于下民. 侵戎我國家純, 卽我御事, 罔或耆壽俊, 在厥服, 予則罔克."으로 읽었다. 주자는 "罔或耆壽, 俊在厥服, 予則罔克"으로 본 듯하다.

41 《반경중》편에 "신(神)"과 "귀(鬼)"에 대한 직접적인 언급은 없으나, 그들의 조상(祖上)들을 언급한 것을 가리킨다.

홍범洪範

원문

問:“‘勝殷殺受’之文是如何?” 曰:“看《史記》載紂赴火死, 武王斬其首以懸于旌, 恐未必如此. 《書序》某看來煞有疑. 相傳都說道夫子作, 未知如何.” [賀孫]

번역

섭하손葉賀孫:“‘은殷을 이기고 수受를 죽였다勝殷殺受’[42]는 문장은 어떻습니까?”

주희:“《사기》에 주紂가 불에 뛰어들어 죽으니 무왕이 그 머리를 잘라서 깃발에 매달았다는 기록[43]을 보건대, 아마 반드시 그와 같지는 않았을 것이다. 《서서書序》는 내가 보기에 매우 의심스러운 점이 있다. 전해지기를 모두 부자夫子께서 지은 것이라고 말하는데 어떻게 된 것인지 모르겠다.” [섭하손葉賀孫]

42 《홍범·소서(小序)》 武王勝殷, 殺受, 立武庚, 以箕子歸, 作《洪範》.

43 《사기·은본기》 甲子日, 紂兵敗. 紂走入, 登鹿臺, 衣其寶玉衣, 赴火而死. 周武王遂斬紂頭, 縣之白旗.

원문

"凡數自一至五, 五在中; 自九至五, 五亦在中. 戴九履一, 左三右七, 五亦在中." 又曰 : "若有前四者, 則方可以建極. 一五行, 二五事, 三八政, 四五紀是也. 後四者却自皇極中出. 三德是皇極之權, 人君所嚮用五福, 所威用六極. 此曾南豐所說. 諸篇所說, 惟此說好." 又曰 : "皇, 君也. 極, 標準也. 皇極之君, 常滴水滴凍, 無一些不善. 人却不齊, 故曰'不協于極, 不罹于咎'. '天子作民父母, 以爲天下王', 此便是'皇建其有極'." 又曰 : "《尚書》前五篇大槩易曉, 後如《甘誓》, 《胤征》, 《伊訓》, 《太甲》, 《咸有一德》, 《說命》此皆易曉, 亦好. 此是孔氏壁中所藏之《書》." 又曰 : "看《尚書》漸漸覺曉不得便是有長進. 若從頭至尾解得, 便是亂道. 《高宗肜日》是最不可曉者, 《西伯戡黎》是稍稍不可曉者. 太甲大故亂道, 故伊尹之言緊切. 高宗稍稍聰明, 故《說命》之言細膩." 又曰 : "讀《尚書》有一箇法, 半截曉得半截曉不得, 曉得底看, 曉不得底且闕之, 不可彊通, 彊通則穿鑿." 又曰 : "'敬敷五教在寬', 只是不急迫, 慢慢地養他." [節]

번역

주희 : "무릇 숫자의 1부터 5까지는 5가 가운데 있으며, 9에서 5까지에서도 5가 가운데 있다. 9를 머리에 이고 1을 아래에서 밟으며, 3을 왼쪽에 두고 7을 오른쪽에 둠에도 5는 가운데 있다."

주희 : "만약 앞의 네 가지가 있다면 바야흐로 황극皇極을 세울 수 있다. 첫째는 오행五行이고 둘째는 오사五事이고, 셋째는 팔정八政이고, 넷째는 오기五紀가 그것이다. 뒤의 네 가지는 도리어 황극皇極에서 나온다. 삼덕三德

은 황극의 권權이고, 임금이 향하는 바에 오복五福을 쓰며嚮用五福, 위엄이 있는 바에 육극六極을 쓴다威用六極. 이것은 증공曾鞏, 1019~1083, 호 남풍(南豐)이 말한 것이다. 제유諸儒의 설 가운데 오직 이 설이 좋다."

주희 : "황皇은 임금이다. 극極은 표준標準이다. 황극의 임금은 '항상 물방울이 떨어져 바로 어는 것滴水滴凍'과 같아서 조금도 선善하지 않음이 없다. 사람은 도리어 가지런하지 않기 때문에 '법도에 합하지 않더라도 허물에 걸리지 않는다不協于極, 不罹于咎'[44]고 하였다. '천자는 백성의 부모가 되어 천하의 왕이 된다天子作民父母, 以爲天下王'[45]라 하였으니 이것이 곧 '임금이 지극함을 세우는 것皇建其有極'[46]이다."

주희 : "《상서》의 앞 다섯 편은 대개 이해하기 쉽고, 뒤의 《감서》, 《윤정》, 《이훈》, 《태갑》, 《함유일덕》, 《열명》과 같은 편은 모두 이해하기 쉽고 또한 좋다. 이것은 공씨孔氏 고택 벽중壁中에 소장되었던 《서》이다."

주희 : "《상서》를 보다보면 학문에 진보함이 없음을 점점 깨닫게 된다. 만약 처음부터 끝까지 이해하려 한다면 곧 사도斯道를 어지럽히게 된다. 《고종융일》은 가장 이해할 수 없는 것이고, 《서백감려》는 점점 이해할 수 없는 것이다. 태갑太甲은 크게 도道를 어지럽혔기 때문에 이윤伊尹의 말이 긴밀하고 절실하다. 고종高宗은 점점 총명해졌기 때문에 《열명說命》의 말은 세밀하고 정밀하다."

주희 : "《상서》를 읽는 한 가지 방법이 있으니, 반쯤 이해하고 반쯤은

---

44 《홍범》 凡厥庶民, 有猷有爲有守, 汝則念之. 不協于極, 不罹于咎, 皇則受之. 而康而色, 曰予攸好德, 汝則錫之福. 時人斯其惟皇之極.

45 《홍범》 凡厥庶民, 極之敷言, 是訓是行, 以近天子之光. 曰, 天子作民父母, 以爲天下王.

46 《홍범》 五皇極. 皇建其有極, 斂時五福, 用敷錫厥庶民. 惟時厥庶民, 于汝極, 錫汝保極.

이해하지 못한다면 이해할 수 있는 것은 보고 이해할 수 없는 것은 일단 남겨둔다. 억지로 통하려고 하지 말아야 하니 억지로 통하려고 하면 이치에 맞지 않게 된다."

주희: "'공경히 다섯 가르침을 펴되 너그럽게 하라敬敷五教在寬'[47]라 하였는데, 다만 급박하지 않고 느긋하게 다섯 가르침五教, 五倫을 기르는 것이다." [감절甘節]

금등金縢

원문

《書》中可疑諸篇若一齊不信, 恐倒了六經. 如《金縢》亦有非人情者: "雨, 反風, 禾盡起", 也是差異. 成王如何又恰限去啓金縢之書? 然當周公納策于匱中, 豈但二公知之? 《盤庚》更沒道理. 從古相傳來, 如經傳所引用, 皆此《書》之文. 但不知何故, 說得都無頭. 且如今告諭民間一二事, 做得幾句如此, 他曉得曉不得? 只說道要遷, 更不說道自家如何要遷, 如何不可以不遷, 萬民因甚不要遷? 要得人遷, 也須說出利害, 今更不說. 《呂刑》一篇, 如何穆王說得散漫, 直從苗民,蚩尤爲始作亂說起? 若說道都是古人元文, 如何出於孔氏者多分明易曉, 出於伏生者都難理會? [賀孫]

47 《순전》帝曰, 契, 百姓不親, 五品不遜. 汝作司徒, 敬敷五教在寬.

번역

《서》 중 의심할 만한 여러 편을 만약 모두 불신한다면 육경六經을 무너뜨리게 될까 두렵다. 《금등》편 같은 것도 인정人情으로 이해되지 않는 것이 있다. "비가 내리고 바람이 반대로 부니, 벼가 모두 일어났다雨, 反風, 禾盡起"는 것도 기이하다. 성왕은 어떻게 또 공교롭게도 쇠로 봉한金縢 글을 열어 본 것인가? 주공이 궤 안에 책문策文을 넣을 당시, 어찌 다만 두 공公 太公과 召公만 그 사실을 알았던 것인가? 《반경》은 더욱 이치에 어긋난다. 예로부터 전해 온 것 중 경전經傳에서 인용된 것은 모두 이 《서》의 문장이다. 다만 무슨 까닭으로 전혀 단서가 없었는지 알지 못하겠다. 또 지금 백성들에게 한두 가지 일을 고告하여 깨우치고자 이와 같이 몇 구를 짓는다면 그들이 이해할 수 있겠는가? 다만 천도遷都해야 함을 말하면서, 다시 자신은 어떻게 옮기고자 하는지를 말하지 않고, 어떻게 옮기지 않을 수 없음을 말하지 않는데, 만민萬民이 무엇으로 인하여 옮기고자 하겠는가? 사람들을 옮기게 하고자 한다면 또한 모름지기 이해利害관계를 말해야 하는데 지금은 다시 말하지 않았다. 《여형》편은 어떻게 목왕穆王은 산만하게 말하였는데, 오직 묘족苗族과 치우蚩尤가 비로소 난을 일으켰다는 것으로 말한 것인가? 만약 말한 것이 모두 옛사람의 원문이라면 어떻게 공씨孔氏의 집에서 나온 것은 분명하여 이해하기 쉽고, 복생에게서 나온 것은 모두 이해하기 어려운 것인가? [섭하손葉賀孫]

강고康誥

원문

"'惟三月哉生魄'一段, 自是脫落分曉. 且如'朕弟', '寡兄', 是武王自告康叔之辭無疑. 蓋武王, 周公,康叔同叫作兄. 豈應周公對康叔, 一家人說話, 安得叫武王作'寡兄'以告其弟乎? 蓋'寡'者, 是向人稱我家,我國長上之辭也. 只被其中有'作新大邑于周'數句, 遂牽引得《序》來作成王時書, 不知此是脫簡. 且如《梓材》是君戒臣之辭, 而後截又皆是臣戒君之辭. 要之, 此三篇斷然是武王時書. 若是成王, 不應所引多文王而不及武王. 且如今人才說太祖, 便須及太宗也." 又曰 : "某嘗疑《書》注非孔安國作, 蓋此傳不應是東晉方出, 其文又皆不甚好, 不是西漢時文." [義剛]

번역

주희 : "'3월 재생백哉生魄惟三月哉生魄' 단락은 탈간脫簡된 것임이 분명하다. 또한 '짐의 동생朕弟', '과덕한 형寡兄'은 무왕 스스로 강숙에게 고하는 말임에 의심이 없다. 대체로 무왕은 주공과 강숙이 모두 형이라고 불렀다. 응당 주공이 강숙에 대해서 한 집안 사람이라고 말한 것인데, 어찌 무왕을 '과형寡兄'이라고 부르면서 동생에게 고告하였겠는가? 대체로 '과寡'자는 남에게 우리 집안, 우리나라의 어른을 일컫는 말이다. 다만 그 가운데 '주周나라에 새로운 큰 도읍을 만들다作新大邑于周'[48]라는 몇 구절이 있는 것

48 《강고》 惟三月哉生魄, 周公初基, 作新大邑于東國洛. 四方民大和會. 侯・甸・男邦・采・衛, 百工播民和, 見士于周. 周公咸勤, 乃洪大誥治.

으로 인해, 드디어 억지로 《서서書序》[49]를 인용하여 성왕成王 시대의 글이라고 하였으니, 이것은 탈간된 것임을 모른 것이다. 또 《재재》는 임금이 신하를 경계하는 말인데, 후대에는 또 모두 신하가 임금을 경계하는 말이라고 하였다. 요컨대, 이 세 편《康誥》, 《酒誥》, 《梓材》은 확실히 무왕 때의 글이다. 만약 성왕 때라면 마땅히 인용한 바가 문왕은 많고 무왕은 언급하지 않았을 리가 없다. 또 지금 사람들이 다만 태조太祖라고 말하기만 하면 태종太宗에게 미치는 것과 같다." "내가 일찍이 《서》 주注는 공안국이 지은 것이 아니라고 의심하였는데, 대체로 이것이 전해진 것이 응당 동진東晋시대에 나와서는 안 되며, 그 문장도 또한 모두 매우 좋지 않으므로 서한西漢의 문장이 아니다." [황의강黃義剛]

소고召誥, 낙고洛誥

원문

問："周《誥》辭語艱澀, 如何看?" 曰："此等是不可曉." "林丈說, 艾軒以爲方言." 曰："只是古語如此. 竊意當時風俗, 恁地說話, 人便都曉得. 如這物事喚做這物事, 今風俗不喚做這物事, 便曉他不得. 如《蔡仲之命》, 《君牙》等篇, 乃當時與士大夫語, 似今翰林所作制誥之文, 故甚易曉. 如誥, 是與民語, 乃今官司行移曉諭文字, 有帶時語在其中. 今但曉其可曉者, 不可曉處則闕之

49 《강고·소서(小序)》 成王既伐管叔, 蔡叔, 以殷餘民封康叔, 作《康誥》, 《酒誥》, 《梓材》.

可也. 如《詩》‘景員維河’, 上下文皆易曉, 却此一句不可曉. 又如‘三壽作朋’, 三壽是何物? 歐陽公記古語亦有‘三壽’之說, 想當時自有此般說話, 人都曉得, 只是今不可曉.” 問 : “東萊《書說》如何?” 曰 : “說得巧了. 向常問他有疑處否? 曰 : ‘都解得通.’ 到兩三年後再相見, 曰 : ‘儘有可疑者.’” [淳○義剛錄云 : “問 : ‘五《誥》辭語恁地短促, 如何?’ 曰 : ‘這般的不可曉.’‘林擇之云 : 「艾軒以爲方言」’ 曰 : ‘亦不是方言, 只是古語如此云云’”]

번역

양도부楊道夫 : “주周《고誥》의 문장은 어렵고 난삽한데 어떻게 생각하십니까?”

주희 : “이런 것들은 이해할 수 없다.”

양도부 : “임장林丈林用中, 아래에 보인다이 말하길 임광조林光朝, 1114~1178, 호 애헌(艾軒)50는 방언方言이라고 생각했다고 하였습니다.”

주희 : “다만 옛말은 이와 같을 뿐이다. 가만히 생각해보건대, 당시 풍속에 이와 같이 말하면 사람들이 모두 알았을 것이다. 이런 물건은 이런 물건이라고 부르는데, 지금 풍속에서 이런 물건이라고 부르지 않으면 곧 그것을 이해할 수 없다. 《채중지명》이나 《군아》와 같은 편은 당시 사대부들과 말한 것으로 지금의 한림翰林이 지은 제고制誥의 문장과 같기 때문

50 임광조(林光朝) : 자 겸지(謙之). 성현(聖賢)의 학문을 배웠고 행동에 예절과 절개가 있어 주희가 학형으로 모셨다. 송 남도(南渡)이후 윤(伊), 낙(洛)의 학문이 동남(東南)에 번창한 것이 임광조로부터 비롯되었다. 저서에는 《애헌집(艾軒集)》 9권, 주차(奏箚) 20권, 《역해(易解)》 1권, 《시서어록(詩書語錄)》, 《중용해(中庸解)》, 《장자해(莊子解)》 등이 있다.

에 매우 이해하기 쉽다. 고誥와 같은 것은 백성들에게 말하는 것으로 지금 관사官司의 공문으로 알려주고 깨우쳐주는 문장이니 그 가운데 당시의 말時語을 띠고 있다. 지금은 다만 이해할 만한 것은 이해하고 이해할 수 없는 것은 남겨두는 것이 옳다. 《시》의 '경산景山의 주위가 모두 하수河水네景員維河'[51]와 같은 경우, 위아래 문장은 모두 이해하기 쉬우나 도리어 이 한 구절은 이해할 수 없다. 또 '삼수三壽로 벗을 삼네三壽作朋'[52]와 같은 경우, 삼수三壽란 무엇인가? 구양수歐陽脩가 옛말을 기록한 것 가운데 '삼수三壽'의 설이 있는데, 당시에 이런 말들이 있어서 사람들이 모두 알았던 것이나 지금은 알 수 없는 것이라고 생각하였다."

양도부 : "여조겸呂祖謙, 호 동래(東萊)의 《서설書說》은 어떻습니까?"

주희 : "말한 것이 교묘하다. 지난번에 일찍이 그에게 의심스러운 곳이 있는지를 물었다. 대답하기를 '모두 이해하여 통하였다'고 하였다. 2~3년 뒤 다시 만났는데, '모두다 의심할 만하다'고 하였다." [진순陳淳◯황의강黃義剛의 기록은 다음과 같다. "묻습니다. '다섯 개의 《고誥》 문장은 이와같이 짧고 촉급한데 어떻습니까?' 주자가 대답하였다. '이런 것들은 이해할 수 없다'. '임용중林用中, 자 택지[53]이 말하길 「애헌艾軒은 방언方言이라고 생각하였다」고 하였습니다'. 주자가 말하였다. '또한 방언이 아니라 다만 옛말이 이와 같을 뿐이다'"]

---

51 《시경·상송(商頌)·현조(玄鳥)》.

52 《시경·노송(魯頌)·비궁(閟宮)》.

53 임용중(林用中) : 자 택지(擇之), 경중(敬仲). 호 동병(東屛), 초당(草堂). 임조광(林光朝)의 학문을 배워 "명덕(明德), 신민(新民), 지어지선(止於至善)"의 학문을 확립하였다. 이후 주희(朱熹)의 문하로 들어갔다.

군아君牙

원문

安卿問 : "《君牙》, 《冏命》等篇, 見得穆王氣象甚好. 而後來乃有車轍馬跡馳天下之事, 如何?" 曰 : "此篇乃內史,太史之屬所作, 猶今之翰林作制誥然. 如《君陳》, 《周官》, 《蔡仲之命》, 《微子之命》等篇, 亦是. 當時此等文字自有箇格子, 首呼其名而告之, 末又爲'嗚呼'之辭以戒之. 篇篇皆然, 觀之可見. 如《大誥》, 《梓材》, 《多方》, 《多士》等篇, 乃當時編人君告其民之辭, 多是方言. 如'卬'字即'我'字. 沈存中以爲秦語平音而謂之'卬'. 故諸《誥》等篇, 當時下民曉得, 而今士人不曉得. 如'尙書,尙衣,尙食', '尙'乃守主之意, 而秦語作平音, 與'常'字同. 諸《命》等篇, 今士人以爲易曉, 而當時下民却曉不得." [義剛]

번역

진순陳淳, 자 안경(安卿) : "《군아》, 《경명》 등 편은 목왕穆王의 기상이 매우 좋음을 볼 수 있습니다. 후에 수레의 자국과 말의 자취가 천하를 치달린 일이 있는 것은 어떻게 생각하십니까?"

주희 : "이 편은 내사內史와 태사太史 같은 무리가 지은 것이니 지금의 한림翰林이 지은 제고制誥가 그러하다. 《군진》, 《주관》, 《채중지명》, 《미자지명》 등과 같은 편도 또한 그러하다. 당시의 이러한 문장들은 저절로 하나의 격식이 있었으니, 첫머리에서는 그의 이름을 불러서 말하고, 끝에는 또 '오호嗚呼'라는 감탄사를 사용하여 경계시켰다. 편들마다 모두 그러하기 때문에 보면 알 수 있다. 《대고》, 《재재》, 《다방》, 《다사》 등과 같은

편은 당시 임금이 그 백성에게 고告하는 말을 편찬한 것이므로 방언方言이 많다. 가령 '앙卬'자는 곧 '아我'자이다. 심괄沈括, 1031~1095, 자 존중(存中)은 진어秦語의 평음平音에서 '앙卬'이라고 했다고 하였다. 따라서 모든 《고誥》편은 당시 백성들도 쉽게 이해할 수 있었으나, 지금은 선비들은 이해할 수 없다. '상서尙書', 상의尙衣, 상식尙食'의 '상尙'은 임금을 수호하는 의미인데, 진어秦語에는 평음平音으로 '상常'자와 같다. 모든 《명命》편들을 지금 선비들은 쉽게 이해할 수 있지만 당시의 백성들은 도리어 이해할 수 없었다."
[황의강黃義剛]

시詩 1

원문

因論《詩》歷言《小序》大無義理, 皆是後人杜撰, 先後增益, 湊合而成. 多就《詩》中採摭言語, 更不能發明詩之大旨. 纔見有"漢之廣矣"之句, 便以爲德廣所及; 才見有"命彼後車"之言, 便以爲不能飮食教載. 《行葦》之《序》, 但見"牛羊勿踐", 便謂"仁及草木"; 但見"戚戚兄弟", 便謂"親睦九族"; 見"黃耇台背", 便謂"養老"; 見"以祈黃耇", 便謂"乞言"; 見"介爾景福", 便謂"成其福祿". 隨文生義, 無復論理. 《卷耳》之《序》, 以"求賢審官, 知臣下之勤勞"爲后妃之志, 事固不倫矣. 況《詩》中所謂"嗟我懷人", 其言親暱太甚, 寧后妃所得施於使臣者哉? 《桃夭》之詩謂"婚姻以時, 國無鰥民", 爲"后妃之所致". 而不知其爲文王刑家及國, 其化固如此, 豈專后妃所能致耶? 其他變風諸詩, 未必是刺者, 皆以爲刺; 未必是言此人, 必附會以爲此人.《桑中》之詩放蕩留連, 止是淫者相戲之辭, 豈有刺人之惡, 而反自陷于流蕩之中?《子衿》詞意輕儇, 亦豈刺學校之辭?《有女同車》等, 皆以爲刺忽而作. 鄭忽不娶齊女, 其初亦是好的意思, 但見後來失國, 便將許多詩盡爲刺忽而作. 考之於忽, 所謂淫昏暴虐之類皆無其實. 至遂目爲"狡童", 豈詩人愛君之意? 況其所以失國, 正坐柔懦闊疏, 亦何狡之有? 幽,厲之刺, 亦有不然.《甫田》諸篇, 凡詩中無詆譏之意者, 皆以爲傷今思古而作. 其他謬誤, 不可勝說. 後世但見《詩》序魏然冠於篇首, 不敢復議其非. 至有解說不通, 多爲飾辭以曲護之者, 其誤後學多矣.《大序》却好, 或者謂補湊而成, 亦有此理.《書小序》亦未是. 只如《堯典》,《舜典》, 便不能通貫一篇之意.《堯典》不獨爲遜舜一事,《舜典》到"歷試諸艱"之外, 便不該通了. 其他《書序》亦然. 至如《書大序》, 亦疑不是孔安國文字. 大抵西漢文章渾厚近古, 雖董仲舒, 劉向之徒言語自別. 讀《書大序》, 便覺軟慢無氣, 未必不是後人所作也. [謨]

번역

《시》를 논함으로 인해 두루 말씀하시길,《소서小序》는 의리義理라고는 전혀 없으며 모두 후인들이 근거 없이 지은 것이고 선후로 조금씩 더 보태어 합하여 완성한 것이라고 하였다. 대부분《시》에서 언어를 주워 담았지만,《시》의 큰 뜻은 더 발명할 수가 없었다. 겨우 '한수漢水가 넓네漢之廣矣'[54]라는 구절이 보이기만 하면 덕德이 널리 미친 것이라 하였고, '저 뒤

54 《주남(周南)·한광(漢廣)》.

의 수레에 명하여命彼後車'[55]라는 말이 보이기만 하면 음식을 먹이고 가르치며 태워줄 수 없다고 하였다.

《대아 · 행위行葦》의 《서序》[56]에서는 단지 "소와 양이 밟지 않게 한다牛羊勿踐"만 보고 "인仁함이 초목에 미쳤다"고 하였고, "가깝고 가까운 형제들戚戚兄弟"만 보고 "구족九族을 친목한 것"이라 하였으며, "백발이 다시 누렇게 변하도록 오래 산 노인黃耇의 등에 태어鮐魚, 복어 무늬 같은 점黃耇台背"만 보고 "늙은이를 봉양하는 것"이라 하였고, "황구黃耇를 기원한다以祈黃耇"만 보고 "가르침을 구하는 것乞言"이라고 하였으며, "너의 큰 복을 크게 한다介爾景福"만 보고 "그 복록福祿을 이룬 것"이라 하였다. 글에 따라 뜻이 생겨난 것으로 논리論理라고는 다시 없다.

《주남周南 · 권이卷耳》의 《서序》[57]에서는 "현자를 구하고 관직을 살펴 신하들의 수고로움을 안다求賢審官, 知臣下之勤勞"라는 것을 후비后妃의 뜻이라 하였는데 진실로 이치에 맞지 않을 것이다. 하물며 《시》에서 이른바 "아, 내 님 그리워하니嗟我懷人"는 너무 지나치게 가까운 것을 말한 것인데 어찌 후비가 사신使臣에게 베풀 수 있는 것이겠는가?

《주남 · 도요桃夭》《서序》에서 "제때에 혼인을 하여 나라에 홀아비가 없게 한다"는 것을 "후비가 이룬 것"이라 하였다.[58] 이는 문왕이 가정과 나라를 다스려 그 교화가 실로 이와 같음을 모른 것이니, 어찌 오로지 후비

55 《소아(小雅) · 면만(緜蠻)》.

56 《행위(行葦) · 모서(毛序)》 行葦, 忠厚也. 周家忠厚, 仁及草木. 故能內睦九族, 外尊事黃耇, 養老乞言, 以成福祿焉.

57 《권이(卷耳) · 모서(毛序)》 卷耳, 后妃之志也. 又當輔佐君子, 求賢審官, 知臣下之勤勞. 內有進賢之志, 而無險詖私謁之心, 朝夕思念, 至於憂勤也.

58 《도요(桃夭) · 모서(毛序)》 桃夭, 后妃之所致也. 不妒忌, 則男女以正, 婚姻以時, 國無鰥民也.

가 이룰 수 있겠는가? 나머지 변풍變風의 여러 시는 반드시 풍자한 것이 아닌데도 모두 풍자한 것이라고 하였으며, 반드시 이 사람을 말한 것이 아닌데도 반드시 이 사람을 부회附會한 것이라고 하였다.

《용풍鄘風 · 상중桑中》 시는 방탕하기를 오랫동안 하여 다만 음탕한 사람을 서로 놀린 말일 뿐인데, 어찌 남의 악행을 풍자한다고 함으로써[59] 오히려 스스로 방탕한 속으로 빠져드는가?

《정풍鄭風 · 자금子衿》 시어의 뜻은 가볍고 빠른데 또한 어찌 학교學校를 풍자한 말[60]이겠는가?

《정풍 · 유녀동거有女同車》 등은 모두 정홀鄭忽을 풍자하여 지은 것이라 하였다.[61] 정홀이 제齊나라 여인을 아내로 맞이하지 않은 것은 처음에는 또한 좋은 뜻이었지만 나중에 나라를 잃게 되자 많은 시에서 모두 정홀을 풍자하여 짓게 되었다. 정홀에게서 고찰해보면 이른바 음탕하고 포악하였다는 따위는 모두 사실무근이다. 마침내 "교활한 아이狡童"로 지목[62] 되었으니 어찌 시인이 임금을 사랑하는 뜻이겠는가? 하물며 그가 나라를 잃은 것이 바로 나약하고 엉성한 것 때문이었으니 또한 어찌 교활함이 있어서이겠는가? 유왕幽王, 여왕厲王의 풍자도 그렇지 않았다.

《제풍齊風 · 보전甫田》 제편諸篇은 시 가운데 꾸짖거나 나무라는 뜻이 없지만 모두 지금을 가슴 아파하고 옛날을 그리워하며 지은 것이라 하였

---

59 《상중(桑中) · 모서(毛序)》 桑中, 刺奔也. 衛之公室淫亂, 男女相奔, 至于世族在位, 相竊妻妾, 期於幽遠, 政散民流而不可止.

60 《자금(子衿) · 모서(毛序)》 子衿, 刺學校廢也. 亂世則學校不脩焉.

61 《유녀동거(有女同車) · 모서(毛序)》 有女同車, 刺忽也. 鄭人刺忽之不昏于齊. 太子忽嘗有功于齊, 齊侯請妻之. 齊女賢而不取, 卒以無大國之助, 至於見逐, 故國人刺之.

62 정홀(鄭忽)의 풍자한 《산유부소(山有扶蘇)》, 《교동(狡童)》 등에 보인다.

다. 나머지의 오류는 이루 다 말할 수 없다. 후세에는 다만 《시》 서序가 우뚝하니 시의 첫머리에 놓이게 되어 감히 다시 그 그릇됨을 논하지 못하였다. 심지어 해설이 통하지 않는 것이 있었으며, 대부분 꾸미는 말로 곡해하고 비호하여 후학後學을 그르친 것이 많다. 《대서大序》는 오히려 내용이 좋아 어떤 이는 보태고 더하여 완성한 것이라고 하지만 또한 일리가 있다.

《서書소서小序》는 또한 그렇지 못하다. 다만 《요전》, 《순전》 같은 것은 한 편의 뜻을 관통할 수 없다. 《요전》은 단지 순舜에게 선양한 한 가지 사실만이 아니며,[63] 《순전》은 "여러 어려움을 두루 시험하였다歷試諸艱"[64]고 한 것 외에는 통하지 않는다. 여타 《서서書序》 또한 그러하다. 심지어 《서書대서大序》의 경우, 또한 공안국이 지은 문장이 아닐 것이라 의심한다. 대체로 서한西漢의 문장은 혼후渾厚하여 옛것에 가까우니, 비록 동중서董仲舒나 유향劉向의 무리라고 하더라도 언어가 저절로 구별된다. 《서書대서大序》를 읽어보면 곧 연약하고 태만하며 기력이 없는 것이 반드시 후대인이 지은 것이 아닐 수 없다. [주모周謨]

63 《요전·소서》 昔在帝堯, 聰明文思, 光宅天下. 將遜于位, 讓于虞舜, 作《堯典》.
64 《순전·소서》 虞舜側微, 堯聞之聰明, 將使嗣位, 歷試諸難, 作《舜典》.

시詩 2

원문

江疇問 : "'《狡童》刺忽也', 言其疾之太重." 曰 : "若以當時之暴斂于民觀之, 爲言亦不爲重. 蓋民之於君, 聚則爲君臣, 散則爲仇讎. 雖如《孟子》所謂'君之視臣如草芥, 則臣視君如寇讎'是也. 然詩人之意, 本不如此, 何曾言《狡童》是刺忽? 而序《詩》者妄意言之, 致得人如此說. 聖人言'鄭聲淫'者, 蓋鄭人之詩多是言當時風俗男女淫奔, 故有此等語. 《狡童》想說當時之人, 非刺其君也." 又曰 : "《詩》辭多是出於當時鄉談鄙俚之語, 雜而爲之. 如《鴟鴞》云'拮据','捋荼'之語, 皆此類也." 又曰 : "此言乃周公爲之. 周公不知其人如何, 然其言皆聱牙難考. 如《書》中周公之言便難讀, 如《立政》,《君奭》之篇是也. 最好者惟《無逸》一書, 中間用字亦有'譸張爲幻'之語. 至若《周官》,《蔡仲》等篇, 却是官樣文字, 必出於當時有司潤色之文, 非純周公語也." 又曰"古人作詩多有用意, 不相連續. 如'嘒彼小星, 三五在東', 釋者皆云'小星'者是在天至小之星也. '三五在東'者是五緯之星應在於東也. 其言全不相貫." [卓]

번역

강주江疇 : "'《교동狡童》은 홀忽을 풍자한 것이다《狡童》刺忽也'[65]는 그 홀忽을 미워함이 너무 심한 것을 말한 것입니다."

주희 : "당시의 폭정과 가렴을 백성의 입장에서 본다면 말이 또한 심하

65 《교동(狡童) · 모서(毛序)》 狡童, 刺忽也. 不能與賢人圖事, 權臣擅命也.

지 않다. 대체로 백성은 임금에게 있어 모이면 군신君臣관계가 되지만 흩어지면 원수가 된다. 《맹자 · 이루하》의 이른바 '임금이 신하를 지푸라기처럼 보면 신하는 임금을 원수보듯 한다君之視臣如草芥, 則臣視君如寇讎'는 말이 이것이다. 그러나 시인의 뜻은 본래 이렇지 않았으니 어찌 일찍이 《교동狡童》이 홀忽을 풍자한 것이라 하였던가? 《시》의 서문序文을 지은 자가 망령된 뜻으로 말하여 사람들이 이렇게 말하게끔 한 것이다. 성인聖人께서 '정鄭나라의 소리는 음탕하다鄭聲淫'[66]라고 한 것은 대체로 정나라 사람의 시가 대부분 당시 풍속과 남녀의 음탕함을 말하였기 때문에 이런 말이 있게 된 것이다. 《교동狡童》은 당시 사람을 말한 것이지 그 임금을 풍자한 것은 아니라고 생각한다."

주희 : "《시》의 문사가 대부분 당시 시골의 비속한 말이 섞여서 나온 것이다. 가령 《치효鴟鴞》의 '부지런히 움직이다拮据', '갈대를 모아오다捋荼' 같은 말들이 모두 이와 같은 부류이다."

주희 : "이 말은 곧 주공이 한 말이다. 주공은 그 사람이 어떠했는지는 모르지만, 그의 말은 모두 읽기가 까다롭고 고찰하기가 어렵다. 가령 《서》에서 주공이 한 말은 읽기가 어려운데, 《입정》, 《군석》 같은 편이 그렇다. 가장 읽기 좋은 것은 《무일》인데, 중간에 사용한 글자에도 '속이고 과장하여 어리둥절하게 하다譸張爲幻'[67]라는 말이 있다. 《주관》, 《채중지명》 등의 편은 오히려 관청에서 쓰는 것 같은 문자로 반드시 당시의 유

---

66 《논어 · 위령공》顔淵問爲邦. 子曰 : 「行夏之時, 乘殷之輅, 服周之冕, 樂則韶舞. 放鄭聲, 遠佞人. 鄭聲淫, 佞人殆.」

67 《무일》周公曰, 嗚呼我聞曰, 古之人猶胥訓告, 胥保惠, 胥教誨, 民無或胥譸張爲幻.

사有司가 윤색해서 나온 글이며 순수한 주공의 말이 아니다.”

주희 : “옛사람들이 시를 지을 때는 의도를 가지지만, 서로 이어지지 않는 것이 많았다. ‘반짝반짝 작은 별, 동녘에 너덧 개嘒彼小星, 三五在東’[68]와 같은 것의 해석에서 모두 ‘작은 별小星’이라는 것은 하늘에 있는 지극히 작은 별이라고 하였고, ‘동녘에 너덧 개三五在東’라 한 것은 오위五緯, 金, 木, 水, 火, 土의 별이 응당 동쪽에 있어야 하는 것이라고 하였다. 그 말들이 전혀 서로 통하지 않는다.” [황탁黃卓]

《노자老子》, 《장자莊子》

원문

問 : “孟子與莊子同時否?” 曰 : “莊子後得幾年, 然亦不爭多.” 或云 : “莊子都不說著孟子一句.” 曰 : “孟子平生足迹只齊,魯,滕,宋,大梁之間, 不曾過大梁之南. 莊子自是楚人, 想見聲聞不相接. 大抵楚地便多有此樣差異底人物學問, 所以孟子說陳良云云.” 曰 : “如今看許行之說如此鄙陋, 當時亦有數十百人從他, 是如何?” 曰 : “不特此也. 如《莊子》書中說惠施,鄧析之徒與夫堅白異同之論[歷擧其說], 是甚麼學問? 然亦自名家.” 或云 : “他恐是借此以顯理.” 曰 : “便是禪家要如此. 凡事須要倒說. 如所謂‘不管夜行, 投明要到’, 如‘人上樹, 口銜樹枝, 手足懸空, 却要答話’, 皆是此意.” 廣云 : “《通鑑》中載孔

---

68 《소남(召南) · 소성(小星)》.

子順與公孫龍辨說數語, 似好." 曰："此出在《孔叢子》, 其他說話又不如此. 此書必是後漢時人撰者. 若是古書, 前漢時又都不見說, 是如何? 其中所載孔安國書之類, 其氣象萎薾, 都不似西京時文章." [廣]

번역

보광輔廣 : "맹자와 장자는 동시대 사람들이 아닙니까?"

주희 : "장자가 맹자보다 몇 년 후에 태어났지만 또한 나이 많음을 다툴 정도는 아니다."

어떤 이 : "장자는 맹자에 대해 한마디 말도 없습니다."

주희 : "맹자는 평생동안 제齊나라, 노魯나라, 등滕나라, 송宋나라, 대량大梁, 魏 사이에서만 족적을 남겼고, 일찍이 대량大梁, 지금의 하남성(河南省) 개봉시(開封市) 서북지역의 남쪽을 넘어가지 않았다. 장자는 본래 초楚나라 사람이니 서로 얘기는 들었을 것이지만 만나지는 않은 듯하다. 대저 초나라 지역에는 이같은 기이한 인물과 학문이 많았으므로 맹자가 진량陳良 등을 말한 것[69]이다."

보광 : 지금 허행許行의 설을 보면 이와 같이 비루鄙陋한데, 당시에는 수백명의 사람들이 그를 추종한 것은 무엇 때문입니까?"

주희 : "다만 허행뿐만이 아니었다. 《장자》의 책 속에서 혜시惠施나 등석鄧析의 무리들과 견백이동堅白異同[70]의 논의를 말하였는데[그 설을 날날

69 《맹자·등문공상》 有爲神農之言者許行, 自楚之滕, 踵門而告文公曰：「遠方之人聞君行仁政, 願受一廛而爲氓.」文公與之處, 其徒數十人, 皆衣褐, 捆屨, 織席以爲食. 陳良之徒陳相與其弟辛, 負耒耜而自宋之滕, 曰：「聞君行聖人之政, 是亦聖人也, 願爲聖人氓.」陳相見許行而大悅, 盡棄其學而學焉.

이 거론하였다], 이것이 어찌 학문이겠는가? 그러나 그들 스스로 또한 명가名家였다."

어떤 이 : "그들은 이것을 빌려서 이치를 드러낸다라고 생각하는 듯합니다."

주희 : "바로 선가禪家가 이와 같을 것이다. 무릇 일에 대해 거꾸로 말한다. 예를 들어 '밤에 나다니는 것을 상관하지 않으니 밝음을 던져서 다다르면 된다不管夜行, 投明要到'라든가, '사람이 나무를 오르면서 입으로 나뭇가지를 물고 손과 발은 허공에 그냥 매달려 있는데도 답하기를 요구한다人上樹, 口銜樹枝, 手足懸空, 却要答話'는 것이 모두 이런 뜻이다."

보광 : "《자치통감資治通鑑》 가운데 공자순孔子順이 공손룡公孫龍과 변설한 여러 말들이 실려 있는데, 좋은 듯합니다."

주희 : "그것은 《공총자孔叢子》에서 나온 것인데, 그 다른 이야기는 또 이와 같지 않다. 그 책은 반드시 후한後漢시대의 사람이 편찬한 것이다. 만약 그것이 고서古書라면, 전한前漢시대에는 또한 그런 설이 전혀 보이지 않는 것은 어째서인가? 그 가운데 실려 있는 공안국孔安國 서書의 부류는 그 기상이 쇠락衰落하여 도무지 서한西漢시대의 문장 같지 않다." [보광輔廣]

---

70 견백이동(堅白異同) : 견백동이(堅白同異)라고도 한다. 전국시대 명가(名家) 공손룡(公孫龍)의 "이견백(離堅白)"과 혜시(惠施)의 "합동이(合同異)" 설을 가리킨다. "단단하고 흰 돌"(堅白石)의 명제에 대해, 공손룡은 "단단하다(堅)"와 "하얗다(白)"는 "돌(石)"과는 분리된 독립적으로 존재하는 실체로 보았고, 따라서 사물간의 차별성을 과장하고 통일성은 묵살하였다. 반면 혜시는 사물(事物) 간의 차이와 구별은 있지만, 다만 "합동이(合同異)"의 동일성을 강조하여 구별되는 객관존재를 부정하였다. 《장자》의 《제물론(齊物論)》, 《덕충부(德充符)》, 《변무(駢拇)》, 《거협(胠篋)》, 《천지(天地)》, 《추수(秋水)》, 《천하(天下)》 편 등에 보인다.

원문

“雷擊所在, 只一氣滾來. 間有見而不爲害, 只緣氣未掤裂; 有所擊者, 皆是已發.” 蔡季通云 : “人於雷所擊處收得雷斧之屬, 是一氣擊後方始結成, 不是將這箇來打物. 見人拾得石斧如今斧之狀, 似細黃石.” 因說道士行五雷法. 先生曰 : “今極卑陋是道士, 許多說話全亂道.” 蔡云 : “禪家又勝似他.” 曰 : “禪家已是九分亂道了, 他又把佛家言語參雜在裏面. 如佛經本自遠方外國來, 故語音差異, 有許多差異字, 人都理會不得, 他便撰許多符咒, 千般萬樣, 教人理會不得, 極是陋.” 蔡云 : “道士有箇《莊》,《老》在上, 却不去理會.” 曰 : “如今秀才讀多少書? 理會自家道理不出, 他又那得心情去理會《莊》,《老》?” 蔡云 : “無人理會得《老子》通透, 大段鼓動得人, 恐非佛教之比.” 曰 : “公道如何?” 蔡云 : “緣他帶治國, 平天下道理在.” 曰 : “做得出, 也只是箇曹參.” 蔡云 : “曹參未能盡其術.” 曰 : “也只是恁地, 只是藏縮無形影.” 因問蔡曰 : “公看‘道可道, 非常道. 名可名, 非常名. 無名, 天地之始; 有名, 萬物之母’, 是如何說?” 蔡曰 : “只是無名是天地之始, 有名便是有形氣了. 向見先生說《庚桑子》一篇都是禪, 今看來果是.” 曰 : “若其它篇, 亦自有禪話, 但此篇首尾都是這話.” 又問蔡曰 : “《莊子》‘虛,無,因,應’如何點?” 曰 : “只是恁地點. 多有人將‘虛無’自做一句, 非是. 他後面又自解如何是無, 如何是因.” 又云 : “《莊子》文章只信口流出, 煞高.” 蔡云 : “《列子》亦好.” 曰 : “《列子》固好, 但說得困弱, 不如《莊子》.” 問 : “《老子》如何?” 曰 : “《老子》又較深厚.” 蔡云 : “看《莊周傳》說, 似乎莊子師於列子. 云先有作者如此, 恐是指列子.” 曰 : “這是說道理, 未必是師列子.” 蔡問 : “‘原於道德之意’, 是誰道德?” 曰 : “這道德只自是他道德.” 蔡云 : “人多作吾聖人道德, 太史公智識卑下, 便把這處作非細看, 便把作《大學》,《中庸》看了.” 曰:“《大學》,《中庸》且過一邊. 公恁地說了, 主張《史記》人道如何? 大凡看文字, 只看自家心下, 先自偏曲了, 看人說甚麼事都只入這意來. 如大路看不見, 只行下偏蹊曲徑去; 如分明大字不看, 却只看從罅縫四旁處去; 如字寫在上面不看, 却就字背後面看; 如人眼自花了, 看見眼前物事都差了, 便說道即恁地.” 蔡云:“不平心看文字, 將使天地都易位了.” 曰:“道理只是這一箇道理, 但看之者情僞變態, 言語文章自有千般萬樣. 合說東却說西, 合說這裏自說那裏, 都自將自家偏曲底心求古人意.” 又云:“如太史公說話, 也怕古人有這般人, 只自家心下不當如此. 將臨川何言,江默之事觀之, 說道《公羊》,《穀梁》是姓姜人一手做, 也有這般事.《尙書序》不似孔安國作, 其文軟弱, 不似西漢人文. 西漢文麤豪. 也不似東漢人文, 東漢人文有骨肋. 也不似東晉人文, 東晉如孔坦疏也自得. 他文是大段弱, 讀來却宛順, 是做《孔叢子》的人一手做. 看《孔叢子》撰許多說話極是陋. 只看他撰造說陳涉, 那得許多說話正史都無之? 他却說道自好, 陳涉不能從之. 看他文卑弱, 說到後面都無合殺.” 蔡云:“恐是孔家子孫.” 曰:“也不見得.” 蔡說:“《春秋呂氏解》煞好.” 曰:“那箇說不好? 如一句經, 在這裏說做褒也得, 也有許多說話; 做貶也得, 也有許多說話, 都自說得似.” 又云:“如《史記 · 秦紀》分明是國史, 中間盡謹嚴. 若如今人把來生意說, 也都由他說.《春秋》只是舊史錄在這裏.” 蔡云:“如先生做《通鑑綱目》, 是有意是無意, 須是有去取. 如《春秋》, 聖人豈無意?” 曰:“聖人雖有意, 今亦不可知, 却妄爲之說不得.” 蔡云:“左氏怕是左史倚相之後. 蓋《左傳》中楚事甚詳.” 曰:“以三《傳》較之, 在《左氏》得七八分.” 蔡云:“道理則《穀梁》及七八分. 或云三《傳》中間有許多騃處, 都是其學者後來添入.” [賀孫]

번역

주희 : "벼락이 치는 곳은 기氣가 세차게 흘러나온다. 잠깐 보아도 해害가 되지 않는 것은 기氣가 무너지고 찢어진 것이 아니기 때문이고, 벼락이 친 것은 모두 이미 그 기氣가 발현된 것이다."

채원정蔡元定, 자 계통(季通) : "사람이 벼락 친 곳에서 벼락에 맞은 돌도끼 같은 종류를 거두어들이는데 이는 기氣가 친 후에 비로소 만들어지는 것으로 사물을 때려서 만들 수 있는 것이 아닙니다. 사람들이 주운 돌도끼는 지금의 도끼와 같은 형상이며 자잘한 황석黃石과 유사합니다."

이로 인하여 도사道士가 행하는 오뢰법五雷法[71]을 논하였다.

주희 : "지금 지극히 비루한 자들이 도사들인데, 수많은 이야기들이 모두 도道를 어지럽히는 것들이다."

채원정 : "선가禪家 또한 저들보다 더 심합니다."

주희 : "선가禪家는 이미 충분히 도를 어지럽혔고, 도사는 또한 불가佛家의 언어를 이면에 뒤섞었다. 불경佛經과 같은 것은 본래 먼 외국으로부터 온 것이므로 언어와 발음에 차이가 있고 수많은 기이한 글자들이 있어서 사람들이 이해할 수 없는데, 저들 도사들은 수많은 부적들을 지어냄이 천만가지로 다양하여, 사람들로 하여금 이해할 수 없도록 하니 지극히 비루하다."

채원정 : "도사는 《장자》, 《노자》를 기반으로 하는데, 도무지 이해가

71 오뢰법(五雷法) : 도교 방술(方術)의 일종으로 뇌공(雷公)의 묵전(墨篆)을 얻어 법대로 행하면 우레와 비를 불러올 수 있고, 질병을 제거할 수 있고, 공을 세워 사람을 구할 수 있다고 한다. 뇌공(雷公)의 형제가 다섯 사람이기 때문에 오뢰라고 하였다.

가지 없습니다."

주희 : "예를 들어 지금의 수재秀才들이 얼마나 책을 읽는가? 자가自家의 도리를 이해하지 못하는데 저들 도사들이 또 무슨 심정으로 《장자》, 《노자》를 이해하겠는가?"

채원정 : "《노자》를 훤히 알아서 이해하는 사람이 없는데도 《노자》는 대단히 사람을 격동시키니, 불교에 비길 바가 아닌 듯합니다."

주희 : "그대는 어찌하여 그런 말을 하는가?"

채원정 : "그들이 치국治國과 평천하平天下의 도리道理를 가지고 있기 때문입니다."

주희 : "그런 말이 나오게 된 것은 다만 조참曹參, ?~BC190[72] 때문이다."

채원정 : "조참曹參도 장자와 노자의 술법術法을 다 해내지는 못하였습니다."

주희 : "그가 그렇게 된 것은 그저 몸을 숨기고 웅크려서 형체나 그림자의 드러남이 없었기 때문이다."

이로 인하여 채원정에게 물었다.

주희 : "그대가 보기에 '도道를 도道라고 할 수 있다면 변함없는 도道가 아니며 명名을 명名이라고 할 수 있다면 변함없는 명名이 아니다. 무명無名은 천지의 시초이며 유명有名은 만물의 어머니이다道可道, 非常道. 名可名, 非常名. 無名, 天地之始; 有名, 萬物之母'는 어떤 말인가?"

채원정 : "다만 무명無名은 천지의 시초이고 유명有名은 곧 형기形氣가 있는 것입니다. 지난번에 선생님께서 《경상자庚桑子[73]》 한 편이 모두 선禪이

72 조참(曹參) : 자 경백(敬伯). 서한(西漢)의 개국공신. 소하(蕭何) 이후 한(漢) 상국(相國)을 지냈다. 황로(黃老)를 숭상한 것으로 알려져 있다.

라고 말씀하셨는데, 지금 보니 과연 그렇습니다."

주희 : "다른 편들도 선禪의 이야기가 있지만, 이 편만은 처음부터 끝까지 모두 선禪에 대한 이야기이다."

또 채원정에게 물었다.

주희 : "《장자》의 '허虛, 무無, 인因, 응應'[74]은 어떻게 구두점을 끊어야 하는가?"

채원정 : "그저 이렇게 구두점을 끊습니다. 많은 사람들이 '허무虛無'를 한 구로 하는데 잘못된 것입니다. 또 나중에 스스로 풀이하기를 어떻게 무無가 되며, 어떻게 인因이 된다고 합니다."

주희 : "《장자》의 문장은 그저 입에서 나온 말이지만, 상당히 고상하다."

채원정 : "《열자》도 좋습니다."

주희 : "《열자》는 참으로 좋지만, 그 말이 빈약하여 《장자》만 못하다."

채원정 : "《노자》는 어떻습니까?"

주희 : "《노자》는 비교적 깊고 두텁다."

채원정 : "《장주전莊周傳》을 보면 장자가 열자를 스승으로 모신 듯합니다. 앞서 지은 사람이 이와 같았다고 한 말은 아무래도 열자를 가리키는 듯합니다."

---

73 경상자(庚桑子) : 항상자(亢桑子), 항창자(亢倉子)라고도 한다. 춘추시대 진국(陳國) 출신으로 노자(老子)의 제자(弟子)이다. 도교(道敎) 조사(祖師)로서 사대진인(四大眞人)의 한사람으로 불린다. 전하는 바에 따르면 《장자(莊子)》 속의 우언(寓言)인물(人物) 경상(庚桑)초(楚)라고도 한다. 《항창자(亢倉子)》(《통령진경(洞靈眞經)》)은 고문(古文)기자(奇字)가 많다.

74 《사기·노자한비열전(老子韓非列傳)》에 보인다. "老子所貴道,虛無,因應變化於無爲,故著書辭稱微妙難識"

주희 : "장자는 도리道理를 말하였므로, 반드시 그 스승이 열자일 필요는 없다."

채원정 : "'도덕에서 근원한 뜻原於道德之意'[75]이라고 하였는데 누구의 도덕입니까?"

주희 : "도덕은 단지 그들의 도덕이다."

채원정 : "사람들은 우리 유가 성인들의 도덕을 많이 씁니다. 태사공의 지식은 낮지만 그가 지은 것은 작은 것을 본 것이 아니니 《대학》, 《중용》에 써진 것을 보았을 것입니다."

주희 : "《대학》, 《중용》은 일단 놓아두고, 그대가 그렇게 말한다면 사람들이 《사기》를 주장하는 사람들은 어떻게 말하겠는가? 무릇 문장을 볼 때는 자기의 마음에 반영된 것을 보기 때문에 먼저 스스로 편견과 왜곡을 가지고 사람들의 말이 어떠한가를 보고 단지 그것을 받아들이는 것이다. 예를 들자면 큰 길을 보지 않고 치우치고 굽은 작은 골목길을 가는 것과 같고, 분명한 큰 글자를 보지 않고 도리어 사방의 작은 틈새를 따라 보는 것과 같으며, 앞에 써놓은 글자는 보지 않고 도리어 등 뒤에 있는 글자를 보는 것과 같으며, 사람의 눈에 병이 있어 눈앞의 사물이 어그러져 보이는 것과 같으니, 말하는 것이 저와 같다."

채원정 : "공평하지 않은 마음으로 문장을 보면 하늘과 땅이 모두 그 위치를 바꾸게 될 것입니다."

---

75 《사기 · 노자한비열전》 太史公曰 : 老子所貴道, 虛無, 因應變化於無爲, 故著書辭稱微妙難識. 莊子散道德, 放論, 要亦歸之自然. 申子卑卑, 施之於名實. 韓子引繩墨, 切事情, 明是非, 其極慘礉少恩. 皆原於道德之意, 而老子深遠矣.

주희 : "도리는 그저 하나의 도리일 뿐이지만 도리를 보는 자가 사사로운 정으로 그릇되게 변화시키니 언어와 문장에 있어서도 저절로 천만번으로 변한다. 동쪽을 말했는데 도리어 서쪽이라고 하고, 이것을 말했는데 제멋대로 저것이라고 말하니, 이 모두는 자기의 편벽되고 왜곡된 마음으로 옛사람의 뜻을 구하는 것에서 비롯된다."

주희 : "태사공의 말과 같은 경우, 옛사람들 가운데 그런 사람이 있는지는 모르겠지만, 자신의 마음이 온당치 않음이 이와 같다. 임천臨川의 하언何言과 강묵江默[76]의 일로 보건대, 《공양》, 《곡량》은 성姓이 강씨인 사람이 쓴 것이라고 하는 것도 그런 경우이다. 《상서尙書서序》는 공안국이 지은 것 같지 않은데, 그 문장이 연약하여 서한西漢시대 사람의 문장과도 같지 않다. 서한西漢의 문장은 거칠고 호방하다. 동한東漢시대 사람의 문장 같지도 않은데 동한東漢시대 사람의 문장은 강하고 힘이 있다. 그렇다고 동진東晉시대 사람의 문장도 아니니, 동진東晉의 문장은 공탄孔坦, 285~335[77]의 소疏와 같이 자득함이 있다. 그 《상서尙書서序》의 문장은 대단히 약하지만 읽는 것은 도리어 완순하니, 《공총자》를 지은 사람이 만든 것이다.

《공총자》를 보면, 기록된 많은 이야기들은 지극히 비루하다. 그 안에 있는 진섭陳涉에 대해 말한 부분을 보면, 어떻게 수많은 이야기가 정사正史에는 모두 없는 것인가? 그 말한 것이 비록 좋더라도 진섭陳涉에 대한 이

76 강묵(江默) : 자 덕공(德功). 송(宋) 건녕부(建寧府) 숭안(崇安) 출신이다. 일찍이 주희(朱熹)를 종유하였다. 《강책(綱策)》을 편찬하였다. 저서에는 《역훈해(易訓解)》, 《사서훈고(四書訓詁)》 등이 있다.

77 공탄(孔坦) : 자 군평(君平). 공자(孔子)의 26대손이다. 진(晉)원제(元帝) 연간에 공거제(貢擧制)와 학교(學校) 중수를 건의하였다.

야기는 따를 수 없다. 그 문장을 보면 비루하고 연약하여 뒷부분에 이르면 더 내려갈 것도 없다."

채원정 : "공자 가문의 자손이 지은 듯합니다."

주희 : "그렇게 볼 수 없다."

채원정 : "《춘추여씨해春秋呂氏解》가 상당히 좋습니다."

주희 : "어떻게 좋지 않겠는가? 예를 들자면 한 구절의 경문 속에 칭찬하는 의미가 있는 수많은 이야기가 있고, 폄하하는 의미가 있는 수많은 이야기가 있는데, 모두 말한 것과 비슷하다."

주희 : "《사기 · 진秦본기本紀》와 같은 경우는 분명히 한 나라의 역사로서, 그 안에 근엄함을 다하였다. 만약 오늘날의 사람이 그 안에서 뜻을 만들어내더라도 이는 그의 설에서 연유한 것이다. 《춘추》는 다만 옛 역사의 기록이 그 안에 있다.

채원정 : "선생님께서 지으신 《통감강목通鑑綱目》의 경우, 의도가 있든 없든 반드시 버리고 취하신 뜻이 있을 것입니다. 《춘추》와 같은 경우, 성인聖人께서 어찌 뜻이 없었겠습니까?"

주희 : "성인께서 비록 의도하신 뜻이 있더라도 지금은 또한 알 수 없으니, 도리어 함부로 말해서는 안 된다."

채원정 : "좌씨左氏는 좌사左史 의상倚相의 후예인 듯합니다. 대체로 《좌전左傳》 가운데 초楚나라 부분이 매우 자세합니다."

주희 : "춘추 삼전三傳, 公羊, 穀梁, 左傳으로 비교해보면, 《좌전》이 칠팔십 정도 《춘추》의 뜻을 얻었다."

채원정 : "도리道理로 보자면, 《곡량》이 칠팔십을 얻었습니다. 어떤 이

가 말하길 삼전三傳 속의 수많은 말도 안 되는 곳은 모두 학자들이 후대에 덧붙인 것이라고 했습니다." [섭하손葉賀孫]

역대歷代 1

원문

《漢書》有秀才做底文章, 有婦人做底文字, 亦有載當時獄辭者. 秀才文章便易曉. 當時文字多碎句, 難讀, 《尙書》便有如此底. 《周官》只如今文字, 太齊整了.

번역

《한서》에는 수재秀才가 지은 문장이 있고, 부인婦人이 지은 문장이 있는데, 또한 당시의 옥사獄辭를 기록한 것이다. 수재의 문장은 이해하기 쉽다. 당시의 문장은 구절을 쪼갠 것이 많아 읽기 어려운데, 《상서尙書》도 이런 것이 있다. 《주관周官》곧 《周禮》은 지금의 문장과 같이 매우 잘 정돈되어 있다.

전국한당제자戰國漢唐諸子

원문

“《文中子》議論, 多是中間暗了一段, 無分明. 其間弟子問答姓名, 多是唐輔相, 恐亦不然. 蓋諸人更無一語及其師. 人以爲王通與長孫無忌不足, 故諸人懼無忌而不敢言, 亦無此理. 如鄭公豈畏人者哉? ‘七制之主’, 亦不知其何故以‘七制’名之. 此必因其《續書》中曾採七君事迹以爲書, 而名之曰‘七制’. 如二《典》體例, 今無可考, 大率多是依倣而作. 如以董常如顔子, 則是以孔子自居. 謂諸公可爲輔相之類, 皆是撰成, 要安排七制之君爲它之堯,舜. 考其事迹, 亦多不合. 劉禹錫作《歙池江州觀察王公墓碑》, 乃仲淹四代祖, 碑中載祖諱多不同. 及阮逸所注, 並載關朗等事, 亦多不實. 王通大業中死, 自不同時. 如推說十七代祖, 亦不應遼遠如此. 唐李翺已自論《中說》可比《太公家教》, 則其書之出亦已久矣. 伊川謂《文中子》有些格言被後人添入壞了, 看來必是阮逸諸公增益張大, 復借顯者以爲重耳. 今之僞書甚多, 如鎭江府印《關子明易》幷《麻衣道者易》皆是僞書. 《麻衣易》正是南康戴紹韓所作. 昨在南康觀其言論, 皆本於此. 及一訪之, 見其著述大率多類《麻衣》文體, 其言險側輕佻, 不合道理. 又嘗見一書名曰《子華子》, 說天地陰陽, 亦說義理人事, 皆支離妄作. 至如世傳《繁露 · 玉杯》等書, 皆非其實. 大抵古今文字皆可考驗. 古文自是莊重. 至如孔安國《書序》幷注中語, 多非安國所作. 蓋西漢文章雖麤亦勁, 今《書序》即是六朝軟慢文體.” 因舉《史記》所載《湯誥》幷武王伐紂言詞不典, 不知是甚底齊東野人之語也. [謨]

번역

"《문중자文中子》곧《中說》의 의론議論은 대부분 중간에 한 단락이 어두워 분명하지 않다. 그 사이에 묻고 답한 제자들의 성명은 대부분 당唐나라의 재상宰相들인데, 아마도 또한 그렇지 않을 것이다. 대체로 여러 사람들이 그 스승을 한마디도 언급하지 않았기 때문이다. 사람들은 왕통王通, 584~617이 장손무기長孫無忌, ?~659[78]와 더불어 함께하기에는 부족하다고 여겼는데, 따라서 여러 사람들이 장손무기를 두려워하여 감히 말하지 못했다고 하는 것 또한 그런 이치는 없다. 정국공鄭國公 위징魏徵, 580~643[79]과 같은 사람이 어찌 다른 사람을 두려워했겠는가? '칠제지주七制之主'[80]라는 말은 또한 무슨 까닭으로 '칠제七制'라고 이름 붙였는지 알 수 없다. 이는 필시《속서續書》에서 일찍이 일곱 명 군주의 사적을 찾아 기록하면서 '칠제'라고 이름을 붙인 것이다. 이二《전典》의 체례體例와 같은 것은 지금 상고할 수 없으나, 대체로 대부분 이것을 본떠 지은 것이다. 가령 왕통王通이 자기 제자 동상董常을 안자顔子로 삼은 것은 왕통 자신을 공자로 자처한 것

---

78 장손무기(長孫無忌) : 자 보기(輔機). 당(唐) 초기의 정치가. 당(唐)태종(太宗)의 황후인 문덕황후장손씨(文德皇后長孫氏)의 오빠이다. 조국공(趙國公)에 봉해졌다.《정관률(貞觀律)》을 기반으로《당률소의(唐律疏議)》를 편수하였다.

79 위징(魏徵) : 자 현성(玄成). 정치가, 사상가. 정관(貞觀)원년(元年)(627) 간의대부(諫議大夫) 및 검교상서좌승(檢校尙書左丞)에 제수되어 하북(河北)지역을 관할하였다. 시호(諡號)는 문정(文貞)이다. 정국공(鄭國公)에 봉해졌다.《군서치요(群書治要)》,《수서(隋書)》,《양서(梁書)》,《진서(陳書)》,《제서(齊書)》 편찬에 관여하였다. 그의 언론(言論)은《정관정요(貞觀政要)》에 많이 수록되었는데, 가장 유명한 것은《간태종십사소(諫太宗十思疏)》이다. 그는 당태종에게 간언을 많이 한 것으로 알려져 있으며, 당태종도 그를 함부로 할 수 없었다. 그러나 위징 사후에는 당태종이 쌓아두었던 분노를 표출하였다고 한다.

80 《중설(中說)·왕도편(王道篇)》 子曰：七制之主, 其人可以即成矣. (완일(阮逸)주(注)) 續書有七制, 皆漢之賢君, 立文武之功業者. 高祖, 孝文, 孝武, 孝宣, 光武, 孝明, 孝章是也.

이다. 여러 공公들이 왕을 보필할 재상이 될 만한 부류라고 한 것도 모두 찬술된 것이며, 칠제七制의 군주를 안배한 것은 그가 만든 요堯, 순舜일 뿐이다. 그의 사적을 살펴보면 또한 합치하지 않는 점이 많다. 유우석劉禹錫, 772~842[81]이 지은 《흡지강주歙池江州관찰觀察왕공王公묘비墓碑》의 왕통자 중엄(仲淹)의 4대조의 기록 가운데 비문에 실린 조상의 휘諱가 같지 않는 곳이 많다. 완일阮逸의 주해注解에 관랑關郎, 자 자명(子明)[82] 등의 일을 기록한 것에도 또한 사실과 다른 점이 많다. 왕통은 대업大業, 605~617 연간에 죽었으니 저절로 그 시대가 같지 않다. 17대 조상을 미루어 말한 것과 같은 것은 또한 이처럼 요원할 수 없다. 당唐 이고李翺, 772~841는 이미 스스로 《중설中說》을 《태공가교太公家教》에 비견할 수 있다고 논하였으니 그 책이 출간된 것이 이미 오래되었다. 정이程頤, 호 이천(伊川)는 《문중자文中子》의 여러 격언들이 후대 사람들에 의해 첨가되어 본모습이 허물어졌다고 했는데, 살펴보건대, 필시 완일阮逸 등 여러 사람들이 덧붙이고 과장하고, 다시 현달한 사람의 이름을 빌어 중요하게 되었을 뿐이다. 지금은 위서僞書가 매우 많으니, 진강부鎮江府, 지금의 강소성(江蘇省) 진강시(鎮江市)에서 인쇄된 《관자명역關子明易》과 《마의도자역麻衣道者易》은 모두 위서이다. 《마의역麻衣易》은 바로 남강南康, 지금의 강서성(江西省) 공주시(贛州市)의 대소한戴紹韓이 지은 것이다. 예전 남강南康에 있을 때 그의 언론言論을 보니 모두 여기에 근본하고 있었다. 한

81 유우석(劉禹錫) : 자 몽득(夢得). 당(唐) 문학가(文學家)이다. 저서에는 《유몽득문집(劉夢得文集)》, 《유빈객집(劉賓客集)》 등이 있다.

82 관랑(關朗) : 생졸년미상. 자 자명(子明). 북위(北魏) 하동(河東) 해주(解州)출신으로 동한말 관우(關羽)의 현손(玄孫)으로 알려져 있다. 경사자(經史子)에 능동하였으나 관직에 뜻을 두지 않고 은둔하였다. 저서에는 《관씨역전(關氏易傳)》 1권이 있다.

번 방문하고는 그의 저술이 대부분 모두《마의역麻衣易》의 문체와 닮았고, 그의 말이 험악하고 편벽되며 경박하고 방정맞아 도리에 맞지 않음을 알았다. 또한 일찍이《자화자子華子》라는 책을 본 적이 있는데, 천지天地와 음양陰陽을 말하고 또 의리義理와 인사人事를 말한 것은 모두 지리支離하고 함부로 지은 것이었다. 지금 세상에 전하는《춘추번로春秋繁露·옥배玉杯》와 같은 책도 모두 사실이 아니다. 대저 고금古今의 문장은 모두 고찰할 수 있다. 고문은 그 자체로 장중하다. 지금 공안국孔安國《서서書序》와 주해注解의 말들은 대부분 공안국이 지은 것이 아니다. 대체로 서한西漢의 문장은 비록 거칠지만 또한 힘이 있는데, 지금의《서서書序》는 육조六朝시대의 연약하고 거만한 문체이다."

이로 인하여《사기》에 기재된《탕고湯誥》와 아울러 무왕武王이 주紂를 정벌한 말과 문장이 법에 맞지 않음을 거론하면서, 어떤 제동齊東의 야인野人들의 말일지도 모른다고 하였다. [주모周謨]

《손계화孫季和[83]에게 답함》1190[84]

원문

縣事想日有倫理學校, 固不免爲擧子文. 然亦須告以聖學門庭, 命士子略知修己治人之實, 庶幾於中或有興起作將來種子. 浙間學問, 一向外馳, 百怪俱出. 不知亦頗覺其弊否. 寧海僧極令人念之, 亦可屬之端叔兄弟否? 若救得此人出彼陷穽, 足使聞者悚動, 所係實不輕也. 所疑三條, 皆恐未然. 試深味之, 當自見得. 古今《書》文雜見先秦古記, 各有證驗, 豈容廢絀? 不能無可疑處, 只當玩其所可知, 而闕其所不可知耳. 《小序》決非孔門之舊, 安國《序》亦決非西漢文章. 向來語人人多不解, 惟陳同父聞之不疑, 要是渠識得文字體製意度耳. 讀書玩理外, 考證又是一種工夫, 所得無幾, 而費力不少. 向來偶自好之, 固是一病. 然亦不可謂無助也. 孔氏《書序》與《孔叢子》, 《文中子》大略相似, 所書孔臧不爲宰相而禮賜如三公等事, 皆無其實. 而《通鑑》亦誤信之, 則考之不精甚矣.

번역

현縣의 일은 날마다 윤리倫理와 학교學校에 있지만, 진실로 과거공부를

---

83 손응시(孫應時, 1154~1206) 자 계화(季和). 호 촉호거사(燭湖居士). 일찍이 육구연(陸九淵)을 사사하였고, 순희(淳熙) 2년(1175) 진사(進士)에 급제하였다.

84 소희(紹熙) 원년(1190, 61세)의 서신. 《회암집》 권54에 보인다.

하는 사람들을 위한 글을 면할 수 없습니다. 그러나 또한 반드시 성학聖學의 방법을 말해주어 선비들로 하여금 대략이나마 수기치인修己治人의 실체를 알게 해야, 거의 중도中道에 가깝게 되고 장래의 종자種子로 일어날 수 있을 것입니다.

절동浙東과 절서浙西, 지금의 절강성(浙江省)과 강소성(江蘇省) 남부에 해당 양 지역의 학문은 한결같이 밖으로만 치달려 온갖 괴이한 것들이 다 갖추어져 나오는데도 또한 그 폐단을 깨달았는지 어떤지도 모릅니다. 영해寧海라는 승려는 사람들에게 큰 염려를 끼치니 또한 단숙端叔 형제와 같은 부류[85]에 속하지 않겠습니까? 만약 그 사람들을 저 함정에서 나올 수 있도록 구제한다면 듣는 이들을 두려움에 떨게 하기에 충분할 것이니, 연계된 것이 실로 가볍지 않습니다. 의심한 세 조목은 모두 그렇지 않은 것 같습니다. 자세히 음미해 보면 마땅히 저절로 알게 될 것입니다. 고문과 금문《서》의 문장은 선진先秦의 옛 기록에 뒤섞여 보이고 각각 증거가 있으니 어찌 폐하여 버릴 수가 있겠습니까? 의심할 만한 곳이 없을 수 없으나, 다만 마땅히 알 수 있는 것은 완미하고 알 수 없는 것은 남겨둘 뿐입니다.《소서小序》는 결코 공문孔門의 옛것이 아니며, 공안국《서序》 또한 결코 서한西漢의 문장이 아닙니다. 지난번 사람들에게 말했지만 대부분 이해하지 못했고 오직 진량陳亮, 1143~1194, 자 동보(同父)만 듣고 의심하지 않았으니, 요컨대 그의 학식이 문자의 체제體製와 의도를 이해했을 뿐입니다. 책을 읽고

85 반장(潘丈)의 두 아들 반우단(潘友端)(자 단숙(端叔))과 반우공(潘友恭)(자 공숙(恭叔))이다. 그들은 세속의 고묘(高妙)하고 헛된 이야기에 현혹되었다는 내용이《회암집》에 보인다.

이치를 완미하는 것 외에 고증하는 것 또한 일종의 공부이지만, 얻는 것은 거의 없고 정력을 낭비하는 것이 적지 않습니다. 예전엔 우연히 스스로 고증을 좋아한 것은 진실로 하나의 병통이었습니다. 그러나 또한 도움이 없었다고는 말할 수 없습니다. 공안국의 《서서書序》가 《공총자孔叢子》와 《문중자文中子》와는 대략 서로 비슷하니, 공장孔臧이 재상이 되지 않았는데 예禮로서 삼공三公과 같이 하사했다는 등의 기록[86]은 모두 사실이 아닙니다. 《자치통감》에서도 잘못하여 그것을 믿고 있으니[87] 고증에 정밀하지 못함이 심합니다.

상서尙書[88]

원문

漢孔安國曰 : "古者伏羲氏之王天下也, 始畫八卦, 造書契以代結繩之政, 由是文籍生焉. [陸德明曰 : "伏羲風姓, 以木德王, 即太皞也. 書契, 刻木而書其側, 以約事也. 《易 · 繫辭》云 : '上古結繩而治, 後世聖人易之以書契.' 文, 文字. 籍, 書籍."]

---

86 《공총자 · 서서(敍書)》 其子臧嗣焉, 歷位九卿, 遷御史大夫, 辭曰 : 「臣世以經學爲業, 家傳相承, 作爲訓法. 然今俗儒繁說遠本, 雜以妖妄, 難可以教. 侍中安國受詔綴集古義, 臣乞爲太常, 典臣家業, 與安國紀綱古訓, 使永垂來嗣.」 孝武皇帝重違其意, 遂拜太常, 其禮賜如三公.

87 《자치통감》 권18 張歐免, 上欲以蓼侯孔臧爲御史大夫. 臧辭曰 : 「臣世以經學爲業, 乞爲太常, 典臣家業, 與從弟侍中安國綱紀古訓, 使永垂來嗣.」 上乃以臧爲太常, 其禮賜如三公.

88 《회암집》 권65 《잡저(雜著)》.

번역

한대漢代 공안국이 말했다.[89] "옛적에 복희씨伏羲氏가 천하의 왕이 되었을 때, 처음으로 팔괘를 그리고, 서계書契를 만들어 결승結繩의 정치를 대신했으니, 이로 말미암아 문자와 서적이 생겨났다.

[육덕명이 말했다. "복희는 풍성風姓이며 목덕木德으로 왕이 되었으니, 곧 태호太皡이다. 서계書契는 나무를 깎아 그 옆에 글을 적어 사안을 기약한 것이다. 《역·계사》에 '상고시대에는 결승結繩하여 다스렸으나, 후세에 성인聖人이 서계書契로 바꿨다'라고 하였다. 문文은 문자이고, 적籍은 서적이다."]

원문

伏羲,神農,黃帝之書謂之《三墳》, 言大道也. 少昊,顓頊,高辛,唐,虞之書謂之《五典》, 言常道也. 至於夏,商,周之書, 雖設教不倫, 雅誥奧義, 其歸一揆, 是故歷代寶之, 以爲大訓.[陸氏曰:"神農, 炎帝也, 姜姓, 以火德王. 黃帝, 軒轅也, 姬姓, 以土德王, 一號有熊氏. 墳, 大也. 少昊, 金天氏, 己姓, 黃帝之子, 以金德王. 顓頊, 高陽氏, 姬姓, 黃帝之孫, 以水德王. 高辛, 帝嚳也, 黃帝之曾孫, 姬姓, 以木德王. 唐, 帝堯也, 姓伊耆氏, 帝嚳之子. 初爲唐侯, 後爲天子, 都陶, 故號陶唐氏, 以火德王. 虞, 帝舜也, 姓姚氏, 國號有虞, 顓頊六世孫, 以土德王. 夏, 禹有天下之號也, 以金德王. 商, 湯有天下之號也, 亦號殷, 以水德王. 周, 文王,武王有天下之號也, 以木德王. 揆, 度也."]

---

89 아래 내용은 곧 《상서(尙書) 서(序)》이다.

번역

복희伏羲, 신농神農, 황제黃帝의 책을《삼분三墳》이라고 하니, 대도大道를 말한 것이다. 소호少昊, 전욱顓頊, 고신高辛, 당唐, 우虞의 책을《오전五典》이라고 하니, 상도常道를 말한 것이다. 하夏, 상商, 주周의 책에 이르러서는 비록 가르침을 베푼 것은 순서에 맞지 않았으나, 아정雅正한 고사誥辭로서 심오한 뜻이 담겨져 있으니, 그 귀결되는 곳은 동일한 법도法度이다. 이 때문에 역대로 그것을 보배로 받들고 대훈大訓으로 여겼다.

[육덕명이 말했다. "신농神農은 염제炎帝로서, 강성姜姓이며 화덕火德으로 왕이 되었다. 황제黃帝는 헌원軒轅으로서, 희성姬姓이며 토덕土德으로 왕이 되었는데, 한편으로는 유웅씨有熊氏로 불린다. 분墳은 크다大는 뜻이다. 소호少昊는 금천씨金天氏로 기성己姓이며 황제黃帝의 아들인데, 금덕金德으로 왕이 되었다. 전욱顓頊은 고양씨高陽氏로 희성姬姓이며 황제黃帝의 손자로써 수덕水德으로 왕이 되었다. 고신高辛은 제곡帝嚳으로 황제黃帝의 증손曾孫이고 희성姬姓이며 목덕木德으로 왕이 되었다. 당唐은 제요帝堯이니 성姓은 이기씨伊耆氏이며 제곡帝嚳의 아들이다. 처음에는 당唐나라의 제후였으나 뒤에 천자가 되었으며, 도陶에 도읍을 정했기 때문에 도당씨陶唐氏로 불리며, 화덕火德으로 왕이 되었다. 우虞는 제순帝舜이니, 성姓은 요씨姚氏이고 국호國號는 유우有虞이다. 전욱顓頊의 6세손으로 토덕土德으로 왕이 되었다. 하夏는 우禹가 천하를 소유한 칭호로서 금덕金德으로 왕이 되었다. 상商은 탕湯이 천하를 소유한 칭호로서, 또한 은殷으로 불리며 수덕水德으로 왕이 되었다. 주周는 문왕文王, 무왕武王이 천하를 소유한 칭호로서 목덕木德으로 왕이 되었다. 규揆는 법도이다."]

원문

八卦之說謂之《八索》, 求其義也. 九州之志謂之《九丘》, 丘, 聚也, 言九州所有, 土地所生, 風氣所宜, 皆聚此書也. 《春秋左氏傳》曰 : '楚左氏倚相能讀《三墳》, 《五典》, 《八索》, 《九丘》.' 即謂上世帝王遺書也. [陸氏曰 : "索, 求也. 倚相, 楚靈王時史官也."]

번역

팔괘八卦의 설說을《팔삭八索》이라 하니 그 뜻을 구한 것이다. 구주九州의 기록을《구구九丘》라 하는데, 구丘는 모음聚이다. 구주가 소유한 것, 땅에서 생겨난 것, 바람과 기운이 알맞은 것 모두를 이 책에 모아두었다.《춘추좌씨전 · 소공12년》에 '초楚 좌씨左氏 의상倚相은《삼분》,《오전》,《팔삭》,《구구》를 읽을 수 있었다楚左氏倚相能讀《三墳》, 《五典》, 《八索》, 《九丘》'라고 했는데, 곧 상세上世의 제왕이 남긴 글을 말한다.

[육덕명이 말했다. "삭索은 구함求이다. 의상倚相은 초楚영왕靈王 때의 사관史官이다."]

원문

先君孔子生於周末, 覩史籍之煩文, 懼覽之者不一, 遂乃定《禮》, 《樂》, 明舊章. 刪《詩》爲三百篇, 約史記而修《春秋》, 贊《易》道以黜《八索》, 述《職方》以除《九丘》. 討論《墳》, 《典》, 斷自唐虞以下, 訖於周, 芟夷煩亂, 翦截浮辭, 舉其宏綱, 撮其機要, 足以垂世立教, 《典》, 《謨》, 《訓》, 《誥》, 《誓》, 《命》之文凡百篇, 所以恢弘至道, 示人主以軌範也. 帝王之制坦然明白, 可擧而行.

三千之徒, 並受其義. [程子曰 : "所謂大道, 若性與天道之說, 聖人豈得而去之哉? 若言陰陽, 四時, 七政, 五行之道, 亦必至要之理, 非如後世之繁衍末術也, 固亦常道, 聖人所以不去也. 或者所謂羲, 農之書, 乃後人稱述當時之事, 失其義理, 如許行爲神農之言, 及陰陽, 權變, 醫方稱黃帝之說耳. 此聖人所以去之也. 《五典》既皆常道, 又去其三, 蓋上古雖已有文字, 而國制立法度, 爲治有迹, 得以紀載, 有史官以識其事, 自堯始耳." ○今按 : 《周禮》外史"掌三皇,五帝之書". 周公所錄, 必非僞妄. 知春秋時《三墳》, 《五典》, 《八索》, 《九丘》之書猶有存者. 若果全備, 孔子亦不應悉刪去之. 或其簡編脫落, 不可通曉, 或是孔子所見止自唐虞以下, 不可知耳. 今亦不必深究其說也.]

번역

선군先君 공자孔子는 주周나라 말기에 태어나서, 역사를 기록한 서적의 번잡한 글을 보고, 살펴본 것이 한결같지 않음을 걱정하여, 마침내 《예》, 《악》을 정하고, 옛 규칙을 밝혔다. 《시》를 산정刪定하여 삼백편을 만들고, 역사의 기록을 요약하여 《춘추》를 편수하고, 《역》의 도道를 찬술하여 《팔삭八索》을 축출하고, 《직방職方》[90]을 기술하여 《구구》를 제거하였다. 《삼분》, 《오전》을 토론함에, 당우唐虞로부터 아래로 주周에 이르기까지 번잡하고 어지러운 것을 없애고, 터무니없는 말을 제거하며, 그 대강大綱을 들고, 그 요점을 취하여 후세에 가르침을 행하였으니. 《전典》, 《모謨》, 《훈

90 《직방(職方)》 주대(周代)의 관명(官名)이다. 천하의 지도(地圖)와 사방(四方)의 직공(職貢)을 관장한다. 《周禮·夏官·職方氏》"職方氏掌天下之圖, 以掌天下之地, 辨其邦國, 都鄙, 四夷, 八蠻, 七閩, 九貉, 五戎, 六狄之人民與其財用, 九穀, 六畜之數要, 周知其利害.

訓》, 《고誥》, 《서誓》, 《명命》의 글이 모두 백 편이나 된 것은 지극한 도를 넓혀서 임금으로써 모범을 보이고자 했기 때문이다. 제왕의 제도는 거리낌 없이 명백하여 들어서 행할 만하였으므로 삼천 명의 무리가 아울러 그 뜻을 받아들였다.

정자程子가 말했다. "이른바 대도大道란 것이 성性과 천도天道를 말한 것이라면 성인이 어찌 없앨 수 있었겠는가? 만약 음양陰陽, 사시四時, 칠정七政, 오행五行의 도를 말한 것이라면 또한 반드시 지극한 요체가 되는 이치로서, 후세의 번잡하게 유행한 말술末述과는 같지 않은 진실로 그 또한 상도常道였기 때문에 성인이 없애지 않은 것이다. 어떤 사람은 복희와 신농의 책은 후세의 사람들이 당시의 일을 일컬어 기술함으로써 그 이치를 잃은 것으로, 허행許行이 신농의 말을 하고 음양陰陽, 권변權變, 의방醫方을 언급함에 황제黃帝의 말로 칭하는 것과 같을 뿐이라고 한다. 이것은 성인이 없앤 것이다. 《오전》은 이미 모두 상도常道이지만, 그 가운데 세 개의 《전典》은 없앴다. 대체로 상고上古에 이미 문자가 있었으므로, 나라의 법제로서 법도를 세워 다스리는데 자취가 있고 그것을 기록할 수 있었고, 사관史官을 두어 그 일을 기록한 것은 요堯임금으로부터 시작되었다." ◯ 지금 살펴보건대, 《주례》 외사外史는 "삼황三皇, 오제五帝의 책을 관장한다掌三皇, 五帝之書"[91]고 했으니, 주공周公이 기록한 것은 반드시 거짓이거나 망령된 것이 아니다. 춘추시대에 《삼분》, 《오전》, 《팔삭》, 《구구》의 책이 오히려 존재했었다는 것을 알 수 있다. 만약 과연 온전하게 갖추어졌다면,

91 《주례·춘관·대종백(大宗伯)》"外史, 掌書外令, 掌四方之志, 掌三皇五帝之書.

공자 또한 반드시 산삭刪削하여 없애지는 않았을 것이다. 혹은 그 편간簡編이 탈락되어 이해할 수 없었거나, 혹은 공자가 본 것이 당우唐虞 이후의 것에 그쳐서 알 수 없었던 것일 뿐이다. 지금은 반드시 그 설을 깊이 궁구할 필요는 없다.]

원문

及秦始皇滅先代典籍, 焚書坑儒, 天下學士逃難解散, 我先人用藏其家書於屋壁. [秦, 國名. 始皇, 名政, 並六國爲天子, 自號始皇帝. 焚《詩》,《書》, 在三十四年. 坑儒, 在三十五年. 顏師古曰:"《家語》云孔騰字子襄, 畏秦法峻急, 藏《尙書》,《孝經》,《論語》于夫子舊堂壁中. 而《漢記 · 尹敏傳》云孔鮒所藏. 二說不同, 未知孰是."]

번역

진시황秦始皇이 선대의 전적을 없애면서 책을 불태우고 유학자를 생매장하여 세상의 학자와 선비들이 난을 피하여 뿔뿔이 흩어지기에 이르렀는데, 우리 선인들은 집안의 책들을 집의 벽에 감추어 놓았다.

[진秦은 국명이다. 시황始皇은 이름이 정政으로, 육국六國를 병합하여 천자가 되었고 스스로 시황제始皇帝라고 불렀다. 《시》,《서》를 불태운 때는 재위 34년BC213이었으며, 유학자들을 생매장한 때는 재위 35년BC212이었다. 안사고顏師古가 말했다. "《공자가어》에 '공등孔騰은 자가 자양子襄인데 진秦나라의 법이 준엄하고 급박한 점을 두려워하여 《상서》,《효경》,《논어》를 공자의 옛집 벽 속에 숨겼다孔騰字子襄, 畏秦法峻急, 藏《尙書》,《孝經》,《論語》于夫

子舊堂壁中'고 하였다. 《동관한기東觀漢記 · 윤민전尹敏傳》에 '공부孔鮒가 감춘 것孔鮒所藏'이라 하였다. 두 설이 같지 않으니, 어떤 것이 옳은지 모르겠다."

원문

漢室龍興, 開設學校, 旁求儒雅, 以闡大猷. 濟南伏生年過九十, 失其本經, 口以傳授, 裁二十餘篇. 以其上古之書, 謂之《尙書》. 百篇之義, 世莫得聞. [《漢 · 藝文志》云 : "《尙書》經二十九篇." 注云 : "伏生所授者." 《儒林傳》云 : "伏生名勝, 故爲秦博士, 以秦時焚書, 伏生壁藏之. 其後大兵起, 流亡. 漢定, 伏生求其書, 亡數十篇, 獨得二十九篇, 即以教于齊魯之間. 孝文時求能治《尙書》者, 天下無有. 聞伏生治之, 欲召. 時伏生年九十餘, 老不能行, 於是詔太常使掌故鼂錯往授之." 顏師古曰 : "衛宏《定古文尙書序》云 : '伏生老不能正言, 言不可曉, 使其女傳言教錯. 齊人語多與潁川異, 錯所不知凡十二三, 略以其意屬讀而已.'" 陸氏曰 : "二十餘篇, 即馬,鄭所注二十九篇是也." 孔穎達曰 : "《泰誓》本非伏生所傳, 武帝之世始出而得行. 史因以入於伏生所傳之內, 故云二十九篇也." ○今按 : 此《序》言伏生失其本經, 口以傳授, 《漢書》乃言初亦壁藏而後亡數十篇, 其說不同, 蓋傳聞異辭爾. 至於篇數亦復不同者, 伏生本但有《堯典》, 《臯陶謨》, 《禹貢》, 《甘誓》, 《湯誓》, 《盤庚》, 《高宗肜日》, 《西伯戡黎》, 《微子》, 《牧誓》, 《洪範》, 《金縢》, 《大誥》, 《康誥》, 《酒誥》, 《梓材》, 《召誥》, 《洛誥》, 《多方》, 《多士》, 《立政》, 《無逸》, 《君奭》, 《顧命》, 《呂刑》, 《文侯之命》, 《費誓》凡二十八篇. 今加《泰誓》一篇, 故爲二十九篇耳. 其《泰誓》眞僞之說, 詳見本篇, 此未暇論也.]

번역

한漢 왕실이 흥기하여 학교를 개설하고 널리 유가의 아름다운 도의를 구함으로써 대도大道를 천명하였다. 제남濟南의 복생伏生이 나이 아흔을 넘었고, 본래의 경전을 잃어버려 구두로 전수하여 20여 편을 기록하였다. 그것이 상고上古의 책이었으므로 《상서尙書》라고 하였다. 백 편의 뜻은 세상에 알려지지 않았다.

[《한서 · 예문지》에 "《상서》 경經 29편"이라 하였고, 주注는 "복생이 전수한 것伏生所授者"이라고 하였다. 《한서 · 유림전儒林傳》에서 말했다. "복생의 이름은 승勝으로 원래는 진秦의 박사였는데, 진나라 때 책을 불태웠으므로 복생이 벽에 《상서》를 감추었다. 그 후, 크게 전쟁이 일어나 떠돌아다녔다. 한漢나라가 천하를 평정하자 복생은 감추었던 《상서》를 찾았는데, 수십 편이 없어지고 단지 29편만을 얻어서 제로齊魯, 지금의 산동(山東) 남서부지역에서 가르쳤다. 효문제孝文帝, BC180~BC157 재위 때 《상서》를 읽을 줄 아는 자를 구했으나 세상에서 없었다. 복생이 《상서》를 읽는다는 소식을 듣고 그를 부르려고 하였다. 그 때 복생의 나이가 아흔을 넘었고 늙어서 다닐 수 없었으므로, 이에 태상사장고太常使掌故 조조鼂錯를 보내서 전수받게 하였다." 안사고顔師古가 말했다. "위굉衛宏의 《정고문상서서定古文尙書序》에 '복생이 늙어서 말을 똑바로 할 수 없어서 말을 알아들을 수 없었으므로 그의 딸에게 말을 전달하여 조조를 가르치게 하였다. 제齊지역민의 말이 영천潁川, 지금의 하남(河南) 등봉(登封) 부근 지역의 말과 달라, 조조가 모르는 것이 모두 열에 두셋은 되었으므로, 대략 그 뜻을 가지고 이어서 읽어나갈 뿐이었다'라고 하였다." 육덕명이 말했다. "20여 편이란 곧 마융과 정

강성이 주해한 29편이 그것이다"라고 하였다. 공영달이 말했다. "《태서泰誓》는 본래 복생이 전한 것이 아니라, 무제武帝 때에 처음 출현하여 유행하였다. 사가史家가 복생이 전한 것에 집어넣었기 때문에 29편이라 이른다."

◯지금 살펴보건대, 《상서尙書서序》에서는 복생이 '그 본경本經을 잃어버려 구두로 전수했다失其本經, 口以傳授'고 했고, 《한서》에서는 처음에는 다만 벽 속에 감추어져 있다가 이후에 수십 편이 없어졌다고 하니 그 말이 동일하지 않는데, 대체로 전해지는 말이 다를 뿐이다. 편수도 또한 같지 않은데, 복생에게는 본래 《요전》, 《고요모》, 《우공》, 《감서》, 《탕서》, 《반경》, 《고종융일》, 《서백감려》, 《미자》, 《목서》, 《홍범》, 《금등》, 《대고》, 《강고》, 《주고》, 《재재》, 《소고》, 《낙고》, 《다방》, 《다사》, 《입정》, 《무일》, 《군석》, 《고명》, 《여형》, 《문후지명》, 《비서》 등 모두 28편이 있었다. 지금 《태서》 한 편이 더해졌으므로 29편이 된 것일 뿐이다. 그 《태서》의 진위眞僞에 대한 설은 본편에 자세히 보이니, 여기에선 논의하지 않는다.]

원문

至魯共王好治宮室, 壞孔子舊宅以廣其居. 於壁中得先人所藏古文虞,夏,殷,周之《書》及《傳》,《論語》,《孝經》, 皆科斗文字. 王又升孔子堂, 聞金石絲竹之音, 乃不壞宅, 悉以書還孔氏. 科斗書廢已久, 時人無能知者. 以所聞伏生之《書》考論文義, 定其可知者爲隸古定, 更以竹簡寫之, 增多伏生二十五篇. 伏生又以《舜典》合於《堯典》,《益稷》合於《皐陶謨》,《盤庚》三篇合爲一,《康王之誥》合於《顧命》, 復出此篇, 並《序》凡五十九篇, 爲四十六卷. 其餘錯亂磨滅, 弗可復知, 悉上送官, 藏之書府, 以待能者. [陸氏曰:"共王, 漢景帝之子, 名餘.《傳》, 謂春秋也. 一云《周易》十翼, 非經謂之《傳》. 科斗, 蟲名, 蝦蟇子, 書形似之. 爲隸古定, 謂用隸書以易古文. 二十五篇者, 謂《大禹謨》,《五子之歌》,《胤征》,《仲虺之誥》,《湯誥》,《伊訓》,《太甲》三篇,《咸有一德》,《說命》三篇,《武成》,《旅獒》,《微子之命》,《蔡仲之命》,《周官》,《君陳》,《畢命》,《君牙》,《冏命》也." 復出者,《舜典》,《益稷》,《盤庚》二篇,《康王之誥》, 凡五篇. 其百篇之《序》文合爲一篇, 共爲五十九篇, 即今所行五十八篇而以《序》冠篇首者也. 爲四十六卷者, 孔《疏》以爲同《序》者同卷, 異《序》者異卷也. 同《序》者,《太甲》,《盤庚》,《說命》,《泰誓》皆三篇共《序》, 減八卷. 又《大禹》,《皐陶謨》,《益稷》,《康誥》,《酒誥》,《梓材》亦各三篇共《序》, 又減四卷, 通前減十二卷. 以五十八卷減十二卷, 故但爲四十六卷也. 其餘錯亂磨滅者,《汨作》,《九共》九篇,《槀飫》,《帝告》,《釐沃》,《湯征》,《汝鳩》,《汝方》,《夏社》,《疑至》,《臣扈》,《典寶》,《明居》,《肆命》,《徂后》,《沃丁》,《咸乂》四篇,《伊陟》,《原命》,《仲丁》,《河亶甲》,《祖乙》,《高宗之訓》,《分器》,《旅巢命》,《歸禾》,《嘉禾》,《成王政》,《將蒲姑》,《賄肅愼之命》,《亳姑》, 凡四十二篇也. 今亡.]

번역

노魯 공왕共王이 궁실을 치장하는 것을 좋아하여 공자의 옛집을 헐어서 그 거처를 넓혔다. 벽 가운데서 선인先人이 감추어 놓은 고문古文 우虞, 하夏, 은殷, 주周의 서적과 《전傳》,《논어》,《효경》을 얻었는데, 모두 과두科斗문자였다. 공왕共王은 또 공자의 묘당廟堂에 올라 금종金鐘 · 석경石磬 · 사금絲琴 · 죽관竹管의 음악을 듣고는, 이에 집을 헐지 않고 모든 책을 공씨에게 돌려주었다. 과두문자로 기록된 책은 폐기된 지 이미 오래되었으므로 당시 사람들 가운데 아는 이가 없었다. 내공안국가 이전에 들었던 복생의 《서書》로서 과두문의 뜻을 고증하고 논하여, 알 수 있는 것은 예고정隸古定하여 다시 죽간에 베껴 썼으니, 복생의 것보다 25편이 더 많다. 복생은 또한 《순전》을 《요전》에 합하였고, 《익직》을 《고요모》에 합하였으며, 《반경》 3편을 합하여 한편으로 하였으며, 《강왕지고》를 《고명》에 합하였는데, 다시 이 다섯 편을 따로 떼어내고 《서序》를 합하여 모두 59편 46권이 되었다. 그 나머지는 어지럽게 뒤섞이고 닳아 없어져서 다시 알 수 없었으므로, 모두 관官에 올려보내 비부祕府에 보관하여 능력 있는 사람을 기다린다.

[육덕명이 말했다. "공왕共王은 한漢경제景帝의 아들로 이름은 여餘이다. 《전傳》은 《춘추》를 일컫는다. 한편으로 《주역》십익十翼이라고도 하니, 경經이 아닌 것을 《전傳》이라 한다. 과두科斗는 벌레 이름으로 두꺼비蝦蟆子인데 글자의 형태가 이것과 비슷하다. 예고정隸古定했다는 것은 예서隸書를 이용하여 고문古文을 바꾸어 쓴 것을 말한다." 25편은 《대우모》, 《오자지가》, 《윤정》, 《중훼지고》, 《탕고》, 《이훈》, 《태갑》 삼편, 《함유일덕》, 《열명》 삼편, 《무성》, 《여오》, 《미자지명》, 《채중지명》, 《주관》, 《군진》, 《필명》, 《군아》, 《경명》이다. 다시 떼어 놓은 것은 《순전》, 《익직》, 《반경》이편, 《강왕지고》 등 모두 5편이다. 《상서》 백편의 《서序》문을 합하여 하나의 편으로 만들어서 모두 59편이 되었는데, 지금 유행하는 58편은 《서序》를 (나누어) 각 편 서두로 삼은 것이다. 46권이 되었다고 한 것은 공영

달《소疏》에서《서序》가 같은 것은 같은 권으로 하고,《서序》가 다른 것은 다른 권으로 한 것이다.《서序》를 같이 공유 한 것은《태갑》,《반경》,《열명》,《태서》가 모두 삼편三篇이면서《서序》를 같이 공유하였으므로 8권이 줄었다. 또《대우모》,《고요모》,《익직》3편,[92]《강고》,《주고》,《재재》3편이《서序》를 같이 공유하였으니 또한 4권이 줄어서 통틀어서 전보다 12권이 줄었다. 58권에서 12권이 줄었으므로 단지 46권이 되었다. 그 나머지 어지럽게 뒤섞이고 닳아 없어진 것은《골작汨作》,《구공九共》구편九篇,《고어槀飫》,《제고帝告》,《이옥釐沃》,《탕정湯征》,《여구汝鳩》,《여방汝方》,《하사夏社》,《응지凝至》,《신호臣扈》,《전보典寶》,《명거明居》,《사명肆命》,《조후徂后》,《옥정沃丁》,《함예咸乂》사편四篇,《이척伊陟》,《원명原命》,《중정仲丁》,《하단갑河亶甲》,《조을祖乙》,《고종지훈高宗之訓》,《분기分器》,《여소명旅巢命》,《귀화歸禾》,《가화嘉禾》,《성왕정成王政》,《장포고將蒲姑》,《회숙신지명賄肅愼之命》,《박고亳姑》등 모두 42편이다. 지금 망실되었다.]

원문

承詔爲五十九篇作《傳》, 於是遂研精覃思, 博考經籍, 採摭羣言, 以立訓傳. 約文申義, 敷暢厥旨, 庶幾有補於將來.《書序》, 序所以爲作者之意, 昭然義見, 宜相附近, 故引之各冠其篇首, 定五十八篇. [今按：此百篇之《序》出孔氏壁中,《漢書·藝文志》以爲孔子纂《書》而爲之《序》, 言其作意. 然以今考之, 其於見存之篇, 雖頗依文立義, 而亦無所發明. 其間如《康誥》,《酒誥》,

92 《소서(小序)》皐陶矢厥謨, 禹成厥功, 帝舜申之. 作《大禹》,《皐陶謨》,《益稷》.

《梓材》之屬, 則與經文又有自相戾者. 其於已亡之篇, 則伊阿簡略, 尤無所補. 其非孔子所作明甚. 然相承已久, 今亦未敢輕議. 且據安國此序, 復合爲一, 以附經後, 而其相戾之說見本篇云.]

번역

조칙을 받들어 59편의 《전傳》을 지었는데, 이에 마침내 정밀하게 연구하고 깊이 생각하며, 경적을 널리 고증하고, 여러 논의를 모아서 훈전訓傳을 세운 것이다. 글을 간략히 하고 의미를 밝혀 그 뜻을 부연하여 펼쳤으니 장래에 도움이 될 것이다. 《서서書序》는 지은이의 뜻을 서술하여 그 의의를 분명하게 드러낸 것으로, 마땅히 서로 가까워야 하므로 끌어다 편의 머리에 두어서 58편을 정하였다.

[지금 살펴보건대, 이 백편의 《서序》는 공씨孔氏의 고택 벽중에서 나온 것으로, 《한서 · 예문지》에서는 공자가 《서書》를 찬술하고 《서序》를 지어 저작 의도를 말한 것이라고 하였다. 그러나 지금 고찰해보면, 현존하는 편에서는 비록 자못 글에 의존하여 뜻을 세우고 있으나 분명하게 나타낸 것은 없다. 그 가운데 《강고》, 《주고》, 《재재》와 같은 부류는 경문과 서로 맞지 않은 점이 있다. 이미 없어진 편에서는 의미 없이 너무 간략하며 더욱이 보태진 곳이 없다. 그 《서序》가 공자가 지은 것이 아님이 너무나 분명하다. 그러나 서로 이어진 지 이미 오래여서 지금 감히 가볍게 의론해서는 안 된다. 또한 공안국의 서문에 의거하면, 다시 하나로 합하여 경문經文의 뒤에 붙였다고 하였으니, 서로 어긋나는 설이 본편에 보인다.]

원문

既畢, 會國有巫蠱事, 經籍道息, 用不復以聞. 傳之子孫, 以貽後代. 若好古博雅君子與我同志, 亦所不隱也. [陸氏曰 : "漢武帝末征和中, 江充造蠱敗戾太子." ◯今按 : 此《序》不類西漢文字, 疑或後人所託, 然無所據, 未敢必也. 以其所序本末頗詳, 故備載之. 讀者宜細考焉.]

번역

이미 마쳤을 때, 마침 나라에 무고巫蠱의 화禍가 있어 경적經籍의 도道가 사라지고 다시는 들을 수 없게 되었다. 자손에게 전하여 후대에 남겨준다. 만약 옛것을 좋아하는 박아博雅한 군자가 나와 뜻을 같이한다면 또한 (이《전傳》이) 숨겨지지 않을 것이다.

[육덕명이 말했다. "한漢 무제武帝 말기 정화征和, BC92~BC88 연간에 강충江充이 무고巫蠱의 일을 조작하여 여태자戾太子를 해쳤다." ◯지금 살펴보건대, 이《서序》는 서한시대의 문장과 비슷하지 않으니 혹시 후대의 사람들이 가탁假託한 것으로 의심된다. 그러나 근거할 만한 것이 없으니 감히 반드시 그렇다 할 수는 없다. 그 서문序文의 본말이 자못 상세하므로 갖추어서 기록해 둔다. 읽는 사람들은 마땅히 자세하게 고찰해야 할 것이다.]

원문

《漢書 · 藝文志》云 : "《書》者, 古之號令. 號令於衆, 其言不立具, 則聽受施行者弗曉. 古文讀應爾雅, 故解古今語而可知也." [括蒼葉夢得曰 : "《尙書》文皆奇澀, 非作文者故欲如此, 蓋當時語自爾也." ◯今按, 此說是也. 大抵

《書》之《訓》,《誥》多奇澀, 而《誓》,《命》多平易. 蓋《訓》,《誥》皆是記錄當時號令於衆之本語, 故其間多有方言及古語, 在當時則人所共曉, 而於今世反爲難知;《誓》,《命》則是當時史官所撰, 隱括潤色, 麤有體制, 故在今日亦不難曉耳.]

번역

《한서 · 예문지》에 다음과 같이 말했다. "《서書》는 고대의 호령號令이다. 대중에게 호령하는데 그 말이 세워져 갖춰지지 않으면 명령을 받아 시행하는 사람이 알아듣지 못한다. 고문古文은 응당 바르게 읽어야 하니, 따라서 고문을 지금의 말로 풀이하여야 알 수 있는 것이다."

[괄창括蒼, 지금 절강(浙江) 여수(麗水) 동남(東南)의 섭몽득葉夢得, 1077~1148이 말했다. "《상서尙書》의 글이 모두 기이하고 난삽한 것은 글을 지은 사람이 그와 같이 하려고 한 것이 아니다. 대체로 당시의 말이 저절로 그러했을 뿐이다." ○지금 살펴보건대, 이 설이 옳다. 대저 《서書》의 《훈訓》, 《고誥》는 대부분 기이하고 난삽하지만, 《서誓》, 《명命》은 대부분 평이하다. 대체로 《훈訓》, 《고誥》는 모두 기록 당시에 대중에게 호령하는 말이므로 그 사이에 방언 및 고어가 많이 있는 것인데, 당시에는 사람들이 모두 알았으나. 지금은 오히려 알기 어렵다. 《서誓》, 《명命》은 당시에 사관史官이 작성하면서 바로잡아 윤색한 것으로 거칠지만 체제가 있으므로 오늘날에도 이해하는데 어렵지 않을 뿐이다.]

원문

孔穎達曰："孔君作《傳》, 值巫蠱不行以終. 前漢諸儒知孔本五十八篇, 不見孔《傳》. 遂有張霸之徒僞作《舜典》,《汨作》,《九共》九篇,《大禹謨》,《益稷》,《五子之歌》,《胤征》,《湯誥》,《咸有一德》,《典寶》,《伊訓》,《肆命》,《原命》,《武成》,《旅獒》,《冏命》二十四篇, 除《九共》九篇, 共爲十六卷. 蓋亦略見百篇之《序》, 故以伏生二十八篇者《舜典》,《益稷》,《盤庚》二篇,《康王之誥》及《泰誓》三篇, 共爲三十四篇, 并僞[93]作二十四篇十六卷, 附以求合於孔氏之五十八篇四十六卷之數也. 劉向,班固,劉歆,賈逵,馬融,鄭玄之徒皆不見眞古文, 而誤以此爲古文之《書》. 服虔,杜預, 亦不之知見. 至晉王肅, 始以竊見, 而《晉書》又云鄭沖以古文授蘇愉, 愉授梁柳, 柳之內兄皇甫謐又從柳得之, 而柳又以授臧曹, 曹始授梅賾, 賾乃於前晉奏上其《書》而施行焉." [今按:《漢書》所引《泰誓》云"誣神者殃及三世", 又云"立功立事, 惟以永年", 疑即武帝之世所得者.《律曆志》所引《伊訓》,《畢命》字畫有與古文畧同者, 疑即伏生口傳而鼂錯所屬讀者. 其引《武成》, 則伏生無此篇, 必是張霸所僞作者矣.]

번역

공영달이 말했다. "공군孔君, 孔安國이 지은《전傳》은 무고巫蠱 사건을 만나 시행되지 못하고 끝났다. 전한前漢의 제유諸儒들은 공본孔本이 58편은 알았지만, 공안국《전傳》은 보지 못했다. 마침내 장패張霸의 무리들이《순전》,《골작》,《구공九共》 구편九篇,《대우모》,《익직》,《오자지가》,《윤정》,《탕

93 本書에는 "爲"로 되어 있으니, 사고전서본 및 회암집을 근거로 "僞"로 바로잡는다.

고》, 《함유일덕》, 《전보》, 《이훈》, 《사명》, 《원명》, 《무성》, 《여오》, 《경명》 24편을 위작하였는데, 《구공九共》 구편九篇을 1권으로 한 것을 제외하면 모두 16권 된다. 또한 대략 백편의 《서序》를 볼 수 있으니, 따라서 복생이 28편으로 한 것에 《순전》, 《익직》, 《반경》 이편二篇, 《강왕지고》 및 《태서》를 더하여 모두 34편을 만들고, 위작僞作한 24편 16권을 아울러, 덧붙여 공씨孔氏의 58편 46권의 수와 합치시키고자 하였다. 유향劉向, 반고班固, 유흠劉歆, 가규賈逵, 마융馬融, 정현鄭玄의 무리들은 모두 진고문眞古文을 보지 못하고 잘못하여 장패의 위서를 고문《서書》로 생각했다. 복건服虔, 두예杜預 또한 알지도 보지도 못했다. 진晉 왕숙王肅에 이르러서야 비로소 몰래 볼 수 있었고, 《진서晉書》에서도 정충鄭沖이 고문古文을 소유蘇愉에 전수하고, 소유는 양유梁柳에게 전수하였으며, 양유의 내형內兄, 姑從四寸(관계이다)인 황보밀皇甫謐 또한 양유와 종유하며 이것을 얻었으며, 또 양유는 장조臧曹에게 전수해 주었고, 장조가 비로소 매색梅賾에게 전수하니, 이에 매색이 전진前晉에서 그《서書》를 임금에게 올려 그곳에서 시행되었다고 하였다."

[지금 살펴보건대, 《한서》에 인용한 《태서》에 "신을 속이는 것은 재앙이 3대에까지 미친다誣神者殃及三世"고 하였으며, 또 "공을 세우고 일을 세우는 것은 오직 오랜 시간을 필요로 한다立功立事, 惟以永年"고 하였으니, 아마도 무제武帝의 시대에 얻었을 것이다. 《율력지律曆志》에 인용된 《이훈》, 《필명》편 글자의 획이 고문과 대체로 같은 점이 있는 것은 아마도 복생이 구두로 전한 것을 조조晁錯가 이어서 읽은 것일 것이다. 《율력지律曆志》에 《무성》편을 인용한 것은 복생본에는 이 편이 없으니, 필시 장패가 위작僞作한 것이다.]

원문

今按：《漢書》以伏生之《書》爲今文，而謂安國之《書》爲古文. 以今考之, 則今文多艱澀, 而古文反平易. 或者以爲今文自伏生女子口授鼂錯時失之, 則先秦古書所引之文皆已如此, 恐其未必然也. 或者以爲記錄之實語難工, 而潤色之雅詞易好, 故《訓》,《誥》,《誓》,《命》有難易之不同, 此爲近之. 然伏生倍文暗誦, 乃偏得其所難, 而安國考定於科斗古書錯亂磨滅之餘, 反專得其所易, 則又有不可曉者. 至於諸《序》之文, 或頗與經不合, 而安國之《序》又絶不類西京文字, 亦皆可疑. 獨諸《序》之本不先經, 則賴安國之《序》而可見. 故今別定此本, 壹以諸篇本文爲經, 而復合《序》篇於後, 使覽者得見聖經之舊, 而不亂乎諸儒之說. 又論其所以不可知者如此, 使學者姑務沈潛反復乎其所易, 而不必穿鑿傅會於其難者云.

번역

지금 살펴보건대, 《한서》는 복생의 《서書》를 금문今文이라 하고 공안국의 《서書》를 고문古文이라 하였다. 지금 살펴보면, 금문은 대부분 이해하기 어렵고 난삽하지만, 고문은 도리어 평이하다. 어떤 이는 금문은 복생의 딸이 구두로 조조鼂錯에게 전할 때부터 본의를 잃었으니, 선진先秦의 옛 서적에서 인용한 글이 모두 이미 이와 같다고 하는데, 아마도 반드시 그렇지는 않을 것이다. 어떤 이는 기록한 실제의 말은 이해하기 어려우나 윤색된 우아한 말은 쉽게 이해할 수 있으므로, 《훈訓》, 《고誥》, 《서誓》, 《명命》에 어렵고 쉬움이 같지 않다고 하니, 이것이 사실에 가까울 것이다. 그러나 복생이 암송한 것은 그 어려운 것에 치우쳐 있고, 공안국이 과두

科斗문자로 된 고서의 어지럽게 섞이고 닳아서 없어진 나머지 것을 고정考正한 것은 도리어 오로지 쉬운 것만을 얻었다면 또한 이해할 수 없는 부분이 있다. 여러《서序》小序의 문장이 혹은 자못 경전과 합치되지 않고, 공안국의《서序》大序도 또한 서한의 문장과 결단코 비슷하지 않으니 이 또한 모두 의심할만하다. 오직 여러《서序》가 본래 경문經文보다 앞에 있지 않는다는 것은 공안국의《서序》에 의거하여 알 수 있다. 따라서 이제 따로 이 판본을 전하여 하나는 여러 편의 본문을 경經으로 하고 다시《서序》편을 뒤에 합쳐서 편람하는 이로 하여금 성경聖經의 옛 모습을 보도록 하고 여러 유학자의 학설에 섞이지 않도록 하였다. 또 알 수 없는 것이 이와 같음을 논하여 배우는 자로 하여금 우선 알기 쉬운 것을 반복해서 학습하도록 하고 굳이 어려운 것을 천착하여 견강부회하지 않도록 하였다.

《상서尙書》의 세 가지 의미를 기록하다[그 세 번째其三][94]

원문

"棐"本木名, 而借爲"匪"字. 顏師古注《漢書》云: "'棐', 古'匪'字." 通用是也. "天畏棐忱", 猶曰"天難諶爾". 孔《傳》訓作"輔"字, 殊無義理. 嘗疑今孔《傳》並《序》皆不類西京文字氣象, 未必眞安國所作, 只與《孔叢子》同是一手僞書. 蓋其言多相表裏, 而訓詁亦多出《小爾雅》也. 此事先儒所未言, 而予獨

94 《회암집》 권71.

疑之, 未敢必其然也, 姑識其說以俟知者.

번역

"비棐"는 본래 나무 이름인데, 가차해서 "비匪"자가 되었다. 안사고顔師古주注《한서》에 "'비棐'는 옛 '비匪'자이다棐, 古匪字"라고 하였으니, 통용된 것이다. "천명天命은 두려울 만하나 정성스러우면 돕는다天畏匪忱"[95]는 것은 "하늘은 도모하기 어렵다天難諶爾"는 말과 같다. 공안국《전傳》에서 "보輔"자로 훈석한 것[96]은 전혀 이치에 맞지 않는다. 일찍이 지금의 공안국《전》은《서序》小序와 함께 모두 서한西漢시대 문장의 기상과 비슷하지 않으므로, 반드시 진짜 공안국의 저술이라고 할 수 없고, 단지《공총자》와 함께 같은 사람의 손에서 나온 위서일 것으로 의심했다. 대체로 그 말들이 대부분 서로 표리를 이루고 훈고訓詁 또한 대부분《소이아小爾雅》[97]에서 나왔다. 이 일은 선유先儒들이 미처 말하지 못한 것으로 나 홀로 의심하는 것이어서 감히 반드시 그러하다고는 할 수 없으니, 우선 그 설을 기록하여 식견 있는 사람을 기다린다.

---

95 《강고》 王曰 : "嗚呼! 小子封, 恫瘝乃身, 敬哉! 天畏棐忱, 民情大可見, 小人難保. 往盡乃心, 無康好逸豫, 乃其乂民."

96 《강고》(孔傳) 天德可畏, 以其輔誠. 人情大可見, 以小人難安.

97 《소이아(小爾雅)》: 고서(古書)의 단어를 해설한 것으로 원본은 전하지 않는다. 현전하는《소이아(小爾雅)》《공총자(孔叢子)》 속의 한 편으로《이아(爾雅)》의 체제를 따라 다음의 목록으로 되어 있다.《광고(廣詁)》,《광언(廣言)》, 《광훈(廣訓)》, 《광의(廣義)》,《광명(廣名)》,《광복(廣服)》, 《광기(廣器)》,《광물(廣物)》, 《광조(廣鳥)》, 《광수(廣獸)》, 《광도(廣度)》, 《광량(廣量)》, 《광형(廣衡)》.

임장臨漳[98]에서 간행한 네 경전 뒤에 발문을 붙임書臨漳所刊四經後 [서書][99]

원문

世傳孔安國《尚書序》, 言伏生口傳《書》二十八篇：《堯典》,《皐陶謨》,《禹貢》,《甘誓》,《湯誓》,《盤庚》,《高宗肜日》,《西伯戡黎》,《微子》,《牧誓》,《洪範》,《金縢》,《大誥》,《康誥》,《酒誥》,《梓材》,《召誥》,《洛誥》,《多士》,《無逸》,《君奭》,《多方》,《立政》,《顧命》,《呂刑》,《文侯之命》,《費誓》,《秦誓》. 孔氏壁中《書》增多二十五篇：《大禹謨》,《五子之歌》,《胤征》,《仲虺之誥》,《湯誥》,《伊訓》,《太甲上》,《太甲中》,《太甲下》,《咸有一德》,《說命上》,《說命中》,《說命下》,《泰誓上》,《泰誓中》,《泰誓下》,《武成》,《旅獒》,《微子之命》,《蔡仲之命》,《周官》,《君陳》,《畢命》,《君牙》,《冏命》. 分伏生《書》中四篇爲九篇, 又增多五篇：《舜典》,《益稷》,《盤庚中》,《盤庚下》,《康王之誥》. 並《序》一篇, 合之凡五十九篇. 及安國作《傳》, 遂引《序》以冠其篇首, 而定爲五十八篇, 今世所行公私版本是也. 然漢儒以伏生之《書》爲今文, 而謂安國之《書》爲古文. 以今考之, 則今文多艱澀, 而古文反平易. 或者以爲今文自伏生女子口授鼂錯時失之, 則先秦古書所引之文皆已如此. 或者以爲記錄之實語難工, 而潤色之雅詞易好. 則暗誦者不應偏得所難, 而考文者反專得其所易. 是皆有不可知者. 至諸《序》之文或頗與經不合, 如《康誥》,《酒誥》,《梓材》之類. 而安國之《序》又絶不類西京文字, 亦皆可疑. 獨諸《序》之

98 임장(臨漳) : 복건성(福建省) 장주(漳州)이다.
99 《회암집》 권82.

本不先經, 則賴安國之《序》而可見. 故今別定此本, 一以諸篇本文爲經, 而復合《序》篇於後, 使覽者得見聖經之舊, 而不亂乎諸儒之說. 又論其所以不可知者如此, 使讀者姑務沈潛反復乎其所易, 而不必穿鑿傅會於其所難者云. 紹熙庚戌十月壬辰, 新安朱熹識.

번역

세상에 전하는 공안국《상서尙書서序》에 복생伏生이 구두로 전한《서書》28편을 말하였다. 곧《요전》,《고요모》,《우공》,《감서》,《탕서》,《반경》,《고종융일》,《서백감려》,《미자》,《목서》,《홍범》,《금등》,《대고》,《강고》,《주고》,《재재》,《소고》,《낙고》,《다사》,《무일》,《군석》,《다방》,《입정》,《고명》,《여형》,《문후지명》,《비서》,《진서》이다. 공씨孔氏 벽중壁中의《서書》는 25편이 더 많다. 곧《대우모》,《오자지가》,《윤정》,《중훼지고》,《탕고》,《이훈》,《태갑상》,《태갑중》,《태갑하》,《함유일덕》,《열명상》,《열명중》,《열명하》,《태서상》,《태서중》,《태서하》,《무성》,《여오》,《미자지명》,《채중지명》,《주관》,《군진》,《필명》,《군아》,《경명》이다. 복생《서》가운데 네 편을 아홉 편으로 나누고, 다시 다섯 편을 더하였다. 곧《순전》,《익직》,《반경중》,《반경하》,《강왕지고》이다. 아울러《서序》한 편을 합하여 모두 59편을 만들었다. 공안국이《전傳》을 지을 때에 이르러 마침내《서序》를 편 첫머리에 두어 58편으로 확정하였으니, 지금 세상에 유행하는 공사公私의 판본이 바로 이것이다. 그러나 한유漢儒들은 복생의《서書》를 금문今文이라 하고, 공안국의《서書》를 고문古文이라 하였다.

지금 살펴보면, 금문은 대부분 이해하기 어렵고 난삽하지만, 고문은 도리어 평이하다. 어떤 이는 금문은 복생의 딸이 구두로 조조晁錯에게 전할 때부터 본의를 잃었으니, 선진先秦의 옛 서적에서 인용한 글이 모두 이미 이와 같다고 한다. 어떤 이는 기록한 실제의 말은 짓기가 어려우나 윤색된 우아한 말은 쉽게 이해할 수 있다고 한다. 그러므로 암송하는 자는 그 어려운 것에 치우쳐 있을 수 없으나, 문장을 고증하는 자는 도리어 오로지 쉬운 것만을 얻었다. 이 모두는 이해할 수 없는 부분이 있다. 여러 《서序》小序의 문장이 혹은 자못 경전과 합치되지 않으니, 《강고》, 《주고》, 《재재》의 부류와 같은 것이다. 그리고 공안국의 《서序》大序 또한 결코 서한의 문장과 비슷하지 않으니 또한 모두 의심스럽다. 오직 여러 《서序》小序가 본래 경문經文에 앞서지 않음은 공안국의 《서序》에 힘입어 알 수 있다. 따라서 이제 따로 이 판본을 전하여 하나는 여러 편의 본문을 경經으로 하고, 다시 《서序》편篇을 뒤에 합쳐서 편람하는 이들로 하여금 성경聖經의 옛 모습을 보도록 하고 제유諸儒의 학설에 섞이지 않도록 하였다. 또 알 수 없는 것이 이와 같음을 논하여 독자로 하여금 우선 알기 쉬운 것을 반복해서 학습하도록 하고 굳이 어려운 것을 천착하여 견강부회하지 않도록 하였다.

소희紹熙 경술년1190 10월 임진일에 신안新安 주희朱熹 적다.

주자고문서의朱子古文書疑 종終

상서고문소증 발跋 [종령鍾靈]

원문

予幼讀經書, 悉遵先人遺教, 每篇惟從白文章句尋繹大旨, 默會精微, 蓋不屑屑受後人訓詁牢籠也. 故凡有所疑, 輒爲札記, 積久成帙, 名曰《經學質疑》. 而《尙書》之中, 所疑尤多. 《泰誓》, 《武成》, 嘗疑後人僞託. 質之里中宿儒塾師, 靡不目瞪. 釋褐後攜往京師, 質之先達名公, 能直抉其所以然者亦少. 因嘆偌大乾坤, 豈無有能見及此者! 爲之探訪者久之. 乾隆壬戌, 因奉簡命試用江南河工, 得交閻公信蘞. 見其言論丰采, 鍊才於養, 全非俗吏者流. 詢之, 即百詩先生冢孫也. 百詩先生之名耳熱已久, 每以不見其著作爲憾. 信蘞因出其《尙書古文疏證》示予. 予讀之如夢初醒, 如病新瘥, 通身暢快, 莫知其然. 蓋予之所深疑者, 先生久爲抉之; 予之所未疑而將有疑者, 先生已早爲辨之. 且其遠稽近證, 非讀破萬卷者不能, 能不令人心悅而誠服哉? 且信蘞天性孝友, 凡同堂弟姪悉共爨同居, 雖官卑祿薄, 而刊刻先生各種遺書, 竭力經營, 費至千金以外, 不可謂不賢矣! 予既幸交信蘞, 獲見此書, 且幸三十餘年疑團得解, 又幸此書流布天下, 俾知予向之所疑者非僅一人之臆見也, 因書數語於後.

乾隆乙丑新秋, 楚南岳陽後學鍾靈敬跋

번역

내鍾靈가 어려서 경서經書를 읽을 때, 모두 선인先人이 남긴 가르침을 좇았는데, 매 편마다 오직 주해注解가 없는 백문白文 장구章句를 따라 읽으며 대지大旨를 찾아 실마리를 풀어가며 묵묵히 정미精微한 의미를 이해하려고 한 것은, 대체로 후대인의 훈고에 구속되는 것을 달가워하지 않아서였다. 그러므로 모든 의심나는 바가 생기면 문득 찰기札記를 지었고, 그것이 오래 쌓여서 한 질帙이 되었으니 《경학질의經學質疑》로 명명하였다. 그리고 《상서》 가운데 의심나는 바가 더욱 많았다. 《태서》, 《무성》은 후대인이 거짓으로 가탁한 것임을 일찍이 의심하였다. 마을의 소양있는 유자儒者와 사숙私塾의 선생님께 질의하면 깜짝 놀라지 않은 이가 없었다. 처음 벼슬을 해 경사京師에 가게 되어, 학식 깊은 선배와 이름 높은 선비들에게 질의하였으나 곧바로 그러함을 수긍하는 분 역시 적었다. 그로 인하여 '이렇게 넓은 세상에 이를 알려줄 수 있는 사람이 어찌 없는가!'라며 탄식하였다. 그렇게 탐문하고 방문하기를 오래하였다. 건륭乾隆 임술년1742 간명簡命을 받들게 되어 강남江南의 치수 공정을 맡으면서, 염신수閻信數와 교제하였다. 그의 언론과 풍채를 보아하니 교양을 배워 익혔고, 속리俗吏의 부류가 전혀 아니었다. 그에게 물어보니, 바로 백시百詩閻若璩 선생의 적장손嫡長孫이었다. 백시 선생의 명성은 들은 지가 이미 오래되었으나, 매번 그의 저작을 보지 못한 것을 유감으로 여겼다. 이에 염신수가 소장하던 《상서고문소증》을 나에게 보여주었다. 내가 읽어보니 마치 꿈에서 막 깬 듯, 병이 막 나은 듯, 온 몸이 상쾌하였으나 왜 그런지 알 수 없었다. 그것은 내가 깊이 의심했던 것을 선생이 오래전에 들추어내었기 때문이고, 내가 아직 의심하지 않았지만 장차 의심하게 될 것들을 선생이 이미 일찌감치 변론했기 때문이었다. 또한 선생이 멀리 돌아보고 가깝게 증명한 것은 만권의 책을 독파한 분이 아니면 할 수 없는 일이었으니, 사람의 마음이 기뻐하며 진실로 감복하지 않을 수 있겠는가? 또한 염신수는 천성

天性이 효성스럽고 우애로워 모든 동당同堂의 제질弟姪들이 모두 한솥밥을 먹고 함께 생활하였으며, 비록 관직은 낮고 녹봉은 적었으나 선생의 각종 유서遺書를 판각하고 간행하는데 온 힘을 쏟아 경영하여 비용이 천금 이상이 되었으니, 현량하다 하지 않을 수 없다! 내가 다행히 염신수와 교제한 덕분으로 이 책을 얻어 보았고, 또한 다행스럽게도 30여 년의 뭉친 의문을 풀 수 있었으며, 또 다행스럽게도 이 책이 세상에 널리 유포되어 내가 예전의 의심했었던 것이 단지 한 사람의 억견이 아님을 알게 하였으니, 그로 인하여 몇 마디의 말을 뒤에 적는다.

건륭乾隆 을축년1745 초가을, 초남楚南, 湖南 악양岳陽 후학後學 종령鍾靈 삼가 발跋을 짓다.

상서고문소증 발跋 이二 [항세준杭世駿]

원문

先生居武林時, 與西河毛氏論古文《尚書》, 不合. 西河歸作《冤辭》, 先生歸著此書. 援据該洽, 爲說經家穿穴所不及. 二三兩卷訖未成書, 而先生下世. 余從繡谷吳氏得首卷定本, 四卷,五卷則九沙萬氏傳鈔也, 較他本差爲完善, 寓內臧書之家其覯此本者善矣. 《冤辭》有刊本在《西河全集》. 雍正甲辰四月朔, 堇浦杭世駿跋於松吹書堂.

번역

선생先生, 閻若璩께서 무림武林, 절강성(浙江省) 항주(杭州)에 거처할 당시, 서하西河 모씨毛氏, 毛奇齡, 1623~1716와 고문《상서》를 토론하였는데, 의견이 합치되지 않았다. 서하西河는 돌아가《원사冤辭》를 지었고, 선생은 돌아가 이 책《尚書古文疏證》을 저술하였다. 근거를 취함이 두루 박통하였고, 입론立論한 것은 경학가들이 천착하지 못한 것이었다. 2권과 3권 두 권이 아직 완성되지 않았는데, 선생이 별세하였다. 내杭世駿가 수곡繡谷의 오씨吳氏로부터 수권首卷의 정본定本을 얻었고, 4권, 5권은 구사九沙 만씨萬氏가 전초傳鈔한 것인데, 다른 판본과 비교해서 완선完善하였고, 세상의 장서가臧書家 가운데 이 판본을 본 자들이 좋다고 여겼다. 《원사》의 간본刊本은《서하전집西河全集》에 있다.

옹정雍正 갑진년1724 4월 초하루, 근포堇浦 항세준杭世駿, 1695~1773[100]이 송취서당松吹書堂에서 발跋을 짓다.

상서고문소증 발跋 삼三 [오인기吳人驥]

원문

是書向有平陰朱氏刊本, 余購之數年未得也. 武虛谷謂原刻淪于水, 傳本絕少, 篋有借得康氏舊本, 可借抄也. 余因有重刊之議, 而以校勘屬之虛谷. 未幾, 余北上, 虛谷亦歸偃師, 錄之未及校. 今春與畢靜山同寓京師, 分卷而校, 然猶恐其疎也. 適同年陳未齋力任覆校之功, 遂益加縝密, 因付梓以傳. 時嘉慶元年歲在丙辰秋九工竣. 念湖吳人驥謹識.

번역

이 책은 예전에 평음平陰의 주씨朱氏 간본刊本이 있었는데, 내吳人驥가 수년 동안 구하였으나 얻지 못하였다. 무억武億, 1745~1799, 자 허곡(虛谷)[101]이 말하길, 원각原刻은 물에 빠져 전본傳本이 거의 없으니 상자 속의 강씨康氏 구본舊本을 빌려서 베끼는 것이 옳다고 하였다. 나는 중간重刊할 의향이 있었으므로, 허곡虛谷에게 교감을 맡겼다. 아직 완성되지 않았는데 나는 북쪽으로 올라가게 되었고, 허곡虛谷도 언사偃師, 하남성(河南省) 낙양(洛陽)로 돌아갔으므로 미처 교감하지 못한 것을 기록하였다. 올봄에 필헌증畢憲曾, 호 정산(靜山)[102]과 경사京師에 함께 머물면서 권卷을 나누어 교감하였으나, 교감이 소

---

100 항세준(杭世駿) : 자 대종(大宗). 호 근포(堇浦). 인화(仁和)(지금의 절강(浙江) 항주(杭州)) 출신이다. 청대(淸代) 경학가, 사학가, 문학가, 장서가이다. 저서에는《도고당집(道古堂集)》,《용계당집(榕桂堂集)》 등이 있다.

101 무억(武億) : 자 허곡(虛谷). 하남부(河南府) 언사현(偃師縣) 출신. 청대(淸代) 가경(乾嘉) 연간의 저명한 경학가, 금석학가(金石學家)이다. 저서에는《수당문초(授堂文鈔)》,《언사금석기(偃師金石記)》,《안양현금석록(安陽縣金石錄)》 등이 있다.

홀할까 걱정되었다. 동년배인 진호陳浩, 1695~1772, 호 미재(未齋)[103]를 만나, 재교再校의 일을 힘써 맡기니, 마침내 더욱 치밀함이 더해졌고, 그로 인하여 판각하여 전하게 되었다.

때는 가경嘉慶 원년1796 병진년 가을 9월에 준공하였다. 염호念湖 오인기吳人驥[104] 삼가 적다.

---

102 필헌증(畢憲曾) : 자 계유(季瑜). 호 정산(靜山). 건륭(乾隆) 60년(1795) 급제하였다. 저서에는 《논어광주(論語廣注)》 2권, 《읍산루시집(揖山樓詩集)》 등이 있다.

103 진호(陳浩) : 자 자란(紫瀾). 호 미재(未齋). 건륭(乾隆) 25년(1760) 진사(進士)에 급제하였고, 한림원검토(翰林院檢討)에 올랐다. 저서에는 《생향서옥시집(生香書屋詩集)》, 《생향서옥문집(生香書屋文集)》, 《은광집(恩光集)》 등이 있다.

104 오인기(吳人驥) : 생졸년미상. 자 염호(念湖). 건륭(乾隆) 30년(1765) 급제하였다. 손성연(孫星衍)과 합교(合校)한 《손자십가주(孫子十家注)》가 남아 있다.

《상서고문소증尙書古文疏證》 해제

《상서尙書》는 고대 성왕聖王과 현신賢臣의 언행을 기록한 유가儒家의 경전이자 역사서로서, 공자가 《시》와 함께 필수 교재로 선택한 교과서였다. 유가의 탄생과 한대漢代 학관學官이 세워진 이래로 최고의 경전經典의 하나로 군림하면서 지존至尊의 위상을 가진 《상서》를 "위조된 것"으로 주장하고 나서는 것은 결코 쉬운 일이 아니다. 이런 변위辨僞 작업은 동진東晉 매색梅賾이 공안국孔安國 《전傳》《상서》를 세상에 내놓은 이래로 천여 년 동안 지속되었는데, 그 시작은 바로 공안국전 《상서》의 자체적 모순과 허점의 노출 그리고 그것에 대한 합리적 "의심"이었다. 그러나 이러한 합리적 의심은 공자孔子 이래 한 사람이라는 주자朱子에게도 쉽지 않은 사안이었다. 그러나 학자들의 끈질긴 집념으로 연구는 지속되었으니, 송대宋代 오역吳棫, 1100?~1154, 字 才老을 시작으로 주자를 거쳐, 원명元明의 오징吳澄, 1249~1333, 字 幼清, 매작梅鷟, 1483?~1553, 字 致齋 등 많은 학자들의 노력을 거쳐 천년에 걸친 위고문僞古文에 대한 의변운동은 염약거閻若璩, 1636~1704로 귀결되게 된다.

염약거는 20세 즈음에 이 《상서고문소증尙書古文疏證》이하 《소증》을 쓰기 시작하여, 그 후 40여 년간 죽을 때까지 부단한 수정修訂을 가하였다. 전인前人의 연구를 기반으로 삼대 이전의 시일時日, 예의禮儀, 지리地理, 형법刑法, 관제官制, 명휘名諱, 사사祀事, 구두句讀, 자의字義를 변석辨析하여, 지금 전하는 고문 《상서》는 한대漢代에 발견된 고문 《상서》가 아니며, 지금 전하는 공안국 《전傳》은 한漢 공안국孔安國이 지은 것이 아님을 증명하였다.

《소증》은 취한 자료가 풍부하고 허회虛會와 실증實證이 잘 결합되어 있어 논의가 견실하고 신빙성이 있는 것으로 높이 평가된다. 허회虛會란 상지上智라야 깨달을 수 있는 높은 수준의 논의를 말한다.《소증》 권5하

그러나 당시 염약거는 성경聖經을 모욕했다는 이유로 여러 비난에서 자유로울 수 없었고, 하마터면 그 불멸의 연구성과는 그대로 역사에 묻히고, 다음 세대를 기약할 뻔했었다. 염약거 생존 당시, 《소증》은 단지 초본抄本만 전해졌을 뿐 판각되어 간행되지 않았다. 염약거가 세상을 떠난 40년 후에야 비로소 그의 손자 염학림閻學林에 의해 회안淮安에서 판각 간행되었으니, 이것이 바로 건륭乾隆 10년1745 평음平陰 주씨朱氏 권서당본眷西堂本이다. 건륭 37년1772 《사고전서四庫全書》가 수찬修撰되면서 이 판본이 수록되었는데, 표제는《고문상서소증》으로 변경되었다. 《사고전서四庫全書》 수찬 이후, 원각原刻은 수몰水沒해서 폐기했다고 한다. 그 후 다시 가경嘉慶 원년1796 오인기吳人驥의 천진각본天津刻本, 동치同治 6년1867 전당錢塘 왕씨汪氏 진기당振綺堂 중수본重修本, 왕선겸王先謙의 《청경해속편清經解續編》본本이 만들어졌다. 각본刻本이외에도 초본抄本 2종이 세상에 전해지는데, 하나는 항세준杭世駿 발跋의 청초본清抄本 5권으로 현재 중국국가도서관中國國家圖書館에 소장되어 있고, 다른 하나는 청清 심동沈彤 초본抄本 5권으로 현재 호남성도서관湖南省圖書館에 소장되어 있다. 권서당본은 염약거의 손자가 간각刊刻한 것이고, 나머지 본本은 모두 권서당본을 기본으로 만든 것이다.

염약거는 주자의 의변疑辨을 자기 학설의 보호막으로 삼아 자신의 학문을 반대하는 사람들에게 성법聖法과 경도經道를 위배하였다는 말을 하지 못하도록 하였다.

징군徵君(閻若璩)께서 스스로 불안하다 느끼시며 '내가 이 책을 지은 것은 주자朱子의 뜻을 좇아 인신引伸하고, 유사함에 따라 확장시킨 것에 불과한데, 애초에 어찌 감히 자양紫陽(朱子)의 뜻을 어겨 큰 옳지 못한 죄를 저지를 수 있겠는가?' 하셨다. 인하여 나閻詠에게 《주자어류》 47조條, 《주자대전》 6조를 취해 모아 차례지어 내용을 완성해서 《주자고문서의朱子古文書疑》로 명명하고, 경사京師에 가서 판각하여 세상에 유행시키도록 명하셨다. 《소증후서後序》

한편으로는, 선대先代 학자들이 주창한 방법론과 결과물을 운용하여 역사적인 의변작업을 완성한 저작을 찬撰하게 되는데, 그것이 바로 고증학 불멸의 명작 《소증》이다. 비로소 경전의 지위에 있던 고문 《상서》는 위작僞作으로 판명되었고, 위고문은 아무런 저항 없이 전복되고 말았다. 이는 경학학술사상 최고의 과학적 성과로 평가된다.

염약거가 40여년의 깊은 연구를 통해 완성한 《소증》은 입론과 뒷받침하는 증거가 매우 견고하여 천고의 명작이 되는데 한 점의 손색이 없다. 전서全書는 모두 8권이며, 한 가지 문제에 대해 한 가지 의론을 세워 모두 128조목으로 구성되어 있다. 중간에 28~30, 33~48, 102, 108~110, 122~127 등 총 29조條는 궐문闕文이므로, 유효한 내용은 총 99조이다. 명대明代 매작梅鷟이 《상서》 연구에서 개창한 과학적 "증거수집방법"을 그대로 응용하여, 문헌적 증거와 역사 사실적事實的 증거 두 방면으로 공씨본孔氏本의 위작을 고정考定하였다.

찾아보기

인명 색인

ㄱ

ㅂ

ㅅ

사장(謝莊, 421~466) 3-322, 3-323
사조두(史兆斗, ?~1663) 2-103
사조(謝朓, 464~499) 1-431, 2-206
사탁(謝鐸, 1435~1510) 4-212, 4-228
상거(常璩, 291?~361?) 3-286, 3-288, 3-289, 3-293, 3-301
서가염(徐嘉炎, 1631~1703) 3-469, 4-154
서건학(徐乾學, 1631~1694) 1-12, 2-12, 2-197, 2-442, 3-12, 3-37, 3-51, 3-96, 3-118, 3-120, 3-178, 3-208, 3-361, 4-12, 4-159
서견(徐堅, 660~729) 2-266, 2-526, 4-219
서고화(徐高華, 생몰년 미상) 1-36
서광계(徐光啟, 1562~1633) 2-465, 2-466, 2-467
서부(徐溥, 1428~1499) 4-228
서안정(徐安貞, 698~784) 2-180
서현(徐鉉, 916~991) 2-210, 2-240
석륵(石勒, 274~333) 1-47, 1-51, 3-32
석분(石奮, BC220~BC124) 2-318
선악(單鍔, 1031~1110) 3-158, 3-159, 3-311
설응기(薛應旂, 1500~1575) 2-175
섭몽득(葉夢得, 1077~1148) 1-256, 3-195, 3-208, 4-109, 4-353
성찬(成粲, 생몰년 미상) 4-157
소리(蕭理, 생몰년 미상) 1-34
소보(邵寶, 1460~1527) 1-467, 1-511, 3-276
소순(蘇洵, 1009~1066) 3-493
소식(蘇軾, 1037~1101) 1-5, 1-95, 2-5, 2-139, 2-153, 2-161, 2-301, 2-465, 2-466, 3-5, 3-81, 3-84, 3-134, 3-153, 3-154, 3-157, 3-255, 3-257, 3-311, 3-384, 3-390, 3-540, 4-5, 4-33, 4-40, 4-41, 4-42, 4-43, 4-44, 4-63, 4-177, 4-198, 4-268, 4-273, 4-282
소정(蘇頲, 670~727) 2-181
소철(蘇轍, 1039~1112) 1-119, 2-148, 2-152, 2-281, 2-326, 2-327, 3-353, 4-62
소통(蕭統, 501~531) 2-278
소흠(蕭欽, 생몰년미상) 1-34
속석(束晳, 264~303) 1-4, 2-4, 3-4, 3-436, 3-483, 4-4
손광(孫鑛, 1543~1613) 4-57, 4-184
손복(孫復, 992~1057) 1-322, 2-548
손사막(孫思邈, 541?~682?) 1-350
손사면(孫士勉, 생몰년 미상) 1-34
손응시(孫應時, 1154~1206) 4-336
송렴(宋濂, 1310~1381) 3-489, 3-491, 3-495, 3-497, 3-499, 3-500
송민구(宋敏求, 1019~1079) 2-86, 2-87
송옥(宋玉, BC298?~BC222?) 1-216, 1-217
송지문(宋之問, 656?~712?) 2-174, 2-180
순열(荀悅, 148~209) 1-190, 2-320, 2-342
순욱(荀勖, ?~289) 1-51
순욱(荀彧, 163~212) 2-245
스모굴렉키(JnMiko ł jSmogulecki, 穆尼閣, 1610~1656) 2-389
시소병(柴紹炳, 1616~1670) 2-209
신원평(新垣平, ?~BC163) 1-538
심곤(沈琨 1-34
심괄(沈括, 1031~1095) 2-363, 2-365, 2-500, 2-502, 3-130, 3-132, 3-133, 4-313
심약(沈約, 441~513) 2-201, 2-202, 2-203, 2-204, 2-206, 2-207, 2-460, 3-124, 3-126, 3-131, 3-142, 3-399, 4-191
심엄(沈儼, 생몰년 미상) 1-35
심전기(沈佺期, 656?~715?) 2-174, 2-180
심중(沈重, 500~583) 2-208

ㅇ

악사(樂史, 930~1007) 3-89, 3-128, 3-186, 3-191, 3-201, 3-210, 3-212, 3-213, 3-270, 3-304
안사고(顏師古, 581~645) 1-31, 1-65, 1-67, 1-82, 1-94, 1-162, 1-163, 1-249, 1-304, 1-421, 1-425, 2-101, 2-103, 2-209, 2-211, 2-271, 3-

437
왕백(王柏, 1197~1274) 1-8, 2-8, 2-299, 2-312, 2-330, 2-334, 3-8, 3-395, 4-8
왕상지(王象之, 1163~1230) 3-125
왕세정(王世貞, 1526~1590) 4-234, 4-247, 4-248
왕소(王劭, ?~?) 1-50, 2-144, 4-133
왕수인(王守仁, 1472~1529) 2-293, 2-300, 2-425, 4-236, 4-254, 4-255
왕숙(王肅, 195~256) 1-10, 1-49, 1-53, 1-72, 1-109, 1-112, 1-196, 1-212, 1-213, 1-215, 1-252, 1-260, 1-268, 1-374, 1-380, 1-381, 1-382, 1-405, 1-406, 1-407, 1-408, 1-409, 1-457, 1-501, 2-10, 2-27, 2-29, 2-96, 2-112, 2-213, 2-241, 2-246, 2-444, 2-445, 3-10, 3-29, 3-79, 3-219, 3-380, 3-409, 3-410, 3-428, 3-437, 3-442, 3-443, 3-444, 3-446, 3-447, 4-10, 4-121, 4-210, 4-355
왕승건(王僧虔, 426~485) 4-137
왕시괴(王時槐, 1522~1605) 4-239
왕안국(王安国, 1028~1074) 3-78
왕안석(王安石, 1021~1086) 1-356, 2-36, 2-246, 3-41, 3-78, 3-219, 4-177, 4-282
왕연수(王延壽, 140?~165?) 2-26
왕염(王炎, 1137~1218) 3-189
왕완(汪琬, 1624~1691) 3-357, 4-44, 4-46, 4-142, 4-143
왕우승(王右丞, 701?~761) 2-170
왕원(王源, 1648~1710) 1-153, 2-38, 2-39
왕위(王禕, 1322~1374) 2-310, 2-350, 3-489, 3-501, 4-234
왕응린(王應麟, 1223~1296) 1-8, 1-63, 1-64, 1-65, 1-248, 1-252, 1-547, 1-548, 2-8, 2-265, 2-346, 2-347, 2-363, 3-8, 3-22, 3-23, 3-36, 3-116, 3-134, 3-181, 3-471, 3-485, 4-8, 4-39, 4-229
왕일(王逸, 생몰년 미상) 1-430, 1-431, 1-432, 1-433, 1-437, 2-26, 2-166, 2-289, 3-23
왕적(王績, 589?~644) 2-173, 2-300
왕질(王銍, 생몰년 미상) 1-51
왕찬(王粲, 177~217) 1-550, 2-26, 2-153, 2-200
왕초(王樵, 1521~1601) 1-154, 2-425, 2-464, 2-506, 3-155, 3-162, 3-216
왕충운(王充耘, 1304~?) 1-11, 2-11, 3-11, 4-11, 4-102, 4-105, 4-106
왕통(王通, 584~617) 2-144, 2-145, 2-173, 3-437, 4-210, 4-230, 4-231, 4-333, 4-334
왕필(王弼, 226~249) 2-93, 2-95, 3-355, 3-523, 3-534, 3-535, 4-210
왕헌지(王獻之, 344~386) 4-109, 4-110
왕홍찬(王弘撰, 1620~1697?) 1-555, 2-259
왕화(王華, 384~427) 2-110
왕휘겸(王撝謙, 생몰년 미상) 1-35
요사린(姚士粦, 1559~?) 2-103
요제항(姚際恒, 1647~1715?) 1-11, 1-106, 1-123, 1-133, 1-337, 1-499, 1-507, 1-530, 1-533, 2-11, 2-25, 2-79, 2-222, 2-256, 3-11, 3-338, 3-367, 3-417, 3-422, 4-11, 4-53, 4-88, 4-174, 4-175, 4-180, 4-182, 4-186
우홍(牛弘, 545~610) 1-50, 4-253
우흠(于欽, 1283~1333) 3-264, 3-275, 3-280
웅과(熊過, 1506~?) 2-83, 2-500, 3-482
웅화(熊禾, 1247~1312) 4-251
원결(元結, 719~772) 2-171, 2-304
원계함(袁繼咸, 1593~1646) 3-361
원굉(袁宏, 328?~376?) 2-320
원담(元澹, 653~729) 1-202, 2-343
원덕수(元德秀, 695?~754?) 2-370, 2-547, 2-548
원숭(袁崧, ?~401) 3-267
원진(元稹, 779~831) 2-172
위굉(衛宏, 생몰년 미상) 1-41, 1-48, 1-162, 1-

주응합(周應合, 1213~1280) 3-308
주이준(朱彝尊, 1629~1709) 2-65, 2-66, 2-75, 4-51
주장문(朱長文, 1039~1098) 3-159
주조영(朱朝瑛, 1605~-1670) 1-26
주진(朱震, 1072~1138) 3-491, 3-493, 3-528
주진채(周振采, 생몰년 미상) 1-35
주택(周澤, ?~?) 2-105
주학령(朱鶴齡, 1606~1683) 2-303, 2-304
주홍모(周洪謨, 1421~1492) 2-441, 2-464, 2-473, 2-474, 4-259
주희(朱熹, 1130~1200) 1-6, 1-7, 1-8, 1-9, 1-11, 1-380, 2-6, 2-7, 2-8, 2-9, 2-11, 2-23, 2-173, 2-175, 2-293, 3-6, 3-7, 3-8, 3-9, 3-11, 3-196, 3-492, 3-493, 3-494, 3-535, 3-536, 4-6, 4-7, 4-8, 4-9, 4-11, 4-42, 4-70, 4-76, 4-149, 4-160, 4-234, 4-251, 4-253, 4-257, 4-264, 4-265, 4-267, 4-269, 4-270, 4-272, 4-273, 4-277, 4-280, 4-281, 4-287, 4-292, 4-293, 4-294, 4-298, 4-299, 4-300, 4-301, 4-302, 4-303, 4-304, 4-305, 4-306, 4-308, 4-310, 4-311, 4-312, 4-318, 4-319, 4-320, 4-321, 4-322, 4-325, 4-326, 4-327, 4-328, 4-329, 4-330, 4-361
주자(朱子, 1130~1200) 1-8, 1-14, 1-30, 1-45, 1-82, 1-84, 1-85, 1-106, 1-134, 1-137, 1-161, 1-164, 1-183, 1-184, 1-185, 1-205, 1-209, 1-237, 1-239, 1-240, 1-248, 1-249, 1-250, 1-262, 1-322, 1-325, 1-330, 1-347, 1-351, 1-352, 1-353, 1-354, 1-355, 1-360, 1-361, 1-374, 1-375, 1-377, 1-387, 1-388, 1-410, 1-411, 1-412, 1-414, 1-419, 1-435, 1-462, 1-497, 1-531, 2-8, 2-14, 2-23, 2-34, 2-36, 2-37, 2-56, 2-93, 2-94, 2-95, 2-100, 2-131, 2-142, 2-174, 2-175, 2-176, 2-200, 2-209, 2-211, 2-264, 2-278, 2-281, 2-286, 2-287, 2-289, 2-294, 2-297, 2-298, 2-301, 2-302, 2-304, 2-305, 2-312, 2-317, 2-318, 2-323, 2-333, 2-334, 2-367, 2-368, 2-371, 2-373, 2-374, 2-387, 2-399, 2-433, 2-447, 2-451, 2-485, 2-486, 2-495, 2-496, 2-522, 2-529, 3-8, 3-14, 3-29, 3-94, 3-133, 3-135, 3-144, 3-150, 3-366, 3-381, 3-384, 3-390, 3-394, 3-397, 3-399, 3-402, 3-403, 3-404, 3-405, 3-406, 3-427, 3-465, 3-514, 3-515, 3-525, 3-538, 3-539, 4-8, 4-14, 4-20, 4-21, 4-29, 4-40, 4-41, 4-50, 4-52, 4-62, 4-67, 4-68, 4-111, 4-116, 4-122, 4-123, 4-132, 4-158, 4-163, 4-167, 4-199, 4-210, 4-221, 4-224, 4-225, 4-230, 4-231, 4-235, 4-253, 4-281, 4-298, 4-302, 4-311, 4-368, 4-369, 4-370
증공(曾鞏, 1019~1083) 2-331, 2-334, 4-305
지우(摯虞, 250~300) 1-438, 2-382
진단(陳摶, 871~989) 3-491, 3-492, 3-494, 3-497, 3-500, 3-535
진대유(陳大猷, 1198~1250) 3-196, 3-214
진량(陳亮, 1143~1194) 4-284, 4-285, 4-291, 4-292, 4-337
진림(陳琳, ?~217) 1-550, 1-554, 2-153
진보(陳普, 1244~1315) 4-141
진사(陳史, 생몰년 미상) 1-34
진상도(陳祥道, 1053~1093) 1-102, 2-49, 4-163, 4-168, 4-170, 4-172
진섭(陳涉, ?~BC208?) 2-251, 4-329
진수방(陳樹芳, 생몰년 미상) 1-34
진순(陳循, 1385~1464) 2-546, 2-547
진암(陳黯, 805?~877) 2-150
진염(陳恬, 1058~1131) 4-283
진용정(陳龍正, 1585~1645) 4-232, 4-247, 4-255
진제(陳第, 1541~1617) 1-306, 2-197, 2-209, 2-247, 2-472, 3-143, 3-145, 4-100, 4-101
진제태(陳際泰, 1567~1641) 4-50

형소(邢邵, 496~561) 4-190
혜강(嵇康, 224~263) 1-438
호삼생(胡三省, 1230~1302) 2-495, 2-496
호선린(胡善麐, 생몰년 미상) 1-35
호안국(胡安國, 1074~1138) 1-120, 1-354, 1-413, 2-109, 2-486, 4-227, 4-234
호안정(胡安定, 993~1059) 2-175
호원(胡瑗, 993~1059) 2-175, 4-210, 4-230, 4-231, 4-234, 4-235, 4-255
호위(胡渭, 1633~1714) 1-12, 1-358, 1-416, 2-12, 2-25, 2-59, 2-60, 2-155, 2-174, 2-175, 2-314, 2-317, 2-323, 2-324, 2-326, 2-535, 2-538, 2-540, 2-548, 3-12, 3-25, 3-61, 3-90, 3-124, 3-127, 3-178, 3-223, 3-224, 3-236, 3-290, 3-298, 3-303, 3-305, 3-313, 3-318, 3-319, 3-478, 4-12, 4-64
호치당(胡致堂, 1098~1156) 1-354
홍괄(洪适, 1117~1184) 1-265, 1-266, 1-267, 1-268
홍광(弘光, 1644~1645) 1-479, 1-480
홍매(洪邁, 1123~1202) 1-435, 2-32, 2-240, 2-241, 2-303, 4-251
홍흥조(洪興祖, 1090~1155) 2-210
환담(桓譚, BC40?~32?) 1-237, 2-298, 3-240, 3-342, 3-343
황간(黃幹, 1152~1221) 4-42, 4-160, 4-224
황간(黃簡, 생몰년 미상) 1-35
황보밀(皇甫謐, 215~282) 1-10, 1-182, 1-183, 1-200, 1-486, 1-487, 2-10, 2-132, 2-133, 3-10, 3-24, 3-211, 3-475, 4-10, 4-355
황보식(皇甫湜, 777~835) 3-541
황보염(皇甫冉, 717?~771?) 2-170, 2-171
황숙경(黃叔璥, 생몰년 미상) 1-34
황우직(黃虞稷, 1629~1691) 1-400, 4-113
황정견(黃庭堅, 1045~1105) 2-322
황종희(黃宗羲, 1610~1695) 1-21, 1-28, 1-473, 2-363, 2-377, 2-403, 2-404, 2-405, 2-431, 4-27, 4-128, 4-163
후경(侯景, 503~552) 2-499, 3-307

서편명 색인

ㄱ

ㄴ

ㄷ

ㄹ

ㅁ

ㅇ

ㅈ